# JAMES ELLROY

## L. A. Confidencial

## Volumen II

Las mejores novelas de la literatura universal contemporánea

# L. A. Confidencial

James Ellroy

Título original: L. A. Confidential
Traducción: Carlos Gardini



Impresión y Encuadernación: CAYFOSA-QUEBECOR
Fecha de Impresión Agosto 2002

Depósito Legal: B-38 743-02
ISBN: 84-96075-02-8 (Volumen II)
ISBN: 84-96075-00-1 (Obra completa)

De venta conjunta e inseparable
con este diario

JAMES ELLROY

# L. A. Confidencial

## Volumen II

# Tercera parte

## Asuntos Internos

# 42

El Dining Car sufría una resaca de Año Nuevo: tiras de papel colgando, letreros de «1958» perdiendo lentejuelas. Ed se sentó en su reservado favorito: una vista de la sala, su imagen en un espejo. Miró la hora: 15.24, 2/1/58. Que Bob Gallaudet llegara tarde. Cualquier cosa para alargar el momento.

Dentro de una hora, la ceremonia: el capitán E. J. Exley recibe un cargo permanente, comandante de Asuntos Internos. Gallaudet traía los resultados de su convalidación. La Fiscalía de Distrito había examinado su vida personal con lupa. Daría su aprobación. Su vida personal era impecable, la muerte de los chicos de Nite Owl compensaba sus informes sobre la Navidad Sangrienta. Lo había sabido durante años.

Ed bebió café, los ojos en el espejo. Su reflejo: un hombre que dentro de un mes cumpliría treinta y seis y aparentaba cuarenta y cinco. Canas en el pelo rubio; arrugas en la frente. Inez había dicho que sus ojos eran más pequeños y fríos; las gafas le daban un aire de dureza. Ed había respondido que duro era mejor que blando: los capitanes jóvenes necesitaban ayuda. Inez había reído. Eso era años atrás, cuando ambos reían.

Evocó la conversación, finales del 54, Inez analítica: «Eres un demonio por ir a presenciar la muerte de Stensland.» Un año y medio después del Nite Owl; hoy se cumplían cuatro años y nueve meses. Una mirada en el espejo: años de desgaste, para él y para sus relaciones con Inez.

Al matar a esos negros eliminó a Bud White: cuatro muertes eclipsaban una. Esos primeros meses Inez fue totalmente suya: Ed estaba a la altura de sus exigencias. Le compró una casa en la manzana; Inez disfrutaba de sus tiernas relaciones sexuales; aceptó la oferta de Ray Dieterling. Dieterling se enamoró de Inez y su historia; una bella víctima de violación abandonada por su familia compensaba sus propias pérdidas: divorciado de su primera esposa, viudo de la segunda, su hijo Paul muerto en un alud, su hijo Billy homosexual. Ray e Inez se transformaron en padre e hija, colegas, profundos amigos. Preston Exley y Art De Spain compartieron la devoción de Dieterling: un círculo de hombres rudos y una mujer que les despertaba gratitud porque les daba la oportunidad de ser gentiles.

Inez entabló amistades en un reino de fantasía: los constructores, la segunda generación. Billy Dieterling, Timmy Valburn. Un grupo parlanchín: comentaban rumores de Hollywood, se burlaban de las flaquezas de los hombres. La palabra «hombres» les arrancaba carcajadas. Se mofaban de los policías y practicaban juegos de salón en una casa comprada por el capitán Ed Exley.

El desgaste le hacía pensar en Inez.

Después de las muertes, Ed tuvo pesadillas: ¿eran inocentes? Una rabia impotente le había impulsado a apretar el gatillo; la drástica resolución dio tan buena fama al Departamento que los detalles como «desarmados» y «no peligrosos» nunca constituyeron un peligro. Inez aplacó sus temores con una declaración: los violadores la condujeron a la casa de Sylvester Fitch en medio de la noche y la dejaron allí, con tiempo para asaltar el Nite Owl. No lo había dicho a la policía porque no quería relatar las vejaciones a las que la había sometido Fitch. Ed sintió alivio: las víctimas de su furia eran culpables.

Inez.

El tiempo pasó, el fulgor perdió brillo: el dolor de Inez y el heroísmo de Ed no bastaban. Inez sabía que Ed nunca se casaría con ella. Un oficial de policía, una esposa mexicana: suicidio profesional. Su amor pendía de un hilo; Inez cobró distancia, y en realidad se transformó en una amante esporádica. Dos protagonistas modelados por acontecimientos extraordinarios, secundados por un potente elenco: los muertos del Nite Owl y Bud White.

La cara de White en la sala verde: puro odio mientras Dick Stensland aspiraba el gas. Una ojeada al moribundo Stensland, una ojeada hacia Ed. Sin palabras. White pidió licencia para no trabajar con Ed cuando éste se hizo cargo de Homicidios. Ed superó al hermano, se acercó más al padre. Su hoja de servicios era extraordinaria; en mayo sería inspector, en pocos años competiría con Dudley Smith para llegar a jefe de detectives. Smith no se inmiscuía en sus asuntos y le guardaba un cauto respeto teñido de desprecio... y Dudley era el hombre más temido del Departamento. ¿Sabría que su rival sólo temía una cosa: la venganza de un policía/matón sin cerebro para ser imaginativo?

El bar se estaba llenando: personal de la Fiscalía, algunas mujeres. La última vez con Inez había sido insatisfactoria. Ella sólo cumplía con el hombre que pagaba la hipoteca. Ed le sonrió a una mujer alta; ella miró hacia otro lado.

—Felicitaciones, capitán. Estás limpio como un Boy Scout.

Gallaudet se sentó. Tenso, nervioso.

—¿Entonces por qué tienes cara larga? Vamos, Bob, somos socios.

—Tú estás limpio, pero hace dos semanas que vigilan a

Inez, por pura rutina. Ed... ¡mierda!, Inez está durmiendo con Bud White.

La ceremonia. Un gran borrón.

Parker hizo un discurso: los policías sufrían las mismas tentaciones que los civiles, pero debían contener sus instintos en mayor grado para servir como modelos morales ante una sociedad cada vez más erosionada por la creciente influencia del comunismo, el crimen, el liberalismo y la obnubilación moral. Se necesitaba un modelo moral para comandar la división que garantizaba la moralidad policial, y el capitán Edmund J. Exley, héroe de guerra y héroe del caso del Nite Owl, era ese hombre.

Ed también hizo un discurso: más chorradas sobre la moralidad. Duane Fisk y Don Kleckner le desearon suerte; a través del borrón, Ed les leyó el pensamiento: deseaban puestos de asistentes. Dudley le guiñó el ojo, fácil de interpretar: «Yo seré el próximo jefe de detectives, no tú.»

Las excusas para marcharse le llevaron una eternidad. Cuando llegó a casa de Inez, el borrón se disipaba. Las seis de la tarde. Inez llegaba a casa a las siete. Ed entró, esperó con las luces apagadas.

El tiempo se arrastraba; Ed miraba las manecillas del reloj. A las siete menos diez, una llave en la puerta.

—Exley, ¿estás ahí? Vi tu coche afuera.

—No enciendas la luz. No quiero verte la cara. —Ruidos, tintineo de llaves, una cartera cayendo al suelo—. Y no quiero ver esa bazofia de la Tierra de los Sueños que has pegado en las paredes.

—¿Te refieres a las paredes de la casa que tú has pagado?

—Tú lo has dicho, no yo.

Ruidos: Inez apoyándose en la puerta.

—¿Quién te lo ha contado?

—No importa.

—¿Vas a arruinar a ese hombre por esto?

—¿A él? No, no podría hacerlo sin resultar más necio de lo que he sido. Y puedes decir su nombre.

Silencio.

—¿Le ayudaste en su examen de sargento? No tenía cerebro para aprobarlo solo.

Silencio.

—¿Cuánto tiempo hace? ¿Cuántos polvos a mis espaldas?

Silencio.

—¿Cuánto tiempo, puta?

Inez suspiró.

—Quizá cuatro años. En ocasiones, cuando uno de los dos necesitaba un amigo.

—¿Quieres decir cuando no me necesitabas a mí?

—Quiero decir que me cansé de ser tratada como la víctima de una violación. Cuando me aterré de los extremos a que llegabas para impresionarme.

—Te saqué de Boyle Heights y te di una vida —dijo Ed.

—Exley —dijo Inez—, empezaste a asustarme. Sólo quería ser una mujer que salía con un hombre, y Bud me dio eso.

—No menciones su nombre en esta casa.

—¿Te refieres a tu casa?

—Te di una vida decente. Si no fuera por mí, estarías preparando tortillas.

—Querido, qué pronto te vuelves mezquino.

—¿Cuántas otras mentiras, Inez? ¿Cuántas otras mentiras además de él?

—Exley, olvidemos esto.

—No, dame una lista.

Ninguna respuesta.

—¿Cuántos otros hombres? ¿Cuántas otras mentiras?

Ninguna respuesta.

—Dime.

Silencio.

—Maldita ramera, después de lo que hice por ti. Dime.

Silencio.

—Te dejé ser amiga de mi padre. Preston Exley es amigo tuyo gracias a mí. ¿Con cuántos otros hombres has follado a mis espaldas? ¿Cuántas otras mentiras después de lo que hice por ti?

Inez, la voz quebrada.

—No querrás saberlo.

—Sí quiero, maldita ramera.

Inez empujó la puerta.

—He aquí la única mentira que cuenta, y es toda para ti. Ni siquiera mi dulce Bud la sabe, así que espero que te haga sentir especial.

Ed se levantó.

—Las mentiras no me asustan.

—Todo te asusta —rió Inez.

Silencio. Inez, con calma.

—Los negros que me violaron no pudieron matar a la gente del Nite Owl, porque estuvieron conmigo toda la noche. Jamás los perdí de vista. Mentí porque no quería que sintieras remordimientos por haber matado a cuatro hombres por mí. ¿Y quieres saber cuál es la gran mentira? Tú y tu amada justicia absoluta.

Ed salió, las manos en los oídos para apagar el rumor. Fuera hacía frío y estaba oscuro. Ed vio a Stensland, atado y muerto.

# 43

Bud miró su nueva placa: «Sargento» en vez de «Agente». Apoyó los pies en el escritorio, se despidió de Homicidios.

Su cubículo era un desorden: cinco años de papeleo. Dudley decía que la transferencia a Hollywood era temporal. Su ascenso causaba resquemores, Thad Green lo tenía atravesado por el asunto de las ventanas: Dick Stensland atado en la sala verde, Bud machacando vidrio. Una conclusión: nunca se había distinguido como investigador porque los únicos casos que le importaban eran casos cerrados y casos olvidados. Melancolía de traslado: ya no tendría acceso inicial a los informes sobre cadáveres, buen modo de seguir el caso Kathy Janeway y los demás asesinatos de prostitutas, sin duda emparentados.

Cosas para empaquetar:

Su nueva placa: «Sargento Wendell White», una foto de Lynn: castaña, adiós Veronica Lake.

Una foto del Escuadrón Antihampones: él y Dudley en el motel Victory. Los emblemas del Escuadrón —nudilleras, un saco con bolas de metal— podían quedar atrás.

Material reservado:

Sus diplomas del FBI y el curso de procedimientos forenses; la herencia de Dick Stensland: seis mil pavos del asalto. Las últimas palabras de Dick, una nota que le pasó un guardia:

> Socio:
>
> Lamento los errores que cometí. Especialmente lamento haber lastimado a gentes que lo único que hicieron fue interponerse en mi camino cuando me sentía mal, los tíos de Navidad y el hombre de la licorería y su

hijo. Ya es tarde para cambiar todo eso. Sólo puedo decir que lo lamento, y no creo que sirva de nada. Trataré de aceptar el castigo como un hombre. Sigo pensando que tú podrías haber hecho lo que yo hice, que fue sólo una cuestión de suerte, y sé que tú has pensado lo mismo. Ojalá lamentar las cosas sirviera de algo más con tíos como tú y yo. Le pagué al flautista para que tocara, es verdad, pero Exley siguió ejecutando la melodía cuando ya no era preciso. Mi último deseo es que le des su merecido, pero no seas tan estúpido como yo. Usa el cerebro y ese dinero que te dije dónde encontrar y dale su merecido, una buena tunda en el trasero a cuenta del sargento Dick Stensland. Buena suerte, socio. Me cuesta creer que cuando leas la presente estaré muerto.

DICK

Bajo doble llave:

Su archivo sobre los asesinatos Janeway/prostitutas, su archivo privado sobre el Nite Owl. Pulcros como deberes escolares.

Dos casos que demostraban que era un verdadero detective; la alusión de Dick a Ed Exley. Los extrajo, los releyó: deberes escolares.

El asunto Janeway.

Cuando las cosas se enfriaban con Lynn, buscaba material para estimularse. Perseguir mujeres no lo aplacaba, ni su relación esporádica con Inez. Lo suspendieron dos veces en el examen de sargento, se pagó la educación con la pasta de Dick, trabajó en el Escuadrón Antihampones: recibiendo trenes, aviones, autobuses, llevando a aspirantes a hampones al motel Victory, moliéndolos a palos, llevándolos de vuelta a aviones, trenes, autobuses. Dudley lo llamaba contención; Bud lo llamaba algo imposible de aguantar si querías seguir mirándote en el espejo. Los buenos casos de Homicidios no le llegaban nunca: Thad Green los desviaba, los asignaba a otros hombres. Los cursos le enseñaron cosas interesantes sobre cuestiones forenses, psicología criminal y procedimientos. Decidió aplicar lo que había aprendido a un viejo caso que aún le carcomía: la muerte de Kathy Janeway.

Leyó el archivo de Joe DiCenzo: ninguna pista, ningún sospechoso. Desechado como un asesinato sexual cualquiera. Leyó la reconstrucción según la autopsia: Kathy muerta a golpes, puñetazos en la cara, un hombre con anillos en ambos puños. Semen en la boca, el recto, la vagina: tres eyaculaciones. El bastardo se había tomado su tiempo. Una corazonada respaldada por casos anteriores: un maníaco así no mata una sola vez, no se queda sentado tranquilamente.

Empezó a hojear papeles, una tarea que antes odiaba.

No había casos similares en el Departamento de Policía ni en el Departamento del Sheriff. La búsqueda le llevó ocho meses. Investigó en otras agencias policíacas, usando el dinero de Stensland. Nada en los condados de Orange y San Bernardino; cuatro meses de trabajo y un hallazgo en el Departamento de Policía de San Diego: Jane Mildred Hamsher, 19 años, prostituta, fecha de defunción 8/3/51, iguales características y violación triple: ninguna pista, ningún sospechoso, caso cerrado.

Leyó archivos de los Departamentos de Los Ángeles y San Diego y no llegó a ninguna parte; recordó que Dudley lo había apartado del caso Janeway, reprochándole su obsesión con las mujeres maltratadas. Continuó de todos modos; un cablegrama con resultados. Sharon Susan Palwick, 20 años, prostituta, fecha de defunción 29/8/53, Bakersfield, California. Las mismas características: ningún sospechoso, ninguna pista, caso cerrado. Dudley nunca mencionó el cablegrama, si sabía que existía.

Bud fue a San Diego y Bakersfield. Leyó archivos, asedió a los detectives que investigaban los casos. El trabajo les aburría, la intervención de Bud les molestaba. Intentó reconstruir los elementos de tiempo y lugar: quién estaba en esas ciudades en las fechas de las muertes. Revisó viejos registros de tren, autobús y avión sin encontrar nombres superpuestos. Envió cablegramas pidiendo información sobre el *modus operandi* del asesino, pidiendo que lo llamaran si se repetía un procedimiento similar. Nadie respondió al requerimiento; tres informes sobre cadáveres llegaron con los años: Sally DeWayne, 17 años, prostituta, Needles, Arizona, 2/11/55; Chrissie Virginia Renfro, 21, prostituta, San Francisco, 14/7/56; Maria Waldo, 20, prostituta, Seattle, Washington, 28/11/57: dos meses atrás. Las llamadas llegaron tarde, iguales resultados: cero. Abordó cada enfoque posible, en balde. Kathy Janeway y otras cinco prostitutas violadas, muertas a golpes. Sólo él mantenía los casos abiertos.

Un archivo de 116 páginas para llegar a Hollywood: su propio caso, muerto por ahora.

Y su caso principal: páginas y páginas que seguía revisando. El caso de Dick Stensland: clavos en el ataúd de Ed Exley. De sólo decir las palabras se le ponía la carne de gallina.

El caso del Nite Owl.

Lo recordó al trabajar en el caso Janeway: la conexión Duke Cathcart/pornografía, retención de pruebas, material para liquidar a Exley. El momento no era oportuno entonces: no tenía sesos para continuarlo, los negros escaparon, Exley les disparó. El caso se cerró, los detalles incongruentes se olvidaron. Pasaron años; Bud volvió al asunto Janeway, descubrió una conexión. Y la pequeña Kathy le hacía pensar Nite Owl, Nite Owl, Nite Owl.

Deducciones:

En el 53, Dwight Gilette y Cindy Benavides —asociados conocidos de Kathy— le dijeron que un tío parecido a Duke Cathcart quería adueñarse del negocio de Cathcart. ¿Qué «negocio»? Duke tenía sólo dos hembras en el rebaño, pero había hablado de meterse en pornografía. Al principio parecía un castillo en el aire construido por un experto en castillos en el aire, pero quedó convalidado cuando los hermanos Englekling contaron que Cathcart les había propuesto un trato: ellos imprimirían las revistas, él las distribuiría, ellos verían a Mickey Cohen buscando financiación.

Los hechos:

Bud estuvo en el apartamento de Duke después del Nite Owl. Lo habían limpiado y habían borrado las huellas; habían revisado la ropa de Duke. Las Páginas Amarillas de la guía de San Bernardino estaban ajadas, sobre todo las correspondientes a imprentas. Peter y Baxter Englekling tenían una imprenta en San Bernardino; Susan Nancy Lefferts, víctima del Nite Owl, era oriunda de San Bernardino.

Informe del forense:

El especialista basó su identificación del cuerpo de Cathcart en dos cosas: fragmentos dentales cotejados con los registros carcelarios de Cathcart y la camisa deportiva que llevaba el cadáver, con el monograma D.C. Los fragmentos de placas dentales eran típicos de las cárceles de California: cualquier ex convicto que hubiera cumplido una condena en el sistema penal estatal podía tener ese... plástico en la boca.

Los datos confidenciales de Bud:

Kathy Janeway mencionó una «simpática» cicatriz en el pecho de Duke. El informe del doctor Layman no mencionaba esa cicatriz, y la perdigonada no había destruido el pecho de Cathcart. Un detalle final: el cadáver del Nite Owl medía uno sesenta; los documentos carcelarios de Cathcart le daban uno sesenta y dos.

Conclusión:

Alguien que se hacía pasar por Cathcart había muerto en el Nite Owl.

Además:

Pornografía.

Cindy Benavides decía que Duke estaba preparado para distribuirla; Antivicio investigaba pornografía entonces —Bud había leído los informes del Escuadrón 4— y no había mencionado pistas. Russell Millard murió y el caso de los libros obscenos quedó en el olvido. Los hermanos Englekling contaron su historia sobre Duke Cathcart, dijeron que habían visitado a Mickey Cohen en prisión y él se había negado a patrocinar el negocio. Pensaban que Cohen había ordenado las muertes del Nite Owl por convicción moral; una idea ridícula. Pero quizás algún complot relacionado con el Nite Owl se iniciara con Mick. Exley presentó un informe diciendo que él y Bob Gallaudet proponían esa teoría, pero los negros escaparon, y las muertes se les atribuyeron.

Ahora, la teoría de Bud:

Cohen —o Davey Goldman— pudo haber hablado con algún convicto acerca del plan Cathcart/Englekling. Tal vez el sujeto salió en libertad bajo palabra y habló de adueñarse del rebaño de Duke, cuando en realidad se estaba ejercitando para irritar a Duke. Quizá mató a Duke, le robó algunas prendas y terminó en el Nite Owl por casualidad, porque Duke frecuentaba el lugar o, más probablemente, como parte de una reunión delictiva que salió mal. Los asesinos salieron, regresaron con escopetas y dispararon al falso Cathcart y a cinco inocentes para que pareciera un asalto.

Un defecto en su teoría:

Había revisado los registros de libertad bajo palabra de

McNeil: sólo negros, latinos y blancos demasiado grandes o demasiado pequeños para ser el falso Cathcart fueron liberados entre el momento de la reunión Cohen-Englekling y el Nite Owl. Pero Cohen pudo haber comentado la propuesta, el rumor llegó al exterior, la personificación de Cathcart pudo ser obra de alguien que lo oyó de tercera o cuarta mano.

Teorías sobre teorías, teorías que demostraban que tenía cerebro para ser detective:

Si las muertes del Nite Owl se relacionaban con un proyecto para distribuir pornografía, los negros eran inocentes. Los asesinos habían puesto las escopetas en el coche de Ray Coates. Eso significaba que el Mercury rojo visto frente al Nite Owl era coincidencia. Los asesinos no podían saber que tres negros habían disparado escopetas hacía poco en el Griffith Park y que figurarían como primeros sospechosos. Los asesinos encontraron el coche de Coates antes que la policía y pusieron allí las escopetas tras limpiarles las huellas. Podría haber sido de varios modos.

1. Coates, en la cárcel, pudo haber dicho a su abogado dónde estaba escondido el coche, los asesinos o un representante pudieron solicitarle la información al abogado, o pudieron obligarlo a que sonsacara los datos a Coates.

2. Los negros pudieron deslizarle el dato a otro prisionero, quizás un interno infiltrado por los asesinos.

3. Su favorito, por ser el más simple: los asesinos eran más listos que el Departamento, exploraron por su cuenta, revisando en primer lugar garajes detrás de casas desiertas mientras la policía revisaba paso a paso.

O los negros hablaron con otros presos, quienes salieron en libertad y fueron abordados por los asesinos; o —improbable— un polizonte les informó de cómo andaba la investigación. Imposible verificarlo todo: la Cárcel de los Tribunales destruyó sus archivos 1935-1955 para contar con más espacio de depósito.

O los negros eran culpables de veras.

O era otra pandilla de negros, que andaba en coche, había disparado al aire en Griffith Park y había matado a seis personas en el Nite Owl. El Ford/Chevy/Mercury 1948-1950 no se encontró porque la pintura roja era casera y no constaba en ningún formulario de Vehículos.

Ejercicios cerebrales de alguien que nunca se había atribuido mucho cerebro. Y que no creía que una pandilla de negros hubiera causado las muertes, pues:

Los hermanos Englekling vendieron la imprenta en el 54 y desaparecieron de la faz de la tierra. Dos años atrás, Bud había pedido el paradero: ningún resultado, ningún resultado positivo al comparar con boletines sobre cadáveres de todo el Estado. Nada sobre los hermanos, ningún cadáver que pudiera ser el verdadero Duke Cathcart. Y seis meses atrás, en San Bernardino, se había topado con una buena pista.

Un lugareño de San Bernardino había visto a Susan Nancy Lefferts con un hombre que respondía a la descripción de Duke Cathcart, dos semanas antes de la Matanza del Nite Owl. Le mostró fotos de Cathcart; el hombre dijo: «Se parece, pero no es igual.» El informe de la matanza decía que Susan Nancy había «intentado» tocar al hombre sentado en la mesa contigua: el falso Duke Cathcart, supuestamente desconocido para ella. ¿Por qué estaban en mesas diferentes? Dato final: intentó entrevistar a la madre de Susan Lefferts, pensando en identificar al novio a través de ella. La madre no quiso hablarle.

¿Por qué?

Bud recogió sus cosas: recuerdos, cinco kilos de papel. Todo atascado por ahora. No había nuevas pistas sobre las prostitutas, y el Nite Owl quedaría muerto hasta que él abordara a Mickey Cohen. Fue al ascensor: adiós, Homicidios.

Ed Exley pasó clavándole los ojos.

Sabe que me acuesto con Inez, pensó Bud.

## 44

Vigilancia: mercado Hank's Ranch Market, 52 y Central. Un letrero en la puerta: «Se cambian cheques de Bienestar Social.» 3 de enero, día de pago: portadores de cheques remoloneando en la acera. El Escuadrón de Vigilancia 5 recibió una llamada anónima: una tía diciendo que el novio y un amigo asaltarían el mercado, la tía enfadada porque el novio se acostaba con su hermana. Jack en el coche delantero, mirando la puerta. El sargento John Petievich aparcado en la 52, el ceño fruncido como si ansiara matar a alguien.

Almuerzo: fritangas, vodka puro. Jack bostezó, se desperezó, calculó probabilidades: el encargo de Ellis Loew. Debía encontrarlo esa noche en una velada política. El vodka le quemaba el estómago; tenía que orinar.

Bocinazos, la señal. Petievich señaló la acera. Dos hombres blancos entraron en el mercado.

Jack cruzó la calle. Petievich se acercó. Una ojeada desde la puerta. Los asaltantes ante la caja, de espaldas a la puerta: armas desenfundadas, manos libres llenas de dinero.

Ningún propietario, ningún cliente. Una mirada corredor abajo: sangre y sesos en la pared. SILENCIADOR. UN HOMBRE EN LA PUERTA TRASERA. Jack disparó a los asaltantes por la espalda.

Petievich gritó; pasos por detrás; Jack disparó sin mirar, corrió. Estallaron botellas sobre su cabeza: tiros a ciegas, con silenciador. Sin ruido: zumbidos ahogados. Pasillo abajo, dos borrachos muertos, una puerta cerrándose. Petievich disparó, voló la puerta. Un hombre cruzó el callejón. Jack vació el revólver; el hombre saltó una cerca. Gritos desde la cerca; los remolones animándoles. Jack recargó, saltó la cerca, cayó en un patio. Un doberman lo atacó gruñendo, dando dentelladas. Jack le disparó a quemarropa. El perro vomitó sangre; Jack oyó disparos, vio estallar la cerca.

Dos uniformados llegaron corriendo. Jack arrojó el arma; ellos dispararon de todos modos, a discreción, volando trozos de empalizada. Jack levantó las manos.

—¡Soy policía! ¡Soy policía!

Se acercaron despacio, lo cachearon. Novatos lampiños. El chico más alto encontró la identificación.

—Vaya, Vincennes. Usted era una celebridad, ¿eh?

Jack le dio una patada en la entrepierna. El chico se arqueó y cayó; el otro quedó boquiabierto.

Jack fue a buscar un sitio para beber.

Encontró un bar, pidió varios tragos. Los dos primeros le calmaron los temblores; dos más le dieron ganas de brindar.

Por los hombres que acabo de matar: lo lamento, en realidad soy mejor matando civiles desarmados. Me están presionando para que me retire, así que pensé en despachar a un par de chicos malos antes del vigésimo aniversario.

Por mi esposa: creíste que te casabas con un héroe, pero creciste y supiste que estabas equivocada. Ahora quieres ir a la universidad para ser abogada como tu papá y Ellis. Sin problemas de dinero: papá compró la casa, papá mantiene tu matrimonio, papá pagará la educación. Cuando leas el periódico y veas que tu esposo liquidó a dos asaltantes, pensarás que son las primeras muescas en su revólver. Error: en el 47, Jack, el flagelo de los adictos, liquidó a dos inocentes, un gran secreto que casi desea revelar para inyectar un poco de vida en su matrimonio.

Jack bebió tres tragos más. Fue adonde siempre iba cuando tenía cierta dosis de basura en el organismo: de vuelta al 53 y las revistas porno.

No temía chantajes: sus declaraciones escritas eran su garantía, la muerte de Hudgens estaba sepultada. *Hush-Hush* la resucitaba pero no llegaba a ninguna parte. Patchett y Bracken nunca hablaban con él: tenían la copia del archivo de Sid, cumplían su parte del pacto. Había oído que Lynn y Bud White aún formaban pareja, la ramera lista y Patchett eran recuerdos, malas noticias en una primavera sangrienta. Lo importante eran las revistas.

Las guardaba en una caja de caudales. Sabía que estaban allí, sabía que lo excitaban, sabía que amarlas le estropearía el matrimonio. Al principio se entregó con fervor a ese matrimonio, construyendo paredes para salvaguardarlo. Una serie de días sobrios ayudó; el matrimonio ayudó. Pero no pudo cambiar las cosas: Karen supo quién era él.

Ella le había visto maltratar a Perkins; Jack decía «negro de mierda» frente a sus suegros. Karen dedujo que las hazañas periodísticas eran embustes. Karen lo vio borracho, irritado. Jack odiaba a los amigos de Karen; el único amigo de Jack —Miller Stanton— se perdió de vista cuando Jack perdió su empleo en *Insignia del Honor*. Se aburrió de Karen, acudió a las revistas, perdió la cabeza.

De nuevo intentó identificar a los modelos. No lo consiguió. Fue a Tijuana, compró más libros porno. Nada. Buscó a Christine Bergeron, no la encontró, envió cablegramas. En balde. No podía llegar a la verdad. Decidió fingirla.

Compró rameras, extorsionó a prostitutas a domicilio. Las preparó para que se parecieran a las chicas de los libros. Tenía a tres y cuatro a la vez, cadenas de cuerpos sobre mantas. Las disfrazaba, diseñaba una coreografía. Imitaba las figuras, tomaba sus propias fotos, las imitaba a su vez; a veces pensaba en la foto ensangrentada y se asustaba: concordancia perfecta con mutilaciones asesinas.

Las mujeres verdaderas nunca lo excitaban como las fotos; el miedo le impedía ir a Fleur-de-Lis, la fuente. No atinaba a imaginar el miedo de Karen. ¿Por qué no lo abandonaba? Un último trago: adiós, malos pensamientos.

Jack se despejó, regresó al coche: las ruedas sin llantas, los limpiaparabrisas rotos. La escena del delito de Hank's Ranch Market marcada con cintas; dos coches patrulla. No había una nota de reprimenda en el parabrisas; quizá los vándalos la habían robado.

Entró en plena fiesta: Ellis Loew, una suite atestada de personajes republicanos. Mujeres con vestido de cóctel, hombres con traje oscuro. El Gran V: pantalones, camisa deportiva salpicada con sangre de perro.

Jack detuvo a un camarero, cogió un martini de la bandeja. Las fotos enmarcadas de la pared le llamaron la atención.

Progreso político: *Harvard Law Review*, la elección del 53. Una foto cómica: Loew declarando a los reporteros que los asesinos del Nite Owl confesaron antes de escapar. Jack rió, volcó gin, casi se ahogó con la aceituna. A sus espaldas:

—Antes vestías con más elegancia.

Jack se dio la vuelta.

—Antes era una celebridad.

—¿Tienes una excusa para ese aspecto?

—Sí, hoy he matado a dos hombres.

—Entiendo. ¿Algo más?

—Sí, los he matado por la espalda, he liquidado a un perro y me he largado antes de que llegaran mis oficiales superiores. Y ahora un *flash* de última hora: he estado bebiendo. Ellis, esto me aburre, así que vayamos al grano. ¿A quién quieres que exprima?

—Jack, baja la voz.

—¿Qué es, jefe? ¿El Senado o la gobernación estatal?

—Jack, no es momento para hablar de esto.

—Claro que sí. Di la verdad. Te preparas para las elecciones del 60.

—De acuerdo, es el Senado —susurró Loew—. Tenía que pedirte algunos favores, pero tu aspecto me impide pedirlos. Hablaremos cuando estés en mejor forma.

Un público ahora: toda la suite.

—Vamos, me muero por ser tu recaudador. ¿A quién presiono primero?

—Sargento, baja esa voz.

Eleva esa voz.

—Cabrón, yo cago donde tú respiras. Liquidé a Bill McPherson por ti, yo lo drogué y lo puse en la cama con esa chica de color; merezco saber a quién quieres que exprima ahora.

Loew, un susurro ronco:

—Vincennes, estás acabado.

Jack le arrojó ginebra en la cara.

—Demonios, eso espero.

## 45

—... y somos algo más que los paradigmas morales a que aludió el otro día el jefe Parker. Somos la línea divisoria entre el viejo y el nuevo estilo policial, el viejo sistema de promoción a través del patrocinio y la aplicación de la ley a través de la intimidación, y un nuevo sistema emergente: el cuerpo de policía selecto que imparcialmente afirma su autoridad en nombre de una justicia severa y objetiva, que castiga rigurosamente a los suyos cuando son indignos de las elevadas pautas morales que un cuerpo selecto exige a sus miembros. Y, por último, somos los protectores de la imagen pública del Departamento de Policía de Los Ángeles. Recuérdenlo cuando lean quejas interdepartamentales contra otros policías y sientan deseos de perdonar. Recuérdenlo cuando les pida que investiguen a un hombre con quien han trabajado a gusto. Recuerden que nuestro objetivo es una justicia severa y absoluta, a cualquier precio.

Ed hizo una pausa, miró a sus hombres: veintidós sargentos, dos tenientes.

—A los detalles, caballeros. Bajo mi predecesor, los tenientes Phillips y Stinson supervisaban las investigaciones de forma autónoma. A partir de ahora, asumiré el mando directo, y los tenientes Phillips y Stinson se alternarán como brazos ejecutivos. Las quejas y solicitudes pasarán primero por mi oficina, yo leeré el material y distribuiré las asignaciones. Los sargentos Kleckner y Fisk serán mis asistentes y se reunirán conmigo todas las mañanas a las siete y media. Los tenientes Stinson y Phillips se presentarán en mi oficina dentro de una hora para comentar mi enfoque de las actuales investigaciones. Caballeros, pueden retirarse.

El grupo se dispersó en silencio; la sala de reuniones quedó vacía. Ed recordó el discurso, deteniéndose en la frase clave: «justicia absoluta» con la voz de Inez Soto.

Vaciar ceniceros, colocar sillas, ordenar la pizarra de boletines. Alisar las banderas, comprobar que no tuvieran polvo.

De vuelta al discurso, la voz de su padre: «indignos de las elevadas pautas morales que un cuerpo selecto exige a sus miembros». Dos días atrás, el discurso habría sido cierto. El discurso de Inez Soto lo transformaba en mentira.

Banderas con orlas doradas. Dorado oportunismo: había matado a esos hombres con la furia de un cobarde. Como asesinos del Nite Owl daban sentido a esa furia: la justicia absoluta realizada con audacia. Él distorsionó el sentido para respaldar lo que decía el público: eres el mayor héroe de Los Ángeles, irás a la cima. La venganza de Bud White, demasiado estúpido para notarla: una infidelidad y las palabras de una mujer lo obligaban a pisar mentiras en la cima, buscando un modo de hacer realidad su gloria postiza.

Ed entró en la oficina: limpia, pulcra, todo en orden. Formularios en el escritorio. Se puso a trabajar.

Jack Vincennes en apuros.

3/1/58: mientras realizaba una tarea para el Destacamento de Vigilancia, Vincennes disparó y mató a dos asaltantes armados, maleantes que habían asesinado a tres personas en un mercado del lado sur. Vincennes persiguió a un tercer asaltante, lo perdió, fue alcanzado por dos patrulleros que no sabían que él era policía. Los patrulleros le dispararon, pensando que era miembro de la pandilla; Vincennes soltó el arma y se dejó cachear, luego agredió a uno de los patrulleros y abandonó la escena del delito antes de que llegaran los de Homicidios y el forense. El tercer sospechoso huyó; Vincennes fue a una reunión política en honor del fiscal de distrito Ellis Loew, su cuñado. Presuntamente ebrio, insultó a

Loew verbalmente y le arrojó bebida en la cara, a la vista de todos los presentes.

Ed hojeó el archivo de personal correspondiente a Vincennes. Fecha de pensión para el 5/58. Adiós, Jack Cubo de Basura, falta poco. Pilas de informes de Narcóticos: completos, detallados hasta el extremo de la exageración. Entre líneas: Vincennes no daba tregua a los infractores menores en cuestiones de droga, especialmente jazzistas y celebridades de Hollywood, corroborando un viejo rumor: llamaba a la revista *Hush-Hush* para que presenciara sus jugosos arrestos. Vincennes fue transferido a Antivicio como parte de la reestructuración que siguió a la Navidad Sangrienta; otro fajo de informes: operaciones contra corredores de apuestas e infracciones alcohólicas, falta de empeño, mucho relleno verbal. Asignación de Antivicio en la primavera del 53: Russell Millard al mando de la división, una investigación de pornografía convergente con el Nite Owl. Y una gran anomalía: Vincennes, que debía encontrar el material obsceno, declaraba repetidamente que no había pistas, comentaba que los demás tampoco encontraban nada, dos veces sugirió el abandono de la investigación.

Conducta contradictoria.

El material obsceno se tocaba con el Nite Owl.

Ed reflexionó.

Los hermanos Englekling, Duke Cathcart, Mickey Cohen. La pornografía desechada como pista en el caso Nite Owl. Tres negros muertos, caso cerrado.

Ed releyó el archivo. Años de informes inflados y una misión descrita en pocas páginas. Vincennes regresó a Narcóticos en julio del 53. Retomó sus viejos hábitos, los continuó hasta el final de sus deberes en Vigilancia.

Una anomalía gigantesca.

Coincidiendo con el Nite Owl.

Primavera del 53, otra conexión: asesinato de Sid Hudgens, sin resolver. Ed tecleó el interfono.

—¿Sí, capitán?

—Susan, averigüe quiénes estuvieron en el Escuadrón 4 de Antivicio en abril de 1953, además de Vincennes. Luego localícelos.

Media hora para los resultados. Sargento George Henderson, agente Thomas Kiflka, retirados; sargento Lewis Stathis, en Bunco. Ed llamó a su comandante en jefe; Stathis entró diez minutos después.

Un hombre corpulento, alto, encorvado. Nervioso. Una repentina llamada de Asuntos Internos intimidaba. Ed le señaló una silla.

—Señor, ¿esto es por...? —dijo Stathis.

—Sargento, esto no tiene nada que ver con usted. Esto tiene que ver con un agente que trabajó con usted en Antivicio.

—Capitán, eso fue hace años.

—Lo sé, desde finales del 51 hasta el verano del 53. Usted salió cuando yo me estrenaba en mi cargo de comandante flotante. Sargento, ¿trabajó usted con Jack Vincennes?

Stathis sonrió.

—¿Por qué sonríe? —preguntó Ed.

—Bien, he leído en el periódico que Vincennes despachó a esos dos maleantes, y se comenta que se largó de allí sin previo aviso. Es una gran infracción, y he sonreído porque imaginaba que el hombre de Antivicio que le interesaría sería él.

—Entiendo. ¿Y usted trabajaba con él?

Stathis movió la cabeza.

—Vincennes era un lobo solitario. Tenía su propio ritmo. A veces trabajábamos en la misma investigación general, pero eso era todo.

—Su escuadrón realizó una investigación sobre pornografía en la primavera del 53. ¿Lo recuerda?

—Sí, fue una colosal pérdida de tiempo. Revistas con desnudos, una pérdida de tiempo.

—Según sus informes, usted no halló pistas.

—No, y tampoco las hallaron Jack ni los demás. Russell Millard pasó a codirigir la investigación del Nite Owl, y el asunto de las revistas cayó en el olvido.

—¿Recuerda usted si Vincennes actuaba de manera extraña en esa época?

—No. Recuerdo que se presentaba en la oficina de forma irregular y que Russell Millard y él no simpatizaban. Como he dicho, Vincennes era un solitario. No se codeaba con los tíos del escuadrón.

—¿Recuerda si Millard hizo preguntas específicas al escuadrón cuando dos operadores de una imprenta trajeron información sobre material pornográfico?

Stathis cabeceó.

—Sí, algo que ver con el Nite Owl, pero no prosperó. Le dijimos a Russell que era imposible hallar esas revistas.

Una corazonada fallida.

—Sargento, en esa época el Departamento estaba exaltado con el caso Nite Owl. ¿Recuerda usted cómo reaccionó Vincennes? ¿Algo fuera de lo común?

—¿Puedo ser franco?

—Desde luego.

—Bien, entonces le diré que siempre consideré a Vincennes un polizonte barato con ambiciones. Al margen de eso, recuerdo que estaba nervioso en la época de la investigación de las revistas. En cuanto al Nite Owl, creo que le aburría. Estuvo en el arresto de esos tíos de color, estuvo cuando nuestros muchachos encontraron el coche y las escopetas, y aun entonces parecía aburrido.

De nuevo esa sensación: ningún dato, sólo instinto.

—Sargento, medite. La conducta de Vincennes en la época del Nite Owl y la investigación de pornografía. Cualquier cosa fuera de lo común. Piense.

Stathis se encogió de hombros.

—Tal vez algo, pero no creo que...

—Cuéntemelo de todos modos.

—Bien, Vincennes tenía su despacho al lado del mío, y a veces le oía bastante bien. Yo estaba en mi escritorio y oí parte de una conversación entre él y Dudley Smith.

—¿Y?

—Y Smith le pidió que siguiera a Bud White. Dijo que White se había interesado personalmente en el homicidio de una prostituta y no quería que cometiera ninguna torpeza.

Cosquilleos en la piel.

—¿Qué más oyó usted?

—Vincennes aceptó, y el resto fue un farfulleo.

—¿Eso fue durante la investigación del Nite Owl?

—Sí, señor.

—Sargento, ¿recuerda usted a Sid Hudgens, el hombre de esa revista de escándalos? Lo mataron en esa época.

—Sí, un caso no resuelto.

—¿Recuerda si Vincennes habló de ello?

—No, pero sí se rumoreaba que ambos eran compinches.

Ed sonrió.

—Gracias, sargento. Esto es extraoficial, pero no quiero que repita esta conversación. ¿Entiende?

Stathis se levantó.

—No lo haré, pero me da pena Vincennes. Oí que cumplirá veinte años de servicio dentro de unos meses.

Quizá se largó de allí porque se sintió mal tras liquidar a esos tíos.

—Que tenga un buen día, sargento —dijo Ed.

Algo viejo, raro.

Ed se quedó sentado, la puerta abierta. Banderas con orlas doradas: oportunidades alcanzadas.

Vincennes podía saber algo sobre Bud White.

Instinto: Jack asustado en la primavera del 53.

Conectar la investigación de esas revistas con el Nite Owl.

La acusación de Inez Soto: había matado a tres inocentes.

Si incluía a Vincennes en su investigación de Asuntos Internos...

Ed tecleó el interfono.

—Susan, póngame con el fiscal de distrito Loew.

## 46

—Ya tengo mis propios problemas —dijo Mickey Cohen—: ese *fershtunkener* caso del Nite Owl, y esos *fershtunkener* libros obscenos que jamás leí, pues yo sólo leo la Biblia. Esa historia me aburrió hace cinco años, y ahora me aburre aún más. Tengo problemas propios. Por ejemplo, mira a mi criatura.

Bud miró. Un bulldog con el trasero chamuscado junto al hogar, gimiendo, la cola entablillada.

—Ése es Mickey Cohen Junior, mi heredero, que no durará mucho en este mundo canino. Sobrevivió a un atentado en noviembre, aunque buena parte de mis trajes Sy Devore no sobrevivieron. Su pobre cola ha estado continuamente infectada desde entonces, y tiene poco apetito. Los polizontes que resucitan viejos pesares no son buenos para su salud.

—Señor Cohen...

—Me cae bien la gente que me habla con el respeto apropiado. ¿Cómo has dicho que te llamabas?

—Sargento White.

—Sargento White, pues, te diré que en mi vida los pesares no tienen fin. Soy como Jesús, el salvador *goy*, llevando el peso del mundo sobre la espalda. En la prisión, esos *fershtunkener* matones me atacan a mí y a mi Davey Goldman, a Davey le embarullan los sesos, y cuando lo sueltan empieza a caminar en público con el *shlong* a la vista. Lo tiene grande y no le culpo por enseñarlo, pero los polizontes de Beverly Hills no son tan perspicaces, y ahora cumple noventa días de observación en el loquero de Camarillo. Como si esa congoja no fuera suficiente para este Jesús *yiddisher*, resulta que mientras yo estaba en prisión, personas desconocidas liquidaron a colegas que cuidaban de mis intereses. Y ahora mis viejos muchachos no quieren volver a mí. Por Dios, Abe Teitlebaum, Lee Vachss, Johnny Stompanato...

—Conozco a Johnny Stompanato —le interrumpió Bud.

Cohen se enfureció.

—¡*Fershtunkener* Johnny! ¡Su nombre es Judas, como en la Biblia! Lana Turner es su Jezabel y no su María Magdalena, su polla lo guía hacia ella como una vara de zahorí. Concedido, está aún mejor dotado que Davey G., pero, Jesús bendito, yo lo rescaté cuando era un patético extorsionador y lo transformé en mi guardaespaldas, y ahora se niega a regresar. Prefiere fumar hierba en el restaurante de Abe y codearse con Perkins, quien según he oído juega a esconder la polla con miembros de la raza canina. ¿Dijiste que te llamabas White?

—Correcto, señor Cohen.

—¿Wendell White? ¿Bud White?

—Ése soy yo.

—Muchacho, ¿por qué no lo has dicho antes?

Cohen Junior orinó en el hogar.

—No creí que supiera nada de mí —dijo Bud.

—Claro que sí, las noticias circulan. Las noticias dicen que eres el muchacho de Dudley Smith. Las noticias dicen que tú, Dudley y un par de chicos duros habéis mantenido la ciudad a salvo para la democracia mientras se producía lo que llamaron sequía del crimen. Un motel en Gardena, unos golpes en los riñones y a otra cosa. Quizá, si puedo lograr que mis muchachos dejen de fumar hierba y asociarse con tíos que follan perros, quizá pueda ponerme en marcha. Debo ser amable contigo, para que tú y Dudley seáis amables conmigo. ¿Por qué esta vuelta al caso Nite Owl?

Una oportunidad en bandeja.

—He oído que los hermanos Englekling visitaron McNeil y le mencionaron la propuesta de Cathcart. Pensaba que usted o Davey Goldman lo habrían comentado en el patio, y que así se difundió la noticia.

—No —dijo Mickey—. Imposible, porque no se lo conté a Davey. Es verdad que soy famoso por mis confabulaciones carcelarias, pero no se lo conté a nadie. Se lo dije a ese tío, Exley, cuando hablamos sobre el tema hace años. Y he aquí una apreciación gratuita de Mick. En mi opinión, los libros obscenos son un artículo rentable por el cual vale la pena matar inocentes sólo si ya existe un mercado. Olvida el puñetero Nite Owl. Esos *shvartzes* que el joven héroe acribilló pagaron la cuenta, y tal vez eran culpables de todos modos.

—No creo que Duke Cathcart muriera en el Nite Owl —dijo Bud—. Creo que la palmó alguien que fingía ser él. Ese tipo mató a Cathcart, adoptó su identidad y apareció en el Nite Owl. Pensaba que el asunto había empezado en McNeil.

Cohen puso los ojos en blanco.

—No conmigo, chico, porque yo no se lo dije a nadie, y no me imagino a Peter y Baxter predicando en el patio de la prisión. ¿Dónde vivía ese payaso de Cathcart?

—Silverlake.

—Entonces escarba en las colinas de Silverlake. Quizás encuentres un cadáver bien añejo.

Una chispa: San Bernardino, la madre de Susan Lefferts en su apartamento, mirando hacia una habitación añadida.

—Gracias, señor Cohen.

—Olvida el *fershtunkener* Nite Owl —dijo Cohen.

Cohen Junior olisqueó la entrepierna de Bud.

San Bernardino, Hilda Lefferts. La última vez lo había echado enseguida; esta vez Bud mentaría al novio: Susan Nancy en compañía de un fulano que respondía a la descripción de Duke Cathcart. Presionar, intimidar.

Un viaje de dos horas. La autopista de San Bernardino se inauguraría pronto, reduciendo el viaje a la mitad. Exley padre a Exley hijo: ese cobarde sabía que había algo entre él e Inez, la mirada del otro día lo decía con claridad. Ambos aguardaban una oportunidad. Pero si la situación lo favorecía, Bud pegaría con más fuerza: Exley jamás le atribuiría inteligencia para dar un golpe sagaz.

Hilda Lefferts vivía en una pocilga: una choza con tejas y un anexo de ladrillos de cemento. Bud subió, miró el buzón. Buen material intimidatorio: cheque de la pensión de

Lockheed, cheque de Seguridad Social, cheque de Asistencia del Condado. Tocó el timbre.

La puerta se entreabrió. Hilda Lefferts miró por encima de la cadena.

—Se lo dije antes, y se lo repito. No me interesan sus preguntas, así que deje a mi pobre hija descansar en paz.

Bud exhibió los cheques.

—Asistencia del Condado me dijo que retuviera esto hasta que usted cooperara. Sin datos, no hay pasta.

Hilda chilló; Bud forzó la cadena, entró. Hilda reculó.

—Por favor. Necesito ese dinero.

Susan Nancy sonreía desde cuatro paredes: poses de vampiresa en un club nocturno.

—Vamos —dijo Bud—, sea amable. ¿Recuerda lo que intenté preguntarle la última vez? Susan tenía un novio en San Bernardino antes de mudarse a Los Ángeles. Usted se asustó cuando le pregunté entonces, y se ha asustado ahora. Vamos. Cinco minutos y me iré. Y nadie va a saberlo.

Hilda con ojos desorbitados: los cheques, la habitación con fotos.

—¿Nadie?

Bud le entregó el cheque de Lockheed.

—Nadie. Vamos. Le daré los otros dos si habla.

Hilda habló a su hija: la foto de la puerta.

—Susan, me dijiste que conociste al hombre en un bar y te dije que no lo aprobaba. Me dijiste que era un buen hombre que había pagado su deuda con la sociedad, pero no me dijiste su nombre. Te vi con él un día, y lo llamaste Don, Dean, Dick o Dee, y él dijo: «No, Duke. Acostúmbrate.» Un día salí y mi vecina, la señora Jensen, te vio con ese hombre aquí en casa y creyó oír un alboroto...

Traducción: «deuda con la sociedad» equivalía a «ex convicto».

—¿Alguna vez supo el nombre?

—No...

—¿Susan conocía a dos hermanos llamados Englekling? Vivían aquí, en San Bernardino.

Hilda miró la foto con ojos entornados.

—Oh, Susan. No, creo que no conozco ese apellido.

—¿El novio de Susan mencionó alguna vez el nombre «Duke Cathcart», o un negocio de pornografía?

—¡No! ¡Cathcart era el nombre de una de las víctimas del lugar donde murió Susan, y Susan era una buena chica que jamás se asociaría con esas cochinadas!

Bud entregó el cheque de Asistencia del Condado.

—Tranquila. Hábleme del alboroto.

Hilda, con lágrimas en los ojos:

—Volví a casa al día siguiente, y creí ver sangre seca en el suelo de la nueva habitación. Yo la había construido con el dinero de la póliza de mi esposo. Susan y aquel hombre regresaron. Estaban nerviosos. El hombre se arrastró bajo la casa y llamó a un teléfono de Los Ángeles, luego él y Susan se marcharon. Una semana después la mataron... y... yo, bien, pensé que toda esa conducta sospechosa se relacionaba con las muertes... sólo pensé en conspiraciones y represalias, y cuando ese buen hombre que se transformó en héroe pasó días más tarde para averiguar antecedentes, simplemente me callé.

Carne de gallina: el novio de Susan Lefferts era el falso Cathcart. El «alboroto»: el novio mata a Cathcart. Quizás estaba en San Bernardino para hablar con los Englekling. Susan en el Nite Owl, asistiendo a una reunión, el novio haciendo de Cathcart. Los asesinos nunca vieron al verdadero Cathcart cara a cara.

EL NOVIO SE ARRASTRÓ BAJO LA CASA.

Bud fue al teléfono. Operadora, un número de Los

Ángeles: información policíaca de Pacific Coast Bell. Una empleada le atendió.

—Sí, ¿quién lo solicita?

—Sargento W. White, Departamento de Policía de Los Ángeles. Estoy en San Bernardino, Panchview 04617. Necesito una lista de todas las llamadas a Los Ángeles desde ese número, desde el 20 de marzo hasta el 12 de abril de 1953. ¿Entendido?

—Enterado —dijo la empleada. Pasaron dos minutos más; la empleada de nuevo—: Tres llamadas, sargento, 2 y 8 de abril, todas al mismo número, H0-21118. Es un teléfono público, la esquina de Sunset y Las Palmas.

Bud colgó. Llamadas a una cabina telefónica a un kilómetro del Nite Owl; cerrando el trato o programando la reunión. Con gran cautela.

Hilda se enjugaba las lágrimas. Bud vio una linterna en una mesa. La cogió, salió deprisa.

La habitación añadida, un sótano estrecho. Bajó las escaleras.

Tierra, vigas de madera, un gran saco de arpillera. Olores: naftalina, podredumbre. Se arrastró con los codos hasta el saco: el tufo de naftalina y podredumbre se agudizó. Palpó el saco, vio estallar un nido de ratas.

A su alrededor: ratas encandiladas por la luz.

Bud rasgó la arpillera. Apuntó la linterna: ratas, un cráneo embadurnado de cartílago. Soltó la linterna, rasgó con ambas manos. Ratas y naftalina en la cara. Un gran desgarrón: un agujero de bala en el cráneo, una mano de esqueleto saliendo de una manga, «D.C.» sobre la franela.

Salió a rastras, aspirando aire. Hilda Lefferts estaba allí. Sus ojos suplicaban: «Por favor, Dios, eso no.»

Aire limpio; la nítida luz del día era cegadora. Esa luz blanca le dio la idea: su arma contra Exley.

Un dato a una revista escandalosa. Un fulano de *Whisper* le debía favores. Era un pasquín izquierdista que se pirraba por los comunistas, los negros, los policías odiados.

Hilda, muerta de miedo.

—¿Había... algo... allí abajo?

—Sólo ratas. Pero quiero que usted se quede aquí. Traeré algunas fotos para que mire.

—¿Puede darme el último cheque?

El sobre, sucio de excremento de rata.

—Tenga. Felicitaciones del capitán Ed Exley.

## 47

Una bonita sala de interrogatorios, sin sillas atornilladas ni olor a orina. Jack miró a Ed Exley.

—Sabía que tenía problemas, pero no creí que fuera tan importante.

—Tal vez te preguntes por qué no te han suspendido —dijo Exley.

Jack se desperezó. El uniforme estaba arrugado: no lo usaba desde 1945. Exley tenía pésimo aspecto: enjuto, canoso, gafas con montura metálica que le endurecían la mirada.

—En efecto. Supongo que Ellis se arrepintió después de presentar esa queja. Mala publicidad y todo eso.

Exley movió la cabeza.

—Loew te considera un perjuicio para su carrera y su matrimonio, y el abandono de esa escena del delito y la agresión contra ese policía son suficientes para extender una suspensión y una expulsión.

—¿Sí? ¿Entonces por qué no me han suspendido?

—Porque he intercedido ante Loew y el jefe Parker. ¿Alguna otra pregunta?

—Sí, ¿dónde están la grabadora y la taquígrafa?

—No los quise aquí.

Jack cogió una silla.

—Capitán, ¿qué quieres?

—Misma pregunta. ¿Quieres arrojar tu carrera a la cloaca o prefieres aguantar unos meses y cobrar tus veinte años?

Fácil: la expresión de Karen cuando se lo contara.

—De acuerdo, seguiré el juego. ¿Qué quieres?

Exley se le acercó.

—En la primavera del 53 tu amigo y socio Sid Hudgens fue asesinado y dos detectives que trabajaban en el caso al mando de Russell Millard me dijeron que lo llamaste «bazofia» y que estabas muy agitado la mañana en que descubrieron el cuerpo. En esa época Dudley Smith te pidió que siguieras a Bud White y aceptaste. En esa época se investigaba el caso del Nite Owl y tú buscabas material pornográfico para Antivicio y presentaste varios informes negativos, cuando tu procedimiento tradicional consistía en inflar cada uno de tus informes. En esa época dos hombres, Peter y Baxter Englekling, ofrecieron pruebas sobre un presunto contacto pornográfico en el Nite Owl. Russell Millard te interrogó y tú seguiste con tus declaraciones negativas. Durante la búsqueda de esas revistas sugeriste varias veces que abandonaran la investigación. Esos dos detectives, los sargentos Fisk y Kleckner, te oyeron sugerir a Ellis Loew que dejara el caso Hudgens, y uno de tus colegas de Antivicio recuerda que estabas extrañamente nervioso durante esa tarea y que aparecías muy esporádicamente en la oficina del escuadrón. Ordéname estos datos, Jack, por favor.

Diez veces culpable. Sabía que estaba boquiabierto, pestañeando, temblando.

—¿Cómo... coño... lo...?

—No importa. Ahora oigamos tu interpretación de lo que yo quiero. —Jack aspiró hondamente.

—Bien, seguí a Bud White. Dudley temía que perdiera la chaveta con el asesinato de otra ramera, porque White tenía esa tendencia cuando se trataba de chicas jóvenes. Bien, lo seguí y no encontré nada importante. Tú y White os odiáis, y todos lo saben. Piensas que un día intentará vengarse porque liquidaste a Dick Stensland y tú intercederás por mí ante Loew y Parker a cambio de algún dato que lo perjudique. ¿Eso quieres?

—Digamos que es el veinte por ciento. Dime qué averiguaste sobre White.

—¿Como qué?

—Mujeres.

—A White le gustan las mujeres, pero eso no es novedad.

—Asuntos Internos realizó una investigación personal sobre White cuando aprobó el examen de sargento. El informe decía que salía con una mujer llamada Lynn Bracken. ¿La conoció en el 53?

Jack se encogió de hombros.

—No sé. Nunca oí ese nombre.

—Vincennes, tu cara dice que mientes, pero olvidemos a Lynn Bracken. Ella no me interesa. ¿White veía a Inez Soto en la época en que lo seguías?

Jack casi rió.

—No, no mientras lo seguía. ¿Por eso estás tan exaltado? ¿Crees que White y tu...?

Exley alzó una mano.

—No te preguntaré si mataste a Hudgens, no te pediré que me expliques qué ocurrió esa primavera, no todavía, y quizá nunca. Sólo dame tu opinión sobre algo. Estabas hasta las orejas en la investigación de material porno y trabajaste en el caso Nite Owl. ¿Crees que los negros fueron culpables?

Jack se echó hacia atrás, alejándose de esos ojos.

—Hay cabos sueltos, y lo supe entonces. Si no fueron los tres que mataste, quizá fueron otros negros. Quizá sabían dónde escondió Coates el coche y pusieron allí las escopetas. Tal vez esté relacionado con el material porno. ¿Te importa? Esos negros violaron a tu novia, así que hiciste lo que debías. ¿De qué se trata, capitán?

Exley sonrió. Jack comprendió: un hombre asomando un pie en un precipicio, brincando sobre una pierna.

—Capitán, ¿de qué...?

—No, mis motivos son cosa mía, y he aquí mi primera conjetura: Hudgens estaba conectado con el material porno, y tenía un archivo sobre ti. Por eso estabas tan nervioso.

Arenas movedizas.

—Sí, una vez cometí un serio error. Sabes... demonios, a veces creo... que no me importa si lo averiguan.

Exley se levantó.

—Ya he detenido las quejas contra ti. No habrá enjuiciamiento ni acusaciones. Parte del acuerdo al que llegué con el jefe Parker consiste en que te retires voluntariamente en mayo. Le dije que aceptarías, y lo convencí de que mereces una pensión completa. No me preguntó mis motivos, y no quiero que tú me los preguntes.

Jack se levantó.

—¿A cambio de qué?

—Si alguna vez se vuelve a investigar el Nite Owl, tú, con todo lo que sabes, me perteneces.

Jack le tendió la mano.

—Hijo de perra, te has vuelto frío como el hielo.

# Calendario

## Febrero-marzo de 1958

Revista *Whisper*, febrero de 1958

## ¿VÍCTIMA ERRÓNEA EN LA MATANZA DEL NITE OWL? LA MISTERIOSA RED SE EXTIENDE...

Recordáis la alharaca del Nite Owl, ¿verdad? El 14 de abril de 1953 tres asesinos con escopeta entraron en el acogedor café Nite Owl, a dos pasos del Hollywood Boulevard de la soleada Los Ángeles, atracaron y asesinaron a tres empleados y tres clientes y se largaron con trescientos dólares, lo cual, dividido por seis, significa cincuenta pavos por vida. El Departamento de Policía de Los Ángeles abordó el caso con su típico empeño; arrestó a tres jóvenes negros sospechosos de haber cometido los asesinatos y también los acusó de secuestrar y violar a una joven mexicana. El Departamento no estaba seguro de que los tres negros —Raymond «Sugar Ray» Coates, Tyrone Jones y Leroy Fontaine— fueran responsables de esas muertes, pero estaba seguro de que los jóvenes eran los violadores de Inez Soto, de 21 años, estudiante universitaria. La investigación continuó, con gran publicidad y gran presión para que el Departamento resolviera el «Crimen del Siglo» de Los Ángeles.

El Departamento siguió pistas infructuosas durante dos semanas, luego descubrió las armas asesinas en el coche de Ray Coates, guardado en un garaje abandonado del sur de Los Ángeles. Poco después, Coates, Jones y Fontaine escaparon de la cárcel.

Entra en escena un joven detective: el sargento Edmund J. Exley del Departamento de Policía. Héroe de la Segunda Guerra Mundial, graduado en la UCLA, informador contra sus colegas en el escándalo de la «Navidad Sangrienta» de 1951 e hijo del magnate Preston Exley, constructor de la mastodóntica Tierra de los Sueños de Raymond Dieterling y del extenso sistema de autopistas de California Sur. La trama se complica...

Dato: El sargento Ed Exley estaba enamorado de la víctima de la violación, Inez Soto.

Dato: El sargento Ed Exley localizó, disparó y mató a Raymond Coates, Tyrone Jones y Leroy Fontaine con —justicia poética— una escopeta.

Dato: El sargento Ed Exley fue promovido a capitán (¡dos rangos!) una semana después, una enorme recompensa por haberse tomado la justicia por su mano en un caso que el Departamento necesitaba cerrar deprisa para perpetuar su (¿exagerada?) reputación.

Dato: El capitán Ed Exley (un chico rico con un sustancial fondo privado legado por su difunta madre) pronto intimó con Inez Soto y le compró una casa muy cerca de su apartamento.

Dato: En *Whisper* sabemos de buena fuente que Raymon Coates, Leroy Fontaine, Tyrone Jones y el hombre que los albergaba —Roland Navarette— estaban desarmados cuando nuestro héroe Ed Exley les disparó... y ahora, cinco años después de la Matanza del Nite Owl, la trama se complica de nuevo...

Ahora bien, *Whisper* es un modesto integrante de lo que la prensa obtusa llama «periodismo amarillo». No somos la poderosa *Hush-Hush*, tenemos nuestra base cerca de Nueva York y nos dedicamos primordialmente a la Costa Este. Pero tenemos nuestras fuentes en Los Ángeles, y entre ellas hay un abnegado detective privado que desea conservar el anonimato. Este hombre estuvo obsesionado durante años con el caso Nite Owl, lo ha investigado profundamente y ha obtenido asombrosas revelaciones. Este hombre, a quien llamaremos «Detective X», habló con los corresponsales de *Whisper*. El detective X detectó las siguientes conexiones:

Conexión: Durante la investigación del caso Nite Owl, dos hermanos, Peter y Baxter Englekling, que tenían una imprenta en San Bernardino, California, manifestaron a las autoridades que Delbert *Duke* Cathcart, víctima del Nite Owl, les presentó un plan para imprimir material pornográfico, y sugirieron que la matanza del Nite Owl era resultado de intrigas dentro del submundo de la pornografía. El Departamento de Policía de Los Ángeles desdeñó esa teoría en su prisa por atribuir el crimen a los negros, y ahora los Englekling parecen haber desaparecido de la faz de la tierra.

Conexión: Hilda Lefferts, madre de Susan Nancy Lefferts, víctima del Nite Owl, nacida y criada en San Bernardino, reveló al Detective X que poco antes de la matanza su hija tuvo un misterioso novio sin nombre que se parecía mucho a Duke Cathcart, y a quien ella le oyó decir, hablando con Susan Nancy: «Llámame Duke. Acostúmbrate.» La señora Lefferts no pudo identificar al hombre en las fotos que le mostró el Detective X. Luego X desarrolló lo que consideramos una excelente y excitante teoría.

Posible explicación: Ese novio misterioso mató a Duke Cathcart en un intento de adueñarse de su proyecto pornográfico, fingió que era Duke Cathcart y se presentó en la cafetería Nite Owl para hacer negocios con los tres hombres que perpetraron esa carnicería. Susan Nancy se sentó cerca para observar cómo su novio negociaba. El Detective X ofrece las siguientes pruebas taxativas:

La señora Lefferts declaró que el novio misterioso era igual a Duke Cathcart.

El cuerpo identificado como de Cathcart estaba demasiado maltrecho para una identificación cabal. El forense se basó en una reconstrucción parcial de placas dentales cotejada con los registros dentales carcelarios de Cathcart, pero otros documentos carcelarios indican que Cathcart tenía un metro sesenta mientras que el cuerpo descubierto en el Nite Owl tenía uno sesenta y dos. Prueba inequívoca de que un sustituto, no Duke Cathcart, murió en la cafetería Nite Owl.

Creemos que estas excitantes extrapolaciones revelarán conexiones extremadamente interesantes, exasperarán al irresponsable Departamento de Policía de Los Ángeles y quizás exoneren a los tres negros falsamente acusados de la matanza del Nite Owl. La gente de *Whisper* exhorta a la Fiscalía de Distrito de Los Ángeles a exhumar los cuerpos de las víctimas del Nite Owl; execramos al capitán Ed Exley por exterminar a sangre fría a cuatro víctimas de la sociedad y exigimos expresamente al Departamento que redima sus propios errores en nombre de la justicia. ¡Que se reabra el caso del Nite Owl!

## EXTRACTO

*Chronicle* de San Francisco, 27 de febrero

### MUERTES EN GAITSVILLE DESCONCIERTAN A LA POLICÍA

Gaitsville, California, 27 de febrero de 1958. Un extraño doble homicidio ha estremecido a los ciudadanos de Gaitsville, una pequeña ciudad a noventa kilómetros de San Francisco, y ha desconcertado al Departamento del Sheriff del Condado de Marin.

Hace dos días se hallaron los cuerpos de Peter y Baxter Englekling, de 41 y 37 años, en su apartamento, cerca de la imprenta donde estaban empleados como tipógrafos. Los dos hermanos, en palabras del teniente Eugene Hatcher del Departamento del Sheriff, eran «personajes borrosos con antecedentes delictivos». El teniente declaró cautamente ante George Woods, reportero del *Chronicle*:

«Ambos hermanos tenían antecedentes delictivos relacionados con narcóticos. Habían sido honrados durante varios años, pero aun así eran personajes borrosos. Por ejemplo, trabajaban en la imprenta con nombres supuestos. Hasta ahora no tenemos pistas, pero creemos que los han torturado para sonsacarles información.»

Los hermanos Englekling trabajaban en Rapid Bob's Printing, en East Verdugo Road de Gaitsville, y vivían en el edificio de apartamentos contiguo. Su patrón, Robert Dunkquist, de 53 años, los conocía como Peter y Baxter Girard, y descubrió los cuerpos el martes por la mañana. «Peter y Baxter trabajaban conmigo desde hacía un año y eran puntuales como un reloj. Cuando el martes no vinieron a trabajar, supe que algo pasaba. Además alguien había saqueado el taller y quería que me ayudaran a encontrar a los culpables.»

Los hermanos Englekling, cuya identidad se reveló merced a un cotejo de huellas dactilares por teletipo, fueron muertos a balazos, y el teniente Hatcher está seguro de que el asesino usó un revólver 38 equipado con silenciador. «Nuestro perito en balística halló fragmentos de hierro en las balas que extrajimos de las víctimas. Esto indica que se usó un silenciador y explica por qué los vecinos no oyeron disparos.»

El teniente Hatcher se negó a revelar la situación de la investigación, pero declaró que se están utilizando todos los procedimientos estándar. Declaró que ambas víctimas fueron torturadas antes de los disparos, pero no quiso describir los detalles. «Queremos mantener en privado esa información. A veces hay lunáticos ávidos de publicidad que se confiesan culpables de estos delitos, aunque no los cometieron. Ocultar la información nos ayuda a distinguir a los culpables de los inocentes.»

Peter y Baxter Englekling no tienen parientes vivos conocidos, y sus cuerpos se hallan en la oficina del forense de Gaitsville. El teniente Hatcher solicitó a todos los que tengan información relacionada con los homicidios que se pongan en contacto con el Departamento del Sheriff del Condado de Marin.

EXTRACTO

*Examiner* de San Francisco, 1 de marzo

## VÍCTIMAS DE ASESINATO CONECTADAS CON CÉLEBRE CRIMEN DE LOS ÁNGELES

Peter y Baxter Englekling, asesinados en Gaitsville, California, el 25 de febrero, fueron testigos materiales de la famosa matanza del Nite Owl, acontecida en Los Ángeles en abril de 1953, según reveló hoy el teniente Eugene Hatcher del Departamento del Sheriff del Condado de Marin.

«Ayer recibimos una llamada anónima», declaró el teniente Hatcher al *Examiner*. «Un hombre nos dio la información y luego colgó. La verificamos con la Fiscalía de Distrito de Los Ángeles, donde nos dijeron que era cierta. No creo que se relacione con nuestro caso, pero de todos modos llamé al Departamento de Policía de Los Ángeles y lo corroboré. Me trataron con desdén, así que pueden irse al cuerno.»

EXTRACTO

*Daily News* de Los Ángeles, 6 de marzo

## NITE OWL REDIVIVO: SORPRENDENTES REVELACIONES INDICAN MUERTE DE INOCENTES

Es una historia desagradable. El *Daily News*, único periódico de Los Ángeles que desnuda las noticias y único periódico del sur de California que se enorgullece de hurgar en el lodo, no teme tales historias. Es una historia que atenta contra la imagen heroica de un hombre que muchos consideran paradigma perfecto de la ley y el orden, y cuando los héroes tienen pies de barro, el *Daily News* se cree obligado a someter sus flaquezas al escrutinio público. Aquí hay grandes interrogantes, tan grandes como el crimen que los generó, así que pedimos con franqueza que se remueva el lodo. Las razones: el tristemente célebre caso del Nite Owl —seis personas brutalmente atracadas y asesinadas en un café de Hollywood en abril de 1953— se resolvió incorrectamente, con gran coste para la justicia. Queremos que se reabra el caso y se llegue a la justicia verdadera.

Raymond Coates, Leroy Fontaine y Tyrone Jones... ¿recuerdan ustedes esos nombres? Eran los tres jóvenes negros, por cierto, delincuentes y agresores sexuales, encarcelados por el Departamento de Policía de Los Ángeles. Arrestados poco después de la matanza del Nite Owl, presentaron una siniestra coartada: no podían haber cometido los asesinatos porque en ese momento secuestraban y violaban a una joven llamada Inez Soto. Ultrajaron a la señorita Soto en un edificio desierto del sur de Los Ángeles, luego confesaron que la habían paseado y «vendido» a sus amigos para que siguieran sometiéndola a abusos sexuales. Dejaron a la señorita Soto en compañía de un tal Sylvester Fitch, a quien un policía del Departamento mató de un tiro al rescatar a esa valiente mujer.

La señorita Soto rehusó cooperar con la investigación policíaca, que en ese momento intentaba establecer dónde se hallaban Coates, Jones y Fontaine en el momento de la matanza del Nite Owl. ¿Estaban con ella y otros presuntos violadores (ninguno de los cuales fue identificado, excepto Fitch)? ¿Tuvieron tiempo para ir de Los Ángeles Sur a Hollywood, cometer la matanza del Nite Owl y regresar para seguir vejándola? ¿Ella estuvo consciente durante esa vejación?

Preguntas sin respuesta. Hasta ahora.

La investigación policíaca se dividió en dos ramas: la búsqueda de pruebas para corroborar si Jones, Coates y Fontaine eran los asesinos; la búsqueda de pruebas generales, tarea estándar basada en el supuesto de que los tres jóvenes eran culpables de secuestro y violación, pero no de homicidio. La señorita Soto aún se negaba a cooperar. Ambas ramas de la investigación se troncharon cuando Coates, Jones y Fontaine escaparon de la cárcel y fueron acribillados por nuestro héroe: el sargento Edmund Exley del Departamento de Policía de Los Ángeles.

Universitario, héroe de la Segunda Guerra Mundial, hijo del ilustre Preston Exley, Ed Exley usó el caso del Nite Owl como trampolín para su insaciable ambición personal. Fue ascendido a capitán a los 31 años y pronto llegará a inspector a los 36, el más joven de la historia del Departamento. Se le menciona como un potencial político republicano casi con tanta frecuencia como a su padre, el magnate de la construcción. Lo rodean algunos rumores persistentes: que los hombres que mató estaban desarmados, que el fiscal de distrito Ellis Loew inventó la presunta confesión de Coates, Jones y Fontaine acerca del Nite Owl antes de la fuga. Lo que no es tan sabido es que Ed Exley estaba enamorado de Inez Soto y perdonó su falta de cooperación durante la investigación, luego le compró una casa y hace cinco años que intima con ella.

Ahora, dos acontecimientos recientes arrojan nueva luz sobre el caso del Nite Owl.

En 1953, dos hermanos se presentaron como testigos materiales alegando que poseían información sobre la matanza del Nite Owl. Esos hombres, Peter y Baxter Englekling, afirmaron que un proyecto de distribuir pornografía era la raíz de la matanza, así como un plan diseñado por una de las víctimas: el ex convicto Delbert Cathcart. El Departamento de Policía optó por ignorar esta información. Luego, casi cinco años después, Peter y Baxter han sido brutalmente asesinados en la pequeña ciudad de Gaitsville, California. Esas muertes, cometidas el 25 de febrero, no están resueltas y no hay ninguna pista. Pero una pregunta estaba a punto de hallar su respuesta.

En la penitenciaría de San Quintín, un prisionero negro llamado Otis John Shortell leyó un relato periodístico sobre la muerte de los hermanos Englekling, un relato que mencionaba su leve conexión con el caso Nite Owl. El artículo hizo meditar al preso. Pidió una audiencia con el asistente del alcaide e hizo una asombrosa confesión.

Otis John Shortell, sentenciado por diversas condenas por robo de automóviles y buscando una reducción de la pena como recompensa por su cooperación, confesó que era uno de los hombres a quienes Inez Soto fue «vendida» por Coates, Fontaine y Jones. Estuvo con la señorita Soto y los tres jóvenes entre las dos y media y las cinco de la mañana de la matanza del Nite Owl, durante el tiempo en que se cometieron los asesinatos. Declaró al alcaide que nunca había hablado para exculparlos por temor a que le acusaran de violación. Además reveló que Coates tenía gran cantidad de narcóticos en el coche, razón por la cual nunca comunicó a la policía dónde lo había escondido. Shortell citó su reciente conversión —ahora es cristiano pentecostal— como razón para hacer esta confesión, aunque las autoridades de la prisión lo pusieron en duda. El preso pidió que lo sometieran al detector de mentiras para demostrar su sinceridad y fue sometido a cuatro exámenes de polígrafo. Aprobó los cuatro exámenes de forma concluyente. El abogado de Shortell, Morris Vaxman, ha enviado copias certificadas de los informes del perito al *Daily News* y al Departamento de Policía de Los Ángeles. El *Daily News* publica este artículo. ¿Qué hará el Departamento de Policía?

Denunciamos la injusticia de la justicia a punta de

pistola. Denunciamos los motivos del «justiciero» Ed Exley. Invitamos abiertamente al Departamento de Policía de Los Ángeles a reabrir el caso del Nite Owl.

EXTRACTO

*Times* de Los Ángeles, 11 de marzo

## CRECEN CLAMORES POR EL CASO NITE OWL

Una serie de hechos inconexos y un fuego atizado por varios artículos del *Daily News* de Los Ángeles urgen al Departamento de Policía de Los Ángeles a reabrir el caso del Nite Owl, de 1953. El jefe del Departamento, William H. Parker, dijo que la controversia era «un barril de pólvora con una mecha mojada. Son meras patrañas. El testimonio de un delincuente degenerado y un doble homicidio sin conexión con el asunto no constituyen razones para reabrir un caso resuelto hace cinco años. Respaldé los actos del capitán Ed Exley en 1953 y los respaldo ahora».

Las referencias del jefe Parker aluden a Peter y Baxter Englekling, testigos materiales de la investigación original, asesinados el pasado 25 de febrero, y al reciente testimonio del convicto de San Quintín Otis John Shortell, quien afirmó estar con los tres acusados en otro lugar mientras se cometía la matanza. Citando los exámenes con detector de mentiras a que Shortell se sometió en la prisión, su abogado Morris Waxman declaró: «los polígrafos no mienten. Otis es un hombre religioso que carga con una gran culpa por no haber evitado la muerte de hombres inocentes hace cinco años, y ahora quiere que se haga justicia. Ha dado a las tres víctimas muertas una coartada convalidada por el detector de mentiras y ahora quiere que se castigue a los verdaderos asesinos. No dejaré de dar publicidad a este asunto hasta que el Departamento de Policía de Los Ángeles acceda a cumplir con su deber y reabra el caso».

Richard Tunstell, jefe de redacción del *Daily News* de Los Ángeles, se hizo eco de ese sentimiento: «Hemos hincado los dientes en algo importante. No pensamos soltarlo.»

TITULARES

*Daily News* de Los Ángeles, 14 de marzo
**J'ACCUSE: POLICÍA DE LOS ÁNGELES OCULTA CASO DEL NITE OWL**

*Daily News* de Los Ángeles, 15 de marzo
**CARTA ABIERTA A «GATILLO» EXLEY**

*Daily News* de Los Ángeles, 16 de marzo
**EL ABOGADO DE UN CONVICTO SOLICITA A LA FISCALÍA ESTATAL QUE REABRA EL CASO DEL NITE OWL**

*Herald-Express* de Los Ángeles, 17 de marzo
**PARKER A LA PRENSA: EL NITE OWL ES UN CASO CERRADO**

*Daily News* de Los Ángeles, 19 de marzo
LOS CIUDADANOS EXIGEN JUSTICIA: PIQUETES FRENTE AL DEPARTAMENTO DE POLICÍA

*Herald-Express* de Los Ángeles, 20 de marzo
PARKER/LOEW EN LA PICOTA. EL GOBERNADOR KNIGHT: EL NITE OWL ES UN «BARRIL DE PÓLVORA»

*Mirror-News* de Los Ángeles, 20 de marzo
EL SALARIO DE LA MUERTE: FOTOS EXCLUSIVAS DEL NIDO DE AMOR EXLEY/SOTO

*Examiner* de Los Ángeles, 20 de marzo
LLUEVEN LAS LLAMADAS SOBRE LOS TELÉFONOS POLICIALES: LOS CIUDADANOS OPINAN SOBRE EL NITE OWL

*Times* de Los Ángeles, 20 de marzo
PARKER RESPALDA A EXLEY CON FIRMEZA: «NO SE REABRIRÁ EL CASO»

*Daily News* de Los Ángeles, 20 de marzo
¡QUE PREVALEZCA LA JUSTICIA! ¡QUE LA POLICÍA RESPONDA! ¡REAPERTURA DEL CASO NITE OWL!

# Cuarta parte

## Destino: el depósito de cadáveres

[illegible] Ed le contó al rey su mentira.

—¿Sí?

—Sí. Hablad.

—Señor, ¿cómo está Conde [illegible] en el [illegible].

—[illegible] Vamos [illegible] ¿Cuándo lo vamos a [illegible]?

—Mi padre [illegible] Conde [illegible] en [illegible].

—[illegible]

[illegible]

—[illegible] en pazes.

—[illegible] de [illegible] San [illegible]. El [illegible]

[illegible]

# 48

Sonó el teléfono: veinte contra uno a quc cra la prensa. Ed lo cogió de todos modos.

—¿Sí?

—Bill Parker, Ed.

—Señor, ¿cómo está? Gracias por esa declaración en el *Times.*

—Iba en serio, hijo. Vamos a resistir y dejarlo pasar. ¿Cómo lo ha tomado Inez? Me refiero a la publicidad.

—Mi padre me dijo que está viviendo en la casa de Ray Dieterling, en Laguna. Y rompimos hace unos meses. No funcionaba.

—Lo lamento. Aun así, Inez es una muchacha fuerte. Comparado con lo que ha sufrido, esto será un juego de niños.

Ed se frotó los ojos.

—No sé si lo dejarán pasar.

—Creo que sí. La policía de Gaitsville se niega a cooperar con los homicidios de los Englekling y ese negro de San Quintín no vale nada como testigo. El polígrafo parece válido, pero el abogado es un oportunista que sólo desea sacar al cliente de la...

—Señor, al margen de eso, no creo que los hombres que maté fueran culpables del Nite Owl y...

—No me interrumpas y no incurras en la ingenuidad suicida de creer que reabrir el caso servirá de algo. Yo esperaré a que pase el temporal, y lo mismo hará el fiscal general en Sacramento. La mala publicidad, las peticiones de justicia y demás siempre alcanzan un tope y luego se apagan.

—¿Y de lo contrario?

Parker suspiró.

—Si el fiscal general ordena una investigación estatal, presentaré un interdicto del Departamento para dar prioridad a nuestra propia investigación. Contaré con pleno apoyo de Ellis Loew para esa estrategia... pero pasará.

—No sé si yo deseo que pase —dijo Ed.

## 49

Misión del escuadrón Antihampones: habitación 6 del motel Victory. Bud y Mike Breuning. Un chico de San Francisco esposado a la silla: Joe Sifakis, con tres condenas por usura, raptado de un tren en Union Station. Breuning usaba la manguera; Bud observaba.

Mil cuatrocientos en la cómoda: donación a obras de caridad para la policía. Contundentes advertencias para que Sifakis se largara de la ciudad: trabajo dental en marcha. Bud miró el reloj: Las cuatro y veinte. Dudley iba atrasado. Sifakis gritaba.

Bud entró en el cuarto de baño. Cuatro paredes obscenas: alusiones sexuales, algunas anticuadas. Anotaciones del 53: Bud pensó en el Nite Owl. Temible: el Nite Owl era gran noticia, Dudley quería hablarle. Abrió el grifo para ahogar los gritos. Pensó en sus deducciones sobre el Nite Owl, las encontró sólidas.

Nadie sabía que había pasado la historia a *Whisper*. Si la oficialidad lo supiera, él ya se habría enterado; y el cadáver de Cathcart estaba debajo de la casa. Nadie sabía que había advertido al Departamento del Sheriff de Gaitsville sobre la conexión entre los Englekling y el Nite Owl. Golpes de suerte: los dos hermanos muertos, el negro de San Quintín, que quizá dijera la verdad. No tendría problemas con las pruebas que había retenido en el 53: si Dudley sospechaba, quizá lo asociara con su fijación con el asesinato de Kathy.

Dudley era el supervisor del caso Nite Owl, querría que el alboroto se calmara. Una reapertura lo haría aparecer como actor de reparto: segundón del héroe Ed Exley. Parker intentaba evitar la reapertura. Probabilidades en contra: cinco a uno a que Exley saldría mal parado...

Sifakis gritó. La puerta tembló.

Bud hundió la cabeza en el lavabo. Una nota junto al espejo: «Meg Greunwitz folla bien - AX-74022.» Nombres de chicas en las paredes; la semana anterior el Departamento del Sheriff de Los Ángeles había hallado una prostituta muerta, una más en la lista: Lynette Ellen Kendrick, edad 21, muerta el 17/3/58. Aporreada, heridas hechas con anillos, triple violación. Los polizontes del condado no le darían tiempo para...

Sifakis empezó a parlotear. El caluroso baño se volvió insoportable. Bud salió. Sifakis cantaba:

—... sé cosas, oigo cosas. Con Mick libre, se abrió la temporada de caza. Las cosas andaban despacio mientras él estaba dentro, pero esos tiradores dispararon a los concesionarios, luego a estos independientes. Tres pistoleros... liquidaron a los hombres de Mickey y a los tíos que intentaban encargarse de sus préstamos. Todos respetaban a Dudley Smith como pacificador, pero ahora no hace nada. Quieres un arresto por prostitución, ¿eh? ¿Quieres un buen dato sobre...?

Breuning parecía aburrido. Bud salió al patio: hierba rastrera, alambre de espinos. Catorce habitaciones vacías. El

Departamento de Policía de Los Ángeles había comprado barata la propiedad.

—Muchacho.

Dudley en la acera. Bud encendió un cigarrillo, se le acercó.

—Muchacho, lamento llegar tarde.

—No importa. Dijiste que era serio.

—Sí, muy serio. ¿Te gusta el escuadrón de Hollywood, muchacho?

—Me gustaba más homicidios.

—Estupendo. Intentaré que regreses pronto. ¿Has disfrutado viendo cómo el amigo Exley es ridiculizado por el cuarto poder?

El humo hizo toser a Bud.

—Sí, claro. Lástima que no reabran el caso para hacerlo temblar de veras. Aunque no me gustaría que eso te creara problemas.

Dudley rió.

—Veo los conflictos inherentes a tu situación. Y siento cierta ambivalencia ante ello, pues un pajarito de Sacramento me contó que el fiscal general pronto presionará para que reabran el caso. Ellis Loew tiene preparado un interdicto si las cosas se salen de madre, así que podemos dar por sentado que el Nite Owl, lamentablemente, vuelve a ser una patata caliente en nuestras manos. Problemas políticos, muchacho. Esos demócratas zurdos han tomado el estandarte de una acusación presuntamente injusta contra esos negros para usar el tema en las elecciones primarias, y el fiscal republicano general saltó a un lado y devolvió el golpe. Muchacho, ¿tienes alguna información sobre el Nite Owl que no me hayas presentado?

Listo, preparado.

—No.

—Estupendo. Bien, aparte de eso, tengo una misión para ti en el Victory, esta noche. Hay un hombre corpulento y musculoso que requiere tratamiento, y francamente Mike y Dick carecen de presencia para impresionarlo adecuadamente. El mundo es pequeño, muchacho... creo que este sujeto conocía a nuestro amigo Duke Cathcart en el 53. Quizá pueda brindarte alguna información sobre tu fijación con Kathy Janeway. ¿Aún te preocupa el destino de la bella Kathy, muchacho?

Bud tragó saliva.

—Muchacho, olvida mi pregunta. Esas fijaciones son como las prostitutas... se pueden reformar, pero nunca olvidan las viejas mañas. Esta noche a las diez, muchacho. Y alegra ese ánimo. Pronto tendré tareas extralaborales para ti, tareas que reavivarán tus viejos y temibles hábitos.

Bud pestañeó. Dudley sonrió, caminó hacia la habitación 6.

Prostituta igual a «Lynn». Pregunta sobre Kathy igual a «¿cuánto?»

Un grito de Joe Sifakis: a través de las cuatro paredes, hasta el linde del patio.

## 50

Gallaudet le pasó la noticia: la Fiscalía General presionaría para lograr una reapertura, financiada y administrada por el estado. Ellis Loew se proponía usurpar la investigación: el Departamento de Policía, el retorno del Nite Owl. Hora de reorganizarse.

Ed en una cafetería de La Brea. Esperando a Jack Vincennes, papeles en la mesa: Nite Owl, notas sobre el caso Hudgens.

Nota: ¿El convicto de San Quintín decía la verdad? Era muy probable que sí, al margen de los motivos.

Nota: ¿La muerte de los Englekling se conectaba con el Nite Owl? No había modo de saberlo si el Departamento del Sheriff de Marin no revelaba información.

Nota: El coche rojo junto al Nite Owl. Una corazonada: era un vehículo inocente, los verdaderos asesinos siguieron las informaciones de la prensa. Localizaron el coche de Ray Coates antes que la policía y colocaron allí las escopetas. Esto significaba —asombrosamente— que habían puesto ellos las balas halladas en el Griffith Park. Los documentos de la cárcel de los tribunales correspondientes a 1935-1955 habían sido destruidos. Si los asesinos obtuvieron la información a partir de un contacto en la cárcel, hallar la conexión resultaría casi imposible. Pediría a Kleckner y Fisk que investigaran exhaustivamente cada posibilidad lógica relacionada con el coche rojo y las escopetas encontradas.

Nota: La víctima Malcolm Lunceford, ex policía y guardia de seguridad borracho. ¿Estaba conectado con alguna conspiración delictiva que terminó en la matanza del Nite Owl? Respuesta: improbable, era parroquiano del Nite Owl, y siempre iba tarde.

Ed bebió café y pensó: PODER. Abuso de poder: la División de Asuntos Internos era autónoma dentro y fuera del Departamento; Ed había hecho trabajar a Fisk y Kleckner teniendo en cuenta una posible reapertura, suya o del Departamento. Vincennes admitía que había seguido a Bud White y mentía al decir que White no había conocido a esa amante esporádica —Lynn Bracken— en la primavera del 53. Lynn Bracken fue puesta bajo vigilancia; Fisk presentó un informe.

Se rumoreaba que la mujer era ex prostituta y copropietaria de una tienda de Santa Mónica. El socio era Pierce Morehouse Patchett, de cincuenta y seis años. Kleckner obtuvo un informe financiero: Patchett era un adinerado inversor que regentaba prostitutas a domicilio para sus socios en los negocios. La gran noticia:

Patchett era propietario de un edificio de apartamentos en Hollywood. Un extraño tiroteo se produjo allí en la época del caso Nite Owl. Ed mismo recibió la denuncia: ningún sospechoso detenido, artículos sadomasoquistas en un apartamento acribillado a balazos. El administrador afirmaba desconocer al propietario: le pagaban por correo, sospechaba que una corporación fantasma le enviaba el cheque. Conocía el nombre de pila del ocupante del apartamento: «Lamar», «un sujeto alto y rubio». El administrador culpó a Lamar del tiroteo; un informe de seguimiento de la División Hollywood indicaba que nadie había visto a Lamar desde el incidente. Caso cerrado.

Jack llegaba con retraso, Ed miró las notas sobre Hudgens.

Una carnicería, ningún sospechoso, Hudgens odiado por todos. Una investigación desganada. Por un tiempo la tormenta cayó sobre Max Peltz y la gente de *Insignia del Honor*. *Hush-Hush* publicó un artículo «denunciando» a Peltz y su afición por las adolescentes. Peltz se sometió a una prueba con polígrafo; el resto del equipo tenía coartadas. Entre líneas: Parker consideraba que Hudgens era un cerdo y no insistió sobre el caso.

Jack aún no venía. Ed miró la lista de coartadas.

Max Peltz cometiendo estupro, importantes insinuaciones, pero ninguna acusación. La guionista Penny Fulweider estaba en casa con su esposo; la coartada de Billy Dieterling: Timmy Valburn. El diseñador David Mertens, un hombre enfermo que padecía de epilepsia y otras dolencias, fue excusado por Jerry Marsalas, su enfermero permanente. La estrella Brett Chase estaba en una fiesta, al igual que la coestrella Miller Stanton. Un fiasco, pero la muerte de Hudgens debía de ser decisiva para Vincennes en la primavera del 53.

Jack llegó, se sentó.

—¿Piensas retomarlo? —preguntó sin rodeos.

—Mañana me reuniré con Parker. Sin duda anunciará una reapertura.

Vincennes rió.

—Entonces no estés tan abatido. Si estás tan loco como para desearlo, al menos alégrate.

Ed puso seis cartuchos de bala sobre la mesa.

—Recogí tres de ellas tras tu última práctica de tiro al blanco, las otras tres estaban archivadas en un armario de la División Hollywood. Idénticas marcas. Abril del 53, Jack. ¿Recuerdas ese tiroteo en Cheramoya?

Jack se aferró a la mesa.

—Continúa.

—Pierce Patchett es dueño de ese edificio de Cheramoya, y ha hecho lo posible por ocultarlo. Se encontraron artículos sadomasoquistas en el edificio, y Patchett es socio conocido de Lynn Bracken, la chica de Bud White, a la cual negabas conocer. Entonces tú participabas en una investigación de pornografía para Antivicio, y había artículos pornográficos y sadomasoquistas en el mismo sitio. La última vez que hablamos admitiste que Hudgens tenía un archivo sobre ti, que por eso andabas tan agitado entonces. He aquí mi gran conclusión, y corrígeme si me equivoco. Bracken y Patchett eran socios de Hudgens.

Vincennes se agarró con más fuerza. La mesa tembló.

—Conque eres un tío listo. ¿Y qué?

—¿Bud White conocía a Hudgens?

—No, no creo...

—¿Qué tiene White sobre Patchett y Bracken?
—No sé. Exley, mira...
—No, mira tú. Y responde. ¿Conseguiste el archivo de Hudgens sobre ti?
Jack, sudando:
—Sí.
—¿Quién te lo dio?
—Lynn Bracken.
—¿Cómo se lo sacaste?
—Amenazas. Escribí una declaración sobre ella y Patchett, con todos los datos que conseguí sobre ambos. Hice copias y las guardé en cajas de caudales.
—Y...
—Sí, y todavía las tengo. Y ellos todavía tienen una copia de lo mío.
Una conjetura.
—¿Y Patchett distribuía ese material porno que tú buscabas?
—Sí, Exley. Mira...
—No, Vincennes. Escucha tú: ¿Aún tienes ejemplares de esos libros obscenos?
—Tengo mis declaraciones y los libros. Si los quieres, elimina el hecho de que retuve pruebas. Y la mitad del asunto Nite Owl.
—Otra cosa. No hay modo de construir el caso sin White.

## 51

Habitación 6 del Victory. Dudley y un musculoso encadenado a la silla. Dot Rothstein hojeando *Playboy*. Bud ojeó la foto que ella estaba mirando: una polizonte lesbiana con traje de vuelo de Hughes Aircraft.

Dudley hojeó una hoja de arrestos.

—Lamar Hinton, treinta y un años. Una condena, ex empleado de la compañía telefónica, bajo sospecha de haber instalado líneas clandestinas para Jack Whalen. Violación de la libertad bajo palabra desde abril de 1953. Muchacho, creo que cabe referirse a ti como un socio del crimen organizado, y por ende alguien que requiere una reeducación en los hábitos de la sociedad civilizada.

Hinton se lamió los labios; Dudley sonrió.

—Has venido pacíficamente, lo cual obra en tu favor. No nos has dado un discurso sobre tus derechos civiles, lo cual, dado que no tienes ninguno, habla bien de tu inteligencia. Pues bien, mi tarea es detener y contener el crimen organizado en Los Ángeles, y he descubierto que la fuerza física a menudo funciona como la medida correctiva más persuasiva. Muchacho, yo haré preguntas, tú responderás. Si me satisfacen tus respuestas, el sargento Wendell White se quedará en su silla. ¿Por qué violaste tu libertad bajo palabra en abril de 1953?

Hinton tartamudeó. Bud lo abofeteó, los ojos en la pared para no ver. Izquierda/derecha/izquierda/derecha/izquierda/derecha. Dot le hizo una seña para que interrumpiera.

Cese del fuego.

—Una pequeña admonición para demostrarte las aptitudes del sargento White —dijo Dudley—. De ahora en adelante me adaptaré a tu tartamudeo. ¿Recuerdas la pregunta? ¿Por qué violaste tu libertad bajo palabra en abril de 1953?

Tartamudeo. Hinton cerró los ojos.

—Muchacho, estamos esperando.

—T-t-tuve que l-l-largarme de la ciudad.

—Estupendo. ¿Y qué ocasionó esa necesidad de abandonarnos?

—P-p-problemas c-con m-m-mujeres.

—Muchacho, no te creo.

—E-e-es v-v-verdad.

Dudley cabeceó. Bud le propinó bofetadas: contenidas, aparentando toda su fuerza.

—Este chico podría soportar mucho castigo —dijo Dot—. Vamos, primor, facilita las cosas. Abril del 53. ¿Por qué te largaste de la ciudad?

Bud oyó a Breuning y Carlisle al lado. Recordó: 4/53, el Nite Owl.

—Muchacho, he sobrevalorado la capacidad de tu memoria, así que te ayudaré. Pierce Patchett. Le conocías entonces, ¿verdad?

Bud sintió escalofríos: retención de pruebas, él no tendría que saber que Patchett existía...

Hinton se sacudió, intentó zafarse.

—Estupendo, hemos tocado una fibra.

Dot suspiró.

—Cielos, qué músculos. Yo debería tener esos músculos.

Dudley aulló.

Olvida el miedo: él está en la reapertura del caso. Quizás Hinton afloje. Si Dudley supiera lo mío yo no estaría aquí.

Dot le pegó a Hinton con una porra: brazos, rodillas.

Músculos aguantó estoicamente: ni gritos ni gemidos. Dudley rió.

—Muchacho, tienes una gran resistencia a la incomodidad. Un comentario sobre lo siguiente, por favor: Pierce Patchett, Duke Cathcart y la pornografía. Sé conciso o nuestro sargento White pondrá a prueba esa resistencia.

Hinton, sin tartamudeos.

—Que te den por el culo, cabrón irlandés.

Risa de Dudley.

—Muchacho, eres gracioso como Jack Benny. Wendell, muestra a nuestro cómplice del crimen organizado tu opinión sobre los números cómicos no solicitados.

Bud cogió la porra de Dot.

—¿Qué quieres, jefe?

—Cooperación dócil y plena.

—¿Esto es el Nite Owl? Mencionaste a Duke Cathcart.

—Quiero cooperación dócil y plena en todos los sentidos. ¿Alguna objeción?

—White, tan sólo hazlo —dijo Dot—. Dios, yo debería tener esos músculos.

Bud se acercó a Dudley.

—Déjame solo. Un par de minutos nada más.

—¿Un retorno a tus viejos métodos, muchacho? Hacía tiempo que no manifestabas entusiasmo en estas faenas.

—Le dejaré creer que puede aguantar mis golpes —le susurró Bud—, luego seré duro. Tú y Dot esperad afuera, ¿de acuerdo?

Dudley cabeceó, salió con Dot. Bud encendió la radio: un anuncio: coches usados en Yeakel Olds.

Hinton hizo crujir las cadenas.

—Al cuerno contigo, al cuerno con ese tío irlandés, al cuerno con esa puñetera lesbiana.

Bud acercó una silla.

—No me gusta esto, así que sé amable, dame algunas respuestas aparte y le diré al hombre que te deje en paz. ¿Entiendes? Sin acusaciones.

—Al cuerno.

—Hinton, creo que conoces a Pierce Patchett, y quizá conocías a Duke Cathcart. Puedes pasarme cierta información y yo...

—Ve a joder con tu madre.

Bud arrojó a Hinton y la silla al otro lado de la habitación. La silla aterrizó de costado, las tablillas se partieron. Cayeron estantes. La radio se rompió, escupiendo zumbidos.

Bud enderezó la silla con una sola mano. Hinton se orinó en los pantalones. Bud parodió un acento irlandés.

—Háblame de chulos, muchacho. Cathcart, un negro llamado Dwight Gilette... ambos tenían una chica llamada Kathy Janeway. La mataron y eso no me gusta. ¿Tienes información sobre ellos, muchacho?

Mirada fija. Los ojos de Hinton muy grandes. Sin tartamudeos, para no irritar a ese maldito animal:

—Yo trabajaba de chófer para Patchett, yo y un fulano llamado Chester Yorkin. Sólo repartíamos esas... esas cosas ilegales... pero no conozco a Cathcart. Oí que Gilette era maricón, sólo sé que conseguía tías para las fiestas de Cooley. ¿Quieres datos sobre Spade? Sé que fuma opio, es un adicto degenerado. Ahora está tocando en El Rancho, puedes arrestarlo. Pero no conozco a ningún asesino de prostitutas ni conozco a una chica llamada Kathy Janeway.

Bud sacudió la silla. Hinton siguió cantando.

—Patchett regentaba chicas. Unas hembras sensacionales, parecidas a estrellas de cine. Su favorita era una zorra despampanante llamada Lynn, parecida a...

Bud le pegó en la cara y la cara se le puso roja. Hombres fornidos entraron, lo agarraron, lo alzaron. El techo descendió de golpe, las paredes de estuco se ennegrecieron.

Preguntas y respuestas en la oscuridad. Gritos y gimoteos a través de un velo, una pared que ocultaba caras. Libros porno, Cathcart, Pierce Patchett. Bud no lograba oírlo todo. Tensión al oír «Lynn Bracken», ningún dato sobre ese nombre, la negrura aún más negra. Mickey Cohen, el 53, por qué había escapado. Bud rasgó el velo buscando ese nombre. Gritos que lo hundieron en la blandura de la cama: instantáneas de Lynn a su alrededor.

Lynn, rubia y ramera, castaña y ella misma. Lynn comentando su aventura con Inez: «Sé amable con ella y ahórrame los detalles.» Lynn escribiendo en su diario mientras él se abstenía de leerlo porque sabía que ella lo tenía calado. Lynn siempre más lista que él, entrando y saliendo de su vida mientras Bud entraba y salía de la vida de ella. El velo negro palpitaba: preguntas, respuestas. Silencio negro, paredes de estuco.

Habitación 7 del Victory: literas para los miembros del escuadrón Antihampones. La puerta que comunicaba con la 6 abierta de par en par.

Bud se levantó de la litera. Le palpitaba la cabeza, le dolía la mandíbula, había desgarrado la almohada con las manos. Entró en la 6, un desastre: la silla, sangre en las paredes. Ni Hinton, ni Dot, ni Dudley y sus muchachos. La una y diez de la madrugada. Ningún modo de ordenar las preguntas y respuestas.

Regresó a casa con el cuerpo flojo, demasiado confundido para pensar. Abrió la puerta bostezando. Se encendió la luz de arriba. Algo o alguien lo agarró.

Esposas en las muñecas. Ed Exley, Jack Vincennes frente a él. A su lado: Fisk y Kleckner, cabrones de Asuntos Internos, cogiéndole los brazos.

Exley lo abofeteó. Fisk le apretó el cuello, le puso un dedo en la carótida. Una carpeta ante la cara.

—Asuntos Internos te sometió a una investigación personal cuando ascendiste a sargento —dijo Exley—, así que ya sabemos lo de Lynn Bracken. Vincennes te siguió en el 53, y tú, Bracken y Pierce Patchett figuráis en esta declaración. Abordaste a Patchett por el homicidio de Kathy Janeway, y estabas presente en todo el caso Nite Owl como la peste. Necesito tus datos, y si no cooperas iniciaré una investigación de Asuntos Internos sobre tu retención de información. El Departamento necesita un chivo expiatorio para el caso Nite Owl, y yo soy demasiado valioso para serlo. Conque, si no cooperas, me valdré de toda mi influencia para arruinarte.

La mano que le apretaba la garganta se aflojó. Bud trató de zafarse. Kleckner y Fisk lo cogieron con fuerza.

—Cabrón, voy a matarte.

Exley rió.

—No lo creo, y si te prestas al juego olvidaremos la retención de pruebas, participarás en el caso y tendrás un premio: un enlace con esos asesinatos de rameras que tanto te interesan.

De nuevo el velo negro.

—¿Lynn?

—Ella será la primera interrogada... con pentotal. Si está limpia, se larga.

No sabe nada sobre *Whisper*, todavía tengo ese cadáver en San Bernardino.

—Y me las veré contigo cuando haya terminado.

## 52

En vela. La declaración de Vincennes no lo dejaba dormir. Cuando sonó el teléfono, estaba despierto: un reportero a las seis de la mañana. Noticias en la radio: especulaciones sobre la reapertura del caso, una entrevista con su padre.

La finalización del sistema de carreteras, el héroe del Nite Owl transformado en villano. Piquetes en el aparcamiento: rojos exigiendo justicia.

Se levantó temprano para la reunión más importante de su carrera.

La sala de conferencias de Parker estaba preparada, con libretas sobre la mesa. Ed escribió: «Patchett», «Bracken», «Patchett y su "trato" con Hudgens: ¿extorsión?». Subrayó «fotos pornográficas que concuerdan con la mutilación de Hudgens; que Vincennes traiga los libros «Detectives». Aportación de White: «Patchett trabajando en pornografía en el 53»; «Formación química de Patchett y los Englekling, padre e hijos»; «Apartamento de Duke Cathcart registrado y Páginas Amarillas (imprentas) de San Bernardino ajadas». White aún retenía información, y Ed lo sabía.

Declaración subrayada: «Patchett involucrado (a través de la organización Fleur-de-Lis) en la comercialización (limitada) del material que Antivicio buscaba en el 53, material para el cual Cathcart elaboró un plan de distribución, material relacionado con las mutilaciones del cuerpo de Hudgens.»

Conclusión: una densa red de conspiraciones delictivas que se remontaba a por lo menos cinco años atrás y había derivado en no menos de cuatro crímenes, quizá más.

Entraron los demás: Parker, Dudley Smith, Ellis Loew.

Cabeceos.

Todos se sentaron.

—Reabriremos el caso —dijo Parker—. La Fiscalía General quiere usurpar el trabajo, pero Ellis ha presentado una orden de no intervención, lo cual nos dará un par de semanas. Tenemos dos semanas hasta que las autoridades estatales de Sacramento intervengan y seamos el hazmerreír de todos. Quiero un caso solucionado y legalmente sólido en manos del gran jurado dentro de doce días. ¿Comprendido, caballeros?

—Yo me encuentro en una difícil posición personal —dijo Loew—, pues Coates, Jones y Fontaine me hicieron esa confesión. Retrospectivamente, debo admitir que eran chicos estúpidos e ingenuos, psicológicamente débiles, así que...

—Ellis —interrumpió Smith—, eso ya pertenece al pasado. Simplemente nos equivocamos de negros. No eran los que dispararon las armas en el Griffith Park. Los verdaderos culpables son pandilleros listos del distrito negro que sabían dónde había ocultado Coates el coche, y luego pusieron allí las armas. Muchachos que conocían bien el distrito negro y nos ganaron la partida. El coche rojo visto junto al Nite Owl fue una mera coincidencia que los asesinos aprovecharon. Creo que el coche del Griffith Park era robado o de otro estado, y en todo caso creo que no es pertinente. Tenemos que empezar por registrar de nuevo el lado sur.

Ed sonrió.

La maniobra de Smith encajaba con su plan.

—En lo esencial estoy de acuerdo, y uno de mis hombres de Asuntos Internos está revisando viejos registros. Pero ¿no nos estamos adelantando? ¿No deberíamos organizar primero una jerarquía de mandos?

Loew tosió.

—Ed, creo que actuaste noblemente al disparar a esos rufianes, fueran cuales fuesen los motivos. Pero creo que nos ganaríamos la hostilidad de la prensa y del público si te pusiéramos al mando. Creo que deberías adoptar un papel subsidiario en esta investigación.

Con aire ofendido.

—Estoy harto de ser el chico malo de los noticiarios y estoy cansado de ver mi vida sexual en los periódicos. Además soy el mejor detective de...

—Eres el mejor detective que tenemos —le interrumpió Parker—, y comprendemos tu necesidad de compensar tus pérdidas. Pero Ellis tiene razón, esto es demasiado personal para ti. Le he dado el mando a Dudley. Él reclutará un equipo de Homicidios y diversos escuadrones.

—¿Y yo? ¿Tengo participación en el caso?

Parker asintió.

—Te daré toda la que sea razonable.

El broche:

—Quiero la oportunidad de examinar pruebas con la autonomía propia de Asuntos Internos. También quiero a mis dos asistentes personales de Asuntos Internos y la elección de los dos policías que serán mis agentes.

—Yo no tengo inconveniente. ¿Dudley?

—Sí, creo que es justo, muchacho, ¿a quién pensabas escoger?

—Jack Vincennes y Bud White.

Smith se quedó boquiabierto.

—Extrañas alianzas —dijo Parker—, pero es un caso extraño. Doce días, caballeros. Ni un minuto más.

## 53

Jack se despertó en el diván y le escribió una nota a Karen.

Querida:

Lo justo es justo. Sí, cometí un error con Ellis. Pero no es justo dormir en este maldito sofá durante dos meses. Si el Departamento no puede perdonarme, tú deberías poder. Hace seis semanas que no bebo. Lo comprobarás si miras el calendario que está junto a mi armario. No espero que eso lo arregle todo entre nosotros, pero al menos admite que lo estoy intentando. Si quieres estudiar derecho, magnífico, pero apuesto a que detestas la idea. En mayo me retiraré, quizá pueda conseguir un puesto de jefe de policía en una ciudad elegante cerca de una buena universidad. Lo intentaré, pero dame un respiro, porque esta abstinencia obligatoria me está volviendo loco y no puedo darme el lujo de enloquecerme porque me han designado para una tarea muy importante. Quizá trabaje hasta tarde esta semana, pero llamaré y volveré a casa.

J.

Se vistió y esperó a que sonara el teléfono. Café en la cocina, una nota de Karen.

Jack:

Últimamente me he portado como una zorra. Lo lamento y creo que deberíamos tratar de arreglar las cosas. Estabas dormido cuando llegué, de lo contrario te habría invitado a mi cuarto.

Besos, K.

P.D.: Una muchacha del trabajo me ha enseñado una revista que quizá te interese. Sé que conoces al tal Exley y, por cierto, se relaciona con lo que han publicado los periódicos últimamente.

En la mesa: *Whisper*: «Toda la inmundicia que es adecuada para publicar.» Jack la hojeó sonriendo, vio una nota sobre el Nite Owl.

Material caliente: detective abnegado, sustituto de Duke Cathcart, especulación sobre material porno. Ed Exley caminaba sobre brasas ardientes. Muchos lo odiaban. Un dato revelador: «investigador privado». Bud White liquida a Exley. Un número de febrero en venta en enero, publicado antes de que liquidaran a los hermanos Engleklin y de que el negro de San Quintín mencionara su coartada. Distribución de la Costa Este, quizá la revista no se consiguiera en Los Ángeles. Exley y las demás autoridades no la habían visto, de lo contrario él lo habría sabido. Sonó el teléfono. Jack lo cogió.

—¿Exley?

—Sí. Estás designado oficialmente. White habló con Lynn Bracken. Ella accedió a usar pentotal, y quiero que la acompañes. Esperará en ese restaurante chino que hay frente a la oficina, dentro de una hora. Recógela allí y llévala a Asuntos Internos. Si tiene un abogado, líbrate de él.

—Oye, tengo algo que deberías ver.

—Sólo tráeme a esa mujer.

La mujer cinco años después de quemar archivos: Lynn Bracken bebiendo té en Al Wong's. Jack miró a través de la ventana. Aún despampanante. Castaña ahora, una belleza de treinta y cinco atrayendo miradas. Ella lo vio. Jack sintió un escalofrío: su archivo.

Lynn salió.

—Yo no quise que esto ocurriera —dijo Jack.

—Pero lo permitiste. ¿No tienes miedo de lo que sé sobre ti?

Algo le llamaba la atención. Lynn Bracken estaba demasiado tranquila a cinco minutos de un interrogatorio.

—Tengo a un capitán temible que me protege. Si surgiera algo, apuesto a que él lo eliminaría.

—No hagas apuestas que no puedes cubrir. Hago esto sólo porque Bud me dijo que resultaría perjudicado si no lo hacía.

—¿Qué más te dijo Bud?

—Cosas malas sobre tu temible capitán. ¿Vamos? Quiero terminar con esto.

Cruzaron la calle y subieron la escalera. Fisk les salió al encuentro frente a Asuntos Internos. Un ambiente inquietante. El temible capitán Ed. Ray Pinker, un escritorio cubierto de material médico: frascos, jeringas. Un polígrafo: una ayuda por si fallaba el zumo de la verdad. Pinker llenó una hipodérmica. Exley señaló una silla.

—Por favor, señorita Bracken.

Lynn se sentó. Pinker le frotó el brazo izquierdo, preparó un torniquete. Exley habló con voz seca.

—No sé qué le ha dicho Bud White, pero esencialmente se trata de una investigación acerca de varias conspiraciones delictivas interrelacionadas. Si usted nos brinda información coherente, estamos dispuestos a otorgarle inmunidad en toda acusación que pudiera comprometerla.

Lynn apretó el puño.

—No puedo mentir. ¿Podemos terminar con esto, por favor?

Pinker le cogió el brazo, le inyectó. Exley puso en marcha una grabadora. La mirada de Lynn se extravió, pero no del todo. Exley se dirigió a un micrófono de mano:

—Testigo Lynn Bracken, 22 de marzo de 1958. Señorita Bracken, por favor cuente hacia atrás desde cien.

Lengua torpe al instante:

—Cien, noventa y nueve, noventa y ocho, noventa y siete, noventa y seis...

Pinker le examinó los ojos, cabeceó. Jack cogió una silla. Ella aún le parecía demasiado calmada.

Exley tosió.

—22/3/58, presentes con la testigo estamos yo, el sargento Duane Fisk, el sargento John Vincennes y el químico forense Ray Pinker. Duane, haga la transcripción taquigráfica.

Fisk cogió una libreta.

—Señorita Bracken —dijo Exley—, ¿qué edad tiene usted?

Voz ligeramente embriagada:

—Treinta y cuatro.

—¿Ocupación?

—Empresaria.

—¿Es usted propietaria de la tienda Veronica's de Santa Mónica?

—Sí.

—¿Por qué escogió el nombre de «Veronica's»?

—Una broma personal.

—Por favor, más detalles.

—Es un nombre de mi vida anterior.

—¿Cuál es la alusión específica?

Una sonrisa soñadora.

—Yo era una prostituta parecida a Veronica Lake.

—¿Quién la convenció de hacer eso?

—Pierce Patchett.

—Entiendo. ¿Pierce Patchett mató a un hombre llamado Sid Hudgens?

—No. Es decir, no lo sé. ¿Por qué iba a hacerlo?

—¿Sabe usted quién era Sid Hudgens?

—Redactor de una revista de escándalos.

—¿Patchett conocía a Hudgens?

—No. Es decir, si lo hubiera conocido, me lo habría dicho, siendo un hombre tan famoso.

Una mentira: la dosis de pentotal no podía ser completa. Lynn tenía que saber que Jack sabía que ella mentía: pensaba que él callaría para protegerse.

—Señorita Bracken —dijo Exley—, ¿sabe usted quién mató a una niña llamada Kathy Janeway en la primavera de 1953?

—No.

—¿Conoce usted a un hombre llamado Lamar Hinton?

—Sí.

—Detalles, por favor.

—Él trabajaba para Pierce.

—¿En qué tarea?

—Como chófer.

—¿Y cuándo fue eso?

—Hace varios años.

—¿Sabe usted dónde está ahora Hinton?

—No.

—Dé una respuesta más detallada, por favor.

—No, él se fue. No sé adónde.

—¿Hinton intentó matar al sargento Jack Vincennes en abril de 1953?

—No.

Lynn había dicho que no entonces.

—¿Quién intentó matarlo?

—No lo sé.

—¿Quién más trabajaba o trabaja como chófer para Patchett?

—Chester Yorkin.

—Detalles, por favor.

—Chester Yorkin, vive en alguna parte de Long Beach.

—¿Pierce Patchett persuade a las mujeres de practicar la prostitución?

—Sí.

—¿Quién mató a las seis personas de la cafetería Nite Owl en abril de 1953?

—No lo sé.

—¿Vende Pierce Patchett diversos artículos ilegales a través de una agencia conocida como Fleur-de-Lis?

—No sé.

Una enorme mentira. Venas palpitantes en la cara de Lynn.

—¿Terry Lux realiza cirugía plástica a las prostitutas de Patchett para aumentar su semejanza con estrellas de cine? —preguntó Exley.

Las venas se relajaron.

—Sí.

—¿Patchett regenta desde hace mucho tiempo a prostitutas a domicilio caras?

—Sí.

—¿Patchett distribuyó material pornográfico caro y de buena calidad en la primavera de 1953?

—No lo sé.

Nudillos blancos. Jack cogió una libreta, escribió. «Patchett es un genio de la química. L. B. está mintiendo y creo que ha ingerido un antídoto del pentotal. Obtener muestra de sangre.»

—Señorita Bracken...

Jack pasó la nota. Exley la miró, se la deslizó a Pinker. Pinker preparó una aguja.

—Señorita Bracken, ¿posee Patchett archivos secretos robados a Sid Hudgens?

—No sé...

Pinker cogió el brazo de Lynn, clavó la aguja. Lynn se sobresaltó.

Exley la agarró. Pinker sacó la aguja mientras Exley apretaba a Lynn contra el escritorio. Ella pataleó. Fisk fue por detrás y la esposó. Lynn escupió a Exley en la cara. Fisk se la llevó al pasillo.

Exley se enjugó la cara: manchas rojas de agitación.

—No estaba seguro. Pensé que estaba confundida...

Jack le dio el número de *Whisper.*

—Yo conocía las respuestas mejor que tú. Capitán, tendrías que ver esto.

Temible: esa cara colorada, esos ojos. Exley leyó el artículo, rasgó la revista en dos.

—Esto es obra de White. Ve a San Bernardino a conversar con la madre de Sue Lefferts. Yo haré hablar a esa ramera.

San Bernardino a toda prisa: imágenes de Exley haciendo hablar a esa ramera. «Hilda Lefferts» en la guía, indicaciones, la casa: tejas blancas, un añadido de piedra volcánica.

Una abuelita regando el jardín. Jack aparcó, pegó con cinta adhesiva la revista rasgada. La vieja le vio e intentó correr hacia la puerta.

Jack la alcanzó.

—¡Deje descansar en paz a mi Susan! —chilló la vieja.

Jack le puso el ejemplar de *Whisper* delante.

—Un policía de Los Ángeles habló con usted, ¿verdad? Un cuarentón corpulento. Usted le contó que su hija tenía un novio parecido a Duke Cathcart antes del Nite Owl. Ese novio le dijo que se «acostumbrara a llamarlo Duke». El policía le mostró fotos y usted no pudo reconocer al novio. ¿Es verdad? Lea esto y dígame.

Ella leyó deprisa, entornando los ojos para protegerse del sol.

—Bud dijo que era policía, no detective privado. Las fotos que me mostró parecían de la policía, y no es mi culpa si no pude identificar al novio de Susan. Y quiero que conste oficialmente que Susan era virgen cuando murió.

—Señora, sin duda lo era...

—Y quiero que conste oficialmente que ese policía o lo que fuere miró debajo del ala nueva de mi casa y no encontró ningún problema. Joven, usted es policía, ¿verdad?

Jack movió la cabeza.

Sintió un mareo.

—Señora, ¿a qué se refiere?

—Le digo que ese detective o policía se arrastró debajo de mi casa hace un par de meses, porque le dije que el novio de Susan Nancy hizo lo mismo después de aquel alboroto que tuvieron con ese fulano, poco antes del episodio del Nite Owl con el cual me siguen atormentando. Que Susan y las otras víctimas descansen en paz. Sólo encontró roedores, ningún indicio de ilegalidad, y ahí estamos.

Ahí estamos.

La abuela señaló un espacio estrecho bajo la casa. Ahí estamos.

Era imposible. Bud White no tenía cerebro para guardarse semejante as en la manga.

Jack cogió una linterna y bajó. Hilda Lefferts se quedó mirando, ahí estamos. Polvo, podredumbre, tufo a naftalina: la luz iluminó mugre, ratas, relucientes ojos de ratas. Arpillera, naftalina, huesos embadurnados de cartílago, un cráneo con un agujero entre los ojos.

# 54

Ed observaba a Lynn Bracken a través del espejo.

Kleckner la interrogaba, en el papel del policía bueno. Le habían vuelto a administrar pentotal; Ray Pinker estaba analizando la sangre. Tres horas en una celda no la habían domado: seguía mintiendo con elegancia.

Ed elevó el volumen de la grabadora.

—No digo que no le creo —decía Kleckner—. Sólo digo que mi experiencia de policía me demuestra que los chulos odian a las mujeres, así que no creo que Patchett sea tan filántropo.

—Tenga en cuenta la historia personal de Patchett, él perdió una hija pequeña. Sin duda su mentalidad de policía puede captar la causa y el efecto, aunque no lo acepte.

—Hablemos de su historia personal. Usted describió a Patchett como un empresario que ha trabajado en Los Ángeles más de treinta años. Usted dijo que él hace negocios. Sea más precisa.

Lynn suspiró. Desdén aristocrático.

—Financiación de películas, negocios de bienes inmuebles y contratación. He aquí un dato para todos los que aman el cine: Pierce me dijo que había financiado algunos de los primeros cortos de Raymond Dieterling.

Interesante: el chulo de la amante de Bud White conocía al amigo de Preston Exley. Kleckner cambió la cinta. Ed estudió a la prostituta.

Bella, en gran medida porque no era perfecta: nariz puntiaguda, arrugas en la frente. Hombros grandes, manos grandes: hermosas formas, más atractivas por el tamaño. Ojos azules que quizá bailaban cuando un hombre decía la palabra adecuada; quizá pensaba que Bud tenía una entereza primitiva y lo respetaba porque él no intentaba impresionarla con regalos que no tenía. Usaba ropa liviana porque sabía que así impactaría más a la gente que deseaba impresionar; pensaba que la mayoría de los hombres eran débiles y se valía de su cerebro para superar todas las situaciones.

Suposiciones que llevaban a una corazonada: cerebro más antídoto contra el pentotal equivalía a un testigo inmune que se desenvolvía con impunidad y elegancia.

—Capitán, una llamada. Es Vincennes.

Fisk tenía el cable del teléfono estirado hasta el extremo. Ed se puso.

—¿Vincennes?

—Sí, y escucha atentamente, porque esa revista andaba bien encaminada y hay mucho más.

—¿White?

—Sí, White era ese falso detective, e interrogó a la madre de Lefferts hace un par de meses. Ella le contó que el novio de su hija se parecía mucho a Duke Cathcart y otros detalles llamativos.

—¿Qué?

—Sólo escucha. Dos semanas antes del Nite Owl, una vecina vio a Susan y su novio solos en la casa y oyó que tenían un alboroto con otro fulano. Ese mismo día vieron al novio arrastrándose bajo la casa. Después de interrogar a la vieja, White llamó a la Pacific Coast Bell y comprobó los registros de llamadas desde la casa a Los Ángeles, de marzo a abril del 53. He hecho lo mismo y hay tres llamadas, todas a una cabina telefónica de Hollywood, cerca del Nite Owl. Ahora, si crees que eso es importante...

—Demonios...

—Capitán, escucha. White se arrastró bajo la casa y le dijo a la vieja que allí no había nada. Yo fui y encontré un cadáver, envuelto en naftalina para matar el hedor, con un agujero de bala en la cabeza. Hice venir al doctor Layman a San Bernardino y le dije que trajera los registros dentales de Duke Cathcart, la copia de la oficina del Forense. Concordaban perfectamente. La primera identificación, a partir de una muestra parcial fue errónea, tal como decía el artículo. Demonios, no puedo creer que White armara todo esto y dejara el cadáver allí. Capitán, ¿estás ahí?

Ed agarró a Fisk.

—¿Dónde está Bud White?

Fisk parecía asustado.

—Me parece que fue al norte con Dudley Smith. El Departamento del Sheriff de Marin decidió informar sobre los Englekling.

Ed volvió al teléfono.

—Ese artículo decía que la mujer vio unas fotografías.

—Sí, White llevó unas fotos que decían «Oficina de Registros del Estado». Bien, ambos sabemos que el Estado tiene poco material, así que sospecho que White no quería traerla aquí para inspeccionar nuestros libros. De todos modos, la señora no pudo identificar al novio, y si el novio fue una de las víctimas del Nite Owl lo tendremos, porque Norton Layman tomó fragmentos de placa dental de la prisión en el 53. ¿La llevo? ¿Le muestro nuestros libros?

—Hazlo.

Fisk cogió el teléfono. Ray Pinker se acercó con una hoja química.

—Prestifiocina, capitán. Es una droga antisicótica experimental, muy rara, usada para apaciguar a los pacientes mentales violentos. Algún profesional se la administró a nuestra amiga, porque sólo un profesional sabría que esta variante de la fiocina contrarrestaría el efecto del pentotal. Capitán, siéntese, parece que le vaya a dar un ataque.

Patchett, genio de la química; el padre de los hermanos

Englekling: un químico que había desarrollado compuestos antipsicóticos. La puta de Bud White del otro lado del espejo. Sola ahora, mientras giraba la cinta de la grabadora.

Ed entró.

—¿Usted de nuevo? —dijo Lynn.

—Así es.

—¿No tiene usted que acusarme o dejarme en libertad?

—No en sesenta y ocho horas.

—¿No está violando mis derechos constitucionales?

—Los derechos constitucionales se han suprimido en este caso.

—¿Este caso?

—No se haga la tonta. Este caso es Pierce Patchett distribuyendo material pornográfico, incluyendo fotos que concuerdan exactamente con las mutilaciones de una víctima de homicidio, a saber su difunto «socio» Sid Hudgens. Este caso es una de las víctimas del Nite Owl liada en una conspiración para distribuir ese material y su amigo Bud White ocultando pruebas sustanciales acerca de la identidad de la víctima. White le dijo que cooperara y usted vino aquí bajo la influencia de una droga para contrarrestar el pentotal. Eso obra en contra de usted, pero aún puede evitarse problemas, y evitárselos a White, si colabora.

—Bud puede cuidar de sí mismo. Y tiene usted muy mal aspecto. Tiene la cara colorada.

Ed se sentó, apagó la grabadora.

—Ni siquiera nota la dosis, ¿eh?

—Me siento como si me hubiera bebido cuatro martinis, y cuatro martinis me ponen más lúcida.

—Patchett la envió aquí sin abogado para ganar tiempo, lo sé. Sabe que la han citado como parte de la reapertura del caso Nite Owl, y sabe que él es, como poco, un testigo material. Personalmente, no lo considero un asesino. Sé bastante sobre las diversas empresas de Patchett, y usted puede ahorrarle muchos problemas si colabora conmigo.

Lynn sonrió.

—Bud dijo que era usted bastante sagaz.

—¿Qué más dijo?

—Que era un hombre débil e iracundo que competía con su padre.

Lo dejó pasar.

—Concentrémonos en mi sagacidad. Patchett es químico, y esto puede ser exagerado, pero apuesto a que estudió con Franz Englekling, un farmacólogo que desarrolló drogas tales como el antisicótico que le administró Patchett para contrarrestar el pentotal. Englekling tenía dos hijos, a quienes asesinaron en el norte de California el mes pasado. Esos dos hombres se presentaron durante la investigación del Nite Owl y mencionaron a un comillas chulo loco comillas que tenía acceso a comillas chicas distinguidas comillas. Evidentemente Patchett, ligado con un aspirante a distribuidor de pornografía llamado Duke Cathcart, presunta víctima del Nite Owl. Patchett está liado con esto y teme problemas que usted puede ayudarle a evitar.

Lynn encendió un cigarrillo.

—Es usted muy sagaz.

—Sí, y soy un excelente detective que debe trabajar a partir de cinco años de pruebas ocultadas. Conozco el episodio de la quema de los archivos, sé que Patchett tenía un plan de extorsión con Hudgens. Leí la declaración de Vincennes y lo sé todo sobre las empresas de Patchett, incluida Fleur-de-Lis.

—Así que da por sentado que Pierce tiene información muy perjudicial sobre Vincennes.

—Sí, y el fiscal de distrito y yo la suprimiremos para proteger la reputación del Departamento de Policía de Los Ángeles.

Agitación: Lynn dejó caer el cigarrillo, manoseó el encendedor.

—Usted y Patchett no pueden ganar —afirmó Ed—. Tengo doce días para resolver este asunto, y si no puedo hacerlo buscaré condenas subsidiarias. Tengo varias para Patchett, y créame, si no resuelvo este caso haré todo lo posible para salir bien librado.

Lynn le miró fijamente. Ed sostuvo la mirada.

—Patchett hizo de usted lo que es, ¿verdad? Usted era una mujerzuela de Bisbee, Arizona, y una prostituta. Él le enseñó a vestir, hablar y pensar, y me impresiona el resultado. Pero tengo doce días para salvar mi vida del naufragio, y si no lo consigo usted y Patchett se hundirán conmigo.

Lynn encendió la grabadora.

—La prostituta de Pierce Patchett, oficialmente. No le tengo miedo a usted y jamás amé tanto a Bud White. Me alegra que él ocultara pruebas y se burlara de usted, y usted es un tonto que lo subestimó. Antes me daba celos que él hubiera dormido con Inez Soto, pero ahora respeto la sensatez de esa muchacha, por abandonar a un hombre que es moralmente un cobarde.

Ed borró lo grabado, detuvo la cinta, la puso en marcha.

—Oficialmente, quedan sesenta y siete horas y mi próximo interrogatorio no será tan cordial.

Kleckner abrió la puerta, le entregó una carpeta.

—Capitán, Vincennes trajo a la anciana Lefferts. Están examinando fotografías, y dijo que usted necesitaba esto.

Ed salió. Una carpeta gruesa: fotos obscenas en papel satinado.

Los libros de arriba: chicos guapos, acción explícita, disfraces coloridos. Habían cortado y vuelto a pegar algunas de las cabezas: para la declaración. Jack trató de identificar a los modelos a partir de fotos policiales y pensó que cortarlas facilitaría la tarea. Material repulsivo/artístico, tal como había dicho Cubo de Basura.

Los libros de abajo: cubiertas negras y sencillas, basura de Cubo de Basura. Las primeras fotos coloreadas: tinta roja manando de miembros cercenados, personas ensartadas penetrando orificios. Similitud con el homicidio: un chico despatarrado en igual posición que Hudgens en las fotografías del crimen.

Superaba todo asombro. Y quien hubiera posado para las fotos había matado a Hudgens.

Ed llegó al último libro, se quedó de una pieza. Un chico atractivo y desnudo, brazos extendidos. Le brotaba tinta/sangre del torso. Conocido, demasiado conocido, no de una foto del forense. Pasó las páginas y encontró una hoja plegable: chicos, chicas, piernas y brazos en offset, enlazados por diseños con tinta.

Y él lo conocía.

Corrió a Homicidios, encontró los registros de 1934, halló «Atherton, Loren». Tres carpetas gruesas, las fotos: tomadas por el doctor Frankenstein en persona.

Niños inmediatamente después del desmembramiento. Brazos y piernas al lado de los torsos. Papel encerado blanco bajo los cuerpos. Tinta alrededor de piernas y brazos, rojo sobre blanco, diseños intrincados idénticos a las tomas de las fotos porno, brazos y piernas idénticas a los cortes de Hudgens.

Ed se lastimó los dedos al cerrar el cajón, viajó de prisa a Hancock Park.

Una fiesta en la mansión de Preston Exley: mayordomos aparcando coches, música de fondo. Quizás una fiesta en el jardín. Ed entró por la puerta delantera y se paró en seco: la biblioteca de su madre no estaba.

La reemplazaba un largo espacio eclipsado por un modelo en escala: largas autopistas sobre ciudades de papel *maché*. Indicadores de dirección en los perímetros: todo el sistema de autopistas.

Perfección: lo arrancó del vértigo causado por esas fotos atroces. Botes en el puerto de San Pedro, las montañas San Gabriel, coches diminutos en el asfalto. El mayor triunfo de Preston Exley en vísperas de ser concluido.

Ed empujó un coche: del mar a las colinas. La voz de su padre:

—Creía que hoy trabajarías en Central Sur.

Ed se dio la vuelta.

—¿Qué?

Preston sonrió.

—Pensaba que estarías tratando de contrarrestar la mala prensa.

Lagunas. Recordó de nuevo las fotos de Atherton.

—Padre, perdona, pero no sé de qué estás hablando.

Risa de Preston.

—Últimamente nos vemos tan poco que hemos olvidado el arte de la cortesía.

—Padre, hay algo...

—Lo lamento, me refería a la declaración que Dudley Smith ha hecho hoy ante el *Herald*. Dijo que la reapertura de la investigación se centraría en el lado sur, que estáis buscando otra pandilla negra.

—No, no seguirá ese rumbo.

Preston le apoyó una mano en el hombro.

—Estás asustado, Edmund. No pareces un oficial de policía y no has venido aquí para disfrutar de mi celebración.

La mano irradiaba calidez.

—Padre, fuera del Departamento, ¿quién vio además las fotos de Atherton?

—Mi turno de exclamar «¿Qué?» ¿Te refieres a las fotos del archivo? ¿Las que os mostré a ti y a Thomas hace años?

—Sí.

—Hijo, ¿de qué estás hablando? Esas fotografías son pruebas del Departamento de Policía, y jamás se revelaron a la prensa ni al público. Dime...

—Padre, el Nite Owl es paralelo a varios delitos importantes, y las pandillas negras no tienen nada que ver. Uno de ellos es...

—Entonces explica las pruebas tal como te enseñé. Tuve casos...

—Nadie tuvo jamás un caso como éste, soy mejor detective que tú y nunca tuve un caso como éste.

Preston apoyó en él ambas manos. Ed sintió que se le dormían los hombros.

—Siento decirlo, pero es verdad. Tengo un caso de homicidio con mutilación de hace cinco años conectado con el Nite Owl. La víctima sufrió cortes idénticos a los que sufrieron las víctimas de Loren Atherton e idénticos a unas fotos pornográficas coloreadas tangenciales al Nite Owl. Lo cual significa que alguien vio las fotos de Atherton y empezó desde allí o que tú capturaste a un sospechoso equivocado en el 34.

Su padre ni siquiera parpadeó.

—Loren Atherton era indudablemente culpable, con confesión y verificación por testigos. Tú y Thomas visteis las fotografías, y dudo seriamente que dichas fotografías hayan salido de Homicidios. A menos que pienses en un homicida policía, lo cual me parece absurdo, la única explicación es que Atherton mostrara las fotos a alguien antes del arresto. Tú pillaste a los hombres equivocados en tu caso de gloria... yo no cometí ese error. Piensa antes de levantarle la voz a tu padre.

Ed retrocedió. Rozó el modelo con la pierna, partió un tramo de autopista.

—Me disculpo, y debería pedir tu consejo en vez de competir contigo. Padre, ¿hay algo que no me hayas contado sobre el caso Atherton?

—Acepto tu disculpa, y no, no hay nada. Tú, Art y yo examinamos el caso constantemente durante nuestro seminario, y supongo que lo conoces tan bien como yo.

—¿Atherton tenía algún socio conocido?

Preston movió la cabeza.

—Desde luego que no. Era el arquetipo del psicótico solitario.

Tomó aire.

—Quiero entrevistar a Ray Dieterling.

—¿Por qué? ¿Porque Atherton mató a una de sus estrellas infantiles?

—No, porque un testigo ha identificado a Dieterling como socio conocido de un delincuente conectado con el Nite Owl.

—¿Cuánto hace?

—Unos treinta años.

—¿El nombre de esa persona?

—Pierce Patchett.

Preston se encogió de hombros.

—Nunca oí hablar de él y no quiero que fastidies a Raymond. Terminantemente no. Una relación de hace treinta años no te autoriza para molestar a un hombre de la estatura de Ray Dieterling. Yo le preguntaré a Ray y te pasaré la información. ¿Suficiente?

Ed miró el modelo en escala. Hipnótico: Los Ángeles en crecimiento, Exley Construction abarcándola. Las manos de su padre eran suaves ahora.

—Hijo, has llegado muy lejos y te has conquistado mi

respeto. Te han vapuleado por lo de Inez y esos hombres que mataste, y creo que has sabido aguantar. Pero quiero que pienses en ello. El caso del Nite Owl te llevó adonde estás hoy y una rápida resolución de la reapertura te mantendrá allí. Las investigaciones colaterales, por interesantes que sean, pueden desviarte de tu objetivo principal y destruir tu carrera. Recuérdalo.

Ed estrujó las manos de su padre.

—Justicia absoluta. ¿Recuerdas eso?

## 55

Ambas escenas del delito estaban cerradas: la imprenta, el apartamento contiguo. Un teniente del Departamento del Sheriff: un tío gordo llamado Hatcher. Un hombre del laboratorio hablando sin cesar.

Escena primera: la sala trasera de Rapid Bob's Printing. Bud miraba a Dudley, evocando sus palabras: «Pensamos que ibas a matarlo, así que te detuvimos. Lamento nuestra torpeza, pero fuiste muy útil. Hinton está relacionado con muy malas personas, y ya te pasaré los detalles.»

Bud no insistió. Quizá Dudley supiera algo sobre él.

Lynn bajo custodia.

El bofetón de Exley.

El hombre del laboratorio señaló varios estantes caídos.

—... bien, la parte delantera de la imprenta no presentó obstáculos, así que nuestro asaltante no dejó marcas. Hallamos colillas en un cenicero, dos marcas, de modo que podemos suponer que los Englekling estuvieron trabajando hasta bastante tarde. Supongamos que el asesino logró abrir la cerradura delantera, entró de puntillas y los sorprendió. Hay huellas de guantes en la jamba de la puerta intermedia, así que eso respalda la suposición. El hombre entra, obliga a nuestros muchachos a abrir esos gabinetes que os mostré, no encuentra lo que busca. Se irrita y tumba estos estantes. Las huellas de guantes del cuarto estante indican un hombre diestro de estatura media. Los hermanos abren las cajas que se cayeron: hay muchas huellas borrosas y evidentes que indican que Peter y Baxter estaban asustados. Así que el infractor obviamente no encontró lo que buscaba y se llevó a nuestros muchachos al apartamento. Caballeros, por aquí.

Salieron, cruzaron un callejón. El hombre del laboratorio llevaba una linterna; Bud se mantuvo en la retaguardia.

Lynn arrogante, convencida de que derrotaría al pentotal con su cerebro.

Dudley quizá tuviera sus propias pistas, pero aún culpaba a los negros.

—Vean ustedes la tierra de la calzada —dijo el hombre del laboratorio—. La mañana en que se hallaron los cuerpos nuestro equipo técnico descubrió y fotografió tres conjuntos de huellas de pies demasiado superficiales para tomar muestras. Dos pares que iban delante de un par, lo cual indica una marcha a punta de pistola.

Fueron hasta un grupo de bungalós. Dudley mudo. En el avión apenas había hablado.

¿*Whisper* daría en el blanco?

¿Cómo usar el cadáver de la casa contra Exley?

Cinta adhesiva en la puerta. Hatcher la arrancó. El hombre del laboratorio abrió con una llave. Luces dentro. Bud entró primero.

Un desorden, totalmente registrado.

Manchas de sangre en una alfombra de pared a pared, marcadas con cintas. Tubos de vidrio en el suelo: marcados con círculos, guardados en bolsas transparentes. Docenas de negativos fotográficos desperdigados, superficie cuarteada, quemada. Sillas volcadas, una cómoda tumbada, un sofá con el relleno arrancado. Insertado en el desgarrón más grande: una bolsa de celofán con la etiqueta «heroína».

El hombre del laboratorio continuó:

—Esos tubos contienen sustancias químicas que identificamos como drogas antisicóticas. Los negativos estaban demasiado borrosos, pero logramos deducir que la mayoría eran fotos pornográficas. Las imágenes estaban quemadas con sustancias químicas sacadas de la nevera de la cocina: nuestros muchachos poseían una gran cantidad de soluciones corrosivas. Mi hipótesis es que torturaron a Peter y Baxter Englekling antes de dispararles. Esto es lo que sabemos con certeza. Creo que el asesino les mostró cada negativo, les hizo preguntas, luego los quemó... a ellos y a las fotos. ¿Qué buscaba? No lo sé, pero quizá quería identificar a los modelos de las fotos. Hallamos una lupa bajo el diván, y ahora me inclino hacia esa teoría. Además, vean ustedes la bolsa de plástico que dice «heroína», en el diván. Hemos guardado el contenido, desde luego. Cuatro bolsas en un escondrijo seguro. El asesino dejó aquí una pequeña fortuna en droga vendible.

Entraron en la cocina: más caos, la nevera abierta. Tubos caídos, frascos marcados con símbolos químicos. Junto al fregadero había una pila de objetos que parecían placas de imprenta.

El técnico señaló ese desorden.

—Otra hipótesis, caballeros. En mi informe verán ustedes que enumero no menos de veintiséis sustancias químicas halladas en el apartamento. El asesino torturó a Peter y Baxter Englekling con sustancias químicas, y sabía qué sustancias eran corrosivas. Yo llamaría a este método de tortura un medio oportuno, y apuesto a que el hombre tenía formación en ingeniería, medicina o química. Ahora al dormitorio.

Bud pensó: PATCHETT.

Había gotas de sangre en el pasillo, en dirección al dormitorio: una habitación pequeña, un matadero de cuatro por cuatro.

Dos contornos de cuerpos: uno en la cama, otro en el suelo, con cintas alrededor de la sangre seca. Cordeles sujetos alrededor de los postes de la cama; más cordel en el suelo; círculos de cinta en las sábanas y una mesilla junto a la cama. Había un agujero de bala marcado con un círculo en la pared; un despliegue forense en un panel de corcho; más negativos escaldados.

—Sólo huellas de guantes y huellas de los Englekling en los negativos —dijo el hombre del laboratorio—. Los espolvoreamos todos, luego los pusimos otra vez donde estaban. Los que están en el panel se encontraron en el dormitorio, donde también ven ustedes las escenas de la tortura y los asesinatos. Ahora bien, esos pequeños círculos indican fragmentos de tejido del torso, los brazos y las piernas de los hermanos Englekling, arrancados con sustancias corrosivas, y si ustedes miran el suelo verán fragmentos de alfombra chamuscados por sustancias químicas derramadas. Ambos hombres recibieron dos disparos de un revólver 38 equipado con silenciador. Unas hebras que hallamos en las cápsulas señalan que se usó silenciador y explican por qué nadie oyó disparos. El agujero de bala de la pared es nuestra única pista real, y es fácil reconstruir lo que sucedió. Baxter Englekling se zafó de sus ligaduras, se adueñó del arma y efectuó un disparo antes que el asesino recobrara el revólver y le disparara. La bala que extrajimos de la pared tenía restos de carne de blanco y vello del brazo gris, junto con sangre del grupo O positivo. Ambos Englekling eran AB negativo, así que sabemos que el asesino recibió un impacto. Las gotas de sangre que conducen al salón y los negativos que él sacó para mirar indican que no fue una herida importante. El equipo del teniente Hatcher encontró una toalla empapada de sangre O positivo en una alcantarilla, calle abajo, así que esa toalla fue su torniquete. Mi última hipótesis es que ese bastardo tenía muchísimo interés en esos negativos.

—Y no hemos averiguado nada —intervino Hatcher—. Hemos interrogado a los vecinos una veintena de veces, no tenemos testigos oculares y esos malditos hermanos no tenían un solo socio conocido que hayamos podido localizar. Preguntamos en consultorios médicos, salas de emergencia, estaciones de tren, aeropuertos y estaciones de autobús si alguien había visto a un hombre herido y no averiguamos nada. Si los hermanos tenían una libreta de direcciones, el asesino se la llevó. Nadie vio ni oyó nada. Como dice mi colega científico, nuestro hombre estaba tan desesperado por esos negativos, que quizá, y subrayo el «quizá», tengan algo que ver con la presencia de los hermanos en el caso Nite Owl. Ellos tenían una teoría relacionada con fotos obscenas, ¿verdad?

—En efecto —dijo Dudley—, pero era muy insustancial.

—Y los periódicos de Los Ángeles dicen que ustedes acaban de reabrir el caso.

—Sí, así es.

—Capitán, lamento que no hayamos cooperado antes con ustedes, pero olvidemos eso. ¿Tienen ustedes algo interesante para ofrecerme en este nuevo enfoque del caso?

Dudley sonrió.

—El jefe Parker me ha ordenado llevarle una copia de su archivo. Si encuentra lazos con nuestros homicidios, les enviará una transcripción del testimonio de los hermanos Englekling en 1953.

—La cual, según ustedes, se relaciona con material pornográfico, como sin duda ocurre con nuestro caso.

Dudley encendió un cigarrillo.

—Sí, pero también puede relacionarse con heroína.

Hatcher resopló.

—Capitán, si a nuestro muchacho le apetecía el caballo blanco, habría robado la mercancía del diván.

—Sí, o el asesino era simplemente un psicópata furioso que manifestó una reacción de psicópata ante los negativos, por razones insondables. Francamente, el tema de la heroína me interesa. ¿Tienen ustedes pruebas de que los hermanos la vendieran o manufacturaran?

Hatcher movió la cabeza.

—Ninguna, y en lo que respecta a nuestro caso, no me convence. ¿El tema de la pornografía tiene incidencia en la reapertura del caso?

—No, todavía no. Insisto, cuando haya leído sus archivos me pondré en contacto con ustedes.

—Capitán —masculló el irritado Hatcher—, ¿ha venido usted hasta aquí en busca de pruebas y no ofrece nada a cambio?

—Vine aquí por orden de Parker, quien compromete su plena cooperación si el caso de ustedes la requiere.

—Grandes palabras, sahib, pero no me gusta cómo suenan.

Una fea situación. Dudley exhibió una aduladora sonrisa irlandesa. Bud salió a la acera y esperó junto al coche alquilado.

Asustado, preparado para la SALIDA.

Dudley salió; Hatcher y el técnico del laboratorio cerraron con llave la imprenta.

—No te entiendo últimamente, jefe —comentó Bud.

—¿A partir de cuándo, muchacho?

—Empecemos por anoche. Hinton.

Dudley rió.

—Anoche volviste a actuar con tu vieja crueldad. Me entibió el corazón y me convenció de que la tarea extralaboral que he planeado para ti sigue al alcance de tus aptitudes.

—¿Qué tarea?

—Ya te contaré.

—¿Qué le pasó a Hinton?

—Lo liberamos, castigado y aterrado por el sargento White.

—Sí, pero ¿qué información buscabas?

—Muchacho, tú tienes tus secretos extralaborales, y yo tengo los míos. Pronto tendremos una sesión de aclaración.

SALIDA.

—No, sólo quiero saber cómo estamos ambos situados respecto al Nite Owl. Ahora.

—Edmund Exley, muchacho. Los dos nos quedamos ahí.

—¿Qué? —balbuceó Bud, asustado.

—Edmund Jennings Exley. Ha sido tu *raison d'être* desde la Navidad Sangrienta, y por su causa no me cuentas ciertas cosas. Te quiero, así que respeto tus omisiones. Ahora corresponde a ese amor, respeta mi falta de claridad durante los próximos doce días y verás su destrucción.

—¿Qué demonios...? —Voz de chiquillo.

—Nunca lo has valorado, así que te lo diré ahora. Como hombre es menos que nada, pero como detective me supera aun a mí. Ahí tienes. Dios y tú sois testigos de estas loas para un hombre que desprecio. ¿Ahora respetarás mis omisiones... tal como yo respeto las tuyas?

En plena carrera.

—No. Sólo dime qué demonios quieres hacer. Explícate.

Dudley se rió.

—Por ahora no hagas nada, sólo escucha: he descubierto que Thad Green se retirará para hacerse cargo de la Patrulla de Fronteras esta primavera. El nuevo jefe de Detectives será Edmund Exley o yo. Pronto ascenderá a inspector, lo cual le da ventaja, y Parker le favorece personalmente. Planeo usar ciertos aspectos de las pruebas que ambos hemos ocultado para solucionar la resurrección del Nite Owl, consolidar mi posición ganadora y de paso arruinar a Exley. Muchacho, aguanta unos días más y te garantizaré tu venganza personal.

El trato era Exley o bien Dudley contra Exley.

Ninguna competencia.

En plena carrera: las migajas que le había dado a Exley, la promesa de Exley: participación, los asesinatos de prostitutas.

—Jefe, ¿hay algún premio para mí en esto?

—¿Además de la caída de nuestro amigo?

—Sí.

—¿Y a cambio de un informe completo? ¿Con más datos de los que le diste a Exley como parte del acuerdo para que te asignara a su investigación?

Cielos, ese hombre lo sabía todo.

—De acuerdo.

Risas de Dudley.

—Muchacho, buscas un trato difícil, pero ¿bastará una indagación especial del jefe de Detectives? Digamos homicidio múltiple, en varias jurisdicciones.

Bud le tendió la mano.

—Trato hecho.

—Aléjate de Exley y regálate una grandiosa habitación limpia en el Victory. Pasaré a verte dentro de un par de días.

—Llévate tú el coche. Primero tengo un asunto en San Francisco.

Se gastó cuarenta pavos en un taxi y cruzó el Golden Gate

excitado por la adrenalina. Doble jugada: un mal trato para sobrevivir, luego un buen trato para ganar. Exley tenía datos y tenía al triste Jack; Dudley tenía datos que olían a percepción extrasensorial. Viraje: le mintió a Dudley para vengarse de Exley, cinco años después el hombre retoma la situación: mentiras perdonadas, dos policías, una causa. San Francisco brillando a lo lejos. La voz de Dudley Smith: «Edmund Jennings Exley.» Un escozor con sólo oír el nombre.

Más allá del puente hizo una parada en una cabina telefónica. Larga distancia: el número de Lynn, diez pitidos, ninguna respuesta. Las nueve y diez de la noche. Mal presentimiento: ella tendría que haber regresado al anochecer.

Cruzó la ciudad, rumbo al Departamento de Policía de San Francisco, jefatura de Detectives. Bud mostró la placa, entró.

Homicidios estaba en el tercer piso: las flechas pintadas en la pared lo guiaron. Escaleras crujientes y una enorme oficina. Turno de noche: dos hombres bebiendo café.

Se le acercaron.

El más joven señaló la placa de Bud.

—Los Ángeles, ¿eh? ¿Podemos ayudarte en algo?

Bud mostró su identificación.

—Según me contó un amigo del Departamento del Sheriff, tenéis un viejo 187. Me pidió que revisara vuestros archivos.

—Bien, el capitán no está aquí ahora. Quizá debas volver por la mañana. —El hombre mayor miró su identificación.

—Tú eres el tío que investiga asesinatos de prostitutas. El capitán dijo que eres insistente, un verdadero fastidio. ¿Qué pasa? ¿Tienes otro caso?

—Sí, Lynette Ellen Kendrick, condado de Los Ángeles, la semana pasada. Diez minutos con el archivo y no molesto más.

—Oye, ¿no entiendes? —dijo el más joven—. Si el capitán quisiera que vieras el archivo, te mandaría una invitación.

—El capitán es un idiota —dijo el hombre mayor—. ¿Cuál es el nombre de la víctima? ¿Fecha de su defunción?

—Chrissie Virginia Renfro, 16 de julio de 1956.

—Bien, te diré qué hacer: vas a la sala de archivos, encuentras el archivador de casos no resueltos del 56 y revisas la letra R. No te llevas nada y te largas antes de que este joven tenga jaqueca. ¿Entendido?

—Entendido.

Fotos de la autopsia: desgarrones en los orificios, primeros planos faciales. La cara era pulpa, fragmentos de anillos incrustados en los pómulos. Tomas de lejos: el cuerpo había sido hallado en el apartamento de Chrissie, un tugurio frente al hotel St. Francis.

Informes de pervertidos: degenerados locales interrogados, libres por falta de pruebas. Chulos sádicos, el chulo de Chrissie: en la cárcel cuando mataron a la chica. Fetichistas, violadores, clientes regulares de Chrissie: todos con coartada, ningún nombre que se relacionara con los demás archivos que había leído.

Interrogatorios en el vecindario: patanes locales, huéspedes del St. Francis. Seis perdedores, un ganador.

16/7/56: un camarero del St. Francis contó a los detectives que vio el espectáculo de Spade Cooley en la sala Lariat del hotel, luego vio a Chrissie Virginia Renfro, caminando en zigzag —«quizá drogada»— hacia su apartamento.

Ganador: Bud se quedó tieso, reflexionó.

Lynette Ellen Kendrick, muerta en el Condado de Los Ángeles la semana anterior. Un dato no relacionado: Lamar Hinton escupiendo todo lo que sabía. Dwight Gilette, ex chulo de Kathy Janeway, suministraba prostitutas para las fiestas de Spade Cooley. Spade era opiómano, un «adicto degenerado». Spade estaba en Los Ángeles, tocando en el Rancho Klub del Strip. A un kilómetro del apartamento de Lynette Kendrick.

Primer escollo: Spade no podía tener antecedentes, no había modo de confirmar su grupo sanguíneo. Había participado en la partida de voluntarios del sheriff Biscailuz, donde no se permitía a nadie con antecedentes.

Siguió pensando, decidió revisar el informe médico: «Contenido de la corriente sanguínea.» Página 2, dato contundente: «elementos alimentarios no digeridos, semen, gran cantidad de opio, de efecto narcotizante, diseminada en los alimentos, corroborada por residuos de alquitrán en los dientes».

Bud alzó los brazos, como si pudiera atravesar el techo y volar a la luna. Golpeó el techo y regresó a la tierra al pensar que no podía hacerlo en solitario; se estaba ocultando de Exley y a Dudley no le importaba. Vio un teléfono, se exaltó, pensó en un socio:

Ellis Loew. Los asesinatos sexuales le encantaban.

Cogió el teléfono.

## 56

Hilda Lefferts tocó una foto.

—Aquí está, ése es el novio de Susan Nancy. ¿Ahora me llevará a casa?

Lotería: un tipo recio y regordete, un sosias de Duke Cathcart. Dean (sin segundo nombre) van Gelder, blanco, fecha de nacimiento 4/3/21. Un metro sesenta y dos, 85 kilos, ojos azules, pelo castaño. Un arresto por asalto a mano armada —6/42—, diez a veinte años, liberado de Folsom el 6/52, sentencia mínima cumplida, no necesitaba libertad bajo palabra. No había más arrestos. La teoría de Bud White: Van Gelder fue liquidado en el Nite Owl.

—Aquí está. Dean —dijo Hilda—. Susan Nancy lo llamaba «Dean», pero él decía: «No, acostúmbrate a llamarme Duke.»

—¿Segura? —dijo Jack.

—Sí, segura. ¿Seis horas de mirar estas espantosas fotos y me pregunta si estoy segura? Si quisiera mentir, habría señalado a alguien hace horas. Por favor, sargento. Primero usted encuentra un cadáver debajo de mi casa, ahora me hace ver estas fotos. Por favor, lléveme a casa.

Jack movió la cabeza. Reflexionó: ¿quién? Van Gelder, Cathcart, Nite Owl. Un razonamiento tenía sentido: hermanos Englekling, Cathcart, un enfrentamiento con Mickey Cohen, que estaba entre rejas en el 53. Cogió el teléfono y marcó.

—Operadora.

—Operadora, es una emergencia policíaca. Necesito que me comuniquen con una autoridad administrativa de la penitenciaría federal de McNeil, Puget Sound, Washington.

—Entiendo. ¿Su nombre?

—Sargento Vincennes, Departamento de Policía de Los Ángeles. Dígales que participo en una investigación de homicidios.

—Entiendo. La comunicación con el estado de Washington está...

—Demonios. Estoy en Madison 60042. ¿Podrá usted...?

—Intentaré llamar enseguida.

Jack colgó. Cuarenta segundos según el reloj de la pared. El teléfono sonó.

—Vincennes.

—Cahill, asistente del alcaide de McNeil. ¿Esto se relaciona con un homicidio?

Hilda Lefferts fruncía el ceño. Jack miró hacia otro lado.

—Sí, y sólo necesito una respuesta. ¿Tiene lápiz?

—Desde luego.

—Bien. Necesito saber si un varón blanco llamado Dean van Gelder, el apellido son dos palabras, visitó a un interno de McNeil entre febrero y abril de 1953. Sólo necesito un sí o un no, y el nombre de los internos que visitó.

Un suspiro.

—De acuerdo. Espere, por favor. Esto puede tardar un poco.

Jack aguardó contando los minutos. Cahill regresó más de doce minutos después.

—Positivo. Dean van Gelder, nacido el 4/3/21, visitó al interno David Goldman en tres ocasiones: 27/3/53, 1/4/53 y 3/4/53. Goldman estaba en McNeil por impuestos. Tal vez usted haya oído...

Davey Goldman, hombre de Mickey Cohen. La última visita de Van Gelder: dos semanas antes del Nite Owl, la misma época en que los hermanos Englekling hablaron con Mickey; la reunión donde comentaron el plan de distribuir material porno. El hombre de la penitenciaría siguió parloteando. Jack colgó. El caso Nite Owl empezaba a desmoronarse.

## 57

Ed llevó a Lynn Bracken a casa, en una última oportunidad antes de hacerla arrestar. Ella protestó, luego aceptó: un día de drogas e interrogatorios cobraba su precio. Estaba demacrada, exhausta. Lista, fuerte, químicamente fortalecida: no reveló nada, salvo migajas sobre Pierce Patchett. Patchett sabía que no podría salir limpio del todo; Lynn contó su historia de prostituta, y Patchett debía de tener abogados a la espera por si las migajas provocaban condenas. El primer día de la reapertura fue un manicomio: Dudley Smith en Gaitsville mientras sus hombres registraban el distrito negro; el cadáver bajo la casa de Lefferts; Vincennes había identificado a Dean van Gelder, quien había visitado a Davey Goldman en McNeil antes del Nite Owl. Bud White, su agente designado, pasando esos datos a *Whisper*. Había sido un tonto al confiar en él, pero podía resistir: era un detective profesional habituado a enfrentarse con el caos.

Sin embargo, el caso Atherton y la presencia de su padre eran otra cosa. Ahora se sentía en el aire, y sólo un instinto lo impulsaba: el Nite Owl tenía un pasado tormentoso que superaba la voluntad de un detective, y revelaría sus horrores aunque Ed Exley no indagara sobre las pruebas ni trazara planes.

Tenía un plan para Bracken y Patchett.

Lynn soplaba volutas de humo por la ventanilla.

—Dos calles más, y luego a la izquierda. Puede parar allí, vivo cerca de la esquina. —Ed frenó.

—Una última pregunta. En la oficina ha admitido que sabía que Patchett y Sid Hudgens planeaban un chantaje.

—No recuerdo haber hecho esa declaración.

—No la objetó.

—Estaba cansada y aburrida.

—Implícitamente la confirmó. Y consta en la declaración de Jack Vincennes.

—Quizá Vincennes mintió en esa parte. Él era una celebridad. ¿Usted no diría que es un poco histriónico?

Una brecha.
—Sí.
—¿Y cree que puede confiar en él?
Falsa contrición.
—No sé. Él es mi punto débil.
—Ahí tiene. Señor Exley, ¿piensa arrestarme?
—Empiezo a creer que no serviría de nada. ¿Qué dijo White cuando le pidió que se prestara al interrogatorio?
—Sólo que viniera sin trucos. ¿Usted le mostró la declaración de Vincennes?
La verdad: conquistar su gratitud.
—No.
—Me alegra, pero sin duda está plagada de mentiras. ¿Por qué no se la mostró?
—Porque es un detective limitado, y cuanto menos sepa mejor. También es el protegido de un oficial rival, y no quería que le pasara información.
—¿Se refiere a Dudley Smith?
—Sí. ¿Lo conoce?
—No, pero Bud habla a menudo de él. Creo que le teme, lo cual significa que Smith debe ser un hombre avasallador.
—Dudley es brillante y malvado, pero yo soy mejor. Bien, es tarde.
—¿Puedo ofrecerle un trago?
—¿Por qué? Hoy me escupió en la cara.
—Bien, dadas las circunstancias...
La sonrisa de Lynn le permitió sonreír.
—Dadas las circunstancias, un trago.
Lynn bajó del coche. Ed la observó: tacones altos; un día infernal, pero sus pies apenas tocaban el suelo. Lynn lo condujo hasta el edificio, abrió la puerta y encendió una luz.
Ed entró. Exquisito: las telas, los objetos de arte: Lynn se

quitó los zapatos y sirvió dos vasos de coñac; Ed se sentó en un sofá; puro terciopelo.

Lynn se reunió con él. Ed cogió la copa, bebió. Lynn entibió la copa con las manos.

—¿Sabe por qué le he invitado a entrar?

—Usted es demasiado inteligente para tratar de llegar a un trato, así que supondré que le despierto curiosidad.

—Bud le odia a usted más de lo que me ama a mí o a cualquier otra persona. Empiezo a entender por qué.

—No me interesa su opinión.

—Sólo preparaba un cumplido.

—En otra ocasión, ¿vale?

—Entonces cambiaré de tema. ¿Cómo se toma Inez Soto tanta publicidad? Ha salido mucho en los periódicos.

—La ha tomado a mal, y no quiero hablar de ella.

—Le fastidia que yo sepa tanto sobre usted. No tiene información para competir.

Una rendija, una cuña.

—Tengo la declaración de Vincennes.

—De cuya veracidad duda.

Cambio de enfoque.

—Usted mencionó que Patchett financió algunos filmes de Raymond Dieterling. ¿Puede darme más información?

—¿Por qué? ¿Porque su padre está asociado con Dieterling? ¿Ve las desventajas de ser hijo de un hombre famoso?

Calma, era un diestro movimiento.

—Sólo una pregunta de policía.

Lynn se encogió de hombros.

—Pierce me lo mencionó de refilón hace varios años.

Sonó el teléfono. Lynn no le prestó atención.

—Noto que no desea hablar de Jack Vincennes.

—Noto que usted sí.

—Últimamente lo he visto mucho en las noticias.

—Porque Vincennes arruinó todo lo que tenía. *Insignia del Honor*, su amistad con Miller Stanton, todo. El asesinato de Sid Hudgens no ayudó, pues *Hush-Hush* debía la mitad de sus inmundicias a los arrestos de Vincennes.

Lynn bebió un trago de coñac.

—No le gusta Jack.

—No, pero hay una parte de la declaración en la cual creo absolutamente. Patchett tiene copias de los archivos privados de Sid Hudgens, incluyendo información sobre Vincennes. Usted se hará un favor si lo admite.

Si ella mordía el anzuelo, empezaría ahora.

—No puedo admitirlo, y la próxima vez que hablemos tendré un abogado. Pero puedo decirle que creo saber qué contendría dicho archivo.

La primera cuña en su sitio.

—¿Sí?

—Bien, creo que el año fue 1947. Vincennes participó en un tiroteo en la playa. Estaba bajo la influencia de narcóticos, disparó y mató a dos personas inocentes, un matrimonio. Mi fuente tiene la verificación, incluido el testimonio de la agente de una ambulancia y una declaración certificada del médico que trató las heridas de Jack. Mi fuente posee análisis sanguíneos que muestran que tenía droga en el organismo y testimonios de testigos oculares que no comparecieron. ¿Usted suprimiría esa información para proteger a otro policía, capitán?

El Malibu Rendezvous: el trabajo que había llevado a Jack a la gloria. Sonó el teléfono. Lynn lo ignoró.

—Santo cielo —dijo Ed, sin necesidad de fingir.

—Sí. Cuando leí lo de Vincennes siempre pensé que tenía razones muy oscuras para ensañarse con los adictos, y no me sorprendí al descubrir eso. Otra cosa, capitán. Si Pierce tuviera copias de los archivos, sin duda las habría destruido.

La última frase sonaba falsa. Ed le siguió el juego.

—Sé que a Jack le gusta la droga, se ha rumoreado durante años en Detectives. Y sé que usted miente sobre los archivos y que Vincennes haría cualquier cosa por recobrar su carpeta. Usted y Patchett no deberían subestimarlo.

—¿Tal como usted subestimó a Bud White?

Su sonrisa fue como una provocación, y por un segundo Ed pensó que le pegaría. Lynn rió antes que él pudiera pegarle, y en cambio la besó. Lynn reculó, luego respondió al beso; rodaron al suelo arrancándose la ropa. Sonó el teléfono. Ed lo descolgó. Lynn lo ayudó a penetrarla, rodaron, se mecieron, tumbaron muebles. Terminó tan pronto como había empezado.

Ed notó que Lynn alcanzaba el orgasmo: segundos de espera, satisfacción, descanso. Luego contó su historia entre suspiros, como si fuera una carga demasiado pesada: el polizonte corrupto Jack Vincennes, adicto y rebelde. Jack haría cualquier cosa para recobrar su archivo. El capitán E. J. Exley tenía que usarlo por lo que sabía. Pero Vincennes estaba perdiendo la cabeza, impulsado por el alcohol y la droga.

## 58

Bud llegó a Los Ángeles al amanecer en un autobús de San Francisco. La ciudad parecía extraña y nueva, como todo lo demás en su vida. Cogió un taxi y se adormiló, se despertaba a ratos oyendo la voz de Ellis Loew. «Parece un caso magnífico, pero los homicidios múltiples son traicioneros y Spade Cooley es famoso. Pondré al equipo de la Fiscalía de Distrito en eso, y tú no te metas por el momento.»

Lynn: llamadas, el teléfono descolgado. Extraño, pero típico: cuando Lynn quería dormir, quería dormir.

No podía creer lo que pasaba en su vida. Era desconcertante. Al bajar del taxi halló una nota en la puerta, con membrete del sargento Duane W. Fisk.

> Sargento White:
>
> El capitán Exley quiere verle de inmediato (algo relacionado con la revista *Whisper* y un cadáver bajo una casa). Preséntese cuanto antes en Asuntos Internos al regresar a Los Ángeles.

Bud se rió, hizo las maletas: ropa, papeles sobre los asesinatos de prostitutas, el Nite Owl. Serían de Dudley si los pedía. Arrojó la nota en el inodoro y orinó sobre ella.

Se dirigió a Gardena, se alojó en el Victory: una habitación con sábanas limpias, calentador, sin manchas de sangre en las paredes. No dormiría. Preparó café, trabajó.

Todo lo que sabía sobre Spade Cooley: media página de escritura borrosa.

Cooley era un cantante/violinista de Oklahoma, un tío algo flaco, cuarentón. Tenía un par de discos de éxito, su espectáculo de TV había tenido resonancia.

El bajista, Burt Arthur Perkins, alias «Doble», había estado preso por practicar sodomía con perros, y se rumoreaba que tenía muchos socios conocidos en el hampa.

Investigación.

Lamar Hinton decía que Spade fumaba opio, Spade tocó en la sala Lariat de San Francisco, frente al lugar donde había muerto Chrissie Renfro. Chrissie murió con opio en el organismo; Spade tocaba ahora en El Rancho Klub de Los Ángeles, cerca del apartamento de Lynette Ellen Kendrick. Lamar Hinton decía que Dwight Gilette —ex chulo de Kathy Janeway— suministraba prostitutas para las fiestas de Cooley.

Circunstancial, pero sólido.

Un teléfono de pared. Bud llamó a la oficina del forense del condado.

—Exámenes médicos, Jensen.

—Sargento White. Quiero hablar con el doctor Harris. Sé que está ocupado, pero es sólo un momento.

—Aguarde, por favor.

Segundos de espera.

—Sargento, ¿qué es esta vez?

—Un detalle del informe de la autopsia.

—Usted ni siquiera está en la jurisdicción del condado.

—Contenido del estómago y corriente sanguínea de Lynnete Kendrick. Vamos.

—Eso es fácil, porque Kendrick ganó nuestro premio al mejor estómago la semana pasada. ¿Preparado? Salchichas con *sauerkraut*, patatas fritas, Coca-Cola, opio, esperma. Cielos, vaya última cena.

Bud colgó. Ellis Loew decía quédate fuera. Kathy Janeway decía ADELANTE.

Fue al Strip, reconstruyó los hechos.

Primero: El Rancho Klub, cerrado. «Spade Cooley y su Banda Rítmica de Cowboys todas las noches.» Una foto publicitaria junto a la puerta: Spade, Perkins, otros tres tíos con aire sureño. Ninguno tenía muchos anillos, una pista pegada al pie: «Representados por Nat Penzler Associates, La Ciénega Norte 653, Los Ángeles».

Enfrente: el Hot Dog Hut, salchichas y patatas en el menú. Sunset Strip junto a Crescent Heights: zona frecuentada por prostitutas. A un kilómetro y pico, en Melrose y Sweetzer: el apartamento de Lynette Ellen Kendrick.

Fácil.

Spade la recogió tarde, sin testigos.

Tenía comida y droga, propuso una noche acogedora, se llevó a Lynette a casa.

Se doparon, comieron. Spade la mató a golpes, la violó tres veces después de la muerte.

Bud enfiló hacia La Ciénega. El 653: una casa de pino. «Nat Penzler Assoc.» junto al buzón. Abrió la puerta: una muchacha preparando café. Bud entró.

—¿En qué puedo servirle? —preguntó la chica.

—¿Está el jefe?

—El señor Penzler está hablando por teléfono. ¿En qué puedo servirle yo?

Una puerta con «N.P.» en letras de bronce. Bud la abrió de un empellón.

—¡Oye, estoy hablando por teléfono! —gritó un viejo—. ¿Qué eres, cobrador? ¡Oye, Gail! ¡Dale una revista a este payaso!

Bud mostró la placa. El hombre colgó el teléfono, se apartó del escritorio.

—¿Eres Nat Penzler?

—Llámame Natsky. ¿Buscas un representante? Puedo conseguirte un papel de energúmeno. Tienes esa facha de neanderthal que se lleva ahora.

Bud pasó por alto el comentario.

—Eres el agente de Spade Cooley, ¿verdad?

—Verdad. ¿Quieres unirte a la banda de Spade? Spade gana mucho dinero, pero mi criada negra canta mejor que él, así que quizá pueda conseguirte un puesto. Al menos como guardia de seguridad en El Rancho. Muchas hembras, hijo. Un alce como tú podría correrse una gran juerga.

—¿Has terminado, papá?

Penzler se sonrojó.

—Señor Natsky para ti, cavernícola.

Bud cerró la puerta.

—Necesito una lista de las actuaciones de Cooley de aquí hasta el 51. ¿Quieres ser amable o no?

Penzler se levantó, se apoyó contra sus archivos.

—El espectáculo terminó, Godzilla. Nunca divulgo información sobre mis representados, ni siquiera bajo amenaza de una citación. Así que lárgate y regresa un día a comer, digamos el día doce de nunca.

Bud arrancó el cable del teléfono de la pared. Penzler abrió el cajón de arriba.

—¡Sin rudezas, cavernícola! ¡Hago mi mejor trabajo con la cara!

Bud hojeó las carpetas, encontró «Cooley, Donnel Clyde», y la arrojó en el escritorio. Una foto cayó sobre el secante: Spade, cuatro anillos en diez dedos. Hojas rosadas, hojas blancas, diez hojas azules.

Actuaciones clasificadas por años.

Penzler se quedó mascullando. Bud cotejó fechas.

Jane Mildred Hamsher, 8/3/51, San Diego. Spade en El Cortez Sky Room. Abril del 53, Kathy Janeway, la Banda Rítmica en Bido Lito's, sur de Los Ángeles. Sharon, Sally, Chrissie Virginia, Maria, hasta Lynette, Bakersfield; Needles, Arizona; San Francisco; Seattle; vuelta a Los Ángeles. Nómina de pagos: Perkins como bajista casi siempre, baterías y saxos que iban y venían, Spade Cooley siempre a la cabeza, en esas ciudades y en esas fechas.

Hojas azules empapadas: el sudor de Bud.

—¿Dónde se aloja la banda?

—En el Biltmore, y no te he dicho nada.

—Me alegra, porque esto es homicidio en primer grado y yo nunca he estado aquí.

—Soy como la Esfinge, te lo juro. Por Dios, Spade y su escoria. Por Dios, ¿sabes cuánto ganó el año pasado?

Comunicó la pista a Ellis Loew; Loew se enfureció.

—¡Te dije que no te metieras! Tengo a tres hombres civilizados en el caso, y les pasaré este dato, pero tú olvídalo y regresa al Nite Owl. ¿Entendido?

Bud entendió. Kathy Janeway seguía diciendo ADELANTE.

El Biltmore.

Se obligó a conducir despacio, aparcar en la entrada trasera y preguntar cortésmente al conserje dónde se encontraba el grupo del señor Cooley.

—La suite El Presidente —dijo el conserje—, piso nueve.

Dio las gracias con tanta calma que todo comenzó a ir a cámara lenta y por un segundo creyó que estaba nadando.

Subir la escalera fue como nadar contra la corriente. La pequeña Kathy insistía. MÁTALO. La suite: puertas dobles, filigranas de oro, águilas, banderas americanas. Movió el picaporte, abrió las puertas.

Un lugar elegante estropeado por la bazofia: tres sureños dormidos en el suelo. Botellas vacías, ceniceros caídos. Spade no estaba.

Puertas: a la derecha se oían ruidos. Bud la abrió de un puntapié.

Perkins en la cama mirando dibujos animados. Bud sacó el arma.

—¿Dónde está Cooley?

Perkins se metió un mondadientes en la boca.

—De camino a una borrachera, y yo sigo el mismo rumbo. Si quieres verlo, ven esta noche a El Rancho. Quizás aparezca.

—Tonterías. Él es la gran atracción.

—Casi siempre. Pero últimamente Spade tuvo ausencias, así que a veces lo reemplazo. Canto tan bien como él y soy más guapo, así que a nadie le importa. Oye, ¿quieres largarte y dejarme a solas con mi diversión?

—¿Dónde está bebiendo?

—Guarda ese revólver, chico. A lo sumo puedes acusarlo de no pagar el mantenimiento de sus hijos, y Spade siempre paga, tarde o temprano.

—No, homicidio, y he oído que le gusta el opio.

Perkins escupió el mondadientes.

—¿Qué has dicho?

—Prostitutas. ¿A Spade le gustan las jóvenes?

—No le gusta matarlas, sólo jugar a esconder la polla, como tú y yo.

—¿Dónde está?

—Hombre, no soy un soplón.

Culatazos. Perkins gritó, escupió dientes.

El volumen del televisor subió: chicos pidiendo Cornflakes de Kellogg's. Bud lo apagó de un disparo.

Perkins cantó.

—¡Mira en los fumaderos de opio de Chinatown y déjame en paz!

Kathy decía MÁTALO. Bud pensó en su madre por primera vez en años.

## 59

—Ya se lo dije al capitán Exley, y ya le advertí que una entrevista con el señor Goldman resultaría infructuosa —dijo el médico—. El hombre casi nunca está lúcido. Sin embargo, ya que ha insistido en enviarlo a usted, se lo repetiré todo.

Jack miró en torno suyo. Camarillo era escalofriante: chiflados, pinturas de chiflados en las paredes.

—¿Podría verlo? El capitán quiere una declaración de Goldman.

—Bien, tendrá suerte si la consigue. En julio pasado, el señor Goldman y su compañero Mickey Cohen fueron atacados con tubos y navajas en McNeil. Al parecer no identificaron a los atacantes, y Cohen salió relativamente ileso mientras que el señor Goldman sufrió graves lesiones cerebrales. Ambos salieron en libertad bajo palabra el año pasado, y el señor Goldman empezó a comportarse erráticamente. A finales de diciembre lo arrestaron por orinar en público en Beverly Hills, y el juez ordenó tenerlo aquí en observación durante noventa días. Lo hemos tenido desde Navidad, y acabamos de solicitar noventa días más. Francamente, no podemos hacer nada con él, y lo único misterioso es que el señor Cohen nos visitó y ofreció trasladar al señor Goldman a un sanatorio privado a sus expensas, pero Goldman rehusó y pareció tenerle miedo. ¿No es extraño?

—Quizá no. ¿Dónde está?

—Al otro lado de esa puerta. Sea amable con él. El hombre fue un hampón, pero ahora es sólo un patético ser humano.

Jack abrió la puerta. Una habitación acolchada; Davey Goldman en un banco acolchado. Necesitaba afeitarse; apestaba a Lysol. El boquiabierto Davey hojeaba un *National Geographic.*

Jack se sentó al lado. Goldman se apartó.

—Este lugar es infame. Debiste dejar que Mickey te llevara a otro sitio.

Goldman se limpió los mocos de la nariz y se los comió.

—Davey, ¿problemas con Mickey?

Goldman le mostró la revista: negros desnudos agitando lanzas.

—Simpático. Cuando muestren gente blanca me suscribiré. Davey, ¿me recuerdas? Jack Vincennes. Yo trabajaba en Narcóticos y nos cruzábamos en el Strip.

Goldman se rascó los testículos. Sonrió: bajo voltaje, nadie en casa.

—¿Es una comedia? Vamos, Davey. Tú y Mick os conocéis desde tiempo atrás. Sabes que él te cuidaría.

Goldman aplastó un insecto invisible.

—Ya no.

Voz de hombre ausente: nadie podía fingir tan bien.

—Dime, Davey, ¿qué pasó con Dean van Gelder? Lo recordarás, él te visitó en McNeil.

Goldman se sacó mocos de la nariz, se los limpió en los pies.

—Dean van Gelder —dijo Jack—. Te visitó en McNeil en el 53, en la época en que Peter y Baxter Englekling visitaron a Mickey. Ahora tienes miedo de Mickey y Van Gelder liquidó a un tío llamado Duke Cathcart, y a él lo liquidaron en la matanza del Nite Owl. ¿Te quedan sesos para hablar de eso?

No se encendió ninguna luz.

—Vamos, Davey. Cuéntamelo y no te sentirás tan triste. Habla con tu tío Jack.

—¡Holandés! ¡Cabrón holandés! Mickey debería saber cómo lastimarme pero no sabe. *Hub rachmones,* Meyer, *hub rachmones,* Meyer Harris Cohen, *te absolvo* de mis pecados.

La boca aún hablaba, pero el resto del hombre estaba muerto.

Jack meditó: Van Gelder el holandés. Del yiddish al latín, una alusión a la traición.

—Vamos, continúa. Confiésate con el padre Jack y te sentirás mejor.

Goldman se sacó mocos de la nariz; Jack insistió.

—¡Vamos!

—¡El holandés lo estropeó!

Tal vez: orden de muerte contra Duke Cathcart, desde la cárcel.

—Estropeó ¿qué?

Goldman, voz monótona y ausente.

—Los concesionarios muertos tres pistoleros, blip, blip, blip. Tregua no es juerga. Mickey cree que conseguirá pescado pero el gato irlandés tiene el pescado y Mickey se queda sólo con los huesos, es presa del monstruo miau. *Hub rachmones* Meyer, yo podía confiar en ti, no en ellos, todo está parado pero no para nosotros *te absolvo*...

¿Qué diablos...?

—¿Quiénes son esos tíos de quienes hablas?

Goldman tarareó una melodía, discordante, conocida. Jack recordó: *Take the «A» Train.*

—Davey, háblame.

Davey cantó.

—Bump bump bump bump bump bump bump bump el simpático tren, bump bump bump bump bump el simpático tren.

Empeoraba. Como si tuviera paredes acolchadas en el cerebro.

—Davey, háblame.

Charla de chiflado.

—Bzz, bzz bzz micrófono para oír. Betty, Benny micrófono para escuchar, micrófono irlandés. *Hub rachmones* Meyer querido amigo.

Una posibilidad.

Los Englekling vieron a Cohen en su celda, le comentaron el plan de Duke Cathcart para distribuir pornografía. Mickey juraba que no se lo había contado a nadie. Goldman lo averiguó, decidió adueñarse del negocio, envió a Dean van Gelder para que liquidara a Cathcart o le comprara una parte. ¿Cómo? ¿UN MICRÓFONO ESCONDIDO EN LA CELDA DE COHEN?

—Davey, háblame del micrófono.

Goldman se puso a tararear *In the Mood.*

El médico abrió la puerta.

—Eso es todo, sargento. Es suficiente. Ya ha molestado bastante a este hombre.

Exley le dio su aprobación por teléfono: un viaje a McNeil para comprobar si había aparatos de espionaje en la celda que había ocupado Mickey Cohen. El aeropuerto del condado de Ventura estaba a pocos kilómetros: volaría a Puget Sound y cogería un taxi hasta la penitenciaría. Bob Gallaudet tendría allí un hombre de Detectives para oficiar de enlace: los administradores de McNeil mimaban a Cohen, tal vez recibían sobornos, quizá no colaborasen sin presión. Exley pensaba que la teoría de los micrófonos era exagerada; estaba enfadado porque Bud White no aparecía. Fisk y Kleckner lo estaban buscando, el bastardo tal vez huía, sabiendo lo del artículo de *Whisper* y el cadáver de San Bernardino. Fisk le había dejado una nota mencionando el descubrimiento. Parker decía que Dudley Smith estaba estudiando los archivos del caso Englekling y presentaría un informe pronto; Lynn Bracken aún callaba.

—¿Qué hacemos con eso? —preguntó Jack.

—El Dining Car a medianoche. Conversaremos.

El temible capitán Ed poniéndose fatalista.

Jack enfiló hacia Ventura, cogió su vuelo. Exley había

llamado con antelación para reservarle el billete. Una azafata entregó periódicos; Jack cogió un *Times* y un *Daily News* y leyó Nite Owl.

Los chicos de Dudley desmantelaban el distrito negro, arrestando maleantes, buscando a los que habían disparado las escopetas en Griffith Park. Pura alharaca: quien hubiera escondido las armas en el coche de Ray Coates había puesto las balas en el parque, dando pistas a la prensa. Sólo los profesionales tenían sesos y agallas para hacerlo. Mike Breuning y Dick Carlisle tenían un puesto de mando en la sección de la calle Setenta y siete: todo el escuadrón y veinte hombres de Homicidios destacados para trabajar en el caso. Imposible que los culpables fueran negros chiflados: todo empezaba a parecerse a 1953. El *Daily News* mostraba fotos: Central Avenue atestada de hombres que exhibían placas, la casa que Exley le había comprado a Inez Soto. Una foto elegante en el *Times*: Inez frente a la casa de Ray Dieterling en Laguna, ocultándose los ojos de los *flashes*.

Jack siguió leyendo.

La Fiscalía General del Estado publicó una declaración: Ellis Loew ganó la partida emitiendo una orden de no intervención, pero la Fiscalía aún quería el caso e intervendría cuando venciera la orden. A menos que el Departamento resolviera el lío del Nite Owl a satisfacción del gran jurado del condado de Los Ángeles dentro de un período prudente. El Departamento emitió un comunicado de prensa: un detallado informe sobre la violación colectiva de Inez Soto en 1953, acompañado por una conmovedora descripción de cómo el capitán Ed Exley la ayudó a reconstruir su vida. El padre de Exley también aparecía en las noticias. El *Daily News* destacaba la conclusión del sistema de autopistas de California Sur y comentaba un nuevo rumor: el gran Preston pronto anunciaría su candidatura en la campaña para gobernador, sólo dos meses y medio antes de las primarias republicanas, una estrategia de última hora para capitalizar la inminente alharaca por las autopistas. ¿Tendría alguna oportunidad después de la mala prensa que tenía su hijo?

Jack evaluó sus propias oportunidades. La relación con Karen mejoraba porque ella veía que Jack se esmeraba; el mejor modo de mantenerla en marcha era terminar sus veinte años de servicio, coger la pensión y largarse de Asuntos Internos. Los próximos dos meses tendría que brincar esquivando balas: la reapertura, los datos que Patchett y Bracken tenían sobre él. Apuesta difícil. Estaba cansado y asustado para brincar demasiado, y empezaba a sentirse viejo. Exley también brincaba: las cenas de madrugada no eran su estilo. Quizá Bracken y Patchett ofrecieran un trato valiéndose del archivo de Jack, tal vez Parker enterrara el asunto para proteger al Departamento. Pero Karen lo sabría, y lo que quedaba de su matrimonio se iría al traste, porque Karen no soportaría saber que se había casado con un borracho y un recaudador. «Asesino» era una bala que no podrían eludir.

Tres horas en el aire; tres horas de reflexión. El avión aterrizó en Puget Sound; Jack cogió un taxi hasta McNeil.

Era feo: un monolito gris en una isla rocosa y gris. Paredes grises, niebla gris, alambres de espino a orillas del agua gris. Jack se apeó ante la garita; el guardia revisó su identificación, cabeceó. Chirriaron puertas de acero.

Jack entró.

Un hombrecillo membrudo le salió al encuentro.

—¿Sargento Vincennes? Agente Goddard, Detectives.

Un buen apretón de manos.

—¿Exley le aclaró de qué se trataba?

—Bob Gallaudet me lo explicó. Investigan el Nite Owl y casos relacionados y creen que podía haber micrófonos en la celda de Mickey Cohen. Estamos buscando pruebas para respaldar esa teoría, que no me parece tan rebuscada.

—¿Por qué?

Caminaron contra el viento. Goddard habló.

—Aquí trataban a Cohen a cuerpo de rey, y también a Goldman. Privilegios a granel, visitas ilimitadas y poco control del material que les traían, así que era posible instalar un micrófono. ¿Cree que Goldman traicionó a Mickey?

—Algo parecido.

—Bien, es posible. Se alojaban a dos celdas de distancia, en un pabellón pedido por Mickey, porque la mitad de las celdas tenían la cañería estropeada y no podían alojar internos en ellas. Ya lo verá, toda la zona está vacía y cerrada.

Puestos de inspección, las celdas: pabellones de seis pisos con pasillos. Subieron hasta un corredor: ochenta celdas vacías.

—El penthouse —dijo Goddard—. Tranquilo, poco poblado, una bonita sala para que los muchachos jugaran a los naipes. Un informador nos dice que Cohen aprobaba a los internos que se alojaban aquí. ¿Se imagina qué descaro?

—Cielos —dijo Jack—, es usted bueno. Y rápido.

—Bien, Exley y Gallaudet son influyentes, y los poderes consagrados de la prisión no tuvieron tiempo de prepararse. Ahora mire lo que he traído.

En la mesa de la sala: barras, cinceles, martillos, una estaca larga y delgada con un gancho en la punta. Sobre una manta: un grabador, una maraña de cables.

—Primero registraremos este pabellón —dijo Goddard—. Admito que es una apuesta difícil, pero traje una grabadora por si hallábamos cinta.

—Es una posibilidad. Goldman y Cohen salieron en otoño, pero los atacaron en julio, y a Davey le arruinaron la mollera. Si él manejaba la cinta, estaba demasiado atontado para llevarse la grabadora.

—Basta de charla. A dar martillazos.

Goddard examinó un tramo desde el conducto de calefacción de la celda de Cohen hasta el conducto de calefacción de Goldman, trazó una línea en el techo de las dos celdas intermedias y empezó a sondear con un martillo y un cincel. Jack sacó una placa protectora del conducto de la pared de Mickey, tanteó el interior del conducto con la estaca ganchuda. Sólo paredes de hojalata huecas, sin cables adentro. Frustrante: era el lugar lógico donde esconder un micrófono. El conducto soplaba vaharadas de calor; Jack cambió de parecer. Washington era frío, la calefacción estaría encendida casi siempre, sofocando la conversación. Registró las paredes y el techo. Nada. Luego tanteó las inmediaciones del conducto. Parches de cemento y agujeros al lado de la placa protectora; golpeó hasta derrumbar media pared y apareció un pequeño micrófono cubierto de cemento, colgado de un cable. Cinco segundos después Goddard estaba allí; el cable estaba conectado con una grabadora cubierta de plástico.

—A medio camino entre las celdas, un escondrijo al lado del conducto. Escuchémosla.

Se instalaron en la sala. Goddard conectó su aparato, cambió los carretes, apretó botones. Cinta grabada.

Estática, aullidos de perro. Cohen: «Calma, calma, *bubeleh.*»

—Le permitían tener un perro en la celda —dijo Goddard—. Sólo en Norteamérica, ¿eh?

Cohen: «Deja de lamerte el *schnitzel*, precioso.» Más aullidos, un largo silencio, un chasquido.

—Lo estoy poniendo a punto. Micrófono activado por la voz. A los cinco minutos se apaga automáticamente.

Jack se quitó yeso de las manos.

—¿Cómo entraba Goldman para cambiar la cinta?

—Debía de tener un gancho, como esa estaca que yo le he dado a usted. La rejilla del conducto de calefacción estaba floja, así que sabemos que alguien metió las manos allí. Cielos, ¿cuánto hace que esta cosa está aquí? Y Goldman necesitó ayuda, esto no lo hace un hombre solo. Escuche, ¿oye ese chasquido?

Otro chasquido, una voz extraña: «¿Cuánto? Diré a ese guardia que se encargue de la apuesta.» Cohen: «Mil a Basilio, ese italianito es prometedor. Y pasa por la enfermería para ver a Davey. Por Dios, esos matones lo transformaron en un nabo. Juro que viviré para hacerlos puré.» Voces superpuestas, murmullos, Mickey arrullando al perro, ladridos.

La época: Ya habían atacado a Goldman y Cohen; Mickey había apostado en la pelea Robinson-Basilio de septiembre. Probablemente se retiró después, al ver malas perspectivas.

Apagado, encendido, cuarenta y seis minutos de Mickey y por lo menos dos hombres más jugando a las cartas, usando el inodoro. La cinta usada casi terminada; apagado, encendido, el maldito perro aullando.

Mickey: «Seis años y diez meses aquí y perder el magnífico cerebro de Davey justo antes de irme. Semejante *tsurus* para llevar a casa. Mickey Junior, deja de lamerte el *putz, faigeleh*».

Una voz extraña: «Consíguele una perra, y no tendrá que lamerse.»

Cohen: «Por Dios, tanta energía y tanto tamaño. Ese perro con su *shlong* es como Heifetz tocando el violín, y para colmo está provisto como Johnny Stompanato. Y hablando de provisiones, me cuentan que Johnny está proveyendo a Lana Turner, después de ir tras ella tanto tiempo. Ah, debe tener el coño como chinchilla.»

El hombre extraño se echó a reír.

Cohen: «Basta, adulador, guarda unas risas para Jack Benny. Necesito a Johnny, pero no puedo encontrarlo porque juega a enterrar la polla con estrellas de cine. Están liquidando a mis concesionarios y necesito a Johnny para que averigüe quién es, pero ese pícaro italiano de gran mástil no aparece en ninguna parte. ¡Quiero liquidar a esos cabrones! ¡Quiero desalojar de este mundo a los bastardos que lastimaron a Davey!

Toses de Mickey. Voz extraña: «¿Qué dices de Lee Vachss y Abe Teitlebaum? Podrías pedírselo a ellos.»

Cohen: «Como confidente eres un *shmendrik*, aunque juegas bien a los naipes. No, Abe se ha reblandecido demasiado para usar los músculos. Demasiada grasa en su restaurante. Esa grasa tapona las arterias y causa estragos, y Lee Vachss ama demasiado la muerte para tener entendimiento. ¡Lana, qué coño debe de tener, como de cachemir!»

La cinta terminó.

—Mickey sin duda tiene estilo con las palabras —dijo Goddard—, pero ¿qué tiene que ver todo esto con el Nite Owl?

—¿Cómo le suena «nada»?

## 60

Una pared del estudio era ahora un gráfico: personas relacionadas con el Nite Owl unidas por líneas horizontales; líneas verticales que las enlazaban con una gran hoja de cartón dividida en compartimientos, con hechos tomados de la declaración de Vincennes. Ed escribía notas al margen; la llamada de su padre aún le zumbaba en los oídos: «Edmund, me presentaré para gobernador. Tu reciente notoriedad tal vez me haya perjudicado, pero dejemos eso de lado. No quiero que el caso de Atherton resucite en letras de molde y se conecte con tus diversos casos, ni quiero que molestes a Ray Dieterling. Quiero que me presentes a mí todas tus preguntas, y entre los dos resolveremos las cosas.»

Aceptó. Era irritante. Le hacía sentirse como un niño, así como dormir con Lynn Bracken le hacía sentirse prostituido. Y el apellido Dieterling aparecía demasiadas veces en el gráfico.

Ed trazó líneas.

Sid Hudgens se unía con el material porno hallado por Vincennes en el 53; el material porno se unía con Pierce Patchett. Otra línea: Christine Bergeron, su hijo Daryl y Bobby Inge habían posado para las fotos y habían desaparecido en la época del Nite Owl. Pediría a Fisk y Kleckner que los buscaran de nuevo; intentaría identificar a los demás modelos, una vez más. Olvidaría la línea porno/Hudgens-Atherton, el ex inspector Preston Exley haría discretas averiguaciones cuando se lo pidiera.

Una línea teórica: Pierce Patchett-Duke Cathcart. Lynn Bracken la negaba, pero mentía. En la declaración de Vincennes, Patchett vendía el material que Cathcart planeaba distribuir. Pero ¿quién lo manufacturaba? Hudgens-Patchett-Bracken: el redactor de *Hush-Hush* aterrado cuando Vincennes empezó a husmear en Fleur-de-Lis; Lynn le dijo a Jack que Patchett y Hudgens tenían un proyecto común, ahora lo negaba: otra mentira. Necesitaba otro gráfico para tener un mapa de las mentiras. No tenía una habitación suficientemente grande.

Más líneas.

Davey Goldman-Dean van Gelder-Duke Cathcart-Susan Nancy Lefferts: incomprensible hasta que Vincennes llamara desde McNeil, hasta que interrogara a Bud White, quien sin duda estaba escondido, acerca de lo que ocultaba. Líneas vocacionales: Patchett, los hermanos Englekling y su padre sabían de química; Patchett, quien presuntamente esnifaba heroína, tenía conexiones con el doctor Terry Lux para tratamientos de cirugía plástica. Lux era dueño de un sanatorio para desintoxicación de alcohólicos y drogadictos. El informe de Dudley Smith a Parker declaraba que Peter y Baxter Englekling habían sido torturados con sustancias químicas corrosivas, sin más detalles. Conclusión: el eslabón para descifrar cada línea interconectada tenía que ser Patchett: sus rameras, sus modelos para fotos porno.

Patchett era el conducto hacia el hombre que había preparado la foto ensangrentada con tinta, había matado a Hudgens y constituía la línea final, que remitía a 1934 y el gran caso de su padre.

Demasiadas líneas para ignorarlas.

Patchett financió películas de Dieterling. Billy, hijo de Dieterling, y su novio Timmy Valburn usaban Fleur-de-Lis; Valburn era un socio conocido de Bobby Inge. Billy trabajaba en *Insignia del Honor*, el foco inicial de la investigación del homicidio de Hudgens. Miller Stanton, coprotagonista de *Insignia del Honor*, era una estrella infantil de Dieterling en la época del asesinato de Wee Willie Wennerholm. ¿Cometido por Loren Atherton? Líneas transversales: Atherton-pornografía-Hudgens; líneas de coincidencia invitando a no respetar lealtades familiares: diecisiete años después de Atherton, Preston Exley construye la Tierra de los Sueños.

Gobernador Exley, jefe de Detectives Exley.

Ed pensó en Lynn, la saboreó, se estremeció. Un salto a Inez: una nueva línea.

Partió hacia Laguna Beach.

Un enjambre de reporteros: apiñados junto a los coches, jugando a las cartas en el parque de Ray Dieterling. Ed aparcó a la vuelta de la esquina y echó a andar. Apuró el paso.

Lo vieron, lo acosaron. Llegó a la puerta, golpeó el picaporte. La puerta se abrió: Inez.

Ella dio un portazo, cerró con la aldaba. Ed entró en el salón: la Tierra de los Sueños sonreía a su alrededor.

Objetos publicitarios, estatuas de porcelana: Moochie, Danny, Scooter. Fotos en la pared: Dieterling y niños lisiados.

Cheques cancelados en fundas de plástico: números de seis dígitos para combatir enfermedades infantiles.

—Como ves, tengo compañía.

Ed se volvió hacia Inez.

—Gracias por dejarme pasar.

—Te han tratado peor que a mí, así que me siento en deuda contigo.

Inez estaba pálida.

—Gracias. Sabes que ya pasará, igual que la última vez.

—Quizá. Tienes pésimo aspecto, Exley.

—Todos me dicen lo mismo.

—Pues quizá sea cierto. Mira, si quieres quedarte a hablar, de acuerdo, pero por favor no menciones a Bud ni toda esta inmundicia.

—No pensaba hacerlo, pero la charla menuda nunca fue nuestro fuerte.

Inez se le acercó. Ed la abrazó; ella le cogió los brazos y se zafó. Ed intentó sonreír.

—Tienes algunas canas. Cuando tengas mi edad quizá seas tan canosa como yo. ¿Qué te parece como charla menuda?

—Muy menuda, y yo puedo mejorarla. Preston se presenta para gobernador, a menos que su célebre hijo le arruine la oportunidad. Yo seré la coordinadora de la campaña.

—Papá gobernador. ¿Dijo que yo le arruinaría la oportunidad?

—No, porque nunca diría nada malo de ti. Sólo haz lo posible para no perjudicarlo.

Reporteros fuera. Ed les oyó reírse.

—Yo tampoco quiero que mi padre salga perjudicado. Y tú puedes ayudarme a impedirlo.

—¿Cómo?

—Un favor. Un favor entre tú y yo. Nadie más debe saberlo.

—¿Qué?, explícate.

—Es muy complicado, e involucra a Ray Dieterling. ¿Conoces el nombre «Pierce Patchett»?

Inez movió la cabeza.

—No. ¿Quién es?

—Un inversor, es todo lo que puedo decirte. Necesito que utilices tu acceso a la Tierra de los Sueños para indagar sus conexiones financieras con Dieterling. Investiga hasta los años treinta, con mucho sigilo. ¿Lo harás?

—Exley, esto apesta a asunto policial. ¿Qué tiene que ver con tu padre?

Vacilación: aquello significaba poner en duda al hombre que lo había formado.

—Mi padre podría tener problemas de impuestos. Necesito que investigues los documentos financieros de Dieterling para ver si lo mencionan.

—¿Problemas serios?

—Sí.

—¿Quieres que investigue hasta el 50? ¿Cuando empezaron a planear la Tierra de los Sueños?

—No, llega hasta 1932. Sé que has visto los libros en Dieterling Productions, y sé que puedes hacerlo.

—¿Y luego me darás explicaciones?

Más vacilaciones.

—El día de las elecciones. Vamos, Inez, tú lo amas casi tanto como yo.

—De acuerdo. Por tu padre.

—¿Ninguna otra razón?

—De acuerdo, por lo que hiciste por mí y los amigos que me conseguiste, y si eso te parece cruel, lo lamento.

Un reloj «Ratón Moochie» dio las diez.

—Tengo que irme —dijo Ed—. Tengo una reunión en Los Ángeles.

—Sal por detrás. Todavía oigo a los buitres.

Se recobró de las vacilaciones en el viaje de regreso.

Lo consideraría un procedimiento eliminatorio estándar:

Si su padre conocía a Ray Dieterling durante la época del caso Atherton, tenía razones válidas para no revelarlo: quizá le causaba embarazo tener tratos de negocios con un hombre con quien se había codeado durante la investigación de un tétrico asesinato. Preston Exley mantenía que la amistad entre policías y civiles influyentes estaba reñida con el concepto de justicia absoluta e imparcial, y si no respetaba sus propias pautas era comprensible que mantuviera oculto el hecho.

Se recobró de las dudas con amor y respeto.

Ed llegó temprano al Dining Car; el *maître* dijo que su invitado estaba esperando. Caminó hacia su reservado favorito, un rincón detrás de la barra. Allí estaba Vincennes con una cinta magnetofónica.

Ed se sentó.

—¿Esa grabación se tomó con un micrófono oculto?

Vincennes le alcanzó la cinta.

—Sí, y contiene muchos exabruptos de Mickey C. sobre asuntos que no tienen nada que ver con el Nite Owl. Es una lástima, pero creo que podemos considerar que Davey traicionó a Mickey y oyó que los Englekling le ofrecían a Mick el proyecto Cathcart. Le pareció prometedor y envió a Van Gelder a liquidar a Duke. Es todo lo que sé.

El hombre parecía agotado.

—Buen trabajo, Jack. Lo digo en serio.

—Gracias, pero no te he autorizado a llamarme por mi nombre de pila.

Ed cogió una carta y se vació los bolsillos debajo.

—Es medianoche y he perdido mi sutileza.

—Estás elaborando alguna cosa. ¿Qué le sonsacaste a Bracken?

—Sólo mentiras. Y tienes razón, sargento. El enfoque McNeil es una vía muerta.

—¿Entonces?

—Entonces mañana me las veré con Patchett. Cerraré las puertas de Asuntos Internos a Dudley y sus hombres y citaré a Terry Lux, Chester Yorkin y cada amigote de Patchett que Fisk y Kleckner puedan hallar.

—Sí, pero ¿qué hay de Bracken y Patchett?

Ed vio a Lynn desnuda.

—Bracken trató de impedir que usáramos tu declaración. Me comentó el episodio de Malibu Rendezvous, y le seguí el juego.

Jack apoyó la cabeza en los tensos puños.

—Le dije que harías cualquier cosa para recobrar el archivo —continuó Ed—. Le dije que todavía amas la droga y que estás en deuda con algunos corredores de apuestas. Te espera un juicio interno y quieres entrar en los negocios de Patchett.

Vincennes alzó la cabeza, pálida, con la marca de los nudillos.

—Dime que eliminarás lo que hay en el archivo.

Ed alzó la carta. Debajo: heroína, bencedrina, una navaja, una automática de 9 milímetros.

—Vas a presionar a Patchett. Él esnifa heroína, así que le ofrecerás una pizca. Si quieres algún estímulo, aquí tienes. Recobrarás tu archivo y averiguarás quién preparó la foto de las mutilaciones y mató a Hudgens. Estoy redactando un guión, y lo tendrás mañana por la noche. Matarás de miedo a Patchett y harás lo necesario para conseguir lo que ambos buscamos. Sé que puedes hacerlo, así que no me obligues a amenazarte.

Vincennes sonrió. Se sentía renovado: el Gran V de otros tiempos.

—¿Y si algo sale mal?

—Entonces mátalo.

# 61

Las bocanadas de opio le hacían oír zumbidos; el parloteo de los chinos le retumbaba en la cabeza: «Spade no aquí, mi local tiene aprobación de policía ¡Yo pago, pago!» El tío Ace Kwan lo envió a Fat Dewey Shin, quien lo mandó a varios tugurios de Alameda. Spade había estado allí, pero Spade se había ido. «Yo pago, pago, prueba con el tío Minh, el tío Chin, el tío Chan.» El carrusel del Chinatown, tardó dos horas en deducirlo: lo enviaban de enemigo en enemigo. El tío Danny Tao sacó una escopeta; Bud se la arrebató, le pegó, no pudo hacerle hablar. Spade estuvo aquí, Spade se fue. Y si olía una nueva vaharada de opio caería muerto o empezaría a disparar. La gran broma: recorría Chinatown buscando a un hombre llamado Cooley.[1]

Chinatown: muerta por ahora.

Bud llamó a la Fiscalía de Distrito y dio al escuadrón sus pistas sobre Perkins/Cooley; el hombre anotó bostezando, colgó aburrido. Bud fue al Strip; la Banda Rítmica en escena, sin Spade. Nadie lo había visto hacía un par de días. Clubes de música *western*, bares locales, locales nocturnos. Ni rastros de Donnel Clyde Cooley. La una de la mañana, ningún sitio adonde ir salvo la casa de Lynn. «¿Dónde estuviste?» y una cama.

Una lluvia torrencial. Bud contó las luces traseras de los coches para mantenerse despierto: puntos rojos, hipnóticos. Llegó a Nottingham Drive exhausto: mareado, las piernas acalambradas.

Lynn en el porche, mirando la lluvia. Bud corrió hacia ella; Lynn abrió los brazos. Bud resbaló, se apoyó en ella.

1. Se pronuncia igual que *coolie* (un peón chino). *(N. del T.).*

Ella retrocedió.

—Estaba preocupado —dijo Bud—. Anoche te llamé varias veces, antes de que todo se liara.

—¿En qué sentido?

—Por la mañana. Es una historia demasiado larga para contarla ahora. ¿Cómo te...?

Lynn le tocó los labios.

—Les he dicho cosas sobre Pierce que ya sabes, y la lluvia me ha puesto melancólica y he pensado en contarles más.

—¿Más qué?

—Creo que he terminado con Pierce. Por la mañana, cariño. Ambas historias para el desayuno.

Bud se apoyó en la baranda del porche. Un relámpago iluminó la calle y la cara afligida de Lynn.

—¿Qué te pasa? ¿Exley? ¿Te ha maltratado?

—Es Exley, pero no es lo que estás pensando. Y sé por qué lo odias tanto.

—¿A qué te refieres?

—Es todo lo contrario de las cosas buenas que eres tú. Es más parecido a mí.

—No entiendo.

—Eso, lo que él logra siendo tan calculador. Empecé a odiarlo porque tú lo odias, luego me ha abierto los ojos sobre Pierce sólo por su modo de ser. Me ha dicho algunas cosas que no debía decirme, y mis propias reacciones me sorprendieron.

Más relámpagos. Lynn parecía muy triste.

—¿Por ejemplo?

—Por ejemplo, que Jack Vincennes está perdiendo la cabeza y quiere vengarse de Pierce. Y me importa un bledo.

—¿Cómo te has vuelto tan amiga de Exley?

Lynn rió.

—*In vino veritas.* ¿Sabes una cosa? Tienes treinta y nueve años y sigo esperando a que te canses de ser quien eres.

—Esta noche estoy cansado.

—No me refería a eso.

Bud encendió la luz del porche.

—¿Me dirás qué ha habido entre tú y Exley?

—Sólo hablamos.

Las lágrimas hacían que se le corriera el maquillaje. Era la primera vez que no estaba hermosa.

—Pues cuéntame.

—Por la mañana.

—No, ahora.

—Querido, estoy tan cansada como tú.

Esa sonrisa vaga la delataba.

—Te has acostado con él.

Lynn desvió los ojos. Bud le pegó: una, dos, tres veces. Lynn enfrentó los golpes sin pestañear. Bud paró al comprender que no quebraría esa resistencia.

## 62

Asuntos Internos. Atestados.

Chester Yorkin, el repartidor de Fleur-de-Lis, en el despacho número 1; en el 2 y en el 3: Paula Brown y Lorraine Malvasi, rameras de Patchett: Ava Gardner y Rita Hayworth. No habían localizado a Lamar Hinton, Bobby Inge ni Christine Bergeron. Tampoco a los modelos de las fotos. Fisk y Kleckner no habían podido identificarlos registrando fotos policiales. En el despacho 4: Sharon Kostenza, nombre verdadero Mary Alice Mertz, fruto de la declaración de

Vincennes: la mujer que una vez había pagado la fianza de Bobby y había pagado un bono de seguridad para Christine Bergeron. En el despacho 5: el doctor Terry Lux y su abogado, el gran Jerry Geisler.

Ray Pinker esperando con antídotos: hasta ahora, ninguno de los presentes parecía drogado.

Dos policías custodiando la oficina: interrogatorios privados, estricta autonomía de Asuntos Internos.

Kleckner y Fisk interrogando a Mertz y la falsa Ava: equipados con copias de la declaración, fotos porno, un resumen del caso. Yorkin, Lux y la falsa Rita esperando.

Ed trabajaba en su oficina: tercer borrador del guión de Vincennes. Un pensamiento lo acuciaba: si Lynn Bracken informaba de todo a Patchett, él advertiría a los suyos antes de que la policía pudiera encontrarlos, tal como Inge, Bergeron y el hijo se habían esfumado antes del Nite Owl.

Dos posibilidades: ella tenía un plan en mente, o los apremios la habían confundido y se tomaba tiempo para medir las consecuencias. Más probable lo primero: esa mujer había olvidado la confusión nada más nacer.

Aún podía saborearla.

Ed trazó líneas en un papel. Inez indagaría las conexiones de Dieterling con Patchett y su padre. La idea lo amedrentaba. Dos hombres de Asuntos Internos buscando a White: capturar al bastardo y obligarlo a hablar. Billy Dieterling y Timmy Valburn serían interrogados: con delicadeza; tenían prestigio e influencia.

Una línea hacia la muerte de Hudgens y el «proyecto» Hudgensi Patchett: la declaración de Vincennes afirmaba que los archivos de *Insignias del Honor* faltaban en el momento de la muerte; una anomalía, pues esa serie era una fijación de Hudgens. La gente de *Insignia del Honor* tenía coartadas para el homicidio, pero se imponía otra lectura del caso.

La mitad de ese laberinto de casos apestaba a extorsión.

Línea hacia una cuestión lateral: Dudley Smith, clamando por una rápida resolución conectada con negros. Línea hacia un rumor: Thad Green pasaría a la Patrulla de Fronteras en mayo. Una línea teórica. Parker escogería a su nuevo jefe de detectives según lo que ocurriera en el caso Nite Owl. Él o Smith. Dudley podría enviar a White para romper su autonomía. Había que cerrar todas las líneas para impedir irrupciones en el caso.

Entró Kleckner.

—Capitán, Mertz se niega a cooperar. Sólo dice que usa ese alias; «Sharon Kostenza», y paga la fianza a la gente de Patchett cuando la arrestan por cargos externos. Sabemos que nunca arrestaron a nadie mientras trabajaba para él. Ella dice que no puede identificar a la gente de las fotos y no dice nada sobre el asunto de la extorsión. Afirma no saber nada del Nite Owl... y la creo.

—Déjala en libertad. Quiero que vaya a ver a Patchett y lo asuste. ¿Qué le ha sonsacado Duane a Ava Gardner?

Kleckner le pasó un papel.

—Mucho. Aquí están los puntos importantes, y tiene toda la entrevista grabada.

—Bien. Ve a ablandar a Yorkin. Llévale una cerveza y mímalo un poco.

Kleckner salió sonriendo. Ed leyó el resumen de Fisk.

Testigo Paula Brown 25/3/58

1. La testigo ha revelado nombres de muchos clientes de prostitutos/as de Patchett (detalles específicos en informe aparte y en cinta).

2. No ha podido identificar a la gente de las fotos (parece sincera al respecto).

3. La mención de la extorsión la ha hecho hablar.

a. Patchett daba bonificaciones a sus chicas/chicos si lograban que los clientes revelaran detalles íntimos de sus vidas.

b. Patchett hace que sus prostitutas se retiren a los 30 (aparente punto a su favor).

c. Cuando sus prostitutas visitaban domicilios, Patchett les hacía dejar puertas y ventanas abiertas para que hombres con cámaras tomaran fotos comprometedoras. Las prostitutas también tomaban impresiones en cera de la cerradura de algunos hombres ricos.

d. Patchett contrataba los servicios de un famoso cirujano plástico (obviamente T. Lux) para que sus prostitutas se parecieran a estrellas de cine y así ganaran más pasta.

e. Los prostitutos extorsionaban a tíos homosexuales casados y compartían las ganancias con Patchett.

f. Aburrida por preguntas sobre el Nite Owl (obviamente no tiene conocimientos pertinentes).

Asombrosa y audaz perversión. Ed miró desde atrás de los espejos. Fisk y la falsa Ava hablando, Kleckner y Yorkin bebiendo cerveza. Terry Lux leyendo una revista, Jerry Geisler enfurruñado. Lorraine Malvasi a solas en una nube de humo. Asombrosa y audaz perversión: la mujer tenía la cara de Rita Hayworth hasta los huesos, incluido el peinado de *Gilda*.

Ed abrió la puerta. Rita/Lorraine se levantó, se sentó, encendió un cigarrillo. Ed le dio el resumen de Fisk.

—Por favor, lea esto, señorita Malvasi.

Ella leyó, mordiéndose los labios.

—¿Y?

—¿Lo confirma usted o no?

—Tengo derecho a un abogado.

—No hasta las setenta y dos horas.

—No puede retenerme tanto tiempo. —Acento neoyorquino.

—No aquí, pero podemos retenerla en la Cárcel de Mujeres.

Lorraine se mordisqueó una uña, se hizo sangre.

—No puede.

—Claro que sí. Sharon Kostenza está bajo custodia, así que no podrá pagarle la fianza. Pierce Patchett está bajo vigilancia y su amiga Ava acaba de cantar todo lo que usted lee ahí. Ella ha hablado primero, y yo sólo quiero que usted llene algunas lagunas.

Un sollozo.

—No puedo.

—¿Por qué no?

—Pierce ha sido amable...

—Pierce está liquidado —interrumpió Ed—. Lynn Bracken aceptó declarar dando la espalda a Pierce. Está bajo nuestra protección, y puedo ir a pedirle respuestas a ella o ahorrarme trabajo y preguntarle a usted.

—No puedo.

—Puede y lo hará.

—No, no puedo.

—Será mejor que pueda, porque usted está liada en once delitos, tan sólo en la declaración de Paula Brown. ¿Tiene miedo de las lesbianas de la cárcel?

Ninguna respuesta.

—Está bien que tenga miedo, pero las matronas son peores. Mujeres hombrunas con garrotes. Usted sabe para qué los usan...

—¡De acuerdo, de acuerdo! ¡Hablaré!

Ed sacó una libreta, escribió «Cronología».

—No es culpa de Pierce —dijo Lorraine—. Ese sujeto le obligó a hacerlo.

—¿Qué sujeto?

—No lo sé. De veras, no lo sé.

Ed subrayó «Cronología».

—¿Cuándo empezó usted a trabajar para Patchett?

—A los veintiún años.

—Déme el año.

—1951.

—¿Y Terry Lux le hizo la cirugía?

—¡Sí! ¡Para volverme más hermosa!

—Ahora tranquila, por favor. Hace un segundo ha dicho usted que un sujeto...

—¡No sé quién es! ¡No puedo decirle lo que no sé!

—Calma, por favor. Usted confirmó la declaración de Paula Brown y dijo que un «sujeto», cuya identidad desconoce, obligó a Patchett a llevar a cabo los planes de extorsión detallados en esa declaración. ¿Correcto?

Lorraine apagó el cigarrillo, encendió otro.

—Sí. Extorsión es como chantaje. Correcto, sí.

—¿Cuándo, Lorraine? ¿Sabe cuándo ese «sujeto» abordó a Patchett?

Ella contó con los dedos.

—Hace cinco años. Mayo.

Ed subrayó de nuevo «Cronología».

—¿Mayo del 53?

—Sí, porque mi padre murió ese mes. Pierce nos reunió y dijo que teníamos que hacerlo. Él no quería pero ese sujeto lo tenía agarrado de ya sabe dónde. No dijo el nombre y creo que ninguna de las chicas lo sabe.

Un mes después del Nite Owl.

—Concéntrese, Lorraine. La matanza del Nite Owl. ¿La recuerda?

—¿Qué? Mataron a unas personas, ¿verdad?

—No importa. ¿Qué más dijo Patchett cuando las reunió?

—Nada.

—¿Nada más sobre Patchett y la extorsión? Recuerde,

no estoy preguntando si usted hizo algo de esto. No le estoy pidiendo que se incrimine.

—Bien, quizá tres meses antes de que yo oyera la charla entre Verónica y Pierce. Verónica es Lynn. Pierce dijo que él y ese redactor del *Hush-Hush* a quien mataron después, organizarían un negocio. Pierce le revelaría los... fetiches de la clientela, y ese hombre amenazaría a los clientes con salir en el *Hush-Hush.* Ya sabe: quien no pagara saldría en la revista de escándalos.

Teoría de la extorsión convalidada.

Idea instintiva: en algún nivel Lynn era franca, no había alertado a Patchett.

Patchett nunca habría permitido que esta gente acudiera a la entrevista.

—Lorraine, ¿el sargento Kleckner le mostró unas fotos pornográficas?

Un cabeceo.

—Se lo dije a él y se lo digo a usted. No conozco a ninguna de esas personas y esas fotos me dan escalofríos.

Ed salió.

Duane Fisk en el pasillo.

—Buen trabajo, capitán. Cuando le mencionó lo del «sujeto», yo regresé a hablar con Ava. Ella lo confirmó, y confirmó que no puede identificarlo.

Ed cabeceó.

—Dile que Rita y Yorkin están arrestados, luego déjala en libertad. Quiero que vaya a ver a Patchett. ¿Cómo anda Kleckner con Yorkin?

Fisk movió la cabeza.

—Ese chico es duro de pelar. Prácticamente desafía a Don a obligarlo a hablar. ¿Dónde está Bud White cuando lo necesitamos?

—Muy gracioso, pero no repitas la broma. Y ahora quiero

que lleves a Lux y Geisler a almorzar. Lux está aquí voluntariamente, así que trátalo bien. Di a Geisler que es un caso de conspiración para homicidio múltiple, y dile que Lux tendrá plena inmunidad colateral por su cooperación y una promesa firmada de que no comparecerá en un tribunal. Dile que ya está escrita, y que llame a Ellis Loew si quiere verificarlo.

Fisk asintió, caminó hacia el despacho 5. Ed miró por el espejo del número 1.

Chester Yorkin pavoneándose ante el espejo: muecas, contoneos. Flaco, pelo embadurnado de fijador. Cardenales en los brazos: quizá viejos pinchazos.

Ed abrió la puerta.

—Oye, te conozco. He leído sobre ti.

Confirmación: cicatrices en los cardenales.

—He salido en las noticias.

Risitas.

—Este truco es viejo. Como si dijeras: «Nunca golpeo a sospechosos porque el polizonte se rebaja al nivel del delincuente.» ¿Quieres mi respuesta? Nunca soplo, porque todos los polizontes son maricones que gozan haciendo hablar a la gente.

—¿Has terminado?

Una frase de Bud White.

—No. El Ratón Moochie le da a tu padre por el culo.

Con miedo, pero lo hizo: un codazo en el gaznate. Yorkin jadeó; Ed fue por detrás, lo esposó, lo arrojó al suelo.

Miedo, pero las manos firmes: mira, papá, no tiemblo.

Yorkin se refugió en un rincón.

Con miedo, otra maniobra de Bud el Malo: una silla al aire, la silla estrellada en la pared por encima de la cabeza del sospechoso. Yorkin trató de escabullirse; Ed lo obligó a volver al rincón. Ahora despacio: que no se te quiebre la voz, que no se te ablanden los ojos.

—Todo. Quiero saberlo todo sobre el material porno y el resto de la basura que vendes a través de Fleur-de-Lis. Empieza con esas marcas en los brazos y por qué un tío listo como Patchett confía en un yonqui como tú. Y debes saber algo desde ahora: Patchett está liquidado y yo soy el único que puede conseguirte un trato. ¿Entiendes?

Yorkin cabeceó; sí, sí, sí.

—¡Piloto de pruebas! ¡Volé para él! ¡Piloto de pruebas!

Ed le quitó las esposas.

—Repite eso.

Yorkin se frotó el cuello.

—Cobaya.

—¿Qué?

—Le permití que probara la heroína conmigo. Aquí y allá, un poco cada vez.

—Empieza por el principio. Despacio.

Yorkin tosió.

—Pierce consiguió la heroína que le robaron a Cohen-Jack Dragna hace años. Ese sujeto, Buzz Meeks, le dejó una parte a Peter y Baxter Englekling, sólo una muestra, y ellos se la dieron al padre, que era una especie de genio de la química. Fue profesor de Pierce en la universidad, y le legó la droga a él. Murió de un ataque cardíaco o algo parecido. Ese otro sujeto... no conozco el nombre, así que no me preguntes... él mató a Meeks. Tiene el resto de la droga, unos nueve kilos. Pierce ha desarrollado compuestos durante años. Quiere la más barata, la más segura, la mejor. Yo sólo... hice algunas pruebas.

Líneas asombrosas se entrecruzaban.

—Hace años hacías repartos para Fleur-de-Lis, ¿correcto?

—Correcto, sí.

—Tú y Lamar Hinton.

—Hace años que no veo a Lamar. ¡No puedes culparme por problemas de Lamar!

Ed cogió la silla que quedaba, la alzó.

—No quiero hacerlo. Dame una respuesta a esto, y si me agrada estaré en deuda contigo. Es una prueba y tú eres piloto de pruebas, así que tendrías que hacerlo bien. ¿Quién le disparó a Jack Vincennes frente al apartamento de Hollywood en el 53?

Yorkin se amilanó.

—Yo. Pierce me dijo que lo despachara. No debí hacerlo junto al apartamento. Arruiné el trabajo y Pierce se enfadó.

Patchett liquidado: intento de homicidio de un policía.

—¿Cómo te castigó?

—Me sometió a pruebas peores. Me dio esos compuestos malos que quería eliminar. Me hizo hacer esos pésimos vuelos.

—Así que lo odias por eso.

—Hombre, Pierce no es un tipo común. Lo odio, pero también lo respeto.

Ed dejó la silla.

—¿Recuerdas el tiroteo del Nite Owl?

—Claro, hace años. ¿Qué tiene que ver con...?

—No importa, y aquí viene el plato fuerte. Si me das una buena respuesta, te daré inmunidad por escrito y te daré protección hasta que Patchett esté liquidado. Pornografía, Chester. ¿Recuerdas esos libros con fotos de orgías que Fleur-de-Lis distribuía hace cinco años?

Yorkin cabeceó.

—La tinta color sangre. ¿Recuerdas eso?

Yorkin sonrió, ahora se desvivía por cantar.

—Conozco bien esa historia. ¿Pierce caerá de veras?

Diez horas después del guión.

—Tal vez esta noche.

—Al cuerno con él, por esos malos vuelos.

—Chester, cuéntame despacio.

Yorkin se levantó, estiró las piernas.

—¿Sabes lo malo de Pierce? Decía todas estas cosas frente a mí cuando yo estaba colocado, como si yo fuera inofensivo porque no podría recordar nada.

Ed sacó la libreta.

—Trata de contarlo ordenadamente.

Yorkin se frotó la garganta, tosió.

—Bien, Pierce tenía una vieja tanda de chicas a quienes dejó ir. Esto fue cuando estábamos moviendo los libros de fotos. Un fulano cuyo nombre no recuerdo sugirió que algunas chicas y sus clientes posaran para las fotos. Hizo libros con ellas y acudió a Pierce en busca de dinero para ampliar la distribución. Le prometió una tajada a Pierce. A Pierce le gustó la idea, pero no quería mostrar a las chicas ni a sus clientes. Compró varios libros al fulano para distribuirlos a través de Fleur-de-Lis, una distribución limitada, decía él, como un sondeo del mercado. Pensaba que así podría seguir el rastro del material.

Viejas líneas se cruzaban: la distribución limitada no lo era tanto, Antivicio había conseguido ejemplares en cubos de basura. Vincennes en el caso.

—Continúa, Chester.

—Bien, el fulano que manufacturaba los libros le consiguió sacar información a Pierce sobre los hermanos Engle-kling, que tenían una imprenta y siempre buscaban dinero. Se buscó un representante, quien conversó con los hermanos. Un plan para producir esa bazofia en serie y distribuirla.

El representante: Duke Cathcart. Líneas en zigzag: Cohen-hermanos, hermanos-Patchett. Un giro: Mickey en McNeil, luego Goldman y Van Gelder. Una línea que unía heroína con pornografía.

—Chester, ¿cómo sabes todo esto?

Yorkin rió.

—Yo volaba impulsado por la aguja y Pierce tenía caballo blanco de buena calidad en la nariz. Me hablaba como si hablara con el perro.

—Así que Patchett y la pornografía no van juntos, ¿eh? Sólo le interesa traficar con heroína.

—No. Ese fulano, que le llevó los nueve kilos a Pierce hace años, tiene gran interés en la pornografía. Tiene listas postales de ricachones pervertidos y muchos contactos en América del Sur. Él y Pierce conservaron las fotos originales durante años y luego consiguieron libros nuevos en alguna parte. Obtuvieron el material en algún depósito, no sé dónde, preparado para la impresión. Creo que Pierce estaba esperando a que se apaciguaran las cosas

No se cruzaban nuevas líneas. Una idea cobró sentido: el móvil del interés. La pornografía en sí misma era dudosa; diez kilos de heroína para comercializar significaban millones.

—Un dato más por si te olvidas de mi trato. Pierce tiene una caja de caudales con una trampa cazabobos junto a su casa. Allí tiene dinero, droga, todo tipo de mercancía.

Ed seguía pensando en DINERO.

—¡Eh, háblame! —exclamó Yorkin—. ¿Quieres la nueva dirección? Linden 8819, Long Beach. Exley. Háblame.

—Un bistec en tu celda, Chester. Te lo has ganado.

Nuevas líneas. Ed examinó los resúmenes de Fisk y Kleckner, añadió las revelaciones Yorkin/Malvasi.

Heroína y pornografía unidas. El «fulano» que hacía los libros aparecía como asesino de Sid Hudgens, su representante Duke Cathcart muerto por Dean van Gelder, pues Davey Goldman le había ordenado que lo matara o hablara con él. Goldman se había enterado del proyecto a través del micrófono de la celda de Mickey Cohen. Cohen omnipresente: su heroína robada se relacionaba con los Englekling y el hombre que llevó a Patchett los nueve kilos de caballo para que los refinara. El hombre que también amaba la pornografía y convenció a Patchett de manufacturar libros nuevos a partir de los prototipos de 1953. Idea instintiva. Cohen jugaba con prudencia desde hacía ocho años, dentro y fuera de la cárcel, un punto focal que nunca intervenía personalmente en la médula de los casos. Una línea hacia la conclusión: la matanza del Nite Owl era por lo menos semiprofesional, un intento de adueñarse de los proyectos de Pierce Patchett relacionados con la heroína y la pornografía. Cathcart, que intentaba vender los libros por su cuenta, fue el verdadero blanco de la matanza. ¿Había expuesto mal su importancia ante la gente equivocada, o los asesinos liquidaron a Van Gelder a propósito, sabiendo o sin saber que sustituía a Cathcart? Líneas con el crimen organizado, semiprofesional, con todas las líneas hacia el hampa muertas o desconectadas: Franz Englekling e hijos, muertos, Davey Goldman un vegetal, Mickey Cohen desconcertado por los hechos. Una pregunta: ¿Quién despachó a los hermanos Englekling? Una presencia aterradora. Loren Atherton, 1934. ¿Cómo era posible? Fisk llamó a la puerta.

—Capitán, traje de vuelta a Lux y Geisler.

—¿Y?

—Geisler me dio una declaración preparada.

—Léela. —Fisk sacó una hoja.

—«Respecto de mi relación con Pierce Morehouse Patchett, yo, el doctor Terence Lux, ofrezco la siguiente declaración certificada. A saber: mi relación con Pierce Patchett es profesional, es decir, he practicado cirugía plástica en varios conocidos suyos, de ambos sexos, perfeccionando semejanzas existentes para lograr una exacta similitud con actores y actrices famosos. Rumores infundados sostienen que

Patchett emplea a estos jóvenes con propósito de prostitución, pero yo no poseo pruebas fehacientes de que sea cierto. Juro que lo antedicho...» Etcétera.

—No es suficiente —dijo Ed—. Duane, lleva a Yorkin y Rita Hayworth enfrente y arréstalos por complicidad. Deja en blanco la fecha de los arrestos. Permíteles una llamada telefónica a cada uno, luego ve a Long Beach y registra Linden 8819. Es un reducto de Fleur-de-Lis, y sin duda Patchett lo limpió, pero hazlo de todos modos. Si encuentras el lugar virgen, destrózalo y deja la puerta abierta. —Fisk tragó saliva.

—¿Cómo? ¿Destrozarlo? ¿Y sin fecha de arresto para los sospechosos?

—Destrózalo, que no queden dudas. Y no discutas mis órdenes.

—Sí, capitán —dijo Fisk.

Ed cerró la puerta, llamó a Kleckner por el interfono.

—Don, trae al doctor Lux y al señor Geisler.

—Sí, capitán —respondió Kleckner en voz alta y añadió en un susurro—: Están enfadados, capitán. Mejor que usted lo sepa.

Ed abrió la puerta. Geisler y Lux se le acercaron. Mal talante.

No hubo apretones de mano.

—Francamente —dijo Geisler—, ese almuerzo ni siquiera empieza a cubrir los honorarios que tendré que cobrar al doctor Lux. Me parece imperdonable que hayan hecho esperar tanto a alguien que compareció voluntariamente. —Ed sonrió.

—Mis disculpas. Acepto la declaración formal que me han ofrecido y no tengo preguntas que hacer al doctor Lux. Sólo tengo un favor que pedir y uno muy grande a cambio. Y envíeme su cuenta, señor Geisler. Sabe que puedo pagarla.

—Sé que su padre puede. Continúe, por favor. Hasta ahora me interesa.

—Doctor —le dijo Ed a Lux—, sé a quién conoce y usted sabe a quién conozco. Y sé que usted realiza curas legales con morfina. Ayúdeme con algo y contará con mi amistad.

Lux se limpió las uñas con un escalpelo

—El *Daily News* dice que usted ya está acabado.

—El *Daily News* se equivoca. Pierce Patchett y la heroína, doctor. Me conformaré con rumores y no le pediré sus fuentes.

Geisler y Lux deliberaron: a un paso de la puerta, susurros. Lux lo interrumpió.

—He oído que Pierce está conectado con muy mala gente que quiere controlar el tráfico de heroína en Los Ángeles. Es buen químico, y hace años que desarrolla una mezcla especial. Hormonas, drogas antisicóticas, toda una mixtura. He oído que supera en mucho a la heroína común, y que está lista para ser manufacturada y vendida. Un tanto a mi favor, capitán. Jerry, toma las palabras de este hombre al pie de la letra y envíale mi cuenta.

Semiprofesional, profesional. Las nuevas líneas deletreaban HEROÍNA. Ed llamó a Bob Gallandet, le dejó un mensaje a la secretaria: quizá solucionemos el Nite Owl, llámeme. Una foto del escritorio llamó su atención: Inez y su padre en Arrowhead. Llamó a Lynn Bracken.

—¿Hola?

—Lynn, habla Exley.

—Vaya, hola.

—No acudiste a Patchett, ¿verdad?

—¿Pensabas que lo haría? ¿Me tendiste una celada para que lo hiciera? —Ed puso la foto boca abajo.

—Quiero que te largues de Los Ángeles por una semana. Tengo una cabaña en Arrowhead, puedes quedarte allí. Márchate esta tarde.

—¿Pierce...?

—Te lo contaré después.

—¿Vendrás tú?

Ed miró el guión de Vincennes.

—En cuanto termine algo. ¿Has visto a White?

—Llegó y luego se marchó, e ignoro su paradero. ¿Está bien?

—Sí. No, demonios, no lo sé. Espérame en Fernando's, junto al lago. Está cerca de la cabaña. ¿A las seis?

—Allí estaré.

—Pensé que tendría que convencerte.

—Ya me he convencido de muchas cosas. Largarme de la ciudad me lo facilita todo.

—¿Por qué, Lynn?

—La fiesta había terminado, supongo. ¿Crees que cerrar el pico es un acto heroico?

## 63

Bud despertó en el Victory. Anochecía. Había dormido media noche y un día.

Se frotó los ojos; seguía pensando en Spade Cooley. Olió humo de cigarrillo, vio a Dudley sentado junto a la puerta.

—¿Pesadillas, muchacho? Parecías agitado.

Pesadilla: Inez maltratada por la prensa. Era por su culpa, por lo que había hecho para vengarse de Exley.

—Muchacho, mientras dormías me has recordado a mis hijas. Y sabes que te profeso el mismo afecto.

Había empapado las sábanas de sudor.

—¿Qué pasa con el trabajo?

—Escucha. Me he dedicado mucho tiempo a la contención del crimen para que algunos colegas y yo disfrutemos algún día de un apoyo económico, y ese día llegará pronto. Como colega, tendrás una generosa porción. Contaremos con medios fabulosos, muchacho. Imagina los medios para mantener sedada a la carroña negra y arrancar desde allí. Un ridículo italiano a quien te enfrentaste en el pasado está involucrado, y creo que serás muy útil para mantenerlo a raya.

Bud se desperezó, hizo crujir los nudillos.

—Me refería a la reapertura del caso. Habla sin rodeos, por favor.

—Sin rodeos: Edmund Jennings Exley intenta probar cosas malas en contra de Lynn, muchacho. Está echando sal sobre las viejas heridas que te infligió.

Chispazos de cables pelados.

—Sabías lo nuestro. Debí suponerlo.

—Hay muy pocas cosas que yo no sepa, y no hay nada que no haría por ti. El cobarde Exley ha tocado a las únicas dos mujeres que amaste, muchacho. Piensa en buenos modos de hacerle daño.

## 64

Hicieron el amor sin rodeos. Ed sabía que de lo contrario tendrían que conversar y Lynn parecía intuir lo mismo.

La cabaña olía a moho, la cama estaba sin hacer, sucia de la última vez con Inez. Ed dejó la luz encendida: cuanto más viera, menos pensaría. También lo ayudó durante el acto; contar las pecas de Lynn le permitió contener el orgasmo. Ambos fueron despacio, compensando ese revolcón del diván. Lynn tenía magulladuras; Ed sabía que la causa era Bud White. Fueron tiernos a pesar de la tensión; el largo abrazo posterior fue como una compensación por sus mentiras. Cuando empezaran a hablar no pararían nunca. Ed se preguntó quién mencionaría primero a Bud White.

Lo mencionó Lynn. Bud fue la razón que la convenció de mentirle a Patchett: la investigación policial era una broma, no había pistas sólidas. White conocía los delitos menores de Patchett, ella temía crearse más problemas si Pierce tomaba represalias. Pierce quizás intentara comprar la amistad de Bud, pensaba que todos tenían un precio, no sabía que no podría comprar a su Wendell. Bud le hizo pensar; cuanto más pensaba más le dolía; un capitán de policía besando a una ex prostituta en el único momento en que ella se lo hubiera permitido se sumaba a la sensación de fiesta terminada. Pierce me permitió ser quien soy pero en el fondo es malo. Si lo dejo ir quizá recobre algunas de las cosas buenas que mató en mí. Ed hizo una mueca, sabiendo que no podría ser igualmente sincero: ahora Jack Vincennes tendría que andar de puntillas, había contado con Lynn para asustar a Patchett, después de que Fisk entrara en el reducto de Fleur-de-Lis con un hacha, después que interrogaran y arrestaran a su gente. Lynn respondió al silencio de Ed con palabras: fragmentos de su diario, una lección para amantes fugitivos. Gracioso, triste: viejos trucos desdeñados, un monólogo sobre prostitutas callejeras que casi le hizo reír. Comentarios de Lynn sobre Inez y Bud White: él la amaba esporádicamente y con cierta distancia, porque la furia de ella era peor que la de él, lo agotaba, una noche esporádica era todo lo que podía resistir. Sin celos, lo cual despertó los celos de Ed, casi le obligó a gritar preguntas: heroína y extorsión, asombrosa y audaz perversión, cuánto sabes. La actitud de Lynn se lo impidió: esas manos suaves que le acariciaban el pecho le hicieron renunciar a la franqueza, de lo contrario empezaría a interrogarla o a mentir tan sólo para decir algo.

Habló de su familia, regresó al presente. Ed el favorito de su madre, Thomas el chico de oro. Le contó su euforia cuando su hermano recibió seis balazos. Ser un policía/patricio descendiente de una larga dinastía de detectives de Scotland Yard. Inez, cuatro hombres muertos por cobardía; Dudley Smith enloqueciendo para hallar un chivo expiatorio aceptable que Ellis Loew y el jefe Parker quizás aceptaran como panacea. El gran Preston Exley en su inaccesible gloria, fotos pornográficas vinculadas con un periodista muerto, niños viviseccionados y su padre y Raymond Dieterling veinticuatro años atrás. Borbotones, hasta que no quedó nada por decir y Lynn le cerró los labios con un beso y Ed se durmió acariciándole las magulladuras.

## 65

El polizonte renegado, el Gran V. Exley sabía escoger su elenco. Jack sincronizó su llamada con la incursión en el reducto de Fleur-de-Lis.

—Sí —dijo Patchett—, hablaré contigo. Esta noche a las once, y ven solo.

Llevaba un micrófono prendido al chaleco antibalas.

Llevaba una bolsa de heroína, una navaja y una automática de 9 milímetros. Había arrojado la bencedrina de Exley al inodoro, no necesitaba más problemas. Caminó hacia la puerta y tocó el timbre, asustado por su inminente actuación.

Patchett abrió la puerta. Pupilas dilatadas como había pronosticado Exley: heroína.

—Hola, Pierce —dijo Jack. Ateniéndose al guión, puro desprecio.

Patchett cerró la puerta. Jack le arrojó la droga en la cara. Le pegó. Pierce cayó al suelo. Hora de improvisar.

—Sólo una oferta de paz. De todos modos no se compara con esa bazofia que probaste con Yorkin. ¿Sabías que mi cuñado es el fiscal de distrito? Él es tu premio si haces un trato conmigo.

—¿Dónde conseguiste eso? —preguntó Patchett. Tranquilo. La heroína le impedía demostrar miedo.

Jack sacó la navaja, se raspó el cuello con la hoja. Sintió la sangre, se la lamió del dedo. Un psicópata digno de un Oscar.

—Sacudí a algunos negros. Estás al corriente, ¿eh? La revista *Hush-Hush* cubría mis hazañas. Tú y Sid Hudgens os conocíais bien, así que deberías saberlo.

Sin temor.

—Me causaste problemas hace cinco años. Aún tengo esa copia de tu archivo, y creo que es justo decir que rompiste tu parte de nuestro trato. Creo que mostraste tu declaración a tus superiores.

El número de la navaja: la punta de la hoja en una palma, un empellón para cerrarla. Más sangre y una línea clave de Exley:

—Te llevo la delantera en información. Sé cosas acerca de la heroína de Cohen-Dragna y lo que planeas hacer con ella, y del material porno que distribuías en el 53, y sé que usabas a tus rameras para realizar extorsiones. Y sólo quiero mi archivo y algunos datos. Si me das eso, congelaré todo lo que tiene el capitán Exley.

—¿Qué datos?

El guión, textualmente.

—Hice un trato con Hudgens. El trato era la destrucción de mi archivo y diez mil pavos en efectivo a cambio de ciertos secretos sucios de las altas autoridades del Departamento de Policía. Sabía que Sid planeaba organizar extorsiones contigo, y yo ya me había callado lo de Fleur-de-Lis... sabes que eso es cierto. Sid murió antes de que yo recibiera el dinero y el archivo, y creo que el asesino se llevó las dos cosas. Necesito ese dinero, porque el Departamento me expulsará antes de que yo pueda cobrar la pensión, y quiero liquidar al cabrón que me robó. Tú no manufacturaste esos libros en el 53, pero el que lo hizo mató a Sid y me robó a mí. Dame el nombre y soy tuyo.

Patchett sonrió. Jack sonrió: última oportunidad antes de los culatazos.

—Pierce, el Nite Owl fue pornografía y heroína... asunto tuyo. ¿Quieres que te encierren por eso?

Patchett sacó un arma; disparó tres veces. Zumbidos de silenciador. Las balas destrozaron el micrófono, rebotaron en el chaleco.

Tres disparos más: dos en el chaleco, un yerro.

Jack cayó contra una mesa, se levantó apuntando. La pistola se le atascó. Patchett se le echó encima; dos chasquidos de pistola atascada. Patchett sobre él. Sacó la navaja y la clavó a ciegas. Oyó un grito: la hoja había entrado.

La mano izquierda de Patchett estaba clavada en la mesa. Otro grito; Patchett alzó la mano derecha empuñando una hipodérmica. La aguja cerca de Jack, entrando, enviándolo a un lugar bonito. Disparos. «¡No, Abe, no. Lee, no!» Llamas, humo, Jack alejándose del pesar: viviría para amar de nuevo la aguja, quizá para ver a ese hombre raro con la mano clavada en la mesa.

## 66

El reloj de su cabeza estaba dislocado, su reloj de pulsera había dejado de funcionar: no sabría si era miércoles o jueves. Su «informe» sobre el Nite Owl llevó una noche entera. Dudley le llevaba tanto la delantera que ni siquiera tomaba nota. El hombre se fue a medianoche, hablando pomposamente, sin pareja para su baile de policía rudo. La pareja de Dudley era Exley: solucionaría el Nite Owl y le arruinaría la carrera. Otra oportunidad para Bud White: «Piensa en buenos modos de hacerle daño.» Sólo podía pensar en matarlo: un precio justo a cambio de Lynn. Si pensaba en matar a un capitán de policía, era porque los resortes de su reloj estaban rotos. Si el tiempo lo seguía desquiciando, lo haría. En algún momento de la madrugada le sobrevino el recuerdo Kathy Janeway. Kathy con el aspecto que tenía entonces.

Ella le había concertado una cita en las horas muertas de la madrugada, el hombre que la había matado.

Y Spade Cooley le obligó a levantarse.

Pasó por el Biltmore y habló con la Banda Rítmica. Spade aún no había aparecido, Perkins se había largado. El empleado nocturno de la Fiscalía de Distrito lo trató con desdén: ¿estaban siquiera en el caso? Otro recorrido por Chinatown, de vuelta a su apartamento: un par de fulanos de Asuntos Internos aparcados enfrente. Comió en un puesto de hamburguesas mientras amanecía. Una pila de *Herald* le anunció que era viernes. Un titular sobre el Nite Owl: negros protestando contra la brutalidad policíaca, Parker prometiendo justicia.

Cansancio, de pronto euforia. Trató de poner el reloj en hora por la radio; las manecillas estaban atascadas; arrojó un Gruen de cien dólares por la ventanilla. Cansado, vio a Kathy; eufórico vio a Exley y Lynn. Se dirigió a Nottingham Drive para examinar los coches.

No había ningún Packard blanco, y Lynn siempre aparcaba en el mismo sitio.

Bud rodeó el edificio: ni rastros del Plymouth azul de Exley. Una vecina entraba la leche.

—Buenos días —dijo—. Usted es el amigo de la señorita Bracken, ¿verdad?

Vieja fisgona. Lynn decía que espiaba los dormitorios.

—Así es.

—Bien, como usted ve, ella no está aquí.

—Sí, y usted no sabe dónde está.

—Bien...

—Bien ¿qué? ¿La vio usted con un hombre? ¿Alto, gafas?

—No, no la vi. Y cuidado con ese tono, joven. Bien qué: vaya modo de hablar.

Bud mostró la placa.

—¿Bien qué, señora? Usted iba a decirme algo.

—Pero usted se puso insolente. Iba a decirle a dónde fue la señorita Bracken. Anoche la oí hablar con el administrador. Estaba pidiendo instrucciones.

—¿Para ir adónde?

—Al lago Arrowhead, y se lo habría dicho, pero usted se puso insolente.

La cabaña de Exley, Inez le había hablado de ella: banderas ondeantes. La americana, la estatal, la del Departamento de Policía. Bud enfiló hacia Arrowhead, bordeó el lago, la encontró: banderas al viento, ningún Plymouth azul. El Packard de Lynn en la calzada.

Fue hasta el porche con sigilo, subió la escalinata de un salto. Rompió la ventana de un puñetazo, abrió la puerta. Ninguna reacción ante el ruido: sólo un vestíbulo mohoso frente a un gran refugio para cazadores.

Entró en el dormitorio. Tufo a sudor, manchas de pintura de labios en la cama. Pateó almohadas, tiró el colchón, vio una carpeta de cuero debajo. Las revelaciones de Lynn, sin duda hacía años que se confesaba a ese diario.

Bud lo cogió, se dispuso a desgarrarlo. Por el lomo, como en su viejo truco con las guías telefónicas. El olor lo hizo titubear. Si no miraba, era un cobarde.

Fue a la última página. La letra de Lynn, tinta negra, la pluma de oro que él le había comprado:

> 26 de marzo de 1958:
>
> Más sobre E.E. Se fue y noté que estaba afligido por todas las cosas que me contó anoche. Parecía vulnerable a la luz del amanecer, tambaleando para ir al baño sin gafas. Compadezco a Pierce por su desgracia de tropezar con un hombre tan asustado e inflexible. E.E. hace el amor como mi Wendell, como si nunca quisiera que terminara, porque cuando termine tendrá que volver a ser lo que es. Es quizás el único hombre que he conocido que es tan tenaz como yo, tan listo y circunspecto que quisiera hablar en la oscuridad para que las apariencias sean menos complicadas. Es tan listo y pragmático que W.W. parece pueril en comparación, menos heroico de lo que es. Y teniendo en cuenta su dilema, mi traición a la amistad y el pa-

trocinio de Pierce parecen un juego de niños. Este hombre está tan obsesionado por su padre que esa carga pesa sobre cada paso que da, pero aun así da pasos, lo cual me asombra. E.E. no mencionó muchos detalles específicos, pero la historia básica es que algunos de los libros pornográficos más refinados que Pierce vendía hace cinco años tienen diagramas que concuerdan con las mutilaciones infligidas al cuerpo de Sid Hudgens y las heridas sufridas por las víctimas de un asesino llamado Loren Atherton, aprehendido por Preston Exley en los años 30. P.E. pronto anunciará su candidatura para gobernador y E.E. cree que su padre resolvió incorrectamente el caso Atherton e insinuó que sospecha que P.E. estableció relaciones de negocios con Raymond Dieterling en la época del caso (una de las víctimas de Atherton era una estrella infantil de Dieterling). Otra carga: E.E., mi pragmático sagaz, considera a su padre un paradigma moral y un modelo de eficacia y siente terror de incluir una incompetencia normal y un interés comercial racional dentro de los límites de la conducta humana aceptable. Teme que la solución de los casos emparentados con el Nite Owl revelen al mundo la falibilidad de P.E. y destruyan su oportunidad de llegar a gobernador y, obviamente tiene aún más temor de aceptar a su padre como un simple mortal, especialmente dificultoso cuando él mismo no se ha aceptado como tal. Pero continuará con sus casos, pues parece muy decidido. Por mucho que lo ame, en la misma situación mi Wendell habría disparado a todos los involucrados y luego habría buscado a alguien más inteligente para que ordenara los cadáveres, como ese rebuscado irlandés Dudley Smith a quien siempre menciona. Continuaré con esto después de un paseo, un desayuno y tres tazas de café fuerte.

Ahora lo desgarró por el lomo, despedazando cuero y papel. El teléfono. Asuntos Internos.

—Asuntos Internos, Kleckner.

—Habla White. Ponme con Exley.

—White, estás en probl...

Una nueva voz en la línea.

—Habla Exley. White, ¿dónde estás?

—Arrowhead. Acabo de leer el diario de Lynn y conozco la historia de tu padre, Atherton y Dieterling. Toda la puñetera historia. Capturaré a un sospechoso, y una vez que lo encuentre tu padre saldrá en el noticiario.

—Haré un trato contigo. Escucha.

—Jamás.

De vuelta a Los Ángeles, la vieja rutina de Spade: Chinatown, Sunset Strip, Biltmore, su tercera visita desde que el tiempo se había desquiciado. Los chinos empezaban a parecerse a la Banda Rítmica, los tíos de El Rancho tenían los ojos rasgados. Cada reducto conocido revisado tres veces. Cada lugar recorrido tres veces... menos la oficina del agente.

Bud enfiló hacia Nat Penzler Associates. La puerta interna estaba abierta. Natsky comiendo un bocadillo. Dio un mordisco y exclamó:

—Mierda.

—Spade no ha asistido a su función. Te debe costar dinero.

Penzler puso una mano detrás del escritorio.

—Cavernícola, si supieras cuántas zozobras me causan estos artistas.

—No pareces muy preocupado por él.

—Mala hierba nunca muere.

—¿Sabes dónde está?

Penzler alzó la mano.

—Calculo que en el planeta Plutón, en compañía de su amigo Jack Daniel's.

—¿Qué hacías con la mano?

—Rascarme las pelotas. ¿Quieres el puesto? Pagan quinientos por semana, pero tienes que darle el diez por ciento a tu agente.

—¿Dónde está?

—En las inmediaciones de un lugar que no conozco. Preséntate aquí la semana próxima y escríbeme cuando consigas un cerebro.

—Eso es todo, ¿eh?

—Cavernícola, si supiera algo, ¿se lo ocultaría a un forzudo como tú?

Bud lo tumbó de un puntapié. Penzler cayó al suelo. La silla giró, cayó. Bud tanteó bajo el escritorio, extrajo un bulto sujeto con cordeles. Le apoyó el pie y tiró del nudo: camisas de cowboy, negras y limpias. Penzler se levantó.

—Lincoln Heights. El sótano de Sammy Ling's, y yo no te he dicho nada.

Ling's Chow Mein, un tugurio de Broadway, a dos pasos de Chinatown. Espacio para aparcar detrás; una entrada a la cocina. No había acceso externo al sótano, un conducto subterráneo escupía vapor. Bud dio una vuelta alrededor, oyó voces por el conducto. El escotillón de la cocina. Encontró un palo en el aparcamiento, entró por detrás. Dos chinos friendo carne, un viejo desplumando un pato. Buscó el escotillón: fácil, debía levantar la estera que había junto al horno.

Lo vieron. Los chinos más jóvenes dieron voces; Papásan los hizo callar. Bud exhibió la placa.

El viejo se frotó los dedos.

—¡Yo pago, pago! ¡Vete!

—Spade Cooley, Papá-san. Baja y dile que Natsky le trajo ropa limpia. Chop-chop.

—¡Spade paga! ¡Déjalo en paz! ¡Yo pago! ¡Yo pago!

Los jóvenes se acercaron. Papá-san agitó la cuchilla.

—¡Fuera de aquí! ¡Yo pago!

Bud trazó una línea imaginaria. Papá-san la cruzó.

Bud le dio un golpe en la cintura y el chino cayó sobre la estufa: la cara contra el fuego, el pelo en llamas. Los chicos atacaron; Bud les pegó en las piernas. Cayeron al suelo enmarañados. Les golpeó las costillas. Papá-san sumergió la cabeza en el fregadero, arremetió con la cabeza chamuscada.

Un golpe en las rodillas. Papá-san cayó pegado a la cuchilla. Bud le pisó la mano, le partió los dedos. El cocinero soltó la cuchilla gritando. Bud lo arrastró hacia el horno y pateó la estera. Abrió el escotillón, arrastró al viejo abajo. Humareda: opio, vapor. Bud calló a Papá-san a puntapiés. A través de la humareda distinguió fumadores en colchones.

Bud, se abrió paso entre ellos. Todos chinos: refunfuñaban, pataleaban, volvían a la tierra de los sueños. Humo: en la cara, en las fosas nasales, en los pulmones. Una vaharada: una sauna al fondo.

Fue hasta la puerta. A través de una bruma vio a Spade Cooley sin ropa, con tres muchachas también desnudas.

Risas, brazos y piernas entrelazados, una orgía en un resbaladizo banco de azulejos. Spade tan enredado en mujeres que era imposible dispararle.

Bud tocó el interruptor. El vapor se extinguió, la bruma se disipó. Spade miró hacia él. Bud sacó el arma.

MÁTALO.

Cooley se movió primero: un escudo, dos muchachas abrazadas. Bud avanzó, apartó brazos y piernas. Uñas arañándole la cara. Las muchachas resbalaron, cayeron, se deslizaron.

—Jesús, María y José —dijo Spade.

Humo en los pulmones, su propia Tierra de los Sueños. Extremaunción, pensó en prolongar el momento.

—Kathy Janeway, Jane Mildred Hamsher, Lynette Ellen Kendrick, Sharon...

—¡DEMONIOS, ES PERKINS! —gritó Cooley.

El momento se quebró. Bud había amartillado el revólver. Giraban colores en torno; Cooley hablaba como ametralladora.

—Vi a Perkins con esa última chica, la Kendrick. Sé que le gustaba lastimar rameras, pero cuando esa última chica apareció muerta en TV le pregunté por eso. Perkins parecía muerto de miedo, así que me largué. Tienes que creerme.

Destellos de color: «Doble» Perkins era una alimaña. Un color parpadeaba: turquesa, las manos de Spade.

—¿Dónde conseguiste esos anillos?

Cooley se puso una toalla en el regazo.

—Perkins los fabrica. Se lleva un botiquín con herramientas en los viajes. Hace años que gasta bromas, diciendo que le protegen las manos en sus trabajos íntimos. Ahora sé a qué se refiere.

—Opio. ¿Puede conseguirlo?

—Ese patán roba siempre mi mercancía. ¡Tienes que creerme!

Empezaba a creerle.

—Las fechas de las muertes te sitúan en el lugar indicado para los asesinatos. Sólo a ti. Tu lista de actuaciones muestra a diferentes tíos viajando contigo, así que...

—Perkins es mi administrador de giras desde 1949. Él siempre viaja conmigo. ¡Tienes que creerme!

—¿Dónde está?

—¡No lo sé!

—Chicas, amigos, otros pervertidos. Habla.

—Ese maldito hijo de perra no tiene amigos que yo conozca, excepto ese italiano, Johnny Stompanato. Tienes que...

—Te creo. ¿Tú crees que te mataré si llegas a avisarle?

—Alabado sea Jesús, lo creo.

Bud caminó a través del humo. Los chinos aún cabeceaban, Papá-san apenas respiraba.

Datos acerca de los antecedentes sobre Perkins: Ningún arresto en California, limpio en su libertad bajo palabra de Alabama. Había estado en los años 44-46 preso por sodomía con animales. Músico vagabundo, sin domicilio conocido.

Confirmación: Johnny Stompanato era su socio conocido, al igual que Lee Vachss y Abe Teitlebaum, todos hampones. Bud colgó, recordó una charla con Jack Vincennes. Jack había cacheado a Doble en una fiesta de *Insignia del Honor*. Johnny, Teitlebaum y Vachss estaban con él.

Con cautela: Johnny había sido su soplón, Johnny le odiaba y le temía.

Bud llamó a Vehículos, obtuvo el número telefónico de Stompanato: diez señales, sin respuesta. Tampoco hubo respuesta en el Biltmore ni en El Rancho. Luego el local de Teitlebaum. Abe y Johnny eran íntimos.

Un paseo hasta Pico, calmándose. Una decisión: abordar a Perkins solo, matarlo. Luego Exley.

Bud aparcó, miró por la ventana. Una tarde inactiva, lotería, Johnny Stompanato, Abe Teitlebaum a la mesa.

Entró. Lo vieron, cuchichearon. Hacía años que no los veía. Abe estaba más gordo, Stompanato conservaba su grasienta elegancia. Abe agitó la mano. Bud cogió una silla, la acercó.

—Wendell White —dijo Stompanato—. ¿Cómo andan tus mañas, *paesano*?

—Mañosas. ¿Y cómo andan tus mañas con Lana Turner?

—Más mañosas. ¿Quién te lo contó?

—Mickey C.

Teitlebaum rió.

—Debe tener un agujero como el túnel de la calle Tres. Johnny se va con ella a Acapulco esta noche, y yo me acoplo con Sadie. White, ¿qué te trae por aquí? No te veo desde que Dick Stensland trabajaba para mí.

—Busco a Burt Perkins.

Johnny tamborileó en la mesa.

—Pues habla con Spade Cooley.

—Spade no sabe dónde está.

—¿Y por qué me preguntas a mí? ¿Mickey te contó que somos amigos?

Ninguna pregunta ritual: ¿por qué lo buscas? Y el bocazas de Abe demasiado callado.

—Spade comentó que erais conocidos.

—Conocidos, en efecto. Nuestra relación es larga, *paesano*, así que te diré que hace años que no veo a Perkins.

Cambió de tono:

—Tú no eres mi *paesano*, italiano maricón.

Johnny sonrió, tal vez con alivio, nuevamente el viejo juego polizonte-soplón. Una mirada a Abe: el gordo estaba tenso.

—Abe, tú eres íntimo de Perkins, ¿no?

—No. Él es demasiado *meshugeneh* para mí. Es sólo un tío a quien saludas de vez en cuando.

Una mentira: la hoja de arrestos de Perkins decía otra cosa.

—Entonces debo de estar confundido. Sé que sois íntimos de Lee Vachss, y he oído que él y Perkins son íntimos.

Abe rió. Demasiado histrionismo.

—Qué tontería. Johnny, creo que Wendell está confundido de veras.

—Esos dos son como el agua y el aceite —dijo, Stompanato—. ¿Íntimos? Qué broma.

Defendiendo a Vachss sin razón.

—Vosotros sois la broma. Creía que enseguida me preguntaríais por qué lo buscaba.

Abe apartó el plato.

—¿No has pensado que no nos importa?

—Sí, pero a vosotros os encanta mucho charlar y chismorrear.

—Pues charla.

Un rumor: Abe había matado un tío a golpes por llamarlo «gordito judío».

—Charlaré, es un bonito día y no tengo nada mejor que hacer que juntarme con un italiano grasiento y un gordito judío.

Abe rió, le palmeó el brazo.

—Eres un cabrón. ¿Para qué quieres a Perkins?

Bud le devolvió la palmada: con fuerza.

—No es cosa tuya, chico judío. —A Johnny, cambiando la voz—: ¿Qué haces ahora que Mickey ha salido?

Tamborileos: un anillo rosado en una botella de Schlitz.

—Nada que te interese. Tengo las cosas bajo control, así que no te preocupes. ¿Qué haces tú?

—Estoy en la reapertura del Nite Owl.

Johnny tamborileó con más fuerza. La botella se tambaleó. Abe palidecía.

—No creerás que Perkins...

—Vamos, Abe —dijo Stompanato—. Perkins por el Nite Owl, qué broma.

—Tengo que orinar —dijo Bud. Fue al baño, contó hasta diez, entornó la puerta.

Los dos hablando a todo vapor, Abe enjugándose la cara con una servilleta. Les dejaría digerir el mensaje.

Sugerencia: Perkins por el Nite Owl.

Jack V había visto a Vachss, Stompanato, Kikey y Perkins en una fiesta. Tal vez un año antes del Nite Owl.

Un arresto del escuadrón Antihampones, un soplo de Joe Sifakis: pandillas de tres abatiendo a los concesionarios de Cohen, a los operadores independientes. Ecos del motel Victory.

Bud oyó una palabra.

—Contención.

La gran palabra favorita de Dudley: «contención».

Su discurso en el motel: «contención», «apoyo económico», «ridículo italiano a quien te enfrentaste en el pasado». Johnny Stompanato, un viejo soplón que lo detestaba. Dudley ansioso de oír su «informe completo»; el arresto de Lamar Hinton, buscando datos sobre el Nite Owl, con la presencia de Dot Rothstein, prima de Kikey Teitlebaum.

Bud se lavó la cara, regresó con calma.

—¿Orinaste bien?

—Sí, y tienes razón. Busco a Perkins por viejas deudas, pero tengo una corazonada sobre el Nite Owl.

El tranquilo Johnny:

—¿De veras?

El tranquilo Abe:

—Otros *shvartzes*, ¿eh? Sólo sé lo que leí en los periódicos.

—Quizá —dijo Bud—, pero si no fueron otros negros, alguien puso ese coche rojo junto al Nite Owl. Cuidaos, chicos. Si veis a Perkins, decidle que me llame a la oficina.

El tranquilo Johnny tamborileó.

El tranquilo Kikey tosió, sudó.

El tranquilo Bud, no tan tranquilo: fue al coche, rodeó la esquina, entró en una cabina telefónica. El número policial de la Pacific Coast Bell, una larga espera.

—Sí, ¿quién lo pide?

—Sargento White. Departamento de Policía. Un trabajo de rastreo.

—¿Para cuándo, sargento?

—Para ahora. Prioridad Homicidios, líneas privadas y teléfonos públicos de un restaurante. Ahora.

—Un segundo, por favor.

Chasquidos de transferencia. Otra mujer.

—Sargento, ¿qué necesita exactamente?

—El restaurante Abe's Noshery de Pico y Veteran. Todas las llamadas de todos los teléfonos durante los próximos quince minutos. Señorita, no me falle en esto.

—No podemos iniciar rastreos, sargento.

—Sólo quiero saber para quién van las llamadas, demonios.

—Bien, si es prioridad Homicidios... ¿Cuál es su número ahora?

Bud miró el teléfono.

—Granite 48112.

—Quince minutos, entonces. Y la próxima vez concédanos más tiempo para operar.

Bud colgó. Dudley Dudley Dudley Dudley Dudley Dudley.

El teléfono interrumpió la larga espera. Cogió el aparato, se lo acomodó.

—¿Sí?

—Dos llamadas. Una a Dunkirk 32758, número de una tal Dot Rothstein. La segunda a Axminster 46811, residencia de un tal Dudley L. Smith.

Bud soltó el auricular. La empleada siguió parloteando

desde un lugar seguro y tranquilo que él jamás vería de nuevo: sin Lynn, sin hallar protección en una placa de policía.

El capitán Dudley Liam Smith por el Nite Owl.

## 67

Jack Vincennes confesó.

Confesó que había dejado embarazada a una chica en el orfanato St. Anatole's, que había matado a Harold J. Scoggins y señora. Confesó que había tendido una celada a Bill McPherson con una muchacha negra, que le había endosado droga a Charlie Parker para poder detenerlo, que había capturado adictos para salir en *Hush-Hush.* Trató de levantarse de la cama y alzar las manos para formar las Estaciones de la Cruz. Farfulló algo como *hub rachmones,* Mickey y bump bump bump bump el simpático tren. Confesó que aporreaba yonquis, que era recaudador de Ellis Loew. Rogó a su esposa que le perdonara por follar con rameras que se parecían a mujeres de libros pornográficos. Confesó que amaba la droga y que era incapaz de amar a Jesús.

Karen Vincennes sollozaba: no podía escuchar, pero tenía que hacerlo. Ed trató de sacarla, pero ella se negó. Ed había llamado desde las afueras de Arrowhead, Fisk le había dado la noticia: Pierce Patchett tiroteado y muerto anoche, su mansión incendiada, reducida a cenizas. Un bombero había descubierto a Vincennes en el fondo: inhalación de humo, desgarrones en el chaleco antibala. Lo llevaron al Central Receiving, un médico le tomó una muestra de sangre. Resultados: Cubo de Basura en un vuelo de prueba, un compuesto de heroína/droga antipsicótica.

Viviría, se pondría bien cuando se repusiera de la sobredosis.

Una enfermera enjugó la cara de Vincennes; Karen estrujó un pañuelo. Ed miró el informe de Fisk: «Llamó Inez Soto. Ninguna información sobre los tratos financieros de R.D. ¿R.D. suspicaz ante averiguaciones? Estuvo bastante críptica - D.W.»

Ed arrugó el papel y lo tiró. Vincennes había ido sin protección mientras él se acostaba con Lynn. Alguien mató a Patchett, dejó a ambos en el fuego.

En el fuego, como Exley padre e hijo: Bud White sostenía la antorcha.

No podía mirar a Karen.

—Capitán, tengo algo.

Fisk en el pasillo. Ed caminó hacia él, lo alejó de la puerta.

—¿Qué es?

—Norton Layman terminó la autopsia. La causa de la muerte de Patchett fueron cinco balas 30-30 procedentes de dos rifles. Ray Pinker efectuó análisis balísticos y encontró una similitud con un viejo boletín del condado de Riverside. Mayo del 55, caso no resuelto y sin pistas. Dos hombres abatidos frente a un bar. Parecía trabajo de hampones.

Todo conducía a la heroína.

—¿Es todo lo que tienes?

—No. Bud White irrumpió en un fumadero de opio de Chinatown y machacó a golpes a tres chinos. Entró haciendo preguntas, mostró la placa y perdió la cabeza. Uno de ellos lo identificó por la foto de personal. Thad Green llamó a Asuntos Internos por ese asunto, y yo recibí la llamada. ¿Orden de arresto? Sé que usted lo busca y Green dijo que la decisión es de usted.

Ed casi rió.

—No, ninguna orden de arresto.

—¿Cómo dice?

—He dicho que no, déjalo así. Y quiero que tú y Kleckner hagáis esto: poneos en contacto con Miller Stanton, Max Peltz, Timmy Valburn y Billy Dieterling. Que vengan a mi oficina esta noche a las ocho para un interrogatorio. Decidles que yo soy el oficial al mando. Si no quieren publicidad, que no traigan abogados. Y búscame el archivo de Homicidios sobre el caso Loren Atherton. Cerrado, sargento. No quiero que lo mires.

—Capitán...

Ed dio media vuelta. Karen en la puerta, los ojos secos.

—¿Crees que Jack hizo todo eso?

—Sí.

—No debe saber que yo lo sé. ¿Prometes no contárselo?

Ed cabeceó, miró adentro. El Gran V pedía la comunión.

## 68

Una sala de archivos en el edificio de Vehículos. Había pilas de cajas de dos metros de altura. Johnny y Abe se habían puesto nerviosos cuando mencionó el coche rojo. Trató de ordenarse las ideas: estaba tan exaltado que no podía pensar y registrar archivos al mismo tiempo.

Stompanato, Teitlebaum y Lee Vachss: los pistoleros de Nite Owl; ellos tres debían de ser los que habían abatido a los hampones advenedizos y a los concesionarios de Cohen. Perkins formaba parte de la pandilla. Los demás no sabían que mataba rameras a golpes, lo considerarían torpezas de aficionado, no lo tolerarían. Dudley era el cabecilla: no podía ser otra cosa. Su oferta de trabajo era un intento de reclutarlo; el arresto de Lamar Hinton era Dudley tratando de atar cabos sueltos en lo concerniente a Patchett. Patchett y Smith asociados, Hinton muerto, Breuning y Carlisle eran parte de la pandilla. «Contener», «contenido», «contención», «apoyo económico». Dudley intentaba controlar los negocios ilegales de Los Ángeles y atribuir el Nite Owl a una nueva pandilla de negros.

Bud consultó los archivos: registros de automóviles, principios de abril del 53. Pulcro como un estudiante: calculaba que habían puesto el coche rojo en el Nite Owl, las escopetas en el coche de Coates, las balas en el Griffith Park. Los asesinos seguían el caso, tuvieron suerte con el Mercury, encontraron a unos negros que pagaran la cuenta. Error, no era suerte: había hombres del Departamento de Policía en el trabajo. Leían informes, sabían que negros adictos disparaban escopetas y les pasaron la cuenta. Pensaron que los despacharían al arrestarlos y el caso quedaría cerrado.

Consiguieron un coche que concordaba con la descripción del informe. Se aseguraron de dejarlo cerca del Nite Owl.

No robaron un coche: los polizontes no podían arriesgarse a que los arrestaran. No compraron un coche rojo: compraron un auto de otro color y lo pintaron.

Bud continuó trabajando. Sin lógica: Mercury, Chevy, Cadillac, Los Ángeles, Sacramento, San Francisco. Quien hubiera registrado el coche había usado un nombre falso. Un golpe de suerte: raza, fecha de nacimiento y descripción física del registrado enumeradas en tarjetas añadidas a las copias del documento de compra. Datos para realizar eliminaciones, tal como había aprendido en sus cursos: Mercury 48-50, compradores de California Sur, descripciones que concordaban con Dudley, Stompanato, Vachss, Teitlebaum, Perkins, Carlisle y Breuning. Horas de indagación y un fajo de papeles. Uno que parecía tibio:

Cupé Mercury gris 1948, adquirido el 10 de abril de 1953. Registro: Margaret Louise March, mujer blanca, nacida el 23/7/18, ojos y pelo castaños, uno sesenta, ciento cinco kilos. Domicilio: Oxford Este 1804, Los Ángeles. Número telefónico: Normandie 32758.

De tibio a hirviente: la gorda Dot Rothstein. Oxford iba de norte a sur, no de este a oeste. La llamada a Dot desde la tienda de Abe. DU-32758. Esa estúpida lesbiana había usado su propio número con otro distrito y se compró pintura roja.

Bud soltó un grito triunfal, dio un puñetazo en el aire y patadas a las cajas. Dos casos resueltos en un día, si alguien podía creerlo. Vestido de fiesta y sin pareja. Pruebas circunstanciales contra Dudley: nada concluyente. Dudley estaba demasiado bien situado para caer, a nadie le interesaba tumbarlo.

Excepto a Exley.

## 69

Estaba vigilando la casa donde se había criado. No podía entrar para interrogar a su padre; no podía pedirle ayuda. No podía decirle que había confiado secretos a una mujer, dando a un enemigo acérrimo armas para el parricidio. Llevaba consigo el archivo Atherton. No había allí nada que ya no supiera. El hombre que producía el material porno y había matado a Sid Hudgens estaba relacionado con los asesinatos Atherton, quizá fuera el asesino. Preston Exley negaría esas verdades por arrogancia. No podía entrar; no podía dejar de pensar.

En cambio evocó recuerdos.

Su padre había comprado la casa para su madre; en realidad era un premio a su orgullo: los Exley abandonan la clase media a todo lujo. Nunca tuvieron luces de Navidad en el parque. Preston Exley decía que era vulgar. Thomas se caía de los balcones, y tenía clase como para no llorar. Su padre organizó una fiesta para recibir al héroe de guerra: sólo invitó al alcalde, concejales y hombres del Departamento de Policía que podían ayudarlo en su carrera.

Art De Spain caminó hacia su coche. Su aspecto era frágil, llevaba un brazo vendado. Ed lo vio partir; el asistente de su padre, su tío postizo. Surgió un recuerdo: Art decía que él no tenía pasta de detective.

La casa era enorme y fría. Ed regresó al hospital.

Jack estaba despierto, dando un informe a Fisk. Ed observó desde la puerta.

—... yo estaba siguiendo el guión de Exley. No recuerdo exactamente qué dije, pero Patchett desenfundó su arma y me disparó. El micrófono se hizo trizas, y Patchett me atacó con una hipodérmica. Luego oí disparos y «No, Abe, no. Lee, no». Y ahora tú sabes tanto como yo.

Desde el pasillo en voz alta:

—Abe Teitlebaum, Johnny Stompanato y Lee Vachss. Ellos fueron los del Nite Owl. Incluid a Doble Perkins como parte de la pandilla y preparaos para temblar cuando os diga a quién más tengo.

Ed le olió el sudor, el aliento. White lo empujó adentro, con firmeza, pero sin violencia.

—Olvida nuestras rencillas por un minuto. ¿Has oído, lo que he dicho?

Los nombres encajaban: matones del hampa, una línea

probable para HEROÍNA White parecía desencajado: desaliñado, fanático.

—Capitán, ¿quiere que...? —dijo Fisk.

Ed movió los hombros y White se los soltó.

—Dame dos minutos, capitán.

Miedo. *Actúa como capitán.*

—Duane, ve a tomarte un café. White, capta mi interés antes de que te arreste por lo de los chinos.

Fisk salió.

—Jack, tú quédate —dijo Ed—. White, manténme interesado.

White cerró la puerta. Desaliñado: ropa algo mugrienta, manos manchadas de tinta.

—Por suerte oí lo tuyo por la radio, Cubo de Basura. Si no hubiera sabido que estabas aquí, habría intentado hacerlo por mi cuenta.

Vincennes en la cama, inquieto.

—Hacer ¿qué? Abe, Lee. Culpas a Teitlebaum y Vachss por Patchett. Aclaralo.

—Parece que has descubierto algo, White —dijo Ed—. Hazte a la idea de que estás redactando un informe cronológico.

White sonrió: puro kamikaze.

—Hace años que investigo una serie de asesinatos de prostitutas. Empezó con una niña llamada Kathy Janeway. La liquidaron en el 53, en la misma época del Nite Owl. Era amiga de Duke Cathcart.

Ed cabeceó.

—Conozco esa historia. Asuntos Internos realizó una indagación personal sobre ti cuando aprobaste el examen de sargento.

—¿De veras? Lo que no sabes es que mi caso se resolvió. Pensé que mi asesino era Spade Cooley. Su banda actuaba en todas las ciudades de los asesinatos en las fechas de defunción. Me equivocaba. Cooley delató al verdadero asesino: Burt Arthur Perkins.

Vincennes habló.

—Me creo que Perkins sea un asesino de mujeres. Está podrido hasta la médula.

—Tú deberías saberlo —dijo White—, pues Cooley dijo que era amigo de Johnny Stompanato, y en el 52 me contaste que lo sorprendiste en compañía de Johnny Stompanato, Abe Teitlebaum y Lee Vachss. Cooley me dijo que Johnny y Perkins eran íntimos, así que fui en busca de Johnny.

—De acuerdo —asintió Ed—. Conque fuiste a por Stompanato.

White encendió un cigarrillo.

—No. Ahora te cuento que Dudley Smith me ha usado para trabajos rudos en el escuadrón Antihampones desde hace años. ¿Sabes de qué habla Dudley?, «contención». Es una de sus palabras favoritas. Contener el crimen, contener esto, contener aquello. Ha sugerido que deseaba ofrecerme «tareas extralaborales», y la otra noche dijo que sería útil manteniendo a raya a un «ridículo italiano» que tiene miedo de mí. Johnny Stompanato me tiene miedo... era mi soplón y yo lo trataba con rudeza. ¿Sabes que llaman a Dudley el pacificador del hampa? Bien, la otra noche él, Carlisle y Breuning interrogaron a un tal Lamar Hinton en el Victory. Supuestamente un trabajo del escuadrón Antihampones. Tonterías. Dudley sólo preguntó sobre el Nite Owl: pornografía, Pierce Patchett.

Ed, lo miró con los ojos desorbitados: era imposible.

—Conque fuiste a ver a Stompanato buscando a Perkins.

—Correcto. Fui al restaurante de Abe, y allí estaba Johnny con Abe. Le pregunté a Johnny por Perkins, y éste estaba demasiado agitado. Abe estaba más agitado aún y ambos mintieron, diciendo que Perkins era sólo un conocido. Negaron que Perkins fuera íntimo de Vachss, cuando sé que es verdad lo contrario. Johnny usó la palabra «contención», que no es una palabra típica de Johnny. Tanteo a estos muchachos, comento que estoy en el caso Nite Owl y se ponen a temblar. «Perkins por el Nite Owl, qué broma.» Salgo, voy a una cabina telefónica y pido a la Bell que haga un rastreo de quince minutos de todas las llamadas efectuadas desde el restaurante. Dos llamadas, una a Dot Rothstein, amiga de Dudley y prima de Abe, una a la casa de Dudley.

—Demonios —exclamó Vincennes.

Ed se llevó la mano al arma. Error. White era policía.

—Dame una corroboración.

White arrojó el cigarrillo por la ventana.

—De acuerdo. Los negros no lo hicieron, así que Dudley y su pandilla aparcaron un coche junto al Nite Owl. Fui a Vehículos y revisé los registros de abril del 53, caucásicos esta vez: Dot Rothstein compró un Mercury 48 gris el 10 de abril. Falso nombre, falso domicilio, pero esa estúpida zorra usó los dígitos de su verdadero número telefónico.

Vincennes estaba pasmado. Ed se contuvo para no gritar DUDLEY.

—Antes del Nite Owl —dijo—, yo trabajaba una noche en la sección Hollywood. Spade Cooley estaba tocando abajo para una fiesta de retiro, y vi a Burt Perkins en los pasillos. Prueba de esta teoría: Mal Lunceford, ex agente del Departamento. Llámalo la víctima olvidada del Nite Owl, y recuerda que trabajó en la sección Hollywood casi todo su período en el Departamento. Ahora bien, ¿uno de los asesinos le guardaba rencor a Lunceford? ¿Perkins estaba birlando documentación esa noche en Hollywood? ¿Los conspiradores sabían que Lunceford era un parroquiano del Nite Owl y planearon el ataque contra Cathcart o el sustituto de Cathcart de tal modo que lo abatieran a él también?

—Dudley me ordenó investigar el pasado de Lunceford —respondió White—, quizá pensando que yo lo echaría a perder. Busqué viejas tarjetas de interrogatorios de Lunceford y no encontré ninguna. Acepto esa teoría.

DUDLEY. Ed reprimió el grito.

—Fisk me habló de Patchett —intervino Vincennes—, de cómo obtuvo la heroína de la reunión Cohen-Dragna, de que él y ese tío malo y anónimo que obviamente era Dudley se preparaban para distribuirla. Ahora bien, sé con certeza que Dudley actuó como guardaespaldas en esa reunión, y hace años que corre un rumor: que Dudley dirigió la partida que liquidó a Buzz Meeks, el tío que se llevó la heroína. Fisk dijo que Patchett recibió la mayor parte del caballo robado, una parte de los hermanos Englekling y su padre, otra del tío malo, que con certeza es Dudley. Bien, lo que me pregunto es si Lunceford estuvo en la partida. ¿Fue entonces cuando Dudley consiguió la droga?

White movió la cabeza. Nuevo material para él.

—Háblame sobre eso, pues tengo una pista que encaja. Dudley, hablando de su «contención», dijo algo sobre mantener sedados a los negros, lo cual a mí me suena a heroína.

—Por ahora dejemos eso —dijo Ed—. Jack, habla del ángulo Goldman-Van Gelder. Conéctalo con nuestras nuevas pistas.

Jack se levantó, se apoyó en la baranda de la cama.

—De acuerdo, digamos que Davey Goldman era compinche de Dudley, Stompanato, Abe, Vachss y Dot. No sé cómo podían confiar en un psicópata como Perkins, pero al cuerno con eso. De todos modos, todos conspiraban contra Mickey Cohen. White, tú no lo sabes, pero Goldman tenía un micrófono en la celda de Mickey en McNeil. Apuesto a que Dudley y sus amigos estuvieron con Davey desde el principio, pero de un modo u otro Davey oyó que los hermanos Englekling hablaban con Mickey sobre el proyecto de Duke Cathcart.

Ed alzó una mano.

—Chester Yorkin dijo que el hombre que compró a Patchett la mayor parte de esa heroína, digamos Dudley, tenía gran interés en la pornografía y comillas listas postales de ricachones pervertidos y muchos contactos en América del Sur comillas. Siempre me intrigó el tema del lucro con la pornografía, pero la conexión Dudley ahora lo vuelve más verosímil.

—Déjame continuar —dijo Vincennes—. Dud trabajó con la OSS en Paraguay después de la guerra, y estuvo en Antivicio en el 39, así que tiene esos contactos. Pero dejemos eso por ahora. Ahora tenemos a Goldman acudiendo a Smith y Stompanato con el plan del material porno. A todos les gusta la idea, especialmente a Dudley, y deciden adueñarse del negocio. Por su cuenta, una traición, no sé, Davey envía a Dean van Gelder, quien lo visitó en la prisión, a hablar con Cathcart. Van Gelder decide adueñarse del negocio de prostitución y pornografía de Duke. Davey lo había visto cara a cara, pero la gente de fuera de la prisión nunca lo había visto. Van Gelder supuso que se parecía a Cathcart, así que podía sustituirlo y realizar su propio trato. Cuando descubrieran que era un sustituto, ya habría ido demasiado lejos para que a Davey le importara lo que había hecho. Así que Van Gelder se mudó a San Bernardino para estar cerca de los hermanos Englekling. Se prendó de Susan Lefferts y liquidó a Duke. Conocía el nombre de por lo menos uno de los hombres de afuera. Llamó a una cabina telefónica desde la casa de Lefferts y pidió una cita. Se envalentonó y sugirió un lugar público. Pensó que Susan podría sentarse cerca y él estaría a salvo. Uno de los tíos de afuera decidió conectar a Lunceford con el Nite Owl y dijo que se reunieran allí. Dudley o uno de sus hombres abordó a Patchett antes del Nite Owl y le avisó que atara los cabos sueltos. Patchett no sabía exactamente qué iba a pasar, pero dijo a Christine Bergeron, su hijo y Bobby Inge que se largaran de la ciudad justo cuando yo empezaba la investigación para Antivicio.

Una habitación con aire acondicionado, pero cada palabra aumentaba la temperatura.

—Montemos una cronología —propuso Ed—, empezando después de que Van Gelder, personificando a Cathcart, se puso en contacto con los hombres de afuera. Sabemos que a Dudley le gusta lo de la pornografía, sabemos que ha guardado nueve kilos de heroína desde el encuentro Cohen-Dragna. Probemos esta teoría: irrumpe en el apartamento de Cathcart y encuentra algo que lo conduce a Patchett, algo que incluye una mención de sus conocimientos de química y su conexión con el viejo doctor Englekling. Visita a Patchett y llegan a un acuerdo: manipular la heroína, distribuir el material porno. Le asombra que Patchett esté pensando en algo similar y que el doctor Englekling ya le haya dado parte de la heroína. Dudley quiere liquidar a Cathcart y silenciar a Mal Lunceford, por lo que pudiera pasar... y quiere aterrar a Patchett. Es policía, y ha leído que esos negros disparaban escopetas en el Griffith Park. Decide celebrar la reunión en el Nite Owl, sabiendo que Lunceford estará allí, y Jack tiene razón... fue ambiguo, pero le dijo a Patchett que atara los cabos sueltos. Más adelante, la investigación alcanza dimensiones que Dudley no esperaba, pues los negros no mueren durante el arresto, y no confiesan. Ordena a White que investigue el pasado de Cathcart, y quizá no sabía que Perkins mató a la niña Janeway, pero quería desviar a White para que no se involucrara... quería mantenerlo alejado de posibles conexiones Cathcart-Nite Owl.

Todos los ojos en Bud White. El fanático:

—De acuerdo, Dudley me ordenó investigar a Cathcart porque pensó que lo echaría a perder. Pero yo registré el apartamento de Duke y vi que habían borrado las huellas dactilares, y me pareció que alguien se había probado su ropa. Los muchachos de Dudley limpiaron el lugar, pero no tocaron las guías telefónicas, y noté que alguien había hojeado la lista de imprentas de San Bernardino. Ahora bien, tengo una teoría. Cuando yo indagaba a Cathcart, conocí a Kathy Janeway en un motel del valle. Dos días después la violaron y asesinaron. Cuando salí del motel pensé que alguien me seguía, pero luego olvidé el asunto. Creo que me seguía Perkins. Creo que Dudley hizo seguir a los socios de Cathcart para controlar la investigación, lo cual explica por qué sabe tanto sobre cosas que yo he mantenido en secreto. Así que Perkins, que es un psicópata inmundo, ve a Kathy y va a por ella. Quizá Dudley sabía que la mató, quizá no. De cualquier modo es culpable.

Vincennes encendió un cigarrillo, tosió.

—No tenemos pruebas, pero yo tengo más material para añadir. Primero, el doctor Layman extrajo cinco balas 30-30 del cadáver de Patchett, y dijo que se corresponden con las de un caso no resuelto del condado de Riverside. En Camarillo, Davey Goldman deliraba sobre tres pistoleros. También masculló otras cosas que aún me dan vueltas en la cabeza, pero no tiene sentido. Exley, ¿escuchaste esa cinta que hallé en McNeil?

Ed cabeceó.

—Tienes razón. Nada relevante, sólo una mención casual de ataques de pandillas.

—Hay varios casos no resueltos relacionados con hampones —dijo White—. Lo sé porque un sospechoso cantó cosas tangenciales sobre ellos en un arresto del escuadrón Antihampones. Siempre tres tiradores, abatiendo a los concesionarios de Cohen y a operadores advenedizos. Dinero fácil: Stompanato, Vachss y Teitlebaum mantienen las cosas a punto para la libertad de Mickey Cohen. Querían mantener las cosas tranquilas para su trabajo de contención y pensaron que cuando Mickey saliera tantearían el ambiente y lo liquidarían o lo usarían. Apuesto a que iban a liquidarlo. Atentaron contra Cohen y Goldman en la cárcel. Davey salió mal parado. Pusieron una bomba en la casa de Mickey, y Mickey vivió para contarlo. Lo liquidarán en poco tiempo y harán un magnífico trabajo de contención, porque Dudley tiene su escuadrón Antihampones y el consentimiento de Parker para cerrar el paso a los maleantes de fuera de la ciudad. ¿Podéis creerlo?

Jack rió.

—Grandioso, muchacho, grandioso. Y todas las muertes allanaban el camino para que Dudley distribuyera la heroína de Patchett. Obtuvo el mando en la reapertura para encontrar nuevos chivos expiatorios, y ahora está preparado para distribuir el caballo. Tiene el material porno guardado, y no previno a Patchett sobre la investigación porque ya planeaba matarlo. No tocó a Lynn Bracken porque pensó que Patchett no le revelaba sus peores secretos. La dejó venir para el interrogatorio porque pensó que ella trabaría la investigación de Exley.

Lynn Bracken.

Ed hizo una mueca, caminó hacia la puerta.

—Y todavía no sabemos quién preparó el material porno y mató a Hudgens. O a los hermanos Englekling, lo que no parece un trabajo profesional. White, tú fuiste a

Gaitsville con Dudley, y él presentó un informe blando sobre...

—Fue otro trabajo de psicópata. Heroína derramada, y el asesino la dejó. Torturó a los hermanos con sustancias químicas y quemó una tanda de negativos porno con soluciones ácidas. El técnico del laboratorio pensaba que el asesino quería identificar a los modelos de las fotos. Las sustancias químicas me hicieron pensar en Patchett, pero luego pensé que él ya debía de saber quiénes eran las personas de las fotos. No creo que esa heroína se relacione con nuestra heroína. Los hermanos habían vendido droga esporádicamente durante años. Químicos y vendedores de droga, y si Patchett quería esa droga la habría robado. Creo que el que mató a los hermanos no estaba en el centro de este embrollo.

Jack suspiró.

—No hay pruebas. Patchett y la familia Englekling han muerto, y Dudley probablemente mató a Lamar Hinton. No hay nada en el reducto de Fleur-de-Lis y el encuentro de White con Stompanato y Teitlebaum significa que ahora Dudley está alertado y él atará sus cabos sueltos. Creo que nuestro caso no existe.

Ed reflexionó.

—Chester Yorkin me dijo que Patchett tenía una caja de caudales con trampa cazabobos fuera de la casa. La casa está custodiada ahora por un escuadrón de Los Ángeles Oeste. Dentro de un par de días iré a sacar a los guardias. Quizás allí haya algo que condene a Dudley.

—Y ahora ¿qué? —dijo Bud—. No hay pruebas, y Stompanato se va esta noche a Acapulco con Lana Turner. Ahora ¿qué?

Ed abrió la puerta. Fisk estaba fuera bebiendo café.

—Duane, ponte de nuevo en contacto con Valburn,

Stanton, Billy Dieterling y Peltz. Pasa la reunión al Statler a las ocho. Llama al hotel, reserva tres suites y avisa a Bob Gallaudet que me llame allí. Dile que es urgente. —Fisk fue al teléfono.

—Abordarás el ángulo Hudgens —dijo Vincennes.

Ed se volvió hacia Jack.

—Piensa. Dudley es policía. Necesitamos pruebas, y quizá las consigamos esta noche.

—Yo me encargaré de Stanton. Éramos amigos.

Una línea: una estrella infantil de Dieterling, Preston Exley.

—No... quiero decir... ¿podrás hacerlo?

—También es mi caso, capitán. He llegado muy lejos, y casi me matan por ir a por Patchett.

Sopesar los riesgos.

—Vale, encárgate de Stanton.

Jack se frotó la cara: pálida, barba crecida.

—¿Yo... dije... Cuando Karen estaba aquí y yo estaba inconsciente... dije...?

—Karen no sabe nada que no quieras que sepa. Ahora ve a casa. Quiero hablar con White.

Vincennes salió, diez años más viejo en un día.

—El ángulo Hudgens no sirve. Ahora se trata de Dudley.

—No. Primero ganaremos tiempo.

—¿Protegiendo a papá? ¡Cielos, y yo me creía idiota por las mujeres!

—Primero piensa quién es Dudley y qué significa abatirlo. Piensa, y te ofreceré un trato.

—Te dije jamás.

—Éste te gustará. Si no dices nada sobre mi padre y el caso Atherton, yo te daré a Dudley y Perkins.

White rió.

—¿Los arrestos? Ya los tengo de todos modos.

—No. Te dejaré matarlos.

## 70

La orden de Exley apestaba: ningún golpe, Billy y Timmy eran demasiado influyentes para tratarlos con violencia. El juego policía bueno/policía malo apestaba: deberían estar exprimiendo a Dudley en el Victory. Bob Gallaudet se encargó de Max Peltz; Cubo de Basura interrogaba a Miller Stanton. Gallaudet recibió instrucciones de Exley: todo excepto el ángulo Atherton. Pensaba que podía llevar a juicio a Dudley Smith, Exley no le dijo que Dudley y Perkins ya eran cosa hecha. El maldito Exley no le perdía de vista: lo llevó por cada detalle paso a paso, como si fueran amigos que se pudieran tener mutua confianza. El caso, una vez montado, era asombroso. Exley tenía un cerebro del demonio, pero era estúpido si no sabía algo: después de Dudley y Perkins, le tocaba el turno a Preston Exley. Dick Stensland no se conformaría con menos.

Bud observaba: a través de una grieta en la puerta del cuarto de baño. Los maricas estaban sentados lado a lado; Policía Bueno los trataba amablemente. Sí, compraban droga en Fleur-de-Lis; sí, conocían «socialmente» a Pierce Patchett. Sí, Pierce esnifaba H mayúscula, conocían rumores de que vendía libros pornográficos, pero ellos jamás compraban esas cosas. Guantes de seda: los raros pensaban que eran huéspedes de ese hotel lujoso por el asesinato de Patchett. El capitán Exley nunca sería rudo: Preston Exley se postulaba para gobernador, Ray Dieterling financiaba la campaña.

—Caballeros —dijo Exley en voz alta—, hay un viejo homicidio que se podría vincular con la muerte de Patchett.

Bud entró.

—Éste es el sargento White —dijo Exley—. Tiene algunas preguntas que hacer, y luego daremos la reunión por terminada.

Timmy Valburn suspiró.

—Bien, no me sorprende. Miller Stanton y Max Peltz están corredor abajo, y la última vez que la policía nos interrogó a todos fue cuando mataron a ese horrendo personaje, Sid Hudgens. No me sorprende.

Bud acercó una silla.

—¿Por qué dices «horrendo»? ¿Tú lo mataste?

—Sargento, por favor... ¿Tengo facha de asesino?

—Sí, la tienes. Un tío que se gana la vida haciendo de ratón tiene que ser capaz de cualquier cosa.

—Sargento, por favor.

—Además, no te hemos citado hoy por el asunto Hudgens. ¿No te lo ha contado Billy? ¿Una charla de alcoba, quizá?

—Capitán —le dijo Billy Dieterling a Exley—, no me agrada el tono de este hombre.

—Sargento —dijo Exley—, con limpieza, por favor.

Bud rió.

—Eso es gracioso, limpieza en medio de tanta roña. Vosotros os disteis una coartada mutua por lo de Hudgens. Han pasado cinco años y os dais una coartada mutua por Patchett. Me huele mal. Opino que los maricas no se pueden quedar en la misma cama cinco minutos, mucho menos cinco años.

—Animal —dijo Valburn.

Bud sacó una hoja.

—Coartadas en el caso Hudgens. Tú y Billy en la misma

cama, Max Peltz follando con una quinceañera. Miller Stanton en una fiesta donde también se encuentra tu amiguito Brett Chase. Hasta aquí, el equipo de *Insignia del Honor* es impecable. David Mertens el diseñador está en casa con su enfermero, así que quizá también sea raro. Lo que quiero Exley, según lo convenido.

—Sargento, cuidado con el lenguaje y vamos al grano.

Valburn hervía de rabia; Billy Dieterling fingía aburrimiento. Pero algo en las últimas frases había dado en la tecla: los ojos se le habían endurecido.

—Lo cierto es que Sid Hudgens se estaba ensañando con *Insignia del Honor* cuando lo mataron. Patchett muere cinco años después, y él y Hudgens eran socios. Estos maricas están vinculados con *Insignia del Honor* y hablaron sobre detalles íntimos de los negocios ilegales de Patchett. Capitán, si camina, habla y grazna como un pato, es un pato... no un ratón.

—Cuac, cuac, idiota —dijo Valburn—. Capitán, que este hombre recuerde con quién está tratando.

Exley, severo:

—Sargento, estos caballeros no son sospechosos. Son entrevistados voluntariamente.

—¡Qué diablos, no veo la diferencia!

Exley, exasperado:

—Caballeros, para terminar con esto de una vez por todas, por favor hablen con el sargento. ¿Alguno de ustedes conocía personalmente a Sid Hudgens?

Dos gestos negativos. Bud continuó: el poema de Exley.

—Si chilla como un ratón y se mueve, es un ratón maricón. Capitán, piense. Estos tíos compraban droga en Fleur-de-Lis, y admitieron que sabían que Patchett esnifaba caballo y distribuía pornografía. Conocen al dedillo las cochinadas de Patchett, pero afirman que no sabían que

Patchett y Hudgens eran socios. En mi opinión, debemos preguntarles por las actividades de Patchett para ver qué saben.

Exley alzó las manos, fingiendo impotencia.

—Bien, caballeros, algunas preguntas más específicas. Una vez más, si admiten ustedes algo ilegal lo pasaremos por alto... y no saldrá de esta habitación. ¿Entendido, sargento?

Brillante: hacerles confesar quién preparó la foto con sangre. Cubo de Basura decía que ese material aterraba a Timmy: se lo había mostrado en el 53. Concedido: Exley tenía agallas, pues cuanto más se acercaban al material porno, más se acercaban a su padre y Atherton.

—De acuerdo, capitán.

Timmy y Billy se miraron: gente distinguida vapuleada por tíos vulgares. Exley se adueñó de la escena.

—Y, sargento... yo haré las preguntas.

—Sí, capitán. Y vosotros decid la verdad. Sabré si estáis mintiendo.

Exley suspiró.

—Sólo unas preguntas. Primero, ¿sabían ustedes que Patchett suministraba prostitutas domiciliarias a sus colegas de negocios?

Dos cabeceos afirmativos.

—También regentaba chicos —dijo Bud—. ¿Alguna vez comprasteis mercancía fuera?

—Ni una palabra más, sargento —dijo Exley.

Timmy se acercó a Billy.

—No honraré esa última pregunta con una respuesta.

Bud le guiñó el ojo.

—Eres simpático. Si alguna vez termino entre rejas, espero que estés en mi celda.

Billy remedó el acto de escupir en el suelo. Exley miró al cielo: Dios nos libre de este pagano.

—Continuemos. ¿Sabían ustedes que Patchett empleaba a un cirujano plástico para alterar quirúrgicamente a sus prostitutas y hacerlas parecidas a estrellas de cine?

—Sí —contestaron ambos.

Exley sonrió como si fuera cosa de todos los días.

—¿También sabían ustedes que esas prostitutas y prostitutos realizaban otras tareas delictivas por instigación de Patchett?

Conducirlos hacia «extorsión», la sociedad Patchett/-Hudgens. Exley le había contado la historia: Lorraine/Rita decía que un «fulano» obligaba a Patchett a extorsionar a sus «clientes», justo cuando Pierce preparaba su sociedad con Hudgens. Poco después de la matanza del Nite Owl. Una revelación en ciernes: quizás una conexión con Dudley.

—Contestad al capitán, cabrones.

—Ed, que se calle —dijo Billy—. Esto ha ido demasiado lejos.

Bud rió.

—¿Ed? Vaya, lo olvidé, jefe. Los padres de ustedes son amigos.

Exley se irritó de veras: se sonrojó, tembló.

—White, cierra la boca.

Los raros lo disfrutaron: sonrisas, murmullos.

—Caballeros —dijo Exley—, por favor respondan la pregunta.

Timmy se encogió de hombros.

—Concretemos. ¿Qué otras tareas delictivas?

—Concretamente, chantaje.

Dos piernas que se rozaban se separaron de golpe. Bud los pilló. Exley se tocó la corbata: A TODA MARCHA.

Revelación: Johnny Stompanato era el «fulano». Johnny Stompanato, viejo artista de la extorsión, sin medios visibles para ganarse la vida. Acierto: Lorraine Malvasi decía que las extorsiones se remontaban a mayo del 53. Para entonces la pandilla de Dudley ya se había puesto de acuerdo con Patchett.

—Sí, chantaje. Los clientes casados, los pervertidos y los maricones son propensos a esa dolencia. Es como un riesgo laboral. ¿Alguna vez te extorsionó uno de tus amigos?

Billy miró al cielo.

—No frecuentamos prostitutas de ningún sexo.

Bud acercó la silla.

—Bien, pero tu dulce novio era socio conocido de un famoso chulo de maricas llamado Bobby Inge. Si grazna como pato, es un pato. Así que a graznar, y canta quién te extorsionaba.

Exley, severo.

—Caballeros, ¿conocen ustedes nombres de prostitutas de Patchett?

—Éste es un animal —replicó Billy—, y no tenemos por qué responder sus preguntas.

—Pamplinas. Si te arrastras por los albañales, tienes que conocer algunas ratas. ¿Alguna vez oíste hablar de un pequeño degenerado llamado Daryl Bergeron? ¿Alguna vez necesitó una mujer y se acostó con su madre? Porque eso hacía Daryl. Jack Cubo de Basura Vincennes tiene un libro con fotos de ambos follando en patines. Estáis flotando en un albañal a bordo de un helado, malditos maricas, así que...

—¡Ed, que se calle! —exclamó Valburn.

—¡Sargento, es suficiente! —ordenó Exley.

Bud, estaba mareado, como si dentro de la cabeza un apuntador le dictara las líneas.

—Al cuerno. Estos tíos están presentes en todos los planes de Patchett.

»Uno de ellos es estrella de TV, el otro tiene un papá famoso. Dos maricones con mucho dinero piden a gritos que los extorsionen. Yo creo que todo encaja.

Exley se apoyó el dedo en el cuello: CALMA.

—El sargento White tiene algo de razón, aunque pido disculpas por su manera de expresarlo. Caballeros, para aclarar las cosas. ¿Alguno de ustedes tiene conocimiento de planes de extorsión que involucraran a Pierce Patchett y/o sus prostitutas?

—No —dijeron ambos.

Bud se preparó para susurrar.

Exley se inclinó hacia delante.

—¿Alguno de ustedes fue alguna vez amenazado con chantaje?

Dos negativas más: dos maricas impregnando de tufo a sudor una habitación bien refrigerada.

—Johnny Stompanato —susurró Bud.

Los maricas se quedaron de una pieza.

—Trapos sucios de *Insignia del Honor* —dijo Bud—. ¿Eso buscaba él?

Valburn empezó a hablar. Billy lo silenció. Exley: DESPACIO.

El apuntador que tenía en la cabeza dijo NO.

—¿Tenía información comprometedora sobre tu padre? ¿El gran Raymond Dieterling?

Exley le indicó que se callara. El apuntador mostró la cara: Dick Stensland respirando gas.

—Información comprometedora. Wee Willie Wennerholm, Loren Atherton y el asesinato de esos chiquillos. ¿Tu padre?

Billy tembló, apuntó hacia Exley.

—¡El padre de él!

Miradas cruzadas, interrumpidas de pronto por los sollozos de Valburn. Billy le ayudó a levantarse, lo abrazó.

—Largo de aquí —dijo Exley—. Ahora. Pueden irse.

Parecía más triste que furioso o asustado.

Billy se llevó a Timmy. Bud caminó hacia la ventana. Exley habló por un micrófono.

—Duane, Valburn y Dieterling van en camino. Seguidles, tú y Don.

Bud le echó una ojeada: un poco más alto, menos corpulento que él. Algo le hizo decir:

—No debí hacer eso.

Exley miró por la ventana.

—Todo terminará pronto.

Bud miró hacia abajo. Fisk y Kleckner esperaban junto a la puerta; los maricas llegaron a la acera corriendo.

Los hombres de Asuntos Internos los siguieron, un autobús los detuvo. Cuando el autobús pasó, Billy y Timmy se habían esfumado. Fisk y Kleckner se quedaron en la calle haciendo el ridículo.

Exley rompió a reír.

Algo hizo reír a Bud.

# 71

Revivían viejos tiempos; Stanton bebía champaña. Jack soltó su parrafada: Patchett/Hudgens, pornografía, heroína, el Nite Owl. Intuía que Miller sabía algo; intuía que quería hablar.

Evocaciones: cómo enseñó a Miller a hacer de policía; cómo llevó a Miller a Central Avenue para buscarle una mujer y terminó arrestando a Art Pepper. Gallaudet asomó la cabeza, dijo que Max Peltz estaba limpio.

Las anécdotas sobre Max les llevaron otra media hora. Miller se puso melancólico: el 58 sería la última temporada de la serie. Lástima que habían dejado de verse, pero el Gran V estaba demasiado loco, un paria en la industria del cine. White y Exley discutían al lado. Jack fue al grano.

—Miller, ¿hay algo que te mueres por contarme?

—No sé, Jack. Son historias viejas.

—Esta historia es vieja. Conoces a Patchett, ¿no?

—¿Cómo lo sabes?

—Deducción. Y el archivo del capitán decía que Patchett financió algunos filmes de Dieterling.

Stanton miró la copa: vacía.

—De acuerdo, conozco a Patchett desde hace tiempo. Es toda una historia, pero no sé cómo se relaciona con lo que te interesa.

Jack oyó que la puerta lateral rozaba la alfombra.

—Sólo sé que te mueres por contarme algo desde que dije «Patchett».

—Demonios, no me siento como un verdadero policía frente a ti. Me siento como un actor gordo a punto de perder su serie.

Jack miró hacia otro lado para darle un respiro.

—Sabes que yo era el niño regordete de las series de Dieterling en otros tiempos. La gran estrella era Wee Willie Wennerholm. Yo veía a Patchett en la escuela del estudio y sabía que era una especie de socio de Dieterling, porque nuestra profesora estaba deslumbrada por él y nos contó quién era.

—¿Y?

—Y Wee Willie fue secuestrado y descuartizado por el doctor Frankenstein. Conoces el caso, fue famoso. La policía pilló a un tío llamado Loren Atherton. Dijo que había matado a Willie y a todos esos niños. Jack, ésta es la parte dura.

—Pues cuéntala deprisa.

Muy deprisa.

—El señor Dieterling y Patchett vinieron a verme. Me dieron tranquilizantes y me dijeron que tenía que ir con ese chico mayor y visitar la jefatura de policía. Yo tenía catorce años, el chico mayor tendría diecisiete. Patchett y el señor Dieterling: me dieron instrucciones, y fuimos a la jefatura. Hablamos con Preston Exley, que entonces cra detective. Repetimos lo que nos habían dicho Patchett y el señor Dieterling: que habíamos visto a Atherton merodeando por la escuela del estudio. Identificamos a Atherton y Exley nos creyó.

Una pausa teatral.

—Demonios —dijo Jack—. ¿Y?

Más despacio.

—Nunca volví a ver al chico mayor, y ni siquiera recuerdo el nombre. Atherton fue condenado y ejecutado, y no me pidieron que declarara en el juicio. Llegamos al 39. Yo todavía estaba con Dieterling, pero hacía un papel menor. El señor Dieterling llevó un pequeño contingente del estudio a la inauguración de la autopista de Arroyo Seco, una aparición publicitaria. Preston Exley era ahora el gran contratista y cortó la cinta. Oí una charla entre Dieterling, Patchett y Terry Lux. Tú lo conoces.

Un hormigueo.

—Miller, continúa.

—Nunca olvidaré lo que dijeron, Jack. Patchett le dijo a Lux: «Tengo sustancias químicas para impedir que lastime a nadie, y tú le hiciste cirugía plástica» Lux dijo: «Le conseguiré un cuidador.» Nunca olvidaré el timbre de la voz de Dieterling. Dijo: «Y yo le di a Preston Exley un chivo expiatorio en el cual cree, además de Loren Atherton. Y pienso que el hombre me debe demasiado como para perjudicarme.»

Jack se palpó: creía que había dejado de respirar. Jadeos a sus espaldas. Se volvió y vio a Exley y White en la puerta: juntos, paralizados.

## 72

Ahora todas las líneas se entrecruzaban en tinta.

Mutilaciones en tinta roja. Un tintero derramando sangre. Personajes de caricatura en una marquesina con Raymond Dieterling, Preston Exley, un elenco estelar del crimen. Tinta de colores: rojo, verde por los dólares del soborno. Negro por el luto: los actores de reparto muertos. White y Vincennes lo sabían, probablemente se lo contarían a Gallaudet. Se despidió en el hotel sabiéndolo. Podía prevenir a su padre o no prevenirlo, y al final sería lo mismo. Podía seguir en marcha o sentarse en la sala para ver cómo su vida estallaba en la televisión.

Largas horas. No se decidía a usar el teléfono. Encendió la TV, vio a su padre en una ceremonia de la autopista, se metió el revólver en la boca mientras el hombre decía trivialidades. El revólver amartillado. Un anuncio. Sacó cuatro balas, hizo girar el cilindro, se apoyó el cañón en la cabeza y apretó el gatillo dos veces; cámaras vacías. No pudo creer que lo había hecho. Arrojó el arma por la ventana. Un borracho la recogió de la acera y disparó al cielo. Ed rió, sollozó, descargó puñetazos en los muebles.

Más horas de no hacer nada.

Sonó el teléfono. Ed lo cogió a tientas.

—¿Sí?

—Exley, ¿estás ahí? Habla Vincennes.

—Sí, ¿qué pasa?

—Estoy en la oficina con White. Hemos recibido una llamada. New Hampshire Norte 2206, la casa de Billy Dieterling. Billy y un desconocido muertos. Fisk ya está trabajando en ello. Exley, ¿estás ahí?

No, no, no. Sí.

—Ya voy... estaré allí.

—Vale. A propósito, White y yo no le hemos contado a Gallaudet lo que dijo Stanton. Pensé que querrías saberlo.

—Gracias, sargento.

—Dale gracias a White. Él era tu motivo de preocupación.

Fisk le salió al encuentro. Un edificio imitación Tudor alumbrado por reflectores. Coches patrulla, coches del laboratorio en el parque.

Ed se acercó a la carrera; Fisk habló telegráficamente:

—Una vecina oyó gritos, esperó media hora y llamó. Vio a un hombre que salía a la carrera, subía al coche de Billy Dieterling y arrancaba. Chocó contra un árbol, se apeó y corrió. Tomé una declaración. Blanco, sexo masculino, cuarentón, físico común. Capitán, prepárese para un espectáculo.

Fogonazos dentro.

—Ciérralo herméticamente —dijo Ed—. Ni Homicidios, ni polizontes de esa sección, ni reporteros. Y no quiero que el padre de Dieterling se entere. Di a Kleckner que custodie el coche y consígueme a Timmy Valburn. Encuéntralo. ¡Ya!

—Capitán, se nos escaparon. Lo siento, quizá fue culpa nuestra.

—No importa. Sólo haz lo que te digo.

Fisk corrió a su coche; Ed entró, miró.

Billy Dieterling en un diván blanco empapado de sangre. Un cuchillo en la garganta; dos cuchillos en el estómago. El cuero cabelludo en el suelo, clavado a la alfombra con un picahielos. A pocos metros: un hombre blanco y cuarentón, destripado, con cuchillos en las mejillas y dos tenedores en los ojos. Cápsulas de barbitúricos empapadas en la sangre del suelo.

Ninguna labor «artística»: el asesino ya estaba más allá de esa frontera.

Ed entró en la cocina. Patchett a Lux, en el 39: «Tengo sustancias químicas para impedir que lastime a nadie, y tú le hiciste cirugía plástica.» Armarios caídos; tenedores y cucharas en el piso. Ray Dieterling en el 39: «Un chivo expiatorio en el cual cree.» Huellas sanguinolentas aquí y allá: el asesino merodeando en busca de más ornamentos. Lux: «Le conseguiré un cuidador.» Un trozo de cuero cabelludo en el fregadero. «Preston Exley era ahora el gran contratista.» La sanguinolenta huella de una mano en la pared, un psicópata aspirando a una lista de honor en la historia del crimen.

Ed miró la huella con ojos entornados; protuberancias y remolinos. Devaneo de psicópata: la mano apretada allí para dejar su firma.

De vuelta al salón. Jack Cubo de Basura con media docena de técnicos. Fogonazos de *flashes.* Bud White no estaba.

—El otro hombre es Jerry Marsalas —le dijo Jack—. Es enfermero, y es el cuidador de ese tío de *Insignia del Honor*, David Mertens, el diseñador de los platós. Muy callado, tiene epilepsia o algo parecido.

—¿Cicatrices de cirugía plástica?

—Cicatrices de injertos en el cuello y la espalda. Una vez lo vi sin camisa.

Un enjambre de técnicos. Ed condujo a Vincennes al porche. Aire fresco, reflectores brillantes.

—Mertens tiene la edad adecuada para ser ese chico mayor del que hablaba Stanton —dijo Jack—. Lux lo operó, así que Miller no lo habría reconocido en el plató. Por los injertos de la espalda, debieron de operarlo varias veces. Cielos, qué cara tienes. ¿Llegarás hasta el final?

—No lo sé. Quiero un día más para ver qué conseguimos sobre Dudley.

—Y ver si White trata de joderte. Podía contar toda la historia a Gallaudet, pero no lo ha hecho.

—White está tan loco como todos en este asunto.

Jack rió.

—Sí, como tú. Jefe, si tú y Gallaudet queréis un procedimiento normal, será mejor que encerréis a ese chico. Está dispuesto a matar a Dudley y Perkins, y créeme que lo hará.

Ed rió.

—Le dije que podía hacerlo.

—¿Permitirías que él...?

—Jack —interrumpió Ed—, haz esto. Vigila la casa de Mertens e intenta encontrar a White. Luego...

—Está persiguiendo a Perkins. ¿Cómo...?

—Sólo trata de hallarlo. Quedamos mañana a las nueve en casa de Mickey Cohen, con o sin White. Vamos a prevenirle sobre Dudley.

Vincennes miró en torno suyo.

—No veo a nadie de Homicidios.

—Tú y Fisk recibisteis la llamada, así que en Homicidios no saben nada. Puedo mantenerlo dentro de la jurisdicción de Asuntos Internos veinticuatro horas. Es nuestro hasta que la prensa se entere.

—Entonces, ¿ninguna orden general de captura contra Mertens?

—Llamaré a gente de Asuntos Internos. Es un psicótico delirante. Le pillaremos.

—Supongamos que lo encuentro. No querrás que hable de los viejos tiempos, cuando tu padre es parte de esto.

—Cógelo vivo. Quiero hablar con él.

—White estará loco, pero tú le ganas por mucho —dijo Vincennes.

Ed cerró el caso herméticamente.

Llamó a Parker, le dijo que tenía un doble homicidio relacionado con Asuntos Internos y mantendría en secreto la identidad de las víctimas. Despertó a cinco hombres de Asuntos Internos, les dio instrucciones sobre David Mertens, los envió a buscarlo. Persuadió a la vecina que había hecho la denuncia de tomar un sedante, acostarse y prometer que no revelaría el nombre «Billy Dieterling» a la prensa. Los reporteros llegaron. Ed los aplacó diciendo que eran cadáveres anónimos y los mandó a paseo. Caminó hasta la esquina y examinó el coche. Kleckner lo custodiaba: un Packard Caribbean con las ruedas delanteras sobre la acera, el guardabarros abollado contra un árbol. El asiento del conductor, el salpicadero, la palanca de cambios: ensangrentados, huellas sanguinolentas en el exterior del parabrisas. Kleckner arrancó las matrículas; Ed le dijo que se llevara el coche, lo guardara y se uniera a la búsqueda. Llamadas de cortesía desde una cabina telefónica: el comandante de guardia de la sección Rampart, el examinador médico del depósito de cadáveres. Una mentira: Parker quería callar las muertes durante veinticuatro horas, no quería declaraciones a la prensa, no quería revelar los resultados de la autopsia. Las cuatro menos veinte de la mañana y ningún oficial de Homicidios en la escena del delito: carta blanca de Parker.

Cierre hermético.

Ed regresó a la casa. Tranquilidad: ni reporteros ni curiosos. Marcas con cintas: ningún cadáver. Técnicos espolvoreando sustancias, guardando pruebas. Fisk en la puerta de la cocina, nervioso.

—Capitán, tengo a Valburn. Inez Soto está con él. Fui a Laguna por una corazonada. Usted me dijo que la señorita Soto lo conocía.

—¿Qué te ha dicho Valburn?

—Nada, que sólo hablaría con usted. Le di la noticia, y ha llorado todo el viaje. Dice que está dispuesto a declarar.

Inez salió. Pesadumbre. Uñas carcomidas.

—Es tu culpa. Te culpo por haber instigado a Billy.

—No sé a qué te refieres, pero lo lamento.

—Me hiciste espiar a Raymond y ahora has provocado esto.

Ed se le acercó. Ella le dio bofetadas, puñetazos.

—¡Déjanos a todos en paz!

Fisk la aferró, la llevó afuera. Con suavidad, hablándole en voz baja. Ed caminó por el pasillo mirando las habitaciones.

Valburn en un cuarto, arrancando fotos de la pared. Ojos brillantes y vidriosos, voz demasiado vibrante.

—Si sigo haciendo cosas, estaré bien.

Arrancó una foto colectiva.

—Necesito una declaración completa.

—Oh, la tendrás.

—Mertens mató a Hudgens, Billy y Marsalas, además de Wee Willie y esos otros niños. Necesito el porqué. Timmy, mírame.

Timmy cogió una foto enmarcada.

—Hemos estado juntos desde 1949. Tuvimos nuestras pequeñas indiscreciones, pero siempre permanecimos juntos y nos amábamos. No me des un discurso sobre la caza del asesino, Ed. No lo soportaría. Te diré lo que quieras saber, pero trata de no ser *déclassé.*

—Timmy...

Valburn arrojó el marco contra la pared.

—¡David Mertens, maldito seas!

El vidrio se astilló. La foto aterrizó boca arriba: Raymond Dieterling sosteniendo un tintero.

—Empieza con la pornografía. Jack Vincennes te habló de ello hace cinco años, y pensó que retenías información.

—¿Es otro tercer grado?

—No hagas que lo sea.

Timmy cogió una pila de marcos.

—Jerry Marsalas obligó a David a crear esa extraña... basura. Jerry era un malvado. Había sido compañero de David durante años, y regulaba las drogas que lo mantenían... relativamente normal. A veces le subía y le bajaba las dosis, y ponía a David a hacer obras de arte comercial para quedarse con el dinero. Raymond le pagaba a Jerry para que cuidara de David. Le consiguió a David el puesto en *Insignia del Honor* para que Billy también cuidara de él... Billy estuvo a cargo de los cámaras desde que se inició la serie.

—No te adelantes —dijo Ed—. ¿Dónde consiguieron Marsalas y Mertens los modelos?

Timmy abrazó sus fotografías.

—Fleur-de-Lis. Marsalas había usado ese servicio durante años. Pagaba a prostitutas cuando tenía dinero, y conocía a muchas de las antiguas chicas de Pierce y a muchas personas... sexualmente audaces de quienes le hablaban las chicas. Descubrió que muchos clientes de Fleur-de-Lis sentían inclinación por la pornografía especializada, y persuadió a algunas de las antiguas chicas de Pierce de permitirle fisgonear en sus fiestas sexuales. Jerry tomaba fotos, David tomaba fotos, y Jerry aumentó las dosis de David y le hizo preparar los montajes. La tinta color sangre fue idea de David. Jerry contrató a un director artístico del estudio para hacer libros con las fotos y se los llevó a Pierce. ¿Me sigues? No sé qué sabes tú. —Ed sacó la libreta.

—Miller Stanton nos contó algunas cosas. Patchett y Dieterling eran socios en la época del caso Atherton, y tú sabes que responsabilizó a Mertens por esas muertes. Sigue; si necesito aclaraciones, te las pediré.

—De acuerdo. Por si no lo sabes, las fotos con tinta eran similares a las heridas de las víctimas de Atherton. Pierce no lo sabía cuando vio los libros, supongo que sólo los policías vieron las fotos del archivo. Tampoco sabía que David Mertens era la nueva identidad del asesino de Wennerholm, así que cuando Marsalas elaboró su plan para vender los libros y pidió financiación, Patchett pensó que eran sólo libros obscenos que comprometían a sus prostitutas y sus clientes. Rechazó la oferta de Marsalas, pero compró algunos de los libros para venderlos a través de Fleur-de-Lis. Luego Marsalas acudió a su hombre. Duke Cathcart, y él acudió a los hermanos Englekling. Fisk me insinuó que todo esto se relaciona con el Nite Owl, pero yo no...

—Te lo contaré luego. Estás hablando de principios del 53, te sigo. Sólo sigue contando ordenadamente.

Timmy dejó sus fotografías.

—Luego Patchett acudió a Sid Hudgens. Él y Hudgens iban a ser socios en un negocio de extorsión sobre el cual no sé nada, y Pierce le habló a Hudgens de Marsalas y sus libros pornográficos. Hizo investigar a Marsalas, y sabía que asistía al plató de *Insignia del Honor*, lo cual interesó a Hudgens, pues siempre había querido publicar un artículo sobre la serie en *Hush-Hush*. Pierce le dio a Hudgens algunos de los libros que se había quedado de Fleur-de-Lis, y Hudgens habló con Marsalas. Pidió información sobre las estrellas de la serie y amenazó a Jerry con denunciar sus negocios sucios si no cooperaba. Jerry le dio algunos datos blandos sobre Max Peltz, y poco después se publicaron. Luego asesinaron a Hudgens, y desde luego fue Jerry quien instigó a David. Le bajó la dosis y lo volvió loco. David regresó a sus viejos hábitos... como cuando mató a esos niños. Marsalas lo hizo porque temía que Hudgens continuara con la extorsión. Fue con David y robó los archivos de *Insignia del Honor* de la casa, incluido un archivo inconcluso sobre él y David. No creo que supiera que Pierce ya tenía copias de los archivos que él y Hudgens pensaban usar para sus chantajes, ni que Pierce conocía el banco donde Hudgens guardaba sus archivos originales.

Tres preguntas clave; primero más corroboración.

—Timmy, cuando Vincennes te interrogó hace cinco años, actuaste sospechosamente. ¿Sabías que Mertens preparaba los libros?

—Sí, pero no sabía quién era David. Sólo sabía que Billy lo vigilaba, así que no le dije nada a Jack.

Pregunta número uno.

—¿Cómo sabes todo esto? Todo lo que has contado.

Los ojos de Timmy se pusieron vidriosos.

—Lo descubrí esta noche. Después del hotel, Billy quiso que explicara las insinuaciones de ese horrendo polizonte acerca de Johnny Stompanato. Billy conocía casi toda la historia desde hacía años, pero quería conocer el resto. Fuimos a la casa de Raymond en Laguna. Raymond conocía los hechos más recientes a través de Pierce, y le contó a Billy toda la historia. Yo sólo escuché.

—Inez estaba allí.

—Sí, ella lo oyó todo. Te culpa a ti, primor. La caja de Pandora y todo eso.

Ella lo sabía, su padre quizá lo supiera. Un informe completo equivaldría a una revelación pública.

—Conque Patchett suministraba la droga que mantuvo dócil a Mertens todos estos años.

—Sí, está fisiológicamente enfermo. Tiene inflamaciones cerebrales periódicamente, y entonces es cuando se pone más peligroso.

—Y Dieterling le consiguió el trabajo en *Insignia del Honor* para que Billy pudiera cuidarlo.

—Sí. Después de la muerte de Hudgens, Raymond leyó algo acerca de las mutilaciones y le recordaron las de los chiquillos asesinados. Se puso en contacto con Patchett, sabiendo que era amigo de Hudgens. Raymond le reveló a Pierce la identidad de David, y Pierce se quedó aterrado. Raymond tenía miedo de alejar a David de Jerry, y le ha pagado mucho dinero a Jerry para mantenerlo dopado.

Pregunta número dos.

—Estabas esperando ésta, Timmy: ¿Por qué Ray Dieterling se ha tomado tanto trabajo por David?

Timmy hizo girar una foto: Billy con un hombre de cara abotargada.

—David es el hijo ilegítimo de Raymond. Es el hermanastro de Billy, y míralo, Terry Lux le hizo tantos cortes que en comparación con mi dulce Billy es tan feo que ni puedes mirarlo.

Congoja. Ed decidió continuar antes de que Timmy se derrumbara.

—¿Qué ha pasado esta noche?

—Anoche, Raymond le explicó a Billy todo lo ocurrido hasta Sid Hudgens. Billy no sabía nada. Me pidió que me quedara en Laguna con Inez. Dijo que se llevaría a David de la casa de Jerry y lo liberaría gradualmente de las drogas. Debió intentarlo y Marsalas contraatacó. Vi esas píldoras en el suelo... Dios, David debió volverse loco. No entendió quién era bueno y quién era malo y...

Tercera.

—En el hotel reaccionaste al oír el nombre de Stompanato. ¿Por qué?

—Hace años que Stompanato extorsiona a los clientes de Pierce. Me pilló con otro hombre y me sonsacó parte de la historia de Mertens. No mucho, sólo que Raymond pagaba para cuidar de David. Fue... fue antes de que yo supiera tanto. Stompanato prepara un informe para exprimir a Raymond. Amenazó a Billy con notas, pero no creo que sepa quién es David. Billy trataba de convencer a su padre de hacerlo matar.

El sol irrumpió por una ventana. Iluminó a Timmy cuando rompió a llorar. Sostenía la foto de Billy, una mano sobre la cara de David.

## 73

Un fulano de Asuntos Internos lo relevó a las siete. Se irritó al sorprenderlo dormido, despatarrado en la puerta con el arma desenfundada. La casa estaba intacta, el sanguinario David Mertens no había aparecido. El tío de Asuntos Internos dijo que Mertens aún andaba suelto; órdenes del capitán Exley: reunirse con él y Bud White en casa de Mickey Cohen a las nueve. Jack fue hasta una cabina telefónica, se dejó llevar por una corazonada.

Hizo una llamada a Detectives: Dudley Smith con «licencia por emergencia familiar». Breuning y Carlisle trabajando «fuera del Estado». El teniente de la calle Setenta y siete era provisionalmente jefe del caso Nite Owl. Una llamada a la Cárcel de Mujeres: la agente Dot Rothstein con «licencia por emergencia familiar». La corazonada: ellos sólo tenían teorías, Dudley ataba sus cabos sueltos.

Jack se dirigió a su casa, ahuyentando un sueño: las elucubraciones de Davey Goldman. El «holandés», Dean van Gelder; el «gato irlandés», Dudley. «Los concesionarios abatidos por tres pistoleros, blip, blip, blip»: Stompanato, Vachss, Teitlebaum liquidando hampones: «Bump bump bump bump, simpático tren.» Qué locura. Tal vez la droga de Patchett aún lo estaba afectando. El coche de Karen no estaba.

Jack entró, vio cosas sobre la mesilla: billetes de avión, una nota.

J.:

Hawai, y mira la fecha. 15 de mayo, el día en que te conviertes en pensionista oficial. Diez días y noches para reencontrarnos. Cenamos esta noche. Tengo reservas en Perino's, y si todavía estás trabajando llámame para que las cancele.

Besos, K.

P.D.: Sé que esto te intrigará, así que me explico. Cuando estabas en el hospital hablaste en sueños. Jack, sé lo peor que puedo saber y no me importa. Ni hablemos de ello. El capitán Exley te oyó y creo que tampoco le importa. (No es tan malo como dijiste que era.)

Muchos besos, K.

Jack intentó llorar, no pudo. Se afeitó, se duchó, se puso pantalones abolsados y su mejor chaqueta deportiva, encima de una camisa hawaiana.

Enfiló hacia Brentwood pensando que todo era nuevo a su alrededor.

Exley en la acera, con una grabadora. Bud White en el porche. Asuntos Internos lo debía de haber encontrado. Con Jack formaban un trío.

White se le acercó.

—Hablé con Gallaudet —dijo Exley—. Dijo que sin pruebas sólidas no podemos acudir a Loew. Mertens y Perkins aún están en libertad, y Stompanato está en México con Lana Turner. Si Mickey no nos ofrece algo bueno, acudiré a Parker. Se lo diré todo sobre Dudley.

Desde la puerta.

—¿Entráis o no? Si queréis arruinarme el día, hacedlo dentro.

Mickey Cohen con bata y gorra judía.

—¡Última oportunidad de arruinarme el día! ¿Entráis?

Entraron. Cohen cerró la puerta, señaló un pequeño ataúd de oro.

—Mi difunto heredero canino, Mickey Cohen Junior. Distraedme de mi pesar, polizontes gay. La ceremonia se celebra hoy en el Mount Sinai. Soborné al rabino para que diera a mi amado una despedida humana. Los *shmendriks* de la empresa fúnebre creen que entierran a un enano. Habladme.

Exley habló:

—Venimos a informarte de quién mató a tus concesionarios.

—¿Qué «concesionarios»? Seguid así y me refugiaré en la quinta enmienda. ¿Y qué es ese artilugio con cintas que tienes en la mano?

—Johnny Stompanato, Lee Vachss y Abe Teitlebaum. Forman parte de una pandilla, y tienen la heroína que perdiste en tu reunión con Jack Dragna, en el 50. Ellos mataron a los concesionarios y fraguaron el atentado contra ti y Davey Goldman en McNeil. Pusieron una bomba en tu casa y no lograron liquidarte, pero tarde o temprano lo harán.

Cohen soltó una carcajada.

—Admito que esos viejos compañeros han estado ausentes de mi vida y no desean reunirse conmigo. Pero no tienen mollera para joder a Mick y salirse con la suya.

—Davey Goldman trabajaba con ellos —dijo White—. Lo quitaron de en medio en el atentado de McNeil.

Mickey Cohen perdió el color.

—¡No! ¡Jamás en seis mil milenios Davey me podría hacer eso! ¡Habláis de sedición en el mismo grado que el comunismo!

—Tenemos pruebas —dijo Jack—, Davey tenía un micrófono en tu celda. Así se supo lo de los hermanos Engle-kling y quién sabe qué más.

—¡Mentiras! ¡Combinad a Davey con los demás y aún falta voltaje para joderme!

Exley encendió la grabadora, hizo girar la cinta. Zumbidos. «Por Dios, tanta energía y tanto tamaño. Ese perro con su *shlong* es como Heifetz tocando el violín, y para colmo está provisto...»

Cohen saltó de rabia.

—¡No, no! ¡Ningún hombre es capaz de engañarme así!

Exley apretó botones. «Lana, qué coño debe de tener.» Paró, arrancó. Un juego de naipes, ruido de inodoro. Mickey pateó el ataúd.

—¡De acuerdo! ¡Os creo!

—Ahora sabes por qué Davey no quería que lo llevaras a un sanatorio —dijo Jack.

Cohen se enjugó la cara con la gorra.

—Ni siquiera Hitler es capaz de semejante infamia. ¿Quién podría ser tan sagaz e implacable?

—Dudley Smith —dijo White.

—Oh, Jesucristo. Ya lo creo. No... decidme en presencia de mi difunto amado que es una broma.

—¿Un capitán del Departamento? Esto va muy en serio, Mick.

—No, no lo creo. Dadme pruebas.

—Mickey —le dijo Exley—, tú puedes darnos pruebas.

Cohen se sentó en el ataúd.

—Creo que sé quién trató de liquidarnos a Davey y a mí en la penitenciaría. Coleman Stein, George Magdaleno, Sal Bonventre. Van camino de San Quintín, una selección de convictos de varias cárceles. Cuando lleguen, podéis hablar con ellos y preguntarles quién quiso acabar conmigo y con Davey. Yo iba a mandarlos matar, pero no conseguí un buen precio. Esos asesinos carcelarios son unos *gonifs*.

Exley guardó la grabadora y las cintas.

—Muchas gracias. Cuando llegue el autobús, allí estaremos.

Cohen gimió.

—Kleckner me dejó una nota —dijo White—. Kikey y Lee Vachss se reunirán en el restaurante esta mañana. Yo digo que les echemos el guante.

—Hagámoslo —dijo Exley.

## 74

Abe's Noshery: las mesas llenas, Abe en la caja registradora. White miró desde fuera.

—Lee Vachss a una mesa de la derecha.

Ed se llevó la mano a la funda del arma: vacía, el juego del suicida. Cubo de Basura abrió la puerta.

Campanillas. Abe miró, metió la mano bajo la caja. Ed

vio que Vachss hacía aspavientos, fingía que se alisaba los pantalones. Destello metálico en la cintura.

La gente comía, hablaba. Las camareras atendían. Jack caminó hacia la caja; White vigilaba a Vachss. Destello metálico bajo la mesa.

Ed dio un fuerte empellón a White, arrastrándolo al suelo.

Kikey y Vincennes se arrojaron al suelo.

Fuego cruzado, seis disparos. La luna voló en pedazos, Abe disparó a una pila de mercancía enlatada. Gritos, pánico, disparos a ciegas. Vachss disparó hacia la puerta. Un viejo cayó tosiendo sangre. White se levantó disparando, un blanco móvil. Vachss retrocedió hacia la cocina. Una pistola en la cintura de White. Ed se levantó, la agarró. Dos armas encañonando a Vachss. Ed disparó. Vachss giró cogiéndose el hombro. White disparó a discreción; Vachss tropezó, se arrastró, se levantó; el arma contra la cabeza de una camarera.

White caminó hacia él. Vincennes avanzó por la izquierda, Ed por la derecha. Vachss voló los sesos de la mujer a quemarropa.

White disparó. Vincennes disparó. Ed disparó. Ningún acierto: el cadáver de la mujer recibió los impactos. Vachss reculó. White corrió; Vachss se limpió sesos de la cara. White vació el revólver: todos los disparos a la cabeza.

Gritos, una estampida hacia la puerta, un hombre que huía esquivando astillas de vidrio. Ed corrió al mostrador, saltó.

Abe en el suelo, manando sangre por el pecho.

Ed se le acercó.

—Dame a Dudley por lo del Nite Owl.

Sirenas. Ed se puso la mano en la oreja, se agachó.

—Grandioso. Dios santo, muchacho.

Ed se acercó más.

—¿Quién hizo lo del Nite Owl?

Gorgoteo de sangre.

—Yo. Lee. Johnny Stompanato. Perkins conducía.

—Abe, dame a Dudley.

—Grandioso, muchacho.

Sirenas estridentes. Gritos, pasos.

—El Nite Owl. ¿Por qué?

Abe tosió sangre.

—Droga. Libros porno. Había que liquidar a Cathcart. Lunceford estuvo en la partida que recuperó la droga y frecuentaba el Nite Owl. Tenía fichas de interrogatorios sobre Stompanato, por eso Perkins las robó. El hombre dijo que asustáramos a Patchett. Dos pájaros de un tiro: Duke y Mal. Mal quería dinero porque conocía al hombre de la partida.

—Dame a Dudley. Di que Dudley Smith fue tu cómplice.

Vincennes se agachó. El restaurante vibraba: millones de voces. Sangre en el mostrador. Ed pensó en David Mertens. Una iluminación: la escuela del estudio Dieterling, a un kilómetro de la casa de Billy Dieterling.

—Abe, no puede lastimarte ahora.

Abe empezó a ahogarse.

—Abe...

—Puede, puede, puede.

Se iba. Jack le golpeó el pecho.

—¡Cabrón, danos algo!

Abe murmuró, se arrancó una estrella de oro del cuello.

—*Mitzvah.* Johnny quiere sacar a los tíos de la cárcel. Tren de San Quintín. Dot tiene armas.

Vincennes, exaltado.

—Es un tren, no un autobús. Es un intento de fuga. Davey G. lo sabía en su delirio. Exley, el «simpático tren» es el tren de San Quintín. Cohen dijo que los que quisieron liquidarlo en la cárcel están allí.

Ed comprendió:

—LLAMA POR TELÉFONO.

Jack salió a la carrera. Ed se levantó, miró el caos: policías, vidrio astillado, una ambulancia cargando cuerpos. Bud White gritando órdenes, una niñita con el vestido salpicado de sangre comiendo un donut.

Jack regresó, más exaltado.

—El tren salió de Los Ángeles hace diez minutos. Treinta y dos convictos en un vagón, y el teléfono de a bordo no funciona. Llamé a Kleckner y le dije que encontrara a Dot Rothstein. Esto ha sido una trampa, capitán. Kleckner nunca le dejó esa nota a White. Ha tenido que ser Dudley.

Ed cerró los ojos.

—Exley...

—De acuerdo, tú y White, al tren. Llamaré al Departamento del Sheriff y a la Policía de Tráfico y les diré que preparen una distracción.

White se le acercó, le guiñó el ojo.

—Gracias por el empujón —dijo, y pisó la cara de Abe Teitlebaum hasta que Abe dejó de respirar.

## 75

Una escolta de motocicletas les salió al encuentro y les abrió paso por la autopista de Pomona. La mitad del tramo era elevado: se veían los raíles del California Central, un solo tren con rumbo al norte. Un convoy de carga, con convictos en el tercer vagón: ventanas con rejas, puertas de acero reforzado. Calles asfaltadas en las afueras de Fontana, hacia las colinas por donde pasaban las vías. Y hacia un pequeño ejército al acecho.

Nueve coches patrulla, dieciséis hombres con máscaras antigás y armas antimotín. Francotiradores en las colinas, dos ametralladoras, tres hombres con granadas de humo. En la linde de la curva: un enorme ciervo en los raíles.

Un agente del sheriff les dio escopetas, máscaras antigás.

—Vuestro amigo Kleckner llamó al puesto de mando, dijo que Rothstein estaba muerta en su apartamento. Se colgó o la colgaron. De cualquier modo, debemos suponer que consiguió las armas. Hay cuatro guardias y seis tripulantes a bordo de ese tren. Nos preparamos con humo y pedimos la contraseña. Todo tren de la prisión tiene una. Si se verifica, damos una advertencia y esperamos. Si no se verifica, atacamos.

Sopló un silbato.

—¡Ahora! —gritó alguien.

Los francotiradores se agacharon. Los hombres del gas se arrojaron a tierra. El equipo antimotín se ocultó detrás de un pinar. Bud encontró un árbol en las cercanías. Jack se apostó al lado

El tren dobló la curva: frenos, chispas en los raíles. La locomotora se detuvo justo frente a la obstrucción.

Megáfono:

—¡Departamento del Sheriff! ¡Identifíquese con la contraseña!

Silencio, diez segundos. Bud examinó la ventanilla de la locomotora: visión fugaz de un uniforme azul.

—¡Sheriff! ¡Identifíquese con la contraseña!

Silencio, un falso gorjeo de pájaro.

Los hombres del gas dispararon contra las ventanillas: las granadas rompieron el vidrio, se deslizaron entre los barrotes. Las ametralladoras acribillaron el tercer vagón, derribaron la puerta.

Humo, gritos.

Alguien gritó «¡Ahora!»

Humo por la puerta, hombres con uniforme caqui saliendo a la carrera. Un francotirador abatió a uno. Alguien gritó: «¡No, son nuestros!»

Los policías irrumpieron en el vagón, máscaras puestas, escopeta en mano. Jack aferró a Bud.

—¡No están en ése!

Bud corrió, llegó al estribo del cuarto vagón. Abrió la puerta: un guardia muerto dentro, convictos corriendo caóticamente.

Bud disparó, recargó, disparó. Cayeron tres, uno apuntó una pistola. Bud recargó, disparó, erró. Una caja de embalaje estalló al lado del hombre. Jack subió al estribo, el convicto disparó. Jack lo recibió en la cara, giró, cayó en las vías.

El tirador escapó. Bud recargó: cámara vacía. Arrojó la escopeta, desenfundó el 38: uno, dos, tres, cuatro, cinco, seis disparos. Impactos en la espalda, estaba matando a un muerto. Ruido fuera del vagón: convictos en los raíles junto al cuerpo de Jack. Agentes disparando a poca distancia: perdigonadas, sangre, aire rojo y negro.

Estalló una bomba de humo. Bud corrió boqueando al vagón cinco. Disparos: blancos de uniforme azul disparando contra negros de uniforme azul, guardias de uniforme caqui disparando contra ambos. Saltó del tren, corrió hacia los árboles.

Cuerpos en los raíles.

Convictos abatidos.

Bud llegó a los pinos, subió al coche y cruzó los raíles maltratando los ejes. Entró en una hondonada, viró, mordió la grava con las llantas. Un hombre alto junto a un coche. Bud vio quién era, enfiló hacia él.

El hombre corrió. Bud giró, patinó, frenó. Salió aturdido, ensangrentado por un golpe contra el salpicadero. Perkins se le acercaba disparando.

Bud recibió una bala en la pierna, una en el costado. Dos yerros, un impacto en el hombro. Otro yerro. Perkins soltó el arma, desenfundó un cuchillo. Bud le vio anillos en los dedos.

Perkins lo apuñaló. Bud sintió un desgarrón en el pecho, trató de cerrar las manos, no pudo. Perkins acercó la cara sonriendo. Bud le dio un rodillazo en la entrepierna y le arrancó la nariz de una dentellada. Perkins aulló; Bud le mordió el brazo, se abalanzó con todo su peso.

Rodaron. Perkins gemía como un animal. Bud le pegó en la cabeza, le dislocó el brazo.

Perkins soltó el cuchillo. Bud lo empuñó: encandilado por anillos que mataban mujeres. Soltó el cuchillo y mató a Perkins a golpes con las manos heridas.

## 76

La mansión Patchett arrasada: dos acres de hollín, escombros. Tejas en el césped, una palmera chamuscada en la piscina.

La casa era una ruina: estuco derrumbado, cenizas mojadas. Hallar una caja de caudales dentro de un perímetro de seis billones de pulgadas cuadradas.

Ed avanzó entre los escombros pensando en David Mertens: tenía que estar allí, era el sitio indicado.

El piso se hundía en los cimientos, sólo servía para leña. Pilas de madera, montículos de tela empapada, ningún destello metálico. Un trabajo para diez hombres durante una semana, más un técnico para la trampa cazabobos. Fue al patio.

Un porche trasero de cemento, una losa con muebles chamuscados. Cemento sólido: ni fisuras ni surcos, ningún acceso obvio a una caja de caudales. La caseta de la piscina era otro montón de escombros.

Maderas de un metro de alto: demasiado trabajo si Mertens estaba allí. Rodeó la piscina: sillas quemadas, un trampolín. El percutor de una granada de mano flotando en el agua.

Ed pateó la palmera flotante. Astillas de porcelana en la copa, esquirlas clavadas en el tronco. Se agachó, aguzando la vista: píldoras en el agua, cuadrados negros que parecían tapas de detonador. La escalinata era yeso destrozado; rejillas de metal, más píldoras. Miró el césped: hierba quemada desde la piscina hasta la caseta.

Acceso a la caja de caudales: protección con granadas y dinamita. Llamaradas llegando a la terminal, haciendo estallar la trampa cazabobos. Quizá.

Ed saltó al agua y desgarró el yeso: píldoras y burbujas subieron a la superficie. Usó ambas manos: yeso, agua, burbujas, una puerta de metal oscilando. Más píldoras, carpetas envueltas en plástico, plástico sobre dinero y polvo blanco. Una cantidad enorme, luego sólo un profundo agujero negro. Empapado, corrió al coche una y otra vez bajo el resplandor del sol. Estaba casi seco cuando terminó de cargar todo. Un último viaje por si él estaba allí: píldoras recogidas de la piscina.

La calefacción del coche lo entibió. Enfiló hacia la escuela Dieterling, saltó la cerca.

Silencio: sábado, sin clases. Un patio de juegos típico: aros de baloncesto, canchas de *softbol*. El Ratón Moochie por todas partes.

Ed caminó hacia la cerca sur, la ruta más corta desde la casa de Billy Dieterling. Piel con cartílago en la cerca, marcas de manos. Puntos oscuros en el asfalto desleído: sangre, un rastro fácil.

Cruzó el patio, bajó la escalera hasta la puerta del cuarto de la caldera. Sangre en el picaporte, una luz encendida dentro. Cogió la pistola de Bud White, entró.

David Mertens tiritando en un rincón. Un cuarto sofocante: el hombre mojando de sudor ropas ensangrentadas. Mostró los dientes, torció la boca en un chillido. Ed le arrojó las píldoras.

Mertens las aferró, las engulló. Ed le apuntó a la boca, no pudo apretar el gatillo. Mertens le clavó los ojos. Algo extraño ocurrió con el tiempo: de pronto dejó de existir. Mertens se durmió, los labios plegados sobre las encías. Ed le miró la cara, trató de sentir furia. Aún no podía matarlo.

El tiempo regresó: desquiciado. Juicios, audiencias médicas. Preston Exley atacado por dejar el monstruo en libertad. El tiempo apretaba el gatillo: aún no podía hacerlo.

Ed recogió al hombre, lo cargó hasta el coche.

Pacific Sanitarium, Malibu Canyon. Ed pidió al guardia de la puerta que le enviara al doctor Lux. El capitán Exley quería devolverle un favor.

El guardia le indicó un lugar. Ed aparcó, rasgó la camisa de Mertens. Brutal: el hombre era una gran cicatriz.

Lux se le acercó. Ed extrajo dos sacos de polvo, dos fajos

de billetes de dos mil dólares. Los puso en el capó y bajó las ventanillas traseras.

Lux se cercó, miró el asiento trasero.

—Conozco ese trabajo. Ése es Douglas Dieterling.

—¿Así de simple?

Lux tocó el polvo.

—¿Del difunto Pierce Patchett? No nos sulfuremos, capitán. Por lo que sé, usted no es un *boy scout*. ¿Qué desea?

—Quiero que ese hombre permanezca encerrado en un pabellón, bajo llave por el resto de su vida.

—Me parece aceptable. ¿Es compasión o el deseo de salvaguardar la reputación de nuestro futuro gobernador?

—No lo sé.

—No es una respuesta típica de un Exley. Disfrute del paisaje, capitán. Pediré a mis ordenanzas que limpien esto.

Ed caminó hasta la terraza, miró el mar. Sol, olas, quizá tiburones alimentándose. Una radio habló a sus espaldas.

«... más noticias sobre el frustrado intento de fuga en el tren de la prisión. Un portavoz de la Policía de Tráfico informó a los reporteros de que el número de víctimas ahora asciende a veintiocho internos, siete guardias y tripulantes del tren. Cuatro agentes del Departamento del Sheriff resultaron heridos y el sargento Jack Vincennes, célebre policía de Los Ángeles y ex asesor técnico de la serie de TV *Insignia del Honor*, fue tiroteado y muerto. El compañero del sargento Vincennes, el sargento Wendell White del Departamento de Policía, está en estado grave en el hospital Fontana. White persiguió y mató al hombre que conducía el coche destinado a llevarse a los fugitivos, identificado como Burt Arthur «Doble» Perkins, músico de clubes nocturnos con conexiones con el hampa. Un equipo de médicos procura salvar la vida del valiente sargento, aunque no se espera que sobreviva. El capitán George

Rachlis de la Policía de Tráfico de California califica esta tragedia...»

El mar se puso borroso detrás de las lágrimas. White le guiñó el ojo y dijo: «Gracias por el empujón.» Ed dio media vuelta. El monstruo, la droga, el dinero ya no estaban.

## 77

El botín de la piscina: diez kilos de heroína, 871.400 dólares, copias de los archivos de Sid Hudgens. Incluidas fotos de chantaje y registros de las empresas delictivas de Pierce Patchett. El nombre «Dudley Smith» no figuraba. Tampoco John Stompanato, Burt Arthur Perkins, Abe Teitlebaum, Lee Vachss, Dot Rothstein, el sargento Mike Breuning ni el agente Dick Carlisle. Coleman Stein, Sal Bonventre y George Magdaleno, muertos en el intento de fuga. Davey Goldman entrevistado en el hospital estatal de Camarillo: no pudo dar una declaración coherente. La Oficina del Forense del Condado de Los Ángeles consideró suicidio la muerte de Dot Rothstein. David Mertens estaba encerrado bajo custodia en el Pacific Sanitarium. Los parientes de los tres ciudadanos inocentes muertos en Abe's Noshery denunciaron al Departamento de Policía por esa imprudente irrupción. El intento de fuga apareció en las noticias de todo el país; fue bautizado como la «matanza de los uniformes azules». Los internos sobrevivientes informaron a los detectives del Departamento del Sheriff de que las riñas entre los prisioneros armados derivaron en que las armas cambiaran de manos, y pronto todos los convictos del tren estuvieron libres. Estallaron tensiones raciales, abortando la fuga antes de que llegaran las autoridades.

Jack Vincennes recibió póstumamente la Medalla al Valor del Departamento. No se invitó a hombres del Departamento a las exequias. La viuda se negó a tener una audiencia con el capitán Exley.

Bud White se negaba a morir. Permaneció en terapia intensiva en el hospital Fontana. Sobrevivió a un shock masivo, un trauma neurológico y la pérdida de la mitad de la sangre. Lynn Bracken lo acompañaba, White no podía hablar, pero respondía a las preguntas con cabeceos. El jefe Parker le otorgó su Medalla al Valor. White se liberó el brazo del cabestrillo y le arrojó la medalla a la cara.

Pasaron diez días.

Un depósito de San Pedro se incendió. Se descubrieron restos de libros pornográficos. La gente de Detectives calificó el acto de «incendio premeditado» y declaró que no había pistas. El edificio era propiedad de Pierce Patchett. Se interrogó de nuevo a Chester Yorkin y Lorraine Malvasi. No ofrecieron información relevante, quedaron en libertad.

Ed Exley quemó la heroína, conservó los archivos y el dinero. Su último informe sobre el Nite Owl omitía toda mención a Dudley Smith y el hecho de que David Mertens, responsabilizado por el asesinato de Sid Hudgens, Billy Dieterling y Jerry Marsalas, era también el culpable de la muerte de Wee Willie Wennerholm y otros cinco niños en 1934. El nombre de Preston Exley no se mencionó en ningún contexto.

El jefe Parker celebró una conferencia de prensa. Anunció que el caso del Nite Owl estaba resuelto, correctamente esta vez. Los autores habían sido Burt Arthur Perkins, Lee Vachss y Abraham Teitlebaum. El motivo era matar a Dean van Gelder, un ex convicto que se hacía pasar por Delbert

«Duke» Cathcart, incorrectamente identificado al principio. La matanza fue concebida como una táctica de terror, un intento de adueñarse del reino de corrupción de Pierce Morehouse Patchett, reciente víctima de otro asesinato. La Fiscalía General del Estado revisó el resumen de 114 páginas redactado por el capitán Exley y anunció su satisfacción. Ed Exley volvió a recibir laureles por resolver el caso del Nit Owl. Fue ascendido a inspector en una ceremonia televisada.

Al día siguiente Preston Exley anunció que intentaría conseguir su nominación a gobernador por el Partido Republicano. Saltó al primer puesto de una encuesta realizada deprisa.

Johnny Stompanato regresó a Acapulco y se mudó a la casa de Lana Turner en Beverly Hills. Se quedó allí, sin salir nunca, mientras los sargentos Duane Fisk y Don Kleckner lo sometían a una vigilancia permanente. El jefe Parker y Ed Exley lo consideraban el «apéndice» del Nite Owl, un responsable viviente para entregar a un público ahora aplacado con asesinos muertos. Cuando Stompanato saliera de Beverly Hills rumbo al centro de Los Ángeles, lo arrestarían. Parker quería un impecable arresto de primera plana dentro de su jurisdicción, y estaba dispuesto a esperar.

El caso del Nite Owl y el asesinato de Billy Dieterling y Jerry Marsalas continuaron siendo noticia, pero nadie los relacionaba en las especulaciones. Timmy Valburn se negó a hacer comentarios. Raymond Dieterling publicó un comunicado de prensa expresando su pesar por la pérdida de su hijo. Cerró la Tierra de los Sueños por un período de luto de un mes. Permaneció recluido en su casa de Laguna Beach, asistido por su amiga y ayudante Inez Soto.

El sargento Mike Breuning y el agente Dick Carlisle seguían en «licencia por emergencia familiar».

El capitán Dudley Smith siguió ocupando el centro del

escenario durante las conferencias de prensa y reuniones oficiales posteriores a la reapertura. Actuó como animador de la fiesta sorpresa donde Thad Green homenajeó al inspector Ed Exley. No parecía inquieto por saber que Johnny Stompanato seguía prófugo, estaba bajo vigilancia permanente y era inmune a un atentado. No parecía preocuparle el inminente arresto de Stompanato.

Preston Exley, Raymond Dieterling e Inez Soto no llamaron a Ed Exley para felicitarlo por haber ascendido y haber apaciguado a la prensa.

Ed sabía que lo sabían. Suponía que Dudley lo sabía. Vincennes muerto, White luchando para sobrevivir. Sólo él y Bob Gallaudet sabían. Y Gallaudet no sabía nada acerca de su padre y el caso Atherton.

Ed quería matar a Dudley sin rodeos.

Gallaudet le dijo que sería suicidio.

Decidieron esperar, hacerlo correctamente.

Bud White volvía insoportable la espera.

Tenía tubos de goma en los brazos, los dedos entablillados, trescientos puntos en el pecho. Las balas habían astillado huesos, desgarrado arterias. Tenía una placa de metal en la cabeza. Lynn Bracken lo cuidaba, y no podía mirar a Ed a los ojos. White no podía hablar, y era dudoso que pudiera hacerlo en el futuro. Sus ojos eran elocuentes: Dudley. Tu padre. ¿Qué piensas hacer? Insistía en hacer la V de la victoria con los dedos. En la tercera visita Ed comprendió: el motel Victory, jefatura del escuadrón Antihampones.

Fue allí. Encontró notas detalladas sobre la investigación de White acerca de los homicidios de prostitutas. Las notas indicaban a un hombre limitado buscando las estrellas, y alcanzándolas casi todas. Límites superados a través de una furiosa perseverancia. Justicia absoluta: anónima, sin ascensos ni gloria. Un solo archivo sobre los hermanos Englekling que le indicaba que el asesino aún estaba libre. Habitación 11 del motel Victory: Wendell «Bud» White visto por primera vez.

Ed supo por qué Bud lo había enviado allí. Y actuó.

Un cotejo con la compañía telefónica, una entrevista: todo encajaba. Confirmación, un epígrafe como base: Justicia Absoluta. Los noticiarios de TV decían que Ray Dieterling recorría la Tierra de los Sueños todos los días, aliviando su pesar en un desierto mundo de fantasía. Le daría a Bud White un día entero de su justicia.

Viernes Santo, 1958 . El noticiario de la mañana mostró a Preston Exley entrando en la iglesia episcopal St. James. Ed condujo hacia el Ayuntamiento, subió a la oficina de Ellis Loew.

Era temprano. La recepcionista no había llegado. Loew leía detrás del escritorio. Ed golpeó la puerta.

Loew alzó los ojos.

—Inspector Ed. Siéntate.

—Me quedaré de pie.

—¿Oh? ¿Vienes por negocios?

—En cierto modo. El mes pasado Bud White te llamó desde San Francisco y te dijo que Spade Cooley era un maníaco asesino. Dijiste que pondrías un equipo de la Fiscalía a trabajar, y no lo hiciste. Cooley ha donado más de quince mil dólares a tus fondos de reserva. Llamaste al hotel Biltmore desde tu casa de Newport y hablaste con un miembro de la banda de Cooley. Le dijiste que advirtiera a Spade y a los demás que un policía loco iría a causar problemas. White liquidó a Perkins, el verdadero asesino. Perkins lo envió detrás de Spade, quizá pensando que White lo mataría y él quedaría a salvo. Perkins recibió tu advertencia y se ocultó. Permaneció suelto el tiempo suficiente para transformar a White en un vegetal.

—No puedes probar nada de eso —dijo Loew, con calma—. ¿Y desde cuándo te interesas tanto en White?

Ed apoyó una carpeta en el escritorio.

—Sid Hudgens tenía un archivo sobre ti. Presiones para obtener fondos, acusaciones graves que desechaste por dinero. Tiene documentada la celada que le tendieron a McPherson, y Pierce Patchett tenía una fotografía donde le chupas la verga a un prostituto. Renuncia a tu puesto o todo esto saldrá a luz.

Loew, blanco como una sábana.

—Te arrastraré conmigo.

—Hazlo. Disfrutaré del viaje.

Lo vio desde la autopista: La Tierra de los Cohetes y el Mundo de Paul yuxtapuestos. Una nave espacial creciendo desde una montaña, un gran aparcamiento vacío. Fue hasta el portón por calles asfaltadas, mostró la placa al guardia. El hombre cabeceó, abrió el portón.

Dos figuras paseaban por la Gran Avenida. Ed aparcó, se acercó a ellas. La Tierra de los Sueños estaba en absoluto silencio.

Inez lo vio. Se dio la vuelta y apoyó la mano en el brazo de Dieterling. Cuchichearon; Inez se alejó.

Dieterling se volvió hacia él.

—Inspector.

—Señor Dieterling.

—Llámame Ray. Estoy tentado de preguntar por qué has tardado tanto.

—¿Sabía que vendría?

—Sí, tu padre opinó lo contrario y continuó con sus planes, pero yo fui más listo. Y agradezco la oportunidad de decirlo aquí.

Enfrente se extendía el Mundo de Paul: nieve falsa, enceguecedora.

—Tu padre, Pierce y yo éramos soñadores —dijo Dieterling—. Los sueños de Pierce eran perversos, los míos eran benévolos. Los sueños de tu padre eran implacables... sospecho que al igual que los tuyos. Deberías saber eso antes de juzgarme.

Ed se apoyó en una baranda, dispuesto a escuchar. Dieterling le habló a su montaña.

1920.

Su primera esposa, Margaret, murió en un accidente automovilístico. Ella le había dado a su hijo Paul. 1924: su segunda esposa, Janice, dio a luz a su hijo Billy. Mientras estaba casado con Margaret, Dieterling tuvo un amorío con una mujer perturbada llamada Faye Borchard. Ella dio a luz a su hijo Douglas en 1917. Dieterling le dio dinero para mantener en secreto la existencia del chico: era un cineasta joven y prometedor, quería una vida libre de complicaciones y estaba dispuesto a pagar por ello. Sólo él y Faye sabían quién era el padre de Douglas. Douglas pensaba que Ray Dieterling era un amigo bondadoso.

Douglas se crió con su madre; Dieterling los visitaba con frecuencia, una vida familiar doble: su esposa Margaret muerta, sus hijos Paul y Billy viviendo con él y su esposa Janice, una mujer patética que luego le pidió el divorcio.

Faye Borchard bebía láudano. Le mostraba a Douglas dibujos animados pornográficos que Raymond hacía para ganar dinero, parte de un plan de Pierce Patchett: recursos para financiar sus empresas legales. Los filmes eran eróticos y de terror: incluían monstruos voladores que violaban y mataban. El concepto era de Patchett: anotaba sus fantasías de adicto y entregaba un tintero a Ray Dieterling. Douglas se obsesionó con el vuelo y sus posibilidades sexuales.

Dieterling amaba a su hijo Douglas, a pesar de sus rabietas y sus arranques de conducta anómala. Despreciaba a su hijo Paul, que era mezquino, despótico, estúpido. Douglas y Paul se parecían mucho.

Raymond Dieterling ganó la fama; Douglas Borchard perdió la chaveta. Vivía con Faye, observaba las películas de pesadilla de su padre: pájaros llevándose niños de las escuelas; las fantasías de Patchett pintadas en celuloide. Llegó a la adolescencia robando, torturando animales, ocultándose en salas de *strip-tease.* Conoció a Loren Atherton en uno de esos tugurios; ese hombre malvado encontró un cómplice.

La obsesión de Atherton era el desmembramiento; la obsesión de Douglas era el vuelo. Ambos se interesaban en la fotografía y se excitaban sexualmente con niños. Concibieron la idea de crear niños a medida.

Empezaron a matar y construir niños híbridos, fotografiando sus obras sobre la marcha. Douglas mataba pájaros para dar alas a sus creaciones. Necesitaban un rostro bello; Douglas sugirió a Wee Willie Wennerholm: sería un amable homenaje al bondadoso «tío Ray», cuya obra inicial le resultaba tan estimulante. Raptaron a Wee Willie y lo descuartizaron.

Los periódicos denominaron al asesino «Doctor Frankenstein». Se pensaba que había un solo culpable. El inspector Preston Exley dirigía la investigación policíaca. Tuvo noticias de Loren Atherton, un corruptor de menores en libertad bajo palabra. Arrestó a Atherton, descubrió su garaje-matadero, su colección de fotografías. Atherton confesó sus crímenes, dijo que eran sólo obra suya, no implicó a Douglas y afirmó su deseo de morir como Rey de la Muerte. La prensa alabó al inspector Exley, se hizo eco de su convocatoria: solicitaba a los ciudadanos con información sobre Atherton que se presentaran como testigos.

Ray Dieterling visitó a Douglas. A solas en su cuarto, descubrió un baúl lleno de pájaros muertos y dedos de niños envueltos en hielo seco. Lo supo de inmediato.

Y se sintió responsable: sus obscenidades, dinero fácil, habían creado un monstruo. Interrogó a Douglas, supo que quizá lo hubieran visto cerca de la escuela en el momento del secuestro de Wee Willie.

Medidas de protección:

Un psiquiatra silenciado con un soborno hizo el diagnóstico de Douglas: personalidad psicótica, un trastorno complicado por desequilibrios químicos en el cerebro. Remedio: drogas adecuadas administradas de por vida para mantenerlo dócil. Ray Dieterling era amigo de Pierce Patchett, un químico que trabajaba con esas drogas. Pierce brindaría protección interna, Terry Lux —amigo de Pierce— brindaría protección externa.

Lux le hizo una cara nueva a Douglas. El abogado de Atherton retrasó el juicio. Preston Exley seguía buscando testigos: una búsqueda con mucha publicidad. Ray Dieterling vivía presa del pánico. Al fin concibió un plan audaz.

Administró drogas a Douglas y al joven Miller Stanton. Les indicó que dijeran que habían visto a Loren Atherton, solo, secuestrando a Wee Willie Wennerholm: no habían hablado antes temiendo que el doctor Frankenstein se vengara. Los niños contaron su historia a Preston Exley; él la creyó; identificaron al monstruo. Atherton no reconoció a su amigo, quirúrgicamente modificado.

Transcurrieron dos años. Loren Atherton fue juzgado, condenado, ejecutado. Terry Lux operó de nuevo a Douglas, destruyendo su semejanza con el niño testigo. Douglas vivía sedado por Pierce Patchett, en la sala de un hospital privado, custodiado por enfermeros. Ray Dieterling alcanzó mayores éxitos. Luego Preston Exley llamó a su puerta.

La noticia: una niña, ahora más grande, se había presentado. Había visto al hijo de Dieterling con Loren Atherton en la escuela, el día del secuestro de Wee Willie.

Dieterling sabía que en realidad era Douglas, que tanto se parecía a Paul. Ofreció a Exley una gran cantidad de dinero para disuadirlo. Exley recibió el dinero, luego intentó devolverlo. «Justicia», dijo. «Quiero arrestar al chico.»

Dieterling vio la ruina de su imperio. Vio al mezquino y obtuso Paul libre de culpa. Vio a Douglas capturado, destruido por el mal que su arte había engendrado. Insistió en que Exley guardara el dinero. Exley no protestó. Ray preguntó si no había otra manera.

Exley preguntó si Paul era culpable.

—Sí —dijo Raymond Dieterling.

—Ejecución —dijo Preston Exley.

Raymond Dieterling aceptó.

Llevó a Paul a acampar a la Sierra Nevada. Preston Exley esperaba. Drogaron la comida del chico; Exley le disparó mientras dormía y lo sepultó. El mundo creyó que Paul se había perdido en un alud; todos creyeron la mentira. Dieterling pensó que odiaría a ese hombre. El precio de esa justicia realizada ante sus ojos le dijo que era sólo otra víctima. Ahora compartían un vínculo. Preston Exley renunció a la policía para construir edificios con el dinero que le había dado Dieterling. Cuando mataron a Thomas Exley, Ray Dieterling fue la primera persona a quien llamó. Juntos construyeron a partir del peso de sus muertos.

—Y todo esto —terminó Dieterling— es mi patético final feliz.

Montañas, cohetes, ríos: todo parecía sonreír.

—¿Mi padre nunca supo lo de Douglas? ¿De veras creyó que Paul era culpable?

—Sí. ¿Me perdonas? En nombre de tu padre.

Ed sacó un broche. Hojas de roble de oro: las insignias de inspector de Preston Exley. Un obsequio: Thomas lo había recibido primero.

—No. Presentaré un informe al gran jurado del condado, solicitando que lo condenen por el asesinato de su hijo.

—¿Una semana para poner mis asuntos en orden? ¿Adónde podría huir, siendo tan famoso?

—Sí —dijo Ed, y caminó hacia el coche.

Carteles de la campaña reemplazaban el modelo a escala de las autopistas. Art De Spain desenvolvía folletos. Ya no tenía el brazo vendado. Una inequívoca cicatriz de bala.

—Hola, Eddie.

—¿Dónde está mi padre?

—Regresará pronto. Y enhorabuena por tu ascenso. Debí llamarte, pero aquí hemos estado muy atareados.

—Mi padre tampoco me llamó. Todos queréis fingir que todo va bien.

—Eddie...

Un bulto en la cadera izquierda de Art: aún llevaba un arma.

—Acabo de hablar con Ray Dieterling.

—No creímos que lo hicieras.

—Dame tu arma, Art.

De Spain se la entregó. Filamentos de silenciador, Smith & Wesson 38.

—¿Por qué?

—Eddie.

Ed vació el arma.

—Dieterling me lo ha contado todo. Y tú eras el ayudante de mi padre entonces.

El hombre demostró orgullo.

—Ya conoces mi modo de obrar, mi dulce Ed. Fue por Preston. Siempre fui su asistente leal.

—Y sabías lo de Paul Dieterling.

—Sí, y sé hace años que no era el verdadero asesino. Me pasaron un dato en el 48. Según ese dato, el chico estaba en otra parte cuando secuestraron a Wennerholm. No sabía si Ray había entregado a Paul legítimamente o no, y no podía destrozar el corazón de Preston diciéndole que había matado a un niño inocente. No podía estropear su amistad con Ray... lo habría lastimado demasiado. Ahora sabes cómo me obsesionó el caso Atherton. Siempre necesité saber quién mató a esos chiquillos.

—Y nunca lo averiguaste.

De Spain movió la cabeza.

—No.

—Háblame de los hermanos Englekling.

Art recogió un cartel: Preston con un fondo de edificios.

—Yo visitaba la Oficina de Detectives. Sé que fue en pleno 53. Vi esas fotos en la pizarra de Antivicio. Chicos bonitos y desnudos unidos en una cadena. El diseño me recordó las fotos que tomaba Loren Atherton, y supe que sólo Preston, yo y otros policías las habíamos visto. Quise rastrear las fotos y no llegué a ninguna parte. Poco después oí que los hermanos Englekling prestaron esa declaración para el Nite Owl, pero tú no la seguiste. Pensé que ellos eran una pista, pero no pude hallarlos. El año pasado me informaron de que estaban trabajando en una imprenta cerca de San Francisco. Fui a hablar con ellos. Sólo quería averiguar quién preparaba esas fotos.

Las notas de White: torturas espantosas.

—¿Hablarles? Sé lo que ocurrió allí.

Un destello de orgullo.

—Creyeron que era una extorsión. Salió mal. Tenían algunos negativos de fotos porno, y traté de obligarlos a identificar a la gente. Tenían heroína y drogas antisicóticas. Dijeron que conocían a un chulo que distribuiría una mezcla de heroína que enloquecería al mundo, pero que ellos podían hacer algo mejor. Se rieron de mí, me llamaron «abuelo». Pensé que tenían que saber quién preparaba ese material. No sé... sé que enloquecí. Creo que pensé que habían matado a esos niños y que perjudicarían a Preston. Eddie, se rieron de mí. Pensé que eran vendedores de droga, y que al lado de Preston no eran nada. Y este abuelo los liquidó.

Había rasgado el cartel.

—Mataste a dos hombres por nada.

—Por nada no. Por Preston. Y te ruego que no se lo cuentes.

«Sólo otra víctima», quizá la víctima a quien la justicia deja escabullirse.

—Eddie, no debe saberlo. Y no debe saber que Paul Dieterling era inocente. Eddie, por favor.

Ed lo apartó a un lado, atravesó la casa. Los tapices de su madre le hicieron pensar en Lynn. Su viejo cuarto le hizo pensar en Bud y Jack. La casa parecía impregnada de roña: comprada y pagada con dinero sucio. Bajó, vio a su padre en la puerta.

—¿Edmund?

—Te arresto por el asesinato de Paul Dieterling. Pasaré dentro de unos días para llevarte.

El hombre no se inmutó.

—Paul Dieterling era un asesino psicópata que merecía de sobra el castigo que le infligí.

—Era inocente. Y de todos modos es homicidio en primer grado.

Ni un pestañeo de remordimiento. Una arrogancia inconmovible, invulnerable, inexpugnable, intratable.

—Edmund, estás muy perturbado en este momento.

Ed siguió de largo. Su adiós:

—Al demonio contigo por lo que hiciste de mí.

El Dining Car: un lugar brillante lleno de gente guapa. Gallaudet en el bar, tomando un Martini.

—Malas noticias sobre Dudley. No querrás oír esto.

—No puede ser peor que otras cosas que he oído hoy.

—¿Sí? Bien, Dudley está libre como un pájaro. La hija de Lana Turner acaba de apuñalar a Johnny Stompanato. Muerto al llegar al hospital, demonios. Fisk estaba apostado enfrente y vio cómo la ambulancia y el Departamento de Policía de Beverly Hills se llevaban a Johnny. No tenemos testigos ni pruebas. Fabuloso, muchacho.

Ed cogió el martini, se lo bebió.

—Al cuerno con el puñetero Dudley. Tengo un fajo de dinero de Patchett para financiarme, y liquidaré a ese cabrón irlandés aunque sea lo último que haga, muchacho.

Gallaudet rió.

—¿Me permites una observación, inspector?

—Claro.

—Tu modo de hablar se parece cada día más al de Bud White.

# Calendario

## Abril de 1958

[illegible]

[illegible]

# [illegible]

[illegible]

[illegible]

[illegible]

[illegible]

EXTRACTO

*Times* de Los Ángeles, 12 de abril

## GRAN JURADO REVISA PRUEBAS DEL NITE OWL Y DECLARA CERRADO EL CASO

Casi cinco años después del crimen, la ciudad y el condado de Los Ángeles se despidieron oficialmente del «Crimen del Siglo» de California Sur, el tristemente famoso caso del Nite Owl.

El 16 de abril de 1953, tres pistoleros irrumpieron en la cafetería Nite Owl de Hollywood Boulevard y mataron a balazos a tres empleados y tres clientes. Se supuso que el motivo era el robo, y las sospechas pronto recayeron sobre tres jóvenes negros, a quienes se arrestó como sospechosos.

Los tres —Raymond Coates, Tyrone Jones y Leroy Fontaine— escaparon de la cárcel y resultaron muertos al resistirse al arresto.

Presuntamente, los tres confesaron ante el fiscal del distrito Ellis Loew antes de su fuga, y se dio el caso por resuelto.

Cuatro años y diez meses después, un interno de San Quintín, Otis John Shortell, presentó información que indujo a muchos a creer que los tres jóvenes eran inocentes de la matanza del Nite Owl. Shortell declaró que estaba en presencia de Coates, Jones y Fontaine cuando todavía participaban en la violación de una joven, a la hora exacta de la matanza. El testimonio de Shortell, verificado con detector de mentiras, indujo al público a exigir la reapertura del caso.

Esta exigencia se agudizó después del asesinato de Peter y Baxter Englekling el 25 de febrero. Los hermanos, convictos por tráfico de narcóticos, fueron testigos materiales en la investigación del Nite Owl en 1953 y afirmaron entonces que la matanza surgió de una red de intrigas que se relacionaban con la pornografía. Aún no se ha resuelto la muerte de los Englekling. En palabras del teniente Eugene Hatcher, del Departamento del Sheriff del condado de Marin: «Ninguna pista. Pero aún seguimos intentándolo.»

El caso Nite Owl Wite se reabrió, y se revelaron conexiones con la pornografía. El 27 de marzo, el adinerado inversor Pierce Morehouse Patchett fue asesinado a balazos en su casa de Brentwood, y dos días después la policía mató a balazos a Abraham Teitlebaum, 49 años, y Lee Peter Vachss, 44 años, sus presuntos asesinos. Ese mismo día aconteció la tristemente célebre «matanza de los uniformes azules».

Entre los delincuentes muertos: Burt Arthur «Doble» Perkins, cantante de clubes nocturnos vinculado con el submundo del hampa. Se dio por sentado que Teitlebaum, Vachss y Perkins eran los asesinos del Nite Owl. El capitán Dudley Smith, del Departamento de Policía de Los Ángeles, ofreció esta declaración:

«La matanza del Nite Owl derivó de un grandioso plan para distribuir perversas y corruptoras obscenidades pornográficas. Teitlebaum, Vachss y Perkins intentaban matar a Delbert «Duke» Cathcart, traficante independiente de material pornográfico, y adueñarse al mismo tiempo de los negocios de Pierce Patchett. Pero el que estaba allí era un tal Dean van Gelder, un delincuente que se hacía pasar por Cathcart. El caso del Nite Owl quedará como testimonio de los crueles caprichos del destino, y me satisface que esté resuelto al fin.»

El capitán Edmund Exley, ahora ascendido a inspector, se llevó los laureles por la resolución de la reapertura del caso del Nite Owl, y ha declarado que por fin está cerrado, a pesar de los rumores de que un cuarto conspirador murió abruptamente cuando estaban a punto de arrestarlo.

«Tonterías», declaró Exley. «Di al gran jurado un informe detallado del caso y yo mismo he testificado. Aceptaron mis hallazgos. Está cerrado.»

A un alto precio. El jefe de detectives del Departamento de Policía, Thad Green, quien pronto se retirará y asumirá el mando de la Patrulla de Fronteras, declaró: «No hay caso comparable al del Nite Owl por los gastos y la cantidad de horas y hombres acumulados en la investigación. Ha sido un caso excepcional y hemos pagado un elevado coste para resolverlo».

EXTRACTO

*Miwor-News* de Los Ángeles, 15 de abril

## CAUSA ASOMBRO LA RENUNCIA DE LOEW; LA COMUNIDAD LEGAL ALBOROTADA

Cunden las especulaciones en los círculos legales del sur de California: ¿por qué el fiscal de distrito Ellis Loew renunció ayer a su cargo, interrumpiendo una brillante carrera política? Loew, de 49 años, anunció su renuncia en su habitual conferencia de prensa semanal, pretextando agotamiento nervioso y el deseo de regresar a la práctica privada de la abogacía. Asistentes próximos al funcionario describieron ese abrupto retiro como asombrosamente atípico. La Fiscalía de Distrito está anonadada: Ellis Loew parecía gozar de perfecta salud.

Robert Gallaudet, encargado de procesos penales, declaró a este reportero: «Mire, estoy pasmado, y no me pasmo fácilmente. ¿Cuál es el motivo profundo de Ellis? No lo sé, pregúntele a él. Y cuando los concejales designen un fiscal interino, espero que piensen en mí.»

Cuando se aplacaron las ondas del impacto, llovieron las alabanzas. El jefe del Departamento de Policía, William H. Parker, describió a Loew como un «enérgico y ecuánime enemigo de los delincuentes» y el capitán Dudley Smith, asistente de Parker, declaró: «Echaremos de menos a Ellis. Era un estupendo amigo de la justicia.» El gobernador Knight y el alcalde Norris Poulson enviaron telegramas a Loew pidiéndole que revisara su decisión. No pudimos obtener declaraciones de Loew.

EXTRACTO

*Herald-Express* de Los Ángeles, 19 de abril

## SUICIDIOS EN LA TIERRA DE LOS SUEÑOS: CONSTERNACIÓN Y PESAR

Los hallaron juntos en la Tierra de los Sueños, temporalmente cerrada para llorar la muerte del hijo de un gran hombre. Preston Exley, de 64 años, ex policía de Los Ángeles, magnate de la construcción y neófito en política; Inez Soto, de 28 años, directora de publicidad del complejo de diversiones más célebre del mundo y testigo clave en el siniestro caso del Nite Owl. Y Raymond Dieterling, 66 años, padre de la animación moderna, el genio que virtualmente creó el dibujo animado, el hombre que construyó la Tierra de los Sueños como tributo a un hijo trágicamente perdido. El mundo en general y Los Ángeles en particular han expresado gran pesar y consternación.

Los hallaron juntos la semana pasada, en la Gran Avenida de la Tierra de los Sueños. No había notas, pero Frederic Newbarr, forense del condado, pronto descartó la posibilidad de homicidio y dictaminó que la causa de las muertes era suicidio. El medio: los tres ingirieron cantidades fatales de una rara droga antisicótica. Expresiones de pesar saludaron la noticia. El presidente Eisenhower, el gobernador Knight y el senador William Knowland se contaron entre quienes expresaron sus condolencias a los seres queridos de los tres. Exley y Dieterling dejaron fortunas: el magnate de la construcción legó su reino a su leal asistente Arthur De Spain y su fortuna financiera de 17 millones de dólares a su hijo Edmund, oficial de policía de Los Ángeles. Dieterling dejó sus vastas propiedades a un fondo legal, con instrucciones de repartir los fondos y las futuras ganancias de la Tierra de los Sueños entre diversas instituciones caritativas para niños. Resueltos los problemas legales y cuando aún no se disipaba el asombro y la pena del público, empezaron a surgir especulaciones sobre el motivo de los suicidios.

La señorita Soto tuvo vinculaciones románticas con Edmund Exley, el hijo de Preston Exley, y últimamente había sufrido a causa de la publicidad relacionada con su papel en el caso del Nite Owl. Raymond Dieterling estaba abatido por el reciente asesinato de su hijo William. Preston Exley, en cambio, celebraba su mayor triunfo, la conclusión del sistema de autopistas de California Sur, y acababa de anunciar su candidatura a gobernador. Una encuesta realizada poco antes de su muerte lo anunciaba como ganador de la nominación republicana. No parece haber motivo lógico para que este hombre se quitara la vida. Los más allegados a Preston Exley —Arthur de Spain y su hijo Edmund— se han negado a hacer comentarios.

Cartas de condolencia y tributos florales inundan la Tierra de los Sueños y la mansión de Preston Exley en Hancock Park. Las banderas ondean a media asta en el estado de California. Hollywood llora la pérdida de un coloso del cine.

Preston Exley y Ray Dieterling fueron gigantes. Inez Soto era una muchacha enérgica y sufrida que se convirtió en asistente de confianza y amiga íntima de ambos. Antes de su muerte, los tres añadieron codicilos a sus testamentos, declarando que deseaban ser sepultados juntos en el mar. Este acto se llevó a cabo ayer, sumariamente, sin ceremonia religiosa y sin invitados. El jefe de seguridad de la Tierra de los Sueños se encargó de ello y se negó a revelar el lugar donde se dio descanso eterno a los cuerpos. La pregunta «¿Por qué?» aún tiembla en millones de labios.

El alcalde Norris Poulson no sabe por qué. Pero ofrece un adecuado encomio: «En pocas palabras, estos dos hombres simbolizaban la realización de una visión: Los Ángeles como un sitio de encantamiento y de gran calidad de vida. Más que nadie, Raymond Dieterling y Preston Exley personificaron los sueños grandiosos y benévolos que han construido esta ciudad.»

# Quinta parte

## Cuando te hayas ido

[illegible]

[illegible] los hombres [illegible]

[illegible]

# 78

Ed en uniforme de gala azul.

Parker sonrió, y le impuso estrellas de oro en los hombros.

—Subjefe Edmund Exley. Jefe de detectives, Departamento de Policía de Los Ángeles.

Aplausos, *flashes*. Ed estrechó la mano de Parker, miró la muchedumbre. Políticos, Thad Green, Dudley Smith. Lynn en el fondo de la sala.

Más aplausos, hombres en fila para darle la mano: el alcalde Poulson, Gallaudet, Dudley.

—Muchacho, qué estupenda actuación. Ansío servir bajo tu mando.

—Gracias, capitán. Sin duda pasaremos estupendos momentos juntos.

Dudley le guiñó el ojo.

Desfilaron concejales; Parker guió a la multitud hacia los refrigerios.

Lynn se quedó en la puerta.

Ed se le acercó.

—No puedo creerlo —dijo Lynn—. Abandono a una celebridad con diecisiete millones de dólares por un lisiado con una pensión. Arizona, amor. El aire es bueno para los pensionistas y sé dónde queda todo.

Lynn había envejecido en los últimos meses. De bella a guapa.

—¿Cuándo?

—Ahora, antes de que me arrepienta.

—Abre la cartera.

—¿Qué?

—Hazlo.

Lynn abrió la cartera. Ed arrojó un fajo envuelto en plástico.

—Gástalo pronto, es dinero sucio.

—¿Cuánto?

—Lo suficiente para comprar Arizona. ¿Dónde está White?

—En el coche.

—Te acompaño.

Sortearon la fiesta, bajaron por la escalera lateral. El Packard de Lynn en el espacio del comandante de guardia, con una citación pegada al parabrisas. Ed la rasgó y miró el asiento trasero.

Bud White. Aparatos de metal en las piernas, la cabeza rasurada y suturada. Sin entablillados en las manos: parecían fuertes. La boca cosida con alambres le daba un aire tétrico.

Lynn se quedó a varios metros. White trató de sonreír, hizo una mueca.

—Te juro que abatiré a Dudley —dijo Ed—. Juro que lo haré.

White le aferró las manos, las estrujó hasta que ambos hicieron una mueca de dolor.

—Gracias por el empujón —dijo Ed.

Una sonrisa, una carcajada a través de los alambres. Ed le tocó la cara.

—Fuiste mi redención.

Algarabía de fiesta arriba, Dudley Smith riendo.

—Tenemos que irnos —dijo Lynn.

—¿Alguna vez tuve posibilidades?

—Algunos hombres consiguen el mundo, otros consiguen ex rameras y un viaje a Arizona. Tú eres de los primeros, pero por Dios que no te envidio la sangre que te pesa en la conciencia.

Ed le besó la mejilla. Lynn subió al coche y subió las ventanillas. Bud apretó las manos contra el vidrio.

Ed tocó el vidrio por fuera, con palmas pequeñas en comparación con las de Bud. El coche avanzó. Ed lo siguió corriendo, manos contra manos. Una curva, un bocinazo de despedida.

Estrellas de oro. A solas con sus muertos.

# Índice

***James Ellroy** nació en 1948 en Los Ángeles. Escritor tardío, el éxito le llegó con* La dalia negra, *primera entrega de la serie el* Cuarteto de Los Ángeles*: un amplio panorama del crimen durante las décadas de los cuarenta y cincuenta. Tras el éxito de la adaptación cinematográfica de* Los Ángeles Confidencial, *Ellroy colabora en la elaboración de guiones a partir de algunas de sus novelas y trabaja, además, en un guión original,* The Night Watchman.

# Oberrheinische Texte

*Liselotte von der Pfalz.*
*Ölbild von Hyacinthe Rigaud, um 1713*

# Bei Hofe weint man nicht

## Die zensierten Tränen der Liselotte von der Pfalz

Einführung und Auswahl
Kurt Gayer

G. Braun Karlsruhe

Redaktion:
Georg Richter und Dr. Rudolf Stähle


(vorm. G. Braunsche Hofbuchdruckerei und Verlag)
GmbH, Karl-Friedrich-Straße 14-18, 7500 Karlsruhe 1

Gesamtherstellung: G. Braun, Karlsruhe

ISBN 3 7650 8036 5

INHALT

Die in diesem Band wiedergegebenen Briefe der Liselotte beschäftigen sich keineswegs mit den bekannten »Hofgeschichten«, Intrigen und Klatschereien aus den Schlössern Ludwigs XIV., vielmehr wurde aus dem Füllhorn ihrer Korrespondenz bewußt eine Auswahl getroffen, die auf die politischen Zeitumstände verweist, gesehen mit den Augen einer gewissermaßen verratenen kurpfälzischen Fürstin. Die Briefe dokumentieren in konzentrierter Form die Widerwärtigkeiten und von der Geschichte bis heute mißbilligten politischen Machenschaften der französischen Krone. Jeder Leser wird die Aktualitäten herauszulesen verstehen, wenn er vergleichsweise andere dunkle Kapitel europäischer Geschichte seit Liselottes Tod heranzieht.

Gleichzeitig wurde versucht, das überkommene einseitige Bild der Liselotte zu erweitern und ihre menschlichen und politischen Sorgen deutlicher zu machen, damit das »Klischee Liselotte« auf würdige Art gemildert werden kann.

»Verantwortlich« für jenes verzeichnete Porträt sind bei oberflächlicher Betrachtung ihre Briefe vom französischen Hof, dem glanzvollsten seiner Zeit. Aus diesen Aufzeichnungen springt uns gewissermaßen pausbäckig lachend jene pfälzische Frohnatur entgegen, die das Kurfürstentöchterlein nach vorherrschender Meinung nun einmal war: Ein liebenswerter weiblicher Schalk voller Natürlichkeit und Frische, das Herz auf dem rechten Fleck, nie verlegen um ein kräftiges Wort, das man eher aus dem Mund eines Fuhrmannes als aus dem einer Dame von höchstem Rang zu hören erwartet.

Es konnte nicht ausbleiben, daß die historische Figur der kurpfälzischen Prinzessin zu Operettenruhm aufstieg — eine Singspiel-Liselotte, die neckisch über die Bühne hüpft und ihre Liedchen trällert, entnommen einer Welt, die aus lauter Lieb' und Lust besteht. Die Welt, in der Liselotte, die nachmalige Herzogin von Orléans, zu Hause war, sah anders aus.

Bevor wir uns aufmachen zu prüfen, inwieweit sich Leben und Wirken unserer »Heldin« mit dem üblichen Klischee decken, erscheint es geboten, ihre Lebensdaten gerafft aneinanderzufügen.

Elisabeth Charlotte von der Pfalz wurde 1652 in Heidelberg als Tochter des Kurfürsten Karl Ludwig von der Pfalz, aus der pfalz-simmernschen Linie dieses Geschlechts, geboren. Ihre Kindheit wurde verdüstert durch die frühzeitig aufbrechenden Zerwürfnisse des Elternpaares, die schließlich zur Annullierung der Ehe durch den Kurfürsten führten. Die quirlige, siebenjährige Liselotte, nach der Bekundung des Chronisten ihrem Naturell gemäß »eher zum Mannesmenschen geschaffen«, wurde der Obhut der Mutter entzogen und der Schwester des Kurfürsten, der Herzogin Sophie von Braunschweig-Lüneburg zur Erziehung anvertraut.

Die vier am Hofe zu Hannover verbrachten Jahre zählte Liselotte zeitlebens zu den glücklichsten, die ihr beschieden waren. Die Mehrzahl der Briefe, die sie später aus Paris schrieb, sind denn auch an die Herzogin Sophie gerichtet, die sich mit mütterlicher Liebe des kleinen Wildfangs annahm. Das Prinzeßchen wurde zum erklärten Liebling des ganzen Hofstaates; »sie hat Esprit wie eine Zwanzigjährige« berichtete Sophie an den Bruder in Heidelberg. Die so Gelobte bemühte sich indessen wacker, dem ihr angehängten Spitznamen eines »Rauschenblattenknechts« gerecht zu werden, so daß es allen »schier wie ein Mirakel« erscheinen wollte, daß sich die »dolle Hummel« beim Umhertollen nicht den Hals brach.

Als die Kleine elf Jahre alt war, hielt es der Vater für geboten, das Kind nach Heidelberg heimzuholen. Er hatte inzwischen in zweiter Ehe das Kammerfräulein seiner von ihm geschiedenen Gattin, die sanfte Luise von Degenfeldt, geheiratet. Für die leibliche Mutter Liselottes und des erstgeborenen Sohnes Karl war — angeblich — kein Raum mehr im Heidelberger Schloß; sie hatte sich, ohne ihre Kinder wiedersehen zu dürfen, auf Geheiß des Kurfürsten an den väterlichen Hof des Landgrafen Wilhelm nach Kassel zurückgezogen.

Aus der zweiten Ehe Karl Ludwigs ging eine Schar »raugräflicher« Kinder hervor, die, als innig geliebte Spielgefährten, später zu den regelmäßigen Briefempfängern Liselottes gehörten, besonders Karllutz, »das Schwarzköpfel«.

Es war die Zeit, da Liselotte »ihre« Pfalz entdeckte, bei Ausflügen nach Schwetzingen und Germersheim, nach Schrießheim und Mannheim und weiter die ganze Bergstraße entlang bis an die Grenze des väterlichen Machtbereichs. Die Pfälzer Mundart flog ihr im Spiel mit den Buben und Mädchen von der Straße zu, und daß vieles von dem, was sie munter nachpappelte, keineswegs für empfindliche Ohren taugte, machen ihre mit Kraftausdrücken gespickten Briefe kund.

Just aus diesen Stellen haben viele Biographen ein Bild der Fürstin zusammengekleistert, das nur Lachfalten zeigt. Mit der wahren Liselotte, ihrer großangelegten Natur und mit ihrem edlen Charakter haben diese Darstellungen nichts gemein.

Flüchtig nur, wenn überhaupt, erfahren wir, daß das mit Vorliebe als drollig-naiv geschilderte Persönchen eine sehr sorgfältige Ausbildung genoß, über ein enormes Wissen verfügte, mehrere Sprachen beherrschte und eine ungewöhnlich rasche Auffassungsgabe besaß. Freilich vermochte der Glanz einer hohen Geistesbildung die Tatsache nicht zu verdecken, daß das Kurfürstentöchterlein nichts von der blendenden Schönheit seiner Mutter mitbekommen hatte, ein Mangel, den sie, ehrlich vor sich selbst, in ihren brieflichen Äußerungen unbefangen eingesteht. So schreibt sie aus Versailles unter dem 29. Dezember 1701 an die Tante Sophie, sie frage ganz und gar nichts danach, wie sie aussehe, »bin nie schön gewesen, habe also nicht viel verloren«.

Nun, sie geht auf die Fünfzig zu, als sie dieses Selbstporträt zeichnet, doch auch in ihrer Jugend, das verraten die sicher noch etwas schmeichelhaft gehaltenen Gemälde der Hofmaler, war das Prinzeßchen mit weiblichen Reizen stiefmütterlich bedacht. So gesehen, war es ein Glücksfall besonderer Art, daß man sich am Hofe des Sonnenkönigs aus sehr hintergründigen Überlegungen für die Person der kleinen deutschen Prinzessin zu interessieren begann.

Dem Bruder Ludwigs XIV., Herzog Philipp von Orléans, war nach kurzer Ehe die Gattin, Prinzessin Henriette-Anne, eine alabasterne Schönheit, gestorben, nachdem sie ihm zwei Töchter geboren. Der Witwer selbst hatte es keineswegs eilig, eine neue Ehe zu schließen, zumal er sich mehr zum männlichen als zum weiblichen Geschlecht hingezogen fühlte. Ludwig XIV. indessen witterte in einer Verbindung mit dem kurfürstlich-pfälzischen Haus eine politische Chance, die früher oder später reiche Ernte erhoffen ließ, mochte die Partie im Augenblick auch recht bescheiden erscheinen.

Auch Kurfürst Karl Ludwig glaubte, einen guten Handel zu schließen, wenn er in eine Heirat Liselottes mit »Monsieur« (der offizielle Titel für den Bruder des Königs) einwilligte. Ihm, dem Herrscher über ein Land, das im Dreißigjährigen Krieg schwere Prüfungen hatte erdulden müssen, saß die Angst vor dem übermächtigen westlichen Nachbarn fortwährend im Nacken. Wenn nun seine Tochter »Madame« und Schwägerin des Sonnenkönigs würde, dann durfte man wohl die Gefahr neuerlicher französischer Übergriffe für immer abgewendet glauben.

Der Himmel ersparte es Karl Ludwig nicht, noch bei Lebzeiten zu erfahren, wer der bessere Spekulant bei diesem Spiel gewesen.

Die Vermählung kam zustande, und Liselotte nickte stumm ihr Ja. Ergeben stimmte sie auch dem für das Zustandekommen dieser Heirat erforderlichen Übertritt zum katholischen Glauben zu. Sie tröstete sich damit, »daß der Prinzessinnen Heirat selten aus Liebe geschehen«, sondern durch »raison«, und fügte in einem bitteren Nachsatz hinzu: »Heurath seindt wie der todt, stundt undt zeitt ist dazu bestimbt, daß kan man nicht entgehen. Wie es von unßerm Herrgott verhengt ist, so muß es geschehen«.

Nein, einer im siebenten Himmel schwebenden, glückseligen Braut glich das mit bangem Herzen nach Paris reisende Prinzeßchen wahrhaftig nicht. Aber auch Monsieur, dem die Neunzehnjährige alsbald angetraut wurde, war keineswegs hochgestimmt. Bei der ihm vom Bruder verordneten Braut — so wurde es ihm von Freunden zugetragen — sollte es sich um einen rechten deutschen Trampel handeln, dem Speck, Wurst und Sauerkraut als die höchsten aller kulinarischen Genüsse galten. Außerdem habe das deutsche Fräulein wenig an sich, was einen Mann begeistern könne.

»Monsieur« war im Gegensatz zu seinem Bruder nicht sonderlich beliebt. Mit kaum verhohlener, hämischer Freude gönnte man dem gelegentlich sehr anmaßend auftretenden Herrn das graue Mäuslein, das nun als Herzogin Elisabeth Charlotte von Orléans den Rang einer »Fille de France« einnahm und der königlichen Familie angehörte.

Zur Überraschung des ganzen Hofes und wider alle insgeheim gehegten schadenfrohen Erwartungen fanden beide Gefallen aneinander. Als erste sollte Tante Sophie in Hannover die Freudenbotschaft erhalten. Im Überschwang ihrer ersten Liebe gab Liselotte der Tante zu wissen, »daß Monsieur der beste mensch von der Welt ist. Wir vertragen uns auch gar wohl, er gleicht an keins von seinen contrefaits.«

In den Jahren von 1673 bis 1676 kamen zwei Söhne und eine Tochter zur Welt. Vom Erstgeborenen, der bereits in der Wiege den klangvollen Namen eines Herzogs von Valois trug, berichtete die Mutter voller Stolz, »er frißt ein großes Stück Brot aus der Faust wie ein Bauer« und über ihr jüngstes Kind, »ein megden, welches Elisabeth Charlotte heißt«, meldet Mama, das Mädchen sei so fett wie eine gemästete Gans und sehr groß für ihr Alter. »Nun ist eine Liselotte mehr auf der welt. Gott gebe, daß sie nicht unglücklicher als ich sein möge, so wirdt sie sich wenig zu beklagen haben . . .« Dem zweiten Sohn, Philipp, Herzog von

Chartres, verhieß das Horoskop, er werde als Papst den Stuhl Petri zu Rom besteigen, worüber sich Liselotte vor Lachen ausschütten wollte.

Aber der Erstgeborene wurde nur fünf Jahre alt, und es dauerte Jahre, bis Liselotte über diesen Schmerz hinwegkam. In dem bis dahin harmonischen Familienleben zeigten sich die ersten Risse. Monsieur entdeckte jene Liebe neu, die schon während seiner ersten Ehe Anlaß zu Tuscheleien am Hofe gegeben hatte. Die Herzogin, der die wieder aufgeflammte Leidenschaft ihres Gemahls für das eigene Geschlecht nicht verborgen blieb, erwog ernsthaft, in ein Kloster einzutreten, und Ludwig XIV. mußte ein Machtwort sprechen, um die Frau Schwägerin, die er recht gut leiden mochte, von ihrem Vorhaben abzubringen.

Ärger gab es am intrigenreichen königlichen Hof zu Versailles ohnehin genug. Mit Unmut verfolgte die Herzogin von Orléans den Aufstieg der Marquise de Maintenon zur allmächtigen Favoritin. Sie ließ sich zu unbedachten Äußerungen darüber hinreißen, daß sich der König mit einer unebenbürtigen Dame von zweifelhaftem Ruf »verquakkelte«, nicht bedenkend, daß ihr diese abfälligen Bemerkungen sowohl die Feindschaft der Maintenon als auch den Zorn Ludwigs XIV. einbringen mußten. »Die alte zott« (sinngemäß etwa die alte Vettel, wenn nicht noch Schlimmeres) taucht immer wieder in ihren Briefen auf. Alles Ungemach, das Liselotte widerfuhr, schrieb sie der verhaßten Feindin zu. An vielerlei, was ihr »blutszuwider« war, hatte sich die Pfälzerin in den Jahren am französischen Hof gewöhnt, gewöhnen müssen. Aber, obschon von Tante Sophie wiederholt zur Vorsicht ermahnt, wollte es ihr nicht gelingen, ihre Zunge im Zaume zu halten. Sie mußte ihre Meinung frei heraus sagen, einerlei, ob sie sich damit neue Feinde schaffte. Mit blauäugiger Verwunderung stellt sie dann in einem ihrer Briefe fest, der König habe einige ihrer Äußerungen, insbesondere über die Art der französischen Kriegführung in den Niederlanden »in ungnaden auffgenohmen«.

In der Tat hatte sich das anfänglich freundschaftliche Verhältnis zwischen dem König und seines Bruders Frau merklich abgekühlt. »Der große mann«, als der Ludwig in der Tarnsprache von Liselottes Briefen erscheint, ließ seine Maitresse gewähren, als sie sich für die ihr von Liselotte zugefügten Kränkungen mit neuen Rankünen revanchierte.

Das verläßlichste Mittel, »die alte zott« gewissermaßen gezielt um die Ecke zu treffen, waren, wie Liselotte genau wußte, die Briefe, die sie zur Post gab. Die Zensur öffnete auf Grund einer geheimen, wahrscheinlich vom König selbst veranlaßten Order jeden Brief der Herzogin, mit dem Erfolg, daß die Briefschreiberin jede Gelegenheit wahrnahm, unter Umgehung des Postweges vertrauliche Mitteilungen durch Freunde und Bekannte nach Deutschland schmuggeln zu lassen. »Auf der post würd ich es nicht wagen, so doll zeug hervorzubringen, als in diesem brief stehet«, vermerkt sie, und ein andermal klagt sie, sie ersticke hier schier, weil sie mit niemandem offen reden könne, und der Post dürfe sie nicht alles anvertrauen, was sie bedrücke. Den Briefen sei nicht anzusehen, daß sie geöffnet und wieder verschlossen würden, so geschickt verstünden die Schnüffler ihr Handwerk.

Es hat ganz den Anschein, als habe sich Liselotte ein Vergnügen daraus gemacht, die mit der Briefzensur befaßten Beamten unablässig zu beschäftigen. Über Jahrzehnte hinweg führte sie eine ausgedehnte Korrespondenz mit den raugräflichen Halbgeschwistern, mit der Herzogin Sophie und zahlreichen Freunden und Bekannten aus alten Tagen — vier Schreibtage in der Woche mit jeweils einem guten Dutzend meist sehr ausführlicher Briefe! Die Anstrengung, »teutsch« zu schreiben, wuchs mit den Jahren. Die in einer krausen Mischung aus deutsch und französisch, mit pfälzischen und braunschweigischen Sprachbrocken versetzten Briefe zu dechiffrieren, gab den Zensoren manches Rätsel auf.

Liselotte trieb ein gewagtes Spiel, und sie war sich des Risikos bewußt. Sie legte es geradezu darauf an, der König möchte »hintenrum« erfahren, was man ihm nicht ins Gesicht sagen durfte.

Ganz besonders gilt dies für die in der Zeit der Eroberungskriege Ludwigs XIV. geschriebenen Zeilen. Als im Verlauf des Holländischen Krieges gegen Wilhelm III. von Oranien, an dem auch Liselottes Gemahl Philipp teilnahm, französische Truppen in die neutrale Pfalz einfielen, erhielt Liselotte im Juli 1674 ein Schreiben ihres Vaters, in dem er fast entschuldigend sagte, er wolle seine Tochter nicht mit der Politik inkommodieren, »aber der Rauch, den Turenne längs der Bergstraße hat machen lassen, tut mir in den Augen weh«.

Liselotte verstand. Obgleich nicht unmittelbar um Vermittlung gebeten, erwartete der Vater, sie solle durch persönliche Fürsprache beim König versuchen, die Pfalz vor weiteren Drangsalen zu verschonen. Ungesäumt begab sich die Schwägerin zum Schwager, doch der, durch eine Reihe von Rückschlägen auf den flandrischen Schlachtfeldern nicht in bester Laune, bedeutete der Bittstellerin, sie solle sich gefälligst aus Angelegenheiten heraushalten, die der König allein zu entscheiden habe.

»Ich wünsche von grundt meiner seelen, daß wir baldt einen gutten frieden haben mögten, denn ich bin des Kriegs so müde, als wann ich ihn mit löffeln gefressen hette«, schrieb Liselotte an ihre ehemalige Erzieherin Frau von Harling. Den Verlauf des Krieges verfolgte sie mit zwiespältigen Gefühlen. Auf der einen Seite führte ihr Gemahl die französischen Truppen ins Feld, auf der anderen kämpften die braunschweigischen Verwandten. Wie sich das Kriegsglück auch wandte, die Herzogin von Orléans konnte nur um ein Ende des Mordens beten.

1678 kam endlich der ersehnte Frieden im Vertrag von Nijmwegen zustande, doch die geliebte, unvergessene Pfalz sollte weiterhin im Zuge der französischen Reunionspolitik ein friedloses, fremden Interessen und Ansprüchen ausgeliefertes Gebiet bleiben. Kurfürst Karl Ludwig starb 1680 über dem ihm von den Reunionskammern zugefügten Unrecht, und die Tochter mußte endlich einsehen, daß nicht so sehr der verhaßte Kriegsminister Louvois für die Verwüstungen in der Pfalz verantwortlich war, wie sie immer angenommen hatte, sondern Ihre Majestät Höchstdero persönlich. »Ja«, schrieb sie nach Braunschweig, »ehe er (Ludwig XIV.) papa so verfolgt hatte, gestehe ich, daß ich ihn sehr lieb hatte und gerne bey ihm war, seitterdem kan ich Euer Liebden woll versichern, daß es mir sauer genung ahnkommen ist.« Ein Vierteljahr später entlud sich ihre Empörung über das völkerrechtswidrige Vorgehen des Sonnenkönigs in den Zeilen: »Ich förchte, daß papa auß kummer undt hertzeleydt gestorben ist, undt daß, wenn der große mann und seine ministers ihn nicht chagriniert hetten, hetten wir ihn lenger auff dießer welt gehabt, undt ich hette ihn vielleicht auch wieder einmahl zu sehen bekommen.«

Auf Kurfürst Karl Ludwig folgte Liselottes älterer Bruder Karl, der jedoch, dem Sonnenkönig sehr gelegen, nach zwei Jahren Regierungszeit starb. Flugs meldete Paris — angeblich im Namen der Herzogin von Orléans — Ansprüche auf die herrenlose Pfalz an, und es kümmerte den großen Mann in Versailles keinen Deut, daß Liselotte im Ehekontrakt — mit französischer Billigung — auf territorialen Besitz verzichtet hatte. Da auch die Linie Pfalz-Neuburg Ansprüche geltend machte, kam es im Jahre 1688 zum verheerendsten Krieg, der die Pfalz und ihre Bewohner heimsuchte. Dieser »Pfälzische Erbfolgekrieg« belastete Ludwig XIV. bekanntlich so sehr, daß die Historienschreiber noch jetzt vom »Raubkrieg« berichten.

Die Absicht des Kurfürsten Karl Ludwig, durch die Einheirat seiner Tochter in den französischen Hof eine Friedensgarantie für sein Land zu erreichen, hatte sich — blutige Ironie der Geschichte — ins Gegenteil verkehrt. Nun diente die Heirat als Vorwand, im Namen der rechtmäßigen Tochter auf ein Erbe zu pochen, das allenfalls persönliche Gegenstände wie Hausrat, Mobiliar und Schmuck umfassen sollte — jedoch keinen Fußbreit pfälzischen Bodens. Ludwig XIV. war sich des Risikos wohl bewußt, daß sein

Griff nach der Pfalz die europäischen Mächte nicht gleichgültig lassen würde. Sie formierten sich, England, Spanien, die Generalstaaten und das Reich in der Augsburgischen Liga, doch bevor die verbündeten Heere eine Konzentration ihrer Kräfte vornehmen konnten, fielen die Truppen Mélacs über die Heimat der Liselotte her, die Muskete in der einen, die Brandfackel in der anderen Hand. Systematisch wurden ganze Landstriche entvölkert. Verkohlte Häuserruinen zeigten den Weg, den das Heer genommen hatte. Mit dem Heidelberger Schloß gingen die Burgen und Schlösser im gesamten Lande in Flammen auf. In den Städten Mannheim, Worms, Heidelberg und Speyer blieb kaum ein Stein auf dem anderen. In der Krypta des Speyerer Doms wurden die Kaisergräber aufgebrochen, die Kuppel des Doms stürzte in den Flammen zusammen. Neun Jahre wogte der Kampf hin und her, und mit jedem Jahr wuchsen Verrohung und Gewalt. Die blühende Pfalz erstickte unter einem Aschenregen.

Die Kunde von den Brandschatzungen, von Raub und Mord drang nach Paris. Liselotte empörte es besonders, daß in ihrem Namen Kontributionen erhoben wurden, so, als sei der Rachefeldzug gegen die Einwohner der Pfalz von ihr ingang gesetzt worden. Wie wollte sie vom fernen Paris aus ihren geschundenen Pfälzern deutlich machen, daß ihr die Hände gebunden waren und daß ihr nichts anderes möglich war, als die unglücklichen Menschen ihrer Heimat zu beweinen. Eine neuerliche Fürsprache beim König versuchte sie erst gar nicht. Im besten Falle würde sie wieder sein ominöses »Je verrai«, ich werde sehen, zu hören bekommen. Diese ausweichende Antwort behielt sie bis ins hohe Alter im Ohr, und noch lange nach des Schwagers Tod erinnerte sie sich in einem Brief: »Der König selig konnte nichts schlimmeres andtwortten alß ›Je verai‹. Ein absolutes ›non‹ wäre beßer gewesen, denn avec je verai hatt er sein Leben nichts accordirt.«

Die sogenannten Pfalzbriefe, die in der hier vorgenommenen Auswahl einen breiten Raum einnehmen, bezeugen den ungewöhnlichen Mut einer ungewöhnlichen Frau. »Auß bluthendem herzen« beklagte sie die Verbrechen, deren sich die kriegführenden Generäle schuldig machten. Selbst der »große Mann«, »der just gewardt hatt, um alles ins letzte ellendt zu bringen«, wird ganz unverhohlen der Mitschuld an den Vorgängen in der Pfalz bezichtigt. Es ist ihr in den Tagen, da sie diese Briefe in fliegender Hast aufs Papier wirft, einerlei, ob ihr Inhalt dem König überbracht wird. Daß Ludwig XIV. tatsächlich von seinen Spitzeln alles »verzehlt« wurde, was in den Briefen stand, macht der Nachsatz in einem Schreiben vom 20. März 1689 deutlich: ». . . und dazu nimbt man mir übel, daß ich betrübt drüber bin, aber ich kans warlich nicht laßen.«

Eine weniger starke Natur wäre unter den seelischen Belastungen, die sich gerade während der Kriegsjahre häuften, zerbrochen.

»Monsieur« ging unbekümmerter denn je seine eigenen »sodomitischen« Wege. Die Kinder wurden der Mutter vom eigenen Mann systematisch entfremdet. Sohn Philipp führte lange Zeit ein Lotterleben, so daß die Mutter fürchten mußte, er gerate auf dieselbe schiefe Bahn wie sein Vater. Und um das Maß vollzumachen, verfügte der König die Heirat Philipps mit einer Tochter aus der Verbindung des Königs mit der früheren Maitresse Montespan. Sieben Kinder hatte die nun von der Marquise de Maintenon abgelöste Favoritin dem König geboren. Für die adelsstolze Herzogin von Orléans waren diese Kinder, obgleich vom König legitimiert, »Bastarde« und es verletzte sie tief, daß ihr Sohn auf Geheiß des großen Mannes eine »Unebenbürtige« zu heiraten hatte. Ihr Sträuben war so vergeblich wie unklug. Immerhin war die Auserwählte, Françoise-Marie de Blois, des Königs eigene, von ihm anerkannte Tochter und was, parbleu, war damit verglichen die Tochter eines deutschen Kleinstaat-Fürsten! Sie hatte kein Recht, sich derart aufzuspielen und die Nachkommen eines Königs Bastarde zu nennen.

Liselotte setzte ihren pfälzischen Dickkopf auf. Wenn sie

das verpönte Wort auch nicht mehr in den Mund nehmen durfte, so rutschte es ihr in den Briefen weiter aus der Feder, und es dauerte lange, bis sie die unwillkommene Schwiegertochter akzeptierte.

Der Erbfolgekrieg schleppte sich fast ein volles Jahrzehnt hin, ohne daß es, von Teilerfolgen abgesehen, einer Partei gelang, den Krieg für sich zu entscheiden. Im Frieden zu Rijswijk (1697), den ganz Europa aufatmend begrüßte, verzichtete Frankreich auf seine rechtsrheinischen Eroberungen und auf die Pfalz, behielt aber die ehemalige Reichsstadt Straßburg. Noch einmal durchlebte die pfälzische Bevölkerung beim Abzug der Franzosen alle Schrecken, die sich mit dem Namen Mélac verbanden.

»Monsieur« blieb es vorbehalten, den letzten, erbärmlichen Schlußpunkt unter das Pfalz-Abenteuer zu setzen. Ihm kam die Heidelberger Erbschaft seiner Frau wie gerufen. Immer in Geldnöten, brachte er den gesamten Besitz an beweglichem Gut und Barvermögen auf die Seite. Das ganze Silber, seit Generationen in der Familie, wurde eingeschmolzen und zu Geld gemacht. Liselotte bekam nicht einen Sou aus der Erbschaft zu sehen, ». . . und was das verdrißlichste ist, daß ich vor meinen augen sehe, wie übel undt ahn nichtswürdigen leutten mein gelt angewahndt wirdt«, klagte sie der Tante Sophie in einem Brief.

Doch lassen wir Liselotte selbst auf den nachfolgenden Seiten in ihrer eigenen Sprache berichten, wie alles kam, vom ersten Zusammentreffen mit Monsieur bis zu der Zeit, als ihr fröhliches Lachen verstummte.

Für die Seelengröße und das menschliche Maß dieser Frau stehe ein einziger Satz, zitiert aus einem Schreiben an ihre Halbschwester Luise:

»Mir kompts gantz abscheulich vor, daß man 1200 (auf dem Schlachtfeld) gebliebene menschen vor nichts undt einen kleinen verlust helt, ein jedes von dießen hatt doch entweder vatter, mutter, bruder, weib oder freunde, so es von hertzen beweinen. Alle, die die ihrigen verlieren, jammern mich, wer es auch sein mag.«

# ANMERKUNGEN ZU DEN BRIEFEN

*Der leichteren Lesbarkeit wegen sind die Briefe dieser Ausgabe dem heutigen Sprachgebrauch angenähert, ohne daß jedoch der Originaltext verändert wurde; macht doch gerade das kraftvolle, mitunter sehr eigenwillige »Teutsch« der Schreiberin die Lektüre so reizvoll. Streichungen bzw. Kürzungen wurden nur dort vorgenommen, wo dies im Hinblick auf eine verdichtete Form der Darstellung geboten erschien.*

*Einzelne französische Redewendungen und Vokabeln sind jeweils durch Fußnoten verdeutlicht.*

*Die verschiedenen Absendungsorte — Marly, St. Cloud, Versailles, Fontainebleau, St. Germain und Palais Royal — erklären sich aus dem Umstand, daß unter Ludwig XIV. der gesamte Hofstaat dem König in die verschiedenen Schlösser während seiner dortigen Aufenthalte zu folgen hatte.*

*Die Mehrzahl der Briefe ist, wie bereits erwähnt, an die Herzogin Sophie, die Gemahlin des Herzogs Ernst August von Braunschweig-Lüneburg, gerichtet. Nach deren Tod überwiegen die Briefe an die Raugräfin Luise, die Halbschwester Liselottes. Ihr Vater, Kurfürst Karl Ludwig hatte seiner zweiten Gemahlin und den Kindern aus dieser Ehe den Namen des ausgestorbenen Geschlechts der Raugrafen von der Pfalz verliehen. Eine andere Empfängerin ist Frau von Harling, Frau des Oberstallmeisters von Harling und Erzieherin Liselottes während ihrer Jahre bei Herzogin Sophie am Hofe von Hannover.*

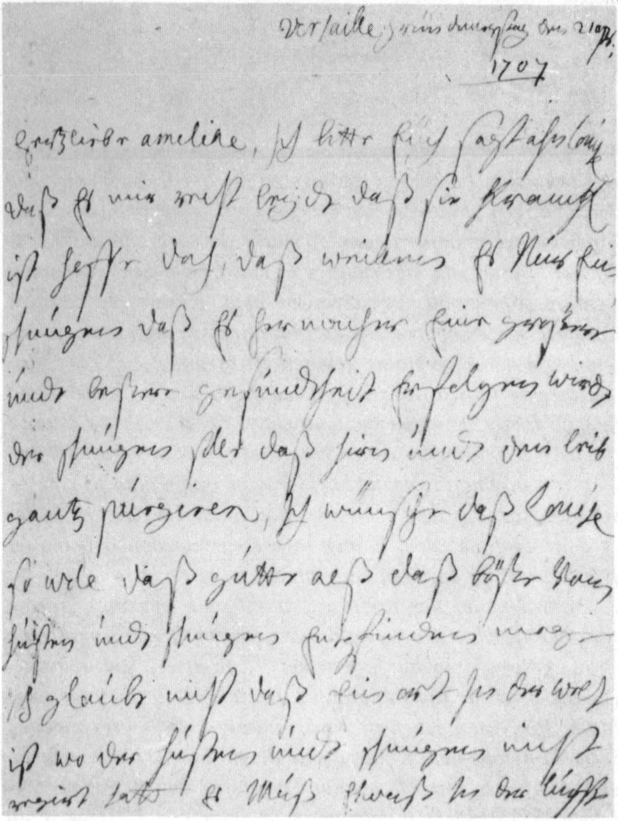
Versaille den donnerstag den 21 Ap. 1707

hertzliebe amelise, ich bitte euch tausendmahl
daß es mir recht leydt daß sie krank
ist hette daß, daß wircken es Nur sein
springen daß es hernachen ein gesunder
und besser gesundtheit erfolgen wirdt
die springen oder daß sie und den leib
gantz purgieren, ich wünsche daß Louise
so wole daß gutte alß daß böße vom
sußen und springen empfinden mag
ich glaube nicht daß kein ort in der welt
ist wo der sußen und springen nicht
regiert hatt es muß etwaß in der lufft

sie sucht aller menschen gunst vom höchsten
biß auff den letzten aller Clöster weg. Ma
Nur weiß fürst undt hatt über den hertz
undt schmertzen geklagt Mein dochter
schreibt mir daß sie zu Luneville auch
sie gewohnt, die Königin von Spanien
sagt daß sie zu madrit auch so grosse
aege alß allein funden den zu paris
auch zu modene daß gleichen undt
mich deücht madle de malauze Abes
auch von Engellandt drüber, Ich habe nun
einen brieff von meinem sohn bekom

*Herzogin Sophie von Hannover.*
*Unbekannter Maler, um 1700*

## *1675—1687*

VERSAILLES, 22. AUGUST 1675

*An die Herzogin Sophie*

Ich muß bekennen, daß ich (dieses aber sei unter uns gesagt) mich eben nicht hab betrüben können über die schlacht, so der marschall de Crequi gegen oncle und pate verloren hat. Ich hab zwei dolle Heilige, welche den ganzen tag ein geras mit trummeln machen, daß man weder hören noch sehen kann; jedoch ist der älteste seit vierzehn tagen etwas stiller gewesen, denn es seind ihm in der zeit fünf zähne durchgebrochen, worunter die augenzähne mit begriffen sein. Diesen herbst wird man ihn entwöhnen, denn er frißt ein groß stück brot aus der faust wie ein bauer. Der kleinste ist noch stärker als er und fängt schon an, am leitband zu gehen und will springen wie sein brüderchen, ist aber noch als grindig. Aber ich denke, daß es genug ist von den bürschen gesprochen ... Zukünftigen montag gehen wir nach Fontainebleau, allwo mich der König hinführt, weilen ich noch nie dort gewesen. Ich hoffe, daß wir uns dort ein wenig lustig werden machen, denn alles jagdzeug geht hin und die komödianten. Das schöne wetter, so nun ist, macht mich auch hoffen, daß wir oft spazieren werden fahren.

ST. GERMAIN, 14. DEZEMBER 1676

*An die Herzogin Sophie*

Euer Liebden bitte ich demütigst um verzeihung, daß ich in so langer ewiger zeit meine schuldigkeit mit schreiben nicht abgelegt habe ... Nachdem ich aber hieher bin kommen, habe ich alle tage antworten wollen, aber allemal ist was dazwischen kommen, insonderheit verdrießliche visiten, die mir mein fall, so ich vom pferde getan, auf den hals gezogen, welche historie ich Euer Liebden doch verzählen muß. Wir hatten schon einen hasen gefangen und eine elster geflogen, derowegen ritten wir allgemach schritt vor schritt; mich deuchte, daß mein rock nicht recht unter mir war, drum hielt ich stille und bückte mich, um mich zurecht zu setzen, und in dem augenblick, daß ich in der posture bin, steht ein has auf, welchem alle nachjagen, und mein pferd, welches die andern jagen sieht, will auch hernach und springt auf eine seit, also daß ich, die schon halb aus dem sattel war, fund mich durch diesen sprung ganz auf einer seit, ergriff in aller eil den sattelknopf und behielt den fuß im steigbügel, in hoffnung mich wieder in den sattel zu heben; aber indem ich den sattelknopf ergreife, entfällt mir der zügel. Ich rief einen, der vor mir war, der mein pferd aufhalten sollte; dieser aber kam mit einer allzu großen furie auf mich los und machte also meinem pferd bange, welches aber nicht faul war, sondern sich gar bald auf eine andere seite wendte und durchging.

Ich aber hielt mich feste so lange ich merkte und sah, daß die andern pferde nah bei mir waren; sobald ich mich aber alleine sah, ließ ich mich allgemach los und auf die grünen pelouse[1] fallen, und dieses ist so glücklich abgegangen, daß ich mir gott sei dank nicht das geringste wehe getan habe. Euer Liebden, die unsern König so sehr admirieren[2], daß er mir so wohl in meinen kindsnöten beigestanden, werden ihn dann noch auch wohl lieb haben in dieser rencontre[3], denn er war selber der erste bei mir, so bleich wie der tod, und ob ich ihm schon versicherte, daß ich mir gar kein wehe getan und nicht auf den kopf gefallen wäre, so hat er doch keine ruhe gehabt, bis er mir selber den kopf auf alle seiten visitiert und endlich funden, daß ich ihm wahr gesagt hatte; hat mich selber hier in mein kammer geführt und noch etliche zeit bei mir blieben, um zu sehen, ob ich aufs wenigst nicht taumelig wäre ... Ich muß sagen, daß der König mir noch täglich mehr gnade erweist, denn er spricht mir überall zu, wo er mich antrifft, und läßt mich jetzt alle samstag holen, um medianosche[4] mit ihm bei madame de Montespan zu halten. Dieses macht auch, daß ich jetzt sehr à la mode bin, denn alles was ich sage und tue, es sei gut oder überzwerch, das admirieren die hofleute auch dermaßen, daß, wie ich mich jetzt bei dieser kälte bedacht, meinen alten zobel anzutun, um wärmer auf dem Hals zu haben, so läßt jetzt jedermann auch einen auf dies patron[5] machen und es ist jetzt die größte mode; welches mich wohl lachen macht, denn eben dieselben, so jetzt diese mode admirieren und selber tragen, haben mich vor fünf jahren dermaßen ausgelacht und so sehr mit meinem zobel beschrien, daß ich ihn seitdem nicht mehr hab antun dürfen. So gehts hier bei diesem hofe zu, wenn die courtisans sich einbilden, daß einer in faveur ist, so mag einer auch tun was er will, so kann man doch versichert sein, daß man approbiert werden wird; hergegen aber, wann sie sich das contrari einbilden, so werden sie einen vor ridicule[6] halten, wenn er gleich vom himmel käme. Wollte Gott, daß es sich schicken könnte, daß Euer Liebden ein monat etliche hier sein und dieses leben sehen könnten: ich weiß gewiß, Euer Liebden würden oft von herzen lachen.

[1] Rasen [2] bewundern [3] Begegnung [4] mitternächtliche Unterhaltung
[5] Muster, Vorbild [6] lächerlich

ST. GERMAIN, 24. JULI 1678

*An die Herzogin Sophie*

Ich habe alle Euer Liebden briefe wohl empfangen, wenn aber auch Euer Liebden letztes schreiben in andre hände als die meinigen geraten wären, so können Euer Liebden doch versichert sein, daß man sie wegen der possen, so drinnen stunden, nicht würde vor töricht gehalten haben. Denn

Euer Liebden réputation ist hier gar wohl etabliert in allem, aber insonderheit auch was den verstand betrifft. Zudem auch so ist man nicht so délicat hier im lande, sondern man spricht all frei genung von allerhand natürlichen sachen. Ich weiß einen galant, welchen ich aber nicht nennen will noch darf, welcher als mit seiner maitresse aufn kackstuhl geht, und wann eins von ihnen seine sachen verricht hat, dann setzt sich das andere drauf, und entretenieren[1] einander auf diese weise. Und ein ander paar kenne ich auch, die einander als vertrauen, wenn sie ein klistier nehmen und vonnöten haben; ich habe solches mit meinen eigenen ohren gehört, und der liebhaber bekannte, daß er solches vonnöten, weilen er den abend zuvor zu viel gefressen hätte, so ihm ein groß magenweh verursachte, drum wolle er ein klistier nehmen, um desto besser wieder zu mittag zu essen, ohne dégout[2]. Wenn das teutsche täten, wie sollten die franzosen lachen, aber weilen sie es selber tun, so ist es gar hoflich. Noch etwas muß ich Euer Liebden verzählen, so mir am anfang sehr fremd ist vorkommen; man redt hier ohne scheu von jungfer Catherine[3], und die Königin, so so eine ehrbare frau ist, spricht an öffentlicher tafel mit allen mannsleuten davon . . . Daß Euer Liebden dann noch meinen, daß, wenn ich Monsieur habe, daß ich dann nichts nach himmel und erde frage, so bin ich zwar sehr gern bei ihm, und wenn es schon wahr wäre, daß ich nichts nach himmel und erde fragte, so würde ich doch gar betrübt sein, wenn Euer Liebden glauben wollten, daß sie unter der zahl von himmel und erden mitgerechnet wären und ich nicht an mein herzlieb ma tante gedächte. Nein! so vergessen und undankbar ist Euer Liebden Liselotte nicht, und wenn ich gleich nicht schreibe und von vielem lumpengesindel hier davon abgehalten werde, so gedenke ich doch nichtsdestoweniger an Euer Liebden.

[1] unterhalten [2] Widerwillen [3] Menstruation

*An die Herzogin Sophie*

Ich bin ganz stolz, daß Euer Liebden mich hübscher finden als mein contrefait, das ich an frau von Harling geschickt habe. Allein es ist jetzt sieben jahr, daß Euer Liebden mich nicht gesehen haben, und wenn mich Euer Liebden jetzt sehen sollten, würden sie vielleicht ganz contrari judizieren. Die jagden aber machen mich nicht so alt und häßlich als die kabale, welche mir seit die sieben jahre her so viele runzeln hatten ziehen machen, daß ich das gesicht ganz voll davon habe ... In diesem augenblick kommt Monsieur von Versailles und bringt zur neuen zeitung mit, daß wir zukünftigen April in Flandern reisen werden, von dar in Lothringen und von Lothringen ins Elsaß. Ich hoffe, daß ich alsdann nach Straßburg werde gehen, Ihro Gnaden den Kurfürsten, meinen bruder und seine gemahlin zu sehen. Euer Liebden sollten billig auch ein reischen hintun, und das wäre ein artlicher rendez-vous. Ich glaube, wenn dieses geschähe, daß ich vor freuden sterben würde. Aber was mir wohl hieran gefällt, ist, daß es kein schloß in der luft ist, sondern nach aller apparence geschehen wird. Um Gottes willen: Euer Liebden kommen doch dann auch nach Straßburg, um meine freude vollkommen zu machen! Alsdann werden Euer Liebden auch sehen, daß wir alle ebenso coiffiert sein als wie mademoiselle de Valence und Montargis, denn niemand in ganz Frankreich außer diejenigen, so immer lappen tragen, ist anders coiffiert. Wie würden Euer Liebden dann lachen, wenn sie mich mit den dinde-touffetten[1] sehen sollten!

[1] verrückten Kopfputz

*An die Herzogin Sophie*

Ob meine augen mir zwar vom vielen weinen so wehe tun, daß ich kaum recht draus sehen kann und also große mühe zu schreiben habe[1] so habe ich doch unsern Prinzen[2] nicht weg können lassen ohne ihm ein schreiben an Euer Liebden mitzugeben, und ob zwar meine traurigkeit und schmerzen über den abscheulichen verlust, so wir getan, über die maßen ist, so deucht mir doch, daß sich mein herz ein wenig erleichtert, an jemand zu schreiben, so ebenso betrübt ist als ich bin und dieses große unglück mit mir teilt. Euer Liebden aber zu sagen, was ich empfinde und wie mir tag und nacht zumute ist, wäre wohl schwerlich zu beschreiben, aber Euer Liebden können solches leider wohl bei sich selbsten abmessen. Nun ich sichere gelegenheit habe, kann ich auch frei heraus reden, muß derowegen sagen, daß Euer Liebden noch glücklicher sein als ich, denn ob sie schon ebensoviel verlieren, so seind sie doch nicht obligiert, bei denjenigen zu leben, welche ohne zweifel an Ihro Gnaden des Kurfürsten selig tod ursach sein durch den chagrin, so sie ihm gegeben, und dieses ist mir hart zu verdauen. Euer Liebden sagen mir in dero letztem gnädigen schreiben, daß sie sich mit mir erfreuen, daß ich bei dem König bin, bei welchem ich so gerne bin. Ja, ehe er papa so verfolgt hatte, gestehe ich, daß ich ihn sehr lieb hatte und gerne bei ihm war, seitdem kann ich Euer Liebden wohl versichern, daß es mir sauer genung ankommen ist, und hinfüro mein leben lang ankommen wird; ja ich hätte mich auch nicht dazu resolvieren können, wenn er mir nicht selbst zu Fontainebleau versprochen, daß er es besser machen und ändern wolle, im fall ich nur wohl mit ihm lebte, und aus dieser ursachen hab ich in währender reise mein bestes getan, welches mir aber leider nicht gelungen ist, wie Euer Liebden sehen. Wenn mich Gott der allmächtige so glückselig machte und zu papa zöge, könnt mir wohl nicht besser geschehen, denn mein ganzes leben kann hinfüro nicht anders als elend sein, wie

Euer Liebden wohl selber sehen. Wollte Gott auch, daß ich mit dem Prinzen zu Euer Liebden dürfte, denn ich wollte lieber mit Euer Liebden weinen, als hier bei allen den lachenden gesichtern zu sein, welche mir denn, wo es möglich wäre, meine traurigkeit noch überhäufen. Ich glaube auch, daß Ihro Liebden der Prinz kein regret hat, dieses Land zu quittieren, und daran haben Seine Liebden wohl groß recht.

[1] Liselottes Vater war gestorben
[2] Mit dem Prinz ist der Sohn der Herzogin Sophie gemeint

ST. CLOUD, 13. OKTOBER 1680

*An die Raugräfin Karoline*
Was aber Euch und Eure geschwister betrifft, so könnt Ihr wohl versichert sein und sie alle auch von meinetwegen versichern, daß ich Euch von ganzem herzen in alles dienen werde, was in meinem vermögen stehen wird. Und ob ich zwar wohl weiß, daß mein bruder von einem solchen guten naturell ist, daß er Euch, als Ihro Gnaden unseres herrn vaters selig kinder, nie verlassen wird, so hab ich ihm doch deswegen geschrieben und Euer interesse ihm stark rekommandiert. Ich weiß ganz und gar nichts von Euren affairen, kann also noch nicht recht sehen, worinnen ich Euch werde recht helfen können; derowegen wäre es ratsam, daß Carllutz eine reise hertäte, um mich von alles zu instruieren, damit wir miteinander überschlagen mögen, was zu tun ist . . . Ma tante von Osnabrück ist Euch allen auch sehr wohl geneigt und wird, wie ich versichert bin, auch ihr bestes vor Euch tun, und mit ihr werde ich als ratschlagen, worin ich Euch werde dienen können. Darauf könnt Ihr fest vertrauen, und daß ich allezeit Eure affektionierte freundin verbleiben werde.

ST. CLOUD, 27. NOVEMBER 1680

*An den Kurfürsten Karl*

Caroline[1] hat mir im namen aller kinder einen gar bedauerlichen brief geschrieben, aber ich weiß, daß Ihr von so gutem naturell seid, daß Ihr Euch, auch ohne daß ich Euch drum bitte, dieser armen Kinder erbarmen werdet und sie nicht verlassen, denn es seind allebenwohl des Kurfürsten selig kinder, und weil sie nun ganz verlassen seind, ist es eine generosität, sich ihrer zu erbarmen. Denn ob wir beide zwar an Ihro Gnaden dem Kurfürsten, unsere tendresse anzurechnen, einen abscheulichen Verlust getan, so muß man doch gestehen, daß diese arme blüt noch mehr verloren haben und ganz desesperiert sein müßten, wenn Ihr kein mitleiden mit ihnen habt. Aber wie schon gesagt, so kenne ich Euer gut gemüt wohl, bin also gar nicht vor ihnen in sorgen.

[1] Liselottes Stiefschwester, die Raugräfin Karoline

ST. CLOUD, 13. OKTOBER 1680

*An den Kurfürsten Karl*

Was die raugräflichen Kinder anbelangt, so glaube ich, daß unsere frau mutter gar zu raisonnabel ist, um übel zu finden und sich zu alarmieren, daß ich vor die armen kinder rede. Denn ich begehre nicht, daß man sie préférablement vor Ihro Gnaden bezahlen solle, da behüte mich Gott vor! sondern ich erinnere Euch nur, daß Ihr sie nicht verlassen möget, weil es doch Ihro Gnaden des Kurfürsten, unsers herrn vaters selig, kinder sein, welche also mehr recht als andere und bediente haben, von Euch consideriert zu werden. Und dieses desto mehr, weilen Ihr auch noch dadurch an alle welt erweisen könnt den respekt, so Ihr vor Ihro Gnaden dem Kurfürsten selig gehabt habt, wodurch Ihr denn nichts anders als lob bekommen könnt. Denn sich der elenden anzunehmen, so Euer hülf vonnöten haben, ist allerwegen löblich. Weilen denn also Euer interesse sich mit dem ihrigen einfindt, so habe ich nicht unterlassen können, Euch solches vorzutragen. Ihro Gnaden die Kurfürstin, unsere frau mutter, ist selber so généreuse, daß ich nicht zweifle, sie wird Euch hierzu mehr antreiben als zurückhalten, insonderheit weilen diese Kinder ihr ja im geringsten nichts schaden können. Bin also froh, daß Ihr mich versichert, daß Ihr raisonnabel mit ihnen handeln wollt. Denn wenn Ihr das tut, werden sie weder elend noch miserabel sein, und werdet Euch, wie schon gesagt, bei männiglich ein groß lob erwerben, zugleich alle Euere schuldigkeiten bei Ihro Gnaden der Kurfürstin, so bei Euch, und Ihro Gnaden dem Kurfürsten, ob er zwar leider im grab ist, zu vollziehen, wodurch dann nichts andres als Gottes segen folgen kann, welches Euch niemand von besserm herzen wünschet, als ich.

ST. CLOUD, 10. APRIL 1681

*An Frau von Harling*

Unterdessen muß ich Euch . . . noch sagen, daß ich nun eine alte mutter bin, denn mein sohn ist in hosen und wams, sieht all artlich aus. Ich wollte, daß Ihr ihn so sehen könntet, denn er ist nun viel menschlicher und raisonnabler[1] als er war, wie ma tante hier war. Mein mädchen aber ist jetzt eines von den possierlichsten kindern, so Ihr jemalen gesehen, plaudert unerhört und alles, was ihr in kopf kommt; ist eine dolle hummel: weiß nicht, was endlich aus ihr werden wird. Verstand fehlt ihr nicht, aber sie ist sehr mutwillig, und ob sie zwar zwei jahr jünger ist als ihr brüderchen, so ist sie doch viel stärker und nach proportion größer vor ihr alter.

[1] verständiger

*An die Herzogin Sophie*

Ich weiß wohl, daß man sich nur schaden mit traurigsein tut und seinen feinden einen großen gefallen, allein es sein doch etliche occasionen[1], wo man unmöglich lassen kann, sich etwas zu herzen zu ziehen. Und so sehr ich mich auch suche durch raison[2] dagegen zu armieren, so befind ich mich doch gar oft attrapiert[3], denn ich habe nicht so viel verstand noch vivacité[4] als Euer Liebden, um gleich meine partei zu nehmen und mich nach der welt zu akkommodieren. Ich gehe meinen geraden weg in Gottes namen fort und meine, wenn ich niemand nichts suche zuleid zu tun, so soll man mich auch mit frieden lassen. Und wenn ich denn sehe, daß ich auf allen seiten angefochten werde, dann verdrießt es mich, und wie ich denn schon ohnedas wenig geduld habe, so verliere ich dann mit diesen hudeleien noch die wenig geduld, so mir übrig bleibt. Und wie ich denn alles in meinem eigenen kopf hervor suchen muß, um mich aus dem labyrinth zu reißen, und gar nirgends weder rat noch hülf habe, indem alles so interessiert und falsch hier ist, daß man sich auf niemand recht vertrauen kann. Das macht mich dann rêveuse[5] und grittlig, und wenn ich grittlig bin, geschwillt mein milz, und wenn es dann geschwollen ist, schickt es mir dämpf in kopf, so mich traurig machen, und wenn ich traurig bin, werde ich krank. Das seind etlich ursachen von meiner gehabten krankheit, allein den ursprung davon zu sagen und was mich chagriniert[6] hat, das ist der feder nicht zu trauen, denn ich weiß gar gewiß, daß man die briefe liest und aufmacht. Mir tun sie auf der post die ehr ... die briefe gar subtil wieder zuzumachen, aber der guten madame la Dauphine schickt man sie oft in einem wunderlichen stand und oben zerrissen, und weil ich das sehe, denke ich als wie in der heiligen schrift steht: ›Geschieht das am grünen holz, was wird am dürren werden.‹ Ich versichere Euer Liebden, daß ich mich gar nicht zu Hannover ennuieren[7] sollte, wenn ich so glücklich sein könnte, dorten bei Euer Liebden und oncle zu sein, und so sehr ich auch die klöster hasse, so wissen doch Euer Liebden wohl, daß ich mich nicht zu Maubuisson ennuierte, so lang als Euer Liebden da waren. Auch will ichs Euer Liebden wohl recht gestehen: alles ist nicht gold, was glänzt und was man auch von der französischen libertät prahlen mag, so seind alle divertissements[8] so gezwungen und voller contrainte[9], daß es nicht auszusprechen ist. Und über das, so bin ich, seit ich hier im lande bin, so viel schlimme sachen gewohnt, daß, wann ich einmal wieder an einem ort sein könnte, wo die falschheit nicht so sehr regiert und die lügen nicht im schwang sein und approbiert werden, so würde ich glauben, ein paradeis gefunden zu haben. Daher lasse ich Euer Liebden selber gedenken, ob ich mich (wenns möglich sein könnte, die wahl zu haben) besser hier oder zu Hannover befinden würde. Ich habe auch schon von andern gehört, daß Euer Liebden das schloß ganz verändern lassen; ist mir nur leid, daß meine kammer und appartement verändert ist, denn ich flattierte mich, daß dies, wenn es so wie vor diesem und zu meiner zeit geblieben wäre, Euer Liebden würde als an dero Liselotte erinnert haben, und daß Euer Liebden nicht durch meine kammer würden gangen sein, ohne an mich zu gedenken ... Es scheint wohl, daß mein kredit schlecht bei meinem bruder jetzt ist, weilen er Carllutz das seinige nicht gibt, worum ich ihn doch so hoch gebeten; daß er aber bös auf mich ist, daß ich katholisch worden, deswegen bin ich nicht in sorgen, denn ich bin versichert, daß, wenn ich ihn nur einmal wieder sehen sollte, würden wir doch gute freunde sein, denn ich bin persuadiert[10], daß er mich doch wider seinen willen lieb hat.

[1] Gelegenheiten [2] Vernunft [3] betroffen [4] Lebhaftigkeit
[5] träumerisch [6] betrübt [7] langweilen [8] Vergnügen [9] Zwang
[10] überzeugt

*Madame de Maintenon.*
*Nach einer Darstellung von 1684*

# DER FEDER IST NICHT ZU TRAUEN

## *1682—1687*

VERSAILLES, 21. JULI 1682

*An die Herzogin Sophie*

Trost habe ich hoch vonnöten, denn ich bin wieder so launisch wie ein alter hund, und ich glaube, daß seider ein jahr hier der teufel sich in menschliche gestalt verwandelt hat, um mich aus der haut fahren zu machen und zu erlernen alles, was die teuflische und menschliche falschheit vermag. Und hierin bin ich nun so perfekt gelehrt, daß meine lehrmeisters mich nun wohl einmal in ruhe sollten lassen, denn ich weiß nun nur gar zu wohl und experimentiere solches nur täglich gar zu viel, was lügen sein, woran nicht ein einziges wort wahr an ist, was viel versprechen und nichts halten ist, was gute mienen sein, wenn man einem den größten affront von der welt präpariert, und einem heimlich die ehre abschneidt, ja was es ist, sich anzustellen, als wenn man was böses von einem glaube, da man doch in dem grund alles viel besser weiß, was es endlich ist, sich verwundern, warum man traurig ist, solches an alle menschen fragen, da man doch in seinem gewissen weiß, daß man täglich und stündlich ursach dazu gibt ... Mein böser humor würde mir wohl bald vergehen, wenn man mir erlauben wollte, Euer Liebden eine zeitlang aufzuwarten, aber diese freude darf ich mir nicht machen, muß also diesen text auch quittieren, sonsten werden mir die grillen noch ärger im kopf steigen als sie schon sein. Wovon soll ich Euer Liebden denn weiter entretenieren? ... In einer stund werden wir in eine opéra gehen, so man in der reitschule spielen soll. In etlichen tagen wird madame la Dauphine wohl eine andere musik machen, denn sie ist nun bei die fünf wochen in ihrem neunten monat und erwartet alle stund der niederkunft. Ich bin nicht in denen sorgen, denn es ist nun vier jahr und mehr, daß man mich ganz züchtig läßt leben; dieses sage ich jetzt Euer Liebden, weilen ich glaube, daß ich hier eine sichere Gelegenheit habe, denn auf der post würde ich es nicht wagen, so doll zeug hervorzubringen als in diesem brief stehet. Alleweil schlägt es sieben, und weilen ich Carllutz ein paar wort schreiben will, als werden mir Euer Liebden erlauben, zu schließen.

VERSAILLES, 12. SEPTEMBER 1682

*An die Herzogin Sophie*

Ich wollte tausendmal lieber in einem ort wohnen, wo böse geister und gespenster regierten, denn denen ließe unser Herrgott keine macht über mir. Diese verfluchten rittersgeister aber, so nur gar zu viel fleisch und bein haben, denen läßt der König und Monsieur alle bosheit zu, so nur zu erdenken sein, welches ich täglich nur zu gewahr werde. Und obschon der ritter dem großen mann seinen sohn débauchiert[1], abscheulich von seiner tochter gesprochen und mich täglich verfolgt, so geschicht ihm doch über dies alles nichts und ist schier besser dran als andere, so nur ihren weg fortgehen. Ach wollte Gott, daß Euer Liebden wunsch wahr würde und daß ihn Lucifer bald in sein reich nehmen möchte; aber weilen er sich allein fürchten möchte, so wünsche ich ihm zu dieser reise noch einen gesellen, nämlich den marquis d'Effiat, welcher wohl den weg wissen kann, denn aus seinen erschrecklichen lastern und sonsten bosheit kann ich nichts anders urteilen, als daß er schon des Lucifers untertan muß gewesen sein, auch ehe er menschliche gestalt an sich genommen hat und sich hierher begeben, um mich hier aus der haut fahren zu machen ... Ich habe mademoiselle de Theobon sehr lieb und hätte mich wohl herzlich geschmerzet, daß man sie von mir tut, indem ich sie sehr treu vor mich befunden und sie stets gar ein groß attache vor mich gehabt, welches ich ihr mein leben dank wissen werde; allein so hätte ich mich doch eben so erschrecklich nicht betrübet, sondern die sach eben aufgenommen als wie man mir die maréchale von Clérembeau und Beauvais weggetan hat, welche auch kein ander crime[2] hatten als daß sie mir treu waren und gerne bei mir, eben wie Theobon. Damit aber dies letzt stückel, so meine feinde mir angetan, desto mehr kraft hätte, so haben sie es mit nachfolgenden umständen bestickt: nämlich sie haben drei monat vorher das geschrei ausgebreitet, daß ich eine galanterie[3] hätte, und daß Theobon meine briefe trüge, und hernach machen sie, daß sie Monsieur wegjagt auf einen stutz, mit befehl, daß sie ihr leben kein commerce mehr mit mir haben solle, und der chevalier de Beuvron wird nur weggejagt aus furcht, daß ich ihn sprechen möchte, um kommissionen an Theobon zu geben. Ich lasse Euer Liebden jetzt gedenken, was alle welt davon judizieren kann, und ob es mir nicht schmerzlich ist, mich ganz unschuldig zu wissen und doch eine solche schande zu erleben, ohne daß man mich einmal anhört, ob ich mich rechtfertigen kann oder nicht, wie sehr ich auch drum mit tränen gebeten ... Was madame la Dauphine anbelangt, so bin ich über die maßen content[4] von Ihro Liebden, denn sie ist recht gut und erweist mir alle Freundschaft, wo es ihr nur immer möglich ist. Die gute prinzess hat so treuherzig mit mir geweint, daß ich sie auch drum ganz lieb habe. Ich erstick schier, denn ich kann mit niemand recht offenherzig reden und jetzunder muß ich mich auch noch einhalten, denn ich darf der post nicht alles vertrauen, was ich Euer Liebden zu sagen habe. Aber mit meinem treuen Wendt werde ich kein blatt vors maul nehmen, und weilen ich ihn die sechs jahr, so er bei mir ist, dermaßen befunden, daß ich ihm diesen titel wohl mit recht geben kann, so hab ich ihm auch befohlen, Euer Liebden alles zu sagen, was er hier gehört und gesehen hat ... Euer Liebden denken, wie ich muß verändert sein und wie sehr mir alle die schimpf müsse zu herzen gehen. Ich bin resolviert[5] gewesen, mein leben zu Maubuisson zu schließen und hab den König drei tag kontinuierlich drum geplagt, auch so, daß er mir endlich gesagt hat, daß er sich absolut dagegen opposieren würde und daß ich mir solches aus dem kopf schlagen solle, denn er die tag seines lebens nicht drein consentieren[6] würde, es möge mir auch begegnen, was da wolle.

[1] verdirbt, verführt [2] Vergehen [3] Liebschaft [4] zufrieden
[5] entschlossen [6] einwilligen

FONTAINEBLEAU, 29. AUGUST 1683

*An die Herzogin Sophie*

Was Euer Liebden sagen, daß sie erhoffen, daß mein esprit au-dessus de cela sei und daß man seinen feinden am meisten verdruß antut, wenn man sie veracht, so wäre dieser lection wohl leicht zu folgen, wenn der verdruß von leuten herkäme, so weit entlegen wären. Weil es aber mehr von Monsieur als von jemand anders herkommt und ihn seine freunde (welche just meine feinde alle sein) dermaßen eingenommen, daß er mehr haß vor mich hat als die andern alle, als ist es unmöglich, daß ich nicht bisweilen chagrin[1] sein muß. Wenn andere feinde einen hassen und leides tun, hat man den trost, daß man es ihnen heute oder morgen wieder vergelten kann; gegen diesen aber darf man sich nicht rächen, und wenn mans schon könnte und dürfte, wollte ich doch solches nicht, indem ihm, nämlich meinem herren, nichts so verdrießliches widerfahren kann, worinnen ich nicht auch mit part nehmen muß. Denn ist er chagrin, muß ich allen seinen bösen humor essuyieren[2], ist er sonst unglücklich, kann ihm nichts begegnen, welches mich nicht auch mit trifft. Alles, was ihm übels begegnet, muß ich partagieren[3]; was ihm aber gutes widerfähret, hieran habe keinen part. Denn bekommt er geld, so ist es vor seine freunde (meine feinde); ist er in faveur, so employiert[4] er es nur, um mich zu quälen und ihnen zu gefallen ... Wenn ich einige occupation[5] hätte, so würde mich solches von meiner unlust distrahieren[6], allein meine feinde haben hierin dermaßen vorgebaut, daß ich nichts in der welt sagen darf, und wenn ich nur an meine leute vor meinem herrn frage, wie viel uhr es ist, so fürcht er, es seie ein ordre und will wissen, was es ist. Was das mir vor einen respect unter den domestiques gibt, lasse ich Euer Liebden gedenken. Wenn ich zwei wort mit meinen kindern spreche, examiniert man sie eine halbe stunde, was ich ihnen gesagt . . . Hätte ich ein seelenmensch noch bei mir, welchem ich mein herz eröffnen könnte und womit ich über diese sachen weinen oder lachen könnte, würde ich mich noch patientieren[7], allein darum hat man mir die gute schwarze jungfer fortgeschickt.

[1] traurig [2] ertragen [3] teilen [4] benützt [5] Beschäftigung
[6] ablenken [7] gedulden

VERSAILLES, 11. MAI 1685

*An die Herzogin Sophie*

. . . daß der König seinen beichtsvater zu dem meinen geschickt hat und mir heute morgen hat einen erschrecklichen filz geben lassen über drei punkten. Der erste ist, daß ich zu frei im reden wäre und monsieur le Dauphin gesagt hätte, daß, wenn ich ihn nacket von den fußsohlen bis auf den scheitel sehen sollte, daß weder er noch niemand mich tentieren[1] könnte. Zum andern, daß ich zugebe, daß meine jungfern galants hätten. Zum dritten, daß ich mit der prinzess de Conti wegen ihrer galants gelacht hätte; welche drei stück dem König so mißfielen, daß, wenn er nicht betracht, daß ich seine geschwey wäre, hätte er mich vom hofe kongediert[2]. Worauf ich geantwortet, daß was monsieur le Dauphin anbelangt, so gestehe ich, daß ich solches zu ihm gesagt hätte, indem ich nie gedacht, daß es eine schande seie, keine tentation zu haben, hätte auch nie gehört, daß es zu der modestie[3] nötig seie. Was ich sonsten von kacken und pissen frei zu ihm gesprochen, dieses seie mehr des Königs schuld als die meine, indem ich ihn hätte hundertmal sagen hören, daß man in der familie von alles reden könnte, und daß er mich hätte sollen warnen lassen, wenn er es nicht mehr gut befund, indem es die leichteste sach von der welt zu korrigieren seie. Was den zweiten punkten anbelangt und daß meine jungfern galants hätten, so mischte ich mich in nichts von meinem hause, würde also nicht bei dem anfangen, so am schwersten in ordre zu bringen seie, aber daß doch solches nicht ohne exemple seie und daß jederzeit solches an höfen bräuchlich gewesen und daß also, wenn sie nur nichts täten, was gegen ihre ehr, ich nicht glauben könnte, daß solches weder ihnen noch mir tort tun könnte. Was den dritten punkten und seine tochter anbelangt, so wäre ich ihre hofmeisterin nicht, ihr zu wehren, wenn sie galants haben wollte, könnte auch nicht drüber weinen, wenn sie mir ihre aventures verzählte. Und weilen ich den König selber davon mit ihr sprechen hören und mit ihr lachen sehen, hätte ich gemeint, daß es mir auch erlaubt wäre. Aber madame la Duchesse könnte mein zeuge sein, daß ich mich nie in nichts gemischt hätte, wäre mir also gar schmerzlich, mich unschuldigerweis so übel vom König traktieret zu sehen und als wenn ich etwas erschreckliches verbrochen hätte, und solche wörter zu hören, welche mir gar nicht zukämen und welche zu hören ich nicht wäre erzogen worden. Ich habe Monsieur kein wort von dieser historie gesagt, denn ich weiß, wie Ihro Liebden sein, sie würden alles ärger machen; aber ich muß gestehen, daß ich wohl von herzen bös über den König bin, mich wie eine kammerfrau zu traktieren, welches seiner Maintenon besser zukomme als mir, denn sie ist dazu geboren, aber ich nicht. Ich weiß nicht, ob es den König gereuet, mir die harangue[4] gemacht zu haben, allein heute morgen, als er in die meß gangen, hat er mir freundlich zugelacht. Mir aber wars gar nicht lächerlich, hab derowegen wohl wieder wie ordinari eine tiefe reverenz gemacht, aber bitter sauer dreingesehen. Was weiter hieraus werden wird, werde ich Euer Liebden berichten, wenn ich es wissen werde. Hätte man mich so unschuldigerweis exiliert, glaube ich, daß ich durchgangen wäre und zu Euer Liebden kommen.

[1] verlocken [2] verbannt [3] Sittsamkeit, Bescheidenheit [4] Strafpredigt

VERSAILLES, 17. JULI 1685

*An die Raugräfinnen Luise und Amalie Elisabeth*

Herzliebe Luise und Amalie. Vor vierzehn tagen hat mir madame de Schomberg Euren brief überliefert, woraus ich sehe, daß Euch meines armen bruders selig tod nicht weniger als mich verwundert und betrübt hat. Ich für meinen teil gestehe, daß ich wohl nie gedacht, diese traurige zeit zu erleben; denn mein bruder selig schien ja so gar stark und gesund zu sein. Allein so sehr als uns dieser erschreckliche fall auch schmerzt, müssen wir uns doch wohl endlich in den willen des Allerhöchsten ergeben, welchen niemand ändern kann. Für alle gute wünsche, die Ihr mir tut, bin ich Euch sehr verbunden, und würde mir gewiß eine große freude sein, wenn ich gelegenheit finden könnte, Euch sämtlich, wie auch Euren brüdern, zu dienen, und Euch meine affection zu erweisen. Seid versichert, daß in allem, was bei mir stehen wird, Ihr mich allezeit in diesen sentimenten finden werdet. Im übrigen so muß ich Euch sagen, daß, weil Euer brief von Staufeneck datiert ist, daß ich nicht zweifle, daß Ihr den herrn Ferdinand von Degenfeld[1] oft sehet: bitte Euch derowegen, ihn von meinetwegen zu grüßen, und ihm zu sagen, da er mir vor diesem, und als ich noch zu Heidelberg war, viele freundschaft erwiesen, daß ich derowegen hoffte, daß er nicht würde verändert sein, und mir also wohl noch die freundschaft erweisen, eine bitte zu gewähren, in einer sache, worin er, wie ich glaube, mir mehr nachricht geben könne, als sonst jemand in der welt. Die bitte, so ich an ihn tue, ist, daß er mir doch wolle berichten, was ich eigentlich von meines bruders erbschaft zu prätendieren habe; denn man vermeint hier, daß alle allodial-güter[2] mein sein sollen; man weiß aber nicht alle die länder und güter, so dazu gehören. Bitte derowegen herrn baron Ferdinand, daß wofern ihm solches bewußt wäre, mir es zu berichten. Würde ihm sehr dafür obligiert sein, und sollte ja die Raugrafschaft sich mit darunter befinden, kann ich Euch von nun an wohl versichern, daß Ihr alle, die raugräflichen kinder, nichts dabei verlieren werdet. Habe schon deswegen bei Monsieur Liebden vorgebaut. Es wäre also, wie mich deucht, Euer aller interesse, lieber in meine als in fremde hände zu fallen, denn ich, wie schon gesagt, nie zugeben werde, daß Euch der geringste tort geschehe. Sollte aber die Raugrafschaft dem herzog von Neuburg zufallen, so schreibt mir, worin ich Euch sonst dienen kann; denn ich allezeit hiezu willig und bereit bin. Wenn Ihr mir wieder schreibt und Euch herr baron Ferdinand vielleicht einigen auftrag an mich gibt, wie ich ihn darum gebeten, so macht doch nicht so viele zeremonien und schreibt mir nur schlechtweg, wie Carllutz. Dies ist alles was ich Euch für dieses mal sagen kann. Adieu, herzliebe Luise und Amalia. Seid versichert, daß ich allezeit Eure affektionierte freundin verbleibe. Elisabeth Charlotte.

[1] Onkel der beiden Adressatinnen
[2] allodial — Freigut (im Mittelalter dem Lehensträger persönlich gehörend)

CHAMBORD, 19. SEPTEMBER 1685

*An die Kurfürstin Wilhelmine Ernestine*

Ihre Gnaden der Kurfürst, mein herr vater selig, muß erschrecklich nach meiner abreis von Heidelberg verändert und gar veraltet sein, weilen er, wie Euer Liebden berichten, an dem itzigen Kurfürsten muß geglichen haben. Vor einundzwanzig jahren habe ich Seine Liebden gesehen; glich aber damalen nicht an Ihro Gnaden dem Kurfürsten selig; hatte viel ein länger gesicht, war sehr rot, ganz graue haar und gar wenig zähn im mund, war auch viel länger von taille als Ihro Gnaden mein herr vater. Worinnen aber einige gleichnis sein kann, ist es in den augen; denn beide hatten dunkelblaue augen und viel verstand drinnen. Kann also mir wohl einbilden, daß, wenn der Kurfürst selig älter geworden und der itzige, wie man mir sagt, eine perücke genommen, daß also sich einige gleichnis finden kann. Wie Euer Liebden aber wie auch Ihro Gnaden meine frau mutter bei allem diesem wesen wie auch den neuen hof zu sehen zumute muß sein, kann ich mir gar leicht einbilden. Mir schauderts, wenn ich nur daran gedenke, will geschweigen, wie es denen zumute muß sein, so sich selber dabei befinden. Der Kurfürst ist ein wackerer, gar vernünftiger und verständiger herr und seine gemahlin gar eine gute fürstin. Der jetzige Kurprinz[1] hat auch gar ein gut gemüt; allein dieses ungeacht so kann man doch nicht lassen einen abscheu zu haben, andere an unsres guten Carlchens selig platz zu wissen. Aber ich sage leider Euer Liebden hier nur, was sie schon allzuwohl wissen, auch beklage ich Euer Liebden wohl von ganzem herzen.

[1] Johann Wilhelm, von 1690—1716 Kurfürst

VERSAILLES, 15. MÄRZ 1686

*An die Herzogin Sophie*

Seit ein paar monat her bin ich sehr traurig gewesen und das hat mich verhindert, daß ich in so langer zeit meine schuldigkeit mit schreiben nicht bei mein herzlieb ma tante abgelegt habe. Denn alle die historien zu verzählen, das darf ich nicht tun, weilen alle briefe auf der post gelesen werden. Damit ich aber Euer Liebden jetzt den rechten grund sage, so müssen Euer Liebden wissen, daß einer von meines herrn favoriten und welcher sein oberstallmeister ist, die mühe genommen hat, meiner ersten jungfer ein kindchen zu machen, welches sie hat abtreiben wollen; weilen sie aber schon drei monat schwanger, hat es nicht so genau hergehen können, daß sie nicht gar krank dran worden, und ist die sache also herauskommen. Um nun zu wehren, daß ich sie nicht wegjagen möge, hat dieser schöne herr mir hundert händel bei meinem herrn angemacht, welcher ohnedas nur schon gar zu große pente[1] hat, mich übel zu traktieren. Ja er hat Monsieur dermaßen gegen mich aufgereizt, daß Monsieur mir selber böse offices[2] bei Ihro Majestät dem König geleistet. Und mit all diesem getuns bin ich bisher gehudelt worden, ja dieser oberstallmeister hat die insolence[3] gehabt, mir drohen zu lassen, mich ins größte unglück zu bringen, wofern ich ein wort gegen die jungfer sagte.

[1] Neigung [2] Anschuldigungen [3] Unverschämtheit

VERSAILLES, 4. JUNI 1686

*An die Herzogin Sophie*

So sehr als man hier auch von grandeur prahlen mag, so seind sie doch so karg in was bar geld angeht, als an keinem ort in der welt, und oft dermaßen, daß es eine schande ist. Es wundert mich gar nicht, daß es allen Teutschen fremd vorkommt, zu sehen, daß Monsieur sich allein in die erbschaftssache mischt, denn sie wissen die französischen ehepakten nicht, welche aber dermaßen beschaffen sein, daß alles, was dem weib in währendem leben ihres mannes zukommt, ingemein mit dem manne zugehört und der mann als maître de la communauté[1] ... ist herr und meister über alles, kann damit tun und hantieren, wie er es gut findt, ohne daß es das weib übel nehmen darf. Stirbt aber der mann, so kann das weib das ihrige, so der mann vertan, wieder von des manns gut nehmen, aber so lange sie beide leben, ist der mann herr über alles, und das ist oft die ursach, daß es zu Paris so viel ehescheidungen gibt, aber jetzt in dieser erbschaft auch die ursach, daß ich gar nichts ohne

Monsieur dezidieren[2] kann, ob zwar solches in meinem namen muß ausgeführet werden. Denn wenn dem nicht so wäre, können Euer Liebden wohl gedenken, daß ich nicht so kindisch würde gewesen sein, mich nicht um das meine zu bekümmern und Monsieur darin allein walten zu lassen ... Ich sehe leider wohl, wo alles das meinige hingehen wird, aber wo kein mittel ist, muß man wohl schweigen.

[1] Haushaltungsvorstand [2] entscheiden

VERSAILLES, 11. AUGUST 1686

*An die Herzogin Sophie*

Unser König ist nun was krank, und man sagt, es möchte wohl ein viertägig fieber draus werden. Wenn dem also ist, so bewahr uns Gott, denn er wird wohl noch hundertmal grittliger werden als er schon ist. Ja, wer nichts mit diesem hof hier zu tun hätte, der müßte sich halb krank lachen, zu sehen, wie alles hergeht. Der König bildt sich ein, er seie dévot[1], weil er bei kein jung weibsmensch mehr schläft, und alle seine gottesfurcht besteht in grittligsein, überall spionen zu haben, so alle menschen falsch antragen, seines bruders favoriten zu flattieren und in general alle menschen zu plagen. Das alte weib, die Maintenon, hat ihren spaß, alles, was vom königlichen haus ist, dem König gehaßt zu machen und darüber zu regieren, außer Monsieur, den flattiert sie bei dem König und macht, daß er wohl mit ihm lebt und alles tut, was er von ihm begehrt ... Hinterwärts aber ist diesem alten weib bange, daß man meinen mag, daß sie Monsieur estimiere[2]; derowegen, sobald als jemand vom hof mit ihr spricht, sagt sie den teufel von ihm: daß er zu nichts nutze seie, der débauchierteste mensch von der welt, ohne secret, falsch und untreu. Die Dauphine ist unglücklich, und ob sie schon ihr bestes tut, dem König zu gefallen, wird sie doch aus anstiftung des weibes täglich sehr übel traktiert und muß ihr leben mit langerweil und schwangersein zubringen. Ihr Herr, monsieur le Dauphin, frägt nach nichts in der welt, sucht sein divertissement und plaisir wo er kann und wird erschrecklich débauchiert. Monsieur ist es nicht weniger, und seine einzige application[3] ist, mir böse offices bei dem König zu leisten und mich überall zu verachten, seine favoriten zu recommandieren und selbigen gute bontraitement[4] vom König ... zuwege zu bringen. Seine kinder aber zu befördern, da denkt er nicht an. Ich vor mein teil muß also auf die défensive leben, denn alle tage macht man mir neue händel, welche ich doch durch meine conduite[5] suche zu meiden so viel mir nur möglich sein kann. Prinz Carl hat mich in allen stunden gesehen, der kann Euer Liebden sagen, wie ich meine zeit zubringe und ob was an meiner conduite zu tadeln ist; jedoch hab ich täglich was neues. Das alte weib hat schon mehr als zehnmal madame la Dauphine wollen gegen mich aufrupfen und gesagt, daß sie absolut mit mir freundschaft brechen müßte, wenn sie wollte, daß sie sie wohl bei dem König setzen sollte. Als aber madame la Dauphine hat wissen wollen, was sie gegen mich zu sagen finde, hat sie ihr nichts antworten können. Unterdessen aber muß ich sowohl durch des weibs unverdienten haß bei dem König, als auch meiner alten feinde haß bei Monsieur leiden. Das ist mein zustand, welchen, wenn ich die zeit hätte, Euer Liebden mit einem größern détail zu verzählen, bin ich versichert, daß Euer Liebden solches schier vor unglaublich halten würden ... Durch die post hätte ich Euer Liebden dieses alles wohl gar nicht schreiben dürfen, wie sie wohl gedenken können, allein durch diese sichere gelegenheit habe ich es nicht lassen können. Wenn Euer Liebden noch wissen wollen, wie ferner der hof beschaffen ist, so muß ich sagen, daß alle minister das weib flattieren und suchen durch hundert bassesses[6] wohl bei ihr zu sein; alle andern leute, so in einem raisonnablen alter sein und ehrliche männer, seind traurig; sie haben kein geld, sie fürchten sich alle vor den spionen, welche unzählbar sein; sein malcontent[7] und können sich doch nicht helfen. Alle jungen leute in general seind erschrecklich débauchiert und allen lastern ergeben, lügen und betrügen fehlt ihnen nicht und meinen, es wäre ihnen eine schande, wenn sie sich pikieren sollten, ehrliche leute zu sein; was sie aber tun, ist saufen, débauchieren und wüsteneien sagen, und wer am ungeschicktesten unter ihnen ist, davon halten sie am meisten und der ist am besten estimiert. Durch dies alles können Euer Liebden leicht urteilen, wie große lust es hier am hof vor ehrliche leute geben muß. Ich fürchte aber, daß, wenn ich meinen récit[8] vom hof noch länger fortführen sollte, würde ich Euer Liebden eben eine solche langeweil geben, als ich gar oft empfinde, und dieses endlich eine ansteckende krankheit werden.

[1] fromm [2] schätze [3] Bemühen [4] Vergünstigungen [5] Benehmen [6] Unterwürfigkeiten, Niedrigkeiten [7] unzufrieden [8] Bericht

ST. CLOUD, 1. OKTOBER 1687

*An die Herzogin Sophie*

Ich kann Euer Liebden doch dieses nicht verschweigen, daß der hof jetzt so langweilig wird, daß man schier nicht mehr dabei dauern kann. Denn der König bildt sich ein, er seie gottsfürchtig, wenn er macht, daß man nur brav langeweile hat und gequälert ist. Seines sohns gemahlin macht er durch die alten weiber, so um sie sein, so quälen, daß es unaussprechlich ist. Als zum exemple: ihre kinder seind krank, derowegen wäre die gute fürstin gerne noch etlich tag länger hier geblieben, um bei ihnen zu sein. Hierüber filzt man sie aus und sagt, sie wolle hierbleiben, um nicht bei dem König zu sein. Sagt sie dann, daß sie mit will, so machen die weiber das geschrei gehen, sie frage nichts nach ihren kindern und hätte sie nicht lieb, summa summarum: alles, was man tut, ist unrecht. Ich vor mein teil kann nicht glauben, daß unserm Herrgott mit alter weiber lieb und grittligsein kann gedienet sein, und wenn das der weg zum himmel ist, werde ich mühe finden, hineinzukommen. Es ist eine elende sach, wenn man seiner eigenen raison nicht folgen und sich auf alles nur nach interessierten pfaffen und alten courtisanen richten will; das macht den ehrlichen und aufrichtigen leuten das leben bitter sauer. Aber was hilfts; hierzu ist kein rat. Ja, wenn Euer Liebden sehen sollten, wie alles nun zugeht, würden sie von herzen drüber lachen. Die aber in dieser tyrannie stecken, wie die arme Dauphine und ich, denen kommt die sach wohl ridicule, aber doch wohl nicht so gar lächerlich vor.

# »BASTARDE«, ZUTRÄGER UND SCHRANZEN

## *1688—1689*

ST. CLOUD, 14. APRIL 1688

*An die Herzogin Sophie*

Die gute frau von Harling und ihr mann haben begehrt, daß ich ihren neveu[1] schicken möge, um mit seinen brüdern zu teilen, weilen ihr vater vergangen jahr gestorben ist. Diese gute und sichere Gelegenheit habe ich nicht versäumen wollen, Euer Liebden ganz mein herz zu entdecken, und alles zu sagen, was mich plaget, so ich der ordinari post nicht vertrauen darf. Muß mein herzlieb ma tante also bekennen, daß ich eine zeit her gar unlustig bin, ob ich mich dessen zwar so wenig merken lasse, als es mir immer möglich ist. Man hat mir vertrauet die rechte ursache, weswegen der König den ritter von Lothringen und den marquis d'Effiat so wohl traktiert, nämlich weil sie ihm versprochen haben, daß sie Monsieur persuadieren[2] wollen, daß er den König ganz untertänig bitten solle, der Montespan ihre kinder mit den meinen zu verheiraten, als nämlich meine tochter an den hinkenden duc du Maine und meinen sohn mit mademoiselle de Blois. Die Maintenon ist in diesem falle ganz vor die Montespan, weilen sie diese bastarde erzogen und den hinkenden buben so lieb hat als ihr eigen kind ... Nun denken Euer Liebden, wie mir dabei zumute muß sein, daß ich meine tochter allein sollte so gar übel versorgt sehen, da doch ihre schwestern so gut verheiratet sein. Sollte doch der duc du Maine kein kind von doppeltem ehebruch sein und ein rechtmäßiger prinz, so möcht ich ihn doch nicht zum schwiegersohn, noch seine schwester zur schwiegertochter haben, denn er ist abscheulich häßlich und lahm und hat sonsten schlimme qualitäten an sich, karg wie der teufel und gar kein gut gemüt. Seine schwester hat wohl ein gut gemüt, ist aber so erschrecklich kränklich und hat stets so blöde augen, daß ich glaube, daß sie endlich blind wird werden. Und über dies alles seind sie bastarde von doppeltem ehebruch, wie schon gesagt, und kinder von dem bösesten und verzweifelsten weibe, so die erde tragen mag. Nun lasse ich Euer Liebden gedenken, wie sehr ich dieses wünschen kann. Was das ärgste ist: ich darf Monsieur von der sache nicht recht heraus sprechen, denn er hat die schöne gewohnheit an sich, daß, wenn ich ihm ein wort sage, solches gleich dem König anzutragen, viel dazuzusetzen und mir bei dem König hundert händel anzumachen. Bin also in großen nöten und weiß nicht, wie ich es anfangen soll, diesem unglück zu entgehen. Unterdessen kann ich nicht lassen, mich innerlich zu quälen, und allemal, wenn ich diese bastarde sehe, geht mir das blut über. Auch lasse ich mein herzlieb ma tante gedenken, wie es mich schmerzen muß, meinen einzigen sohn und meine einzige tochter als die victimes[3] von meinen ärgsten feinden zu sehen, welche mir täglich alles üble antun und getan haben, ja gar die ehre durch ihre falschen diskurse haben abschneiden wollen. Denn man sagt, daß der d'Effiat versprechung habe, duc zu werden, und der ritter eine gar große summe gelds bekommen solle. Und unterdessen erhebt man sie in den himmel durch hundert gute traktamenten; mich aber traktiert man gar schlecht und scheint es, daß man mir schier gnade tut, daß man mich so hinleben läßt ... Ja ich selber werde vielleicht über dieser sache exiliert werden, denn spricht mir Monsieur ernstlich davon, so werde ich nicht unterlassen, ihm meine meinung zu sagen, welche er dann dem König auf seine ordinari manier vorbringen wird, solches auch seinen favoriten nicht verhehlen, welche es dann bei dem König (welchem sie nun stetig an den ohren liegen) wohl vor mich herumdrehen werden. Ja, sollte der König selber mich zu etonnieren[4] mir von der sache reden, so werde ich ihm selber teutsch heraus bekennen, daß mir die sach gar nicht ansteht, welches ihn dann ohne zweifel sehr verdrießen wird, mit welchem respekt ich auch diesen abschlag drehen

*»Monsieur«, Herzog von Orléans, Ehemann der Liselotte und Bruder Ludwig XIV. Zeitgenössischer Kupferstich*

mag. Also mag ich mich nur gefaßt halten, daß mir hinfüro allerhand widerwärtiges zufallen wird.

[1] Neffen [2] überreden [3] Opfer [4] erstaunen, erschüttern

VERSAILLES, 20. MÄRZ 1689

*An die Herzogin Sophie*

Euer Liebden wissen wohl, daß ich nichts ungerners tue als lamentieren, und allebenwohl, wenn man so traurig ist, als ich leider seit einer langen zeit her bin, kann man sich dessen schwerlich enthalten, und wes das herz voll ist, geht der mund leicht über. Mir kommt die traurigkeit noch schwerer an als ein anderes, denn mein herzlieb ma tante weiß wohl, daß ich es nicht von natur bin; allein wenn einen das unglück so auf allen seiten überhäuft, kann man doch nicht lassen, solches zu empfinden. Kaum hatte ich mich über des armen Carllutz tod ein wenig erholt, so ist das erschreckliche und erbärmliche elend in der armen Pfalz angangen, und was mich am meisten daran schmerzt, ist, daß man sich meines namens gebraucht, um die armen leute ins äußerste unglück zu stürzen. Und wenn ich darüber schreie, weiß man mirs gar großen undank und man protzt mit mir darüber. Sollte man mir aber das leben darüber nehmen wollen, so kann ich doch nicht lassen, zu bedauern und zu beweinen, daß ich sozusagen meines vaterlands untergang bin und über das alle des Kurfürsten, meines herrn vater seligen sorge und mühe auf einmal so über einen haufen geworfen zu sehen an dem armen Mannheim. Ja ich habe einen solchen abscheu vor alles, so man abgesprengt hat, daß alle nacht, sobald ich ein wenig einschlafe, deucht mir, ich sei zu Heidelberg oder zu Mannheim und sähe alle die verwüstung, und dann fahr ich im schlaf auf und kann in zwei ganzen stunden nicht wieder einschlafen. Dann kommt mir in sinn, wie alles zu meiner zeit war, in welchem stand es nun ist, ja in welchem stand ich selber bin, und dann kann ich mich des flennens nicht enthalten. Was mir noch schmerzlich ist, ist, daß der König just gewartet hat, um alles ins letzte elend zu bringen, bis ich vor Heidelberg und Mannheim gebeten ...

VERSAILLES, 14. APRIL 1689

*An die Herzogin Sophie*

Ob ich schon dem kurfürsten zu Pfalz nichts übels gönne, so ist doch nicht, was mich schmerzt, daß man die arme Pfalz so übel zugerichtet hat, seitdem sie in seinen händen ist, sondern was mich darin grollet, ist, daß man die armen Pfälzer in meinem namen betrogen, daß die armen unschuldigen leute aus affection[1] vor den Kurfürst, unsern herrn vater selig, gemeint, sie könnten nicht besser tun, als sich willig ergeben, und daß sie mein sein würden und glücklicher leben als unter dem jetzigen Kurfürsten, weil ich noch von ihrer rechten herren geblüt bin, und daß sie sich nicht allein in dieser ihrer hoffnung betrogen finden und ihre affection sehr übel rekompensiert[2] sehen, sondern auch, daß sie in ein ewiges elend und misere dadurch geraten seind. Das schmerzt mich, daß ich es nicht verdauen kann. Hätte ich hier etwas, so mich sonsten erfreuen könnte, so würde ich vielleicht unangesehen alles elendes, so man erlebt, doch noch wohl etlichmal lustig sein können; aber eben dieselbigen leute, so an meines armen vaterlandes unglück schuldig sein, verfolgen mich persönlich hier auf, und kein tag vergeht, daß man nicht was neues verdrießliches hat. Und mit diesen leuten allen muß man sein leben bis ans end zubringen. Und wenn sie einem nur sagen wollten, was sie wollen, könnte man sich danach richten; aber man sagt einem nichts, und alles, was man sagt und tut, findet man übel. Ich wollte lieber, daß man mich heimlich schlüg und daß ich danach quitt davon wäre, als daß man mich so zergt, wie man tut, denn das quält einem das mark aus den beinen und macht einem das leben ganz verdrießlich.

[1] Verehrung [2] belohnt

ST. CLOUD, 20. MAI 1689

*An die Herzogin Sophie*

Es würde mir nicht wohl anstehen, Euer Liebden nicht beizufallen, daß Monsieur der beste herr von der welt ist, allein so werden Euer Liebden mir doch wohl erlauben, nur zu sagen, daß Euer Liebden ihn zu wenig gesehen haben, um perfekt davon zu judizieren, und daß ich wohl was mehreres davon weiß, indem ich, wie das teutsche sprichwort sagt, schier schon zwei küchenbuben oder simmern salz mit ihm gefressen, ihn auch dermaßen examiniert, daß ich ihn jetzt wahrhaftig perfekt kenne, und also vielleicht nur gar zu wohl weiß, was ich zu erwarten habe. Aber dieses seind gar zu langweilige historien, will derowegen nur davon stillschweigen und von was anders reden. Wer sich trösten könnte, nicht allein unglücklich zu sein, würde großen trost hier finden ... Euer Liebden sagen, daß man einem alles nehmen kann, ausgenommen ein fröhlich herz. Wie ich noch in Teutschland war, hätte ich es auch wohl so gemeint, seit ich aber in Frankreich bin, hab ich leider nur zu sehr erfahren, daß man einem dieses auch nehmen kann.

## JAHRE VOLL HERZELEID

*1689—1701*

ST. CLOUD, 5. JUNI 1689

*An die Herzogin Sophie*

Ob ich zwar nun schon gewohnt sein sollte, das arme vaterland in brand zu wissen, indem ich seit langer zeit her von nichts anders höre, so kann ich doch nicht lassen, allemal wenn man mir aufs neue einen ort nennt, so verbrennt ist worden, solches zu bedauern und mit schmerzen anzuhören. Es ist wohl eine große Charité[1] an Euer Liebden, den armen Pfälzern almosen zu geben. Letztmal hat mir Monsieur was gesagt, das mich recht in der seele verdrossen hat und ich bisher nicht gewußt hatte, nämlich, daß der König alle kontributionen in der Pfalz in meinem namen aufgenommen; also werden die armen leut meinen, ich hätte von ihrem unglück profitiert und wäre an allem ursach, und das betrübt mich recht von herzen. Wollte Gott, daß es wahr wäre, daß man mir alles das geld geben hätte, so man aus der armen Pfalz gezogen, und daß man mich damit gewähren ließe: die armen raugräflichen kinder und die armen Pfälzer würden sich gewiß besser dabei befinden. Aber die wahrheit ist, daß ich weder heller noch pfennig davon hab zu sehen bekommen ... Ich muß gestehen, seitdem ich sehe, daß die pfaffen so gar unchristlich sein und überall nichts als barbareien begehen machen oder auf wenigst nicht abwehren, wo sie es tun sollten, kann ich sie nicht mehr vertragen und seind mir alle ein solch abscheu worden, daß, ehe ich jemand von meinen angehörigen sehen sollte, so ein pfaff sein wörde, mag ich ihn noch lieber sein brot betteln sehen. Aber dies ist ein text, bei welchem ich mich nicht lang aufhalten muß, denn sollte man es auf der post lesen, würde man ohne zweifel sagen, daß ich dragoner vonnöten hätte, um mich zu bekehren, muß derowegen von was anders reden ... Monsieur de Rebenac hat die ambassade von Constantinopel in gnaden abgeschlagen. Ich habe mit ihm wegen der guten seligen königin in Spanien tod gesprochen; es ist nur gar zu wahr, daß sie ist in rohen austern vergiftet worden. Unsere madame la Dauphine ist wohl nicht vergiftet, aber sie wird je länger je baufälliger, und es ist mir todbang, daß es nicht lang währen wird. Im anfang sagten die doktoren, um ihre cour zu machen an etliche alte weiber, so ich nicht nennen mag, Euer Liebden aber wohl raten können, daß madame la Dauphine hypochondrisch seie und sich nur einbildt, daß sie krank wäre. Damit haben sie das übel so einfressen lassen, daß ich fürchte, daß nun schwerlich rat wird zu finden sein. Nun sie aber ganz bettlägerig ist, müssen die doktoren wohl gestehen, daß es eine rechte krankheit ist; aber sie seind gar ignorant und wissen nichts als purgieren, aderlassen und klistieren, und damit ist madame la Dauphine nicht geholfen. Wenn uns Gott nicht sonderlich hilft, fürchte ich, daß wir erster tagen etwas abscheuliches noch hier erleben werden; es graust mir, dran zu denken, denn ich habe die gute madame la Dauphine von herzen lieb.

[1] Barmherzigkeit

ST. CLOUD, 30. OKTOBER 1689

*An die Herzogin Sophie*

Gestern hat man mir was verzählt, so mich recht attendriert[1] hat und habe es nicht ohne tränen anhören können: nämlich, daß die armen leute zu Mannheim sich alle wieder in ihre keller retiriert haben und darinnen wohnen, als wie in häusern, ja alle tag markt halten, als wenn die stadt noch in vorigem stand wäre. Und wenn ein Franzos in Heidelberg kommt, gehen die armen leute haufenweise zu ihm und fragen nach mir, fangen hernach an, von Ihro Gnaden dem Kurfürsten, meinem herrn vater, zu reden und von meinem bruder selig, und weinen die bittere tränen; den jetzigen Kurfürsten aber haben sie nicht lieb.

[1] erschüttert

VERSAILLES, 10. DEZEMBER 1689

*An die Herzogin Sophie*

Ich glaube nicht, daß ein böserer teufel in der welt kann gefunden werden, als sie ist mit aller ihrer dévotion und heuchelei, befinde, daß sie das alte teutsche sprichwort wohl wahr macht, nämlich: »Wo der teufel nicht hinkommen kann, da schickt er ein alt weib hin.« Alles unheil kommt von dieser zott; ich vor mein teil habe mich ihrer wohl gar nicht zu rühmen, und sie hat keine größere freude, als wenn sie entweder madame la Dauphine oder mir etwas übles bei dem großen mann anmachen kann. Ja, wenn Euer Liebden alles wissen sollten, wie es hergeht, würden sie solches vor unglaublich halten. Bis ich Euer Liebden aber völlig davon informieren kann, ist es wie ich glaube besser, daß ich von diesem text stillschweige, nur das noch sage, daß es wohl zu wünschen wäre, daß sich das weib um nichts als ihre jungfern in dem stift bekümmerte ... Ich scheine wohl destiniert[1], alles zu verlieren, was ich von meinen verwandten haben sollte: alles land hat der König verbrennt, alles bar geld hat Monsieur zu sich gezogen, ohne mir weder heller noch pfennig davon zu geben. Dieses aber würde ich mich leicht getrösten, wenn man mich nur sonsten mit frieden ließe und nicht plagte, wie man täglich tut.

[1] dazu bestimmt

PARIS, 11. MAI 1692

*An die Herzogin Sophie*

Von der teutschen aufrichtigkeit halte ich mehr als von der magnificence[1], und ist mir recht leid zu vernehmen, daß solche sich verlieret im vaterlande. Es ist leicht zu erachten, wovon der luxe die treuherzigkeit verjagt; man kann nicht magnifique sein ohne geld, und wenn man so sehr nach geld fragt, wird man interessiert, und wenn man einmal interessiert wird, sucht man alle mittel hervor, was zu bekommen, wodurch dann die falschheit, lügen und betrügen einreißt, welches dann treu, glauben und aufrichtigkeit ganz verjagt.

[1] Pracht

ST. CLOUD, 22. MAI 1692

*An die Herzogin Sophie*

In dieser zeit, glaube ich, daß man wenig weiß was heilig ist oder nicht. Die halt ich vor die heiligsten, so ihren nächsten am wenigsten leid tun und gerecht sein in ihrem wandel. Aber das finde ich bei den devoten gar nicht, contrari, niemand hat einen verbitterteren haß in der welt, und wäre es wohl nicht schlimmer, in der türken hände zu fallen als in dieser unbarmherzigen leute. Ich weiß, was es kost und habe die probe davon. Ich muß Euer Liebden gestehen, daß, ob solche devoten zwar auch meine nächsten sein, kann ich sie doch nicht lieben als mich selbst, und wenn ich mich examiniere, finde ich nur, daß ich die lieb habe, so mich lieb haben oder aufs wenigst mich nicht hassen. Halte es also vor eine schwere sach, der heiligen schrift hierin zu folgen.

ST. CLOUD, 31. MAI 1692

*An die Herzogin Sophie*

Wie kommts daß Euer Liebden nicht mehr singen? Denn mich deucht, daß Euer Liebden vor diesem auf allen reisen stets in der kutsch sungen. Die psalmen vergesse ich schier alle, die lutherischen lieder aber kann ich noch brav singen und hab wenig vergessen ... Es fängt mir schier angst vor meinen buben zu werden an, denn wie man sagt so marschiert der könig Wilhelm und will Namur zu hilfe kommen, und mein sohn ist in monsieur de Luxembourgs armée, welche es wehren soll. Ich hoffe doch, daß die belagerung nicht lang währen soll, denn der schrecken ist schon groß in der stadt; über die fünfzig damens von qualität seind zu fuß mit ihren kindern und mägden ins Königs lager geloffen; man hat sie prisonniers de guerre genommen und in ein kloster gesteckt. Mich deucht, diese damens müssen entweder eine große opinion von der französischen soldaten discrétion haben oder mehr vor ihr leben fürchten als vor ihre ehre und juwelen, denn die armen damens haben alle ihre demanten mitgebracht. Sie seind von soldaten gefangen worden, so auf die beute ausgangen; sie haben aber einem jeden einen taler versprochen, da haben sie sie mit sack und pack ins Königs lager geführt, ohne ihnen einen heller zu nehmen, haben also ihre hübsche brocards und demanten behalten ... Welcher henker uns unsere alte rumpompel hier wollte wegnehmen, sollte ich wohl vor einen ehrlichen mann halten und gern vor ihn bitten, daß er möchte geadelt werden.

ST. CLOUD, 19. JUNI 1692

*An die Herzogin Sophie*

Ich habe nicht vanité[1] genung, zu glauben, daß ich gar viel wert seie; allein die verachtung, so der König vor mich hat, ist so erschrecklich, daß ich ohne einige vanité wohl glauben kann, daß ich solche nicht meritiere, insonderheit indem er mich bravieren[2] läßt von einem alten weib, so all ihr leben, ohne einigen ruhm zu melden, ein ärgerlicher leben geführt hat als ich. Aber mein partei ist gefaßt; ich will hinfüro, wo mirs möglich ist, die zeit nehmen wie sie kommt und nur vor meine gesundheit sorgen, denn ob ich schon nicht jung mehr bin, so ist doch die alte zott älter als ich, hoffe also, daß ich noch vor meinem end den spaß haben werde, den alten teufel bersten zu sehen.

[1] Eitelkeit [2] schikanieren

VERSAILLES, 2. MAI 1697

*An die Herzogin Sophie*

Euer Liebden beklage ich wohl von herzen, daß sie kein besser zeitvertreib haben, als meine alten briefe zu überlesen. Solang papa selig gelebet, werden Euer Liebden alle meine briefe voll contentement von Monsieur sehen, denn ich wollte nicht, daß Ihro Gnaden erfahren möchten, wie es recht hier war, wollte es also in keinen brief setzen. Wie Euer Liebden aber selber herkommen, habe ich Euer Liebden nichts verhehlt. Ich habe Ihro Gnaden dem Kurfürsten selig alles verhehlt, weilen man mir gesagt, daß, nachdem ich weggezogen, hätten Ihro Gnaden sich dermaßen zu herzen genommen, daß ich so wider meinen willen aus purem gehorsam wäre herkommen, ob ich gleich persuadiert, daß ich nicht glücklich hier sein würde, daß es Ihro Gnaden ganz geängstigt hätte und traurig gemacht. Drum hab ich alles verhehlt so lang mir möglich gewesen. Zuletzt hat der Kurfürst doch alles (weiß aber nicht, durch wen) erfahren und mich brav ausgefilzt, daß ich es nicht geschrieben hätte. Als ich aber die ursach deswegen recht gemeldt, haben sie meine entschuldigung angenommen. Was den König anbelangt, so bin ich wohl oder übel mit ihm gestanden, nachdem es seine maitressen gewollt; zu der Montespan zeit war ich in ungnaden, zur Ludre zeit wohl dran; als die Montespan wieder die oberhand nahm, gings wieder übel, wie Fontanges kam, wohl, und seit das jetzige weib regiert, allezeit übel. Ich versichere Euer Liebden aber, daß ich die zeit sehr nehme wie sie kommt; ich kenne perfekt alle die, womit ich umgehe; ich weiß, was ich mich von ihnen zu versehen habe. Meine partei ist also ganz gefaßt; suche nur meine zeit soviel mir möglich ist in ruhe hinzubringen. Und weilen ich verspürt, daß man hier keine ruhe haben kann, man lebe denn einsam, so bin ichs auch... Mich deucht, wir wissen zu viel und zu wenig, um recht glücklich zu sein. Denn man weiß genung, um mehr wissen zu wollen, aber nicht genung, um davon vergnügt sein zu können.

PARIS, 10. NOVEMBER 1697

*An die Herzogin Sophie*

Von allem was vorher aus der Pfalz kommen, da habe ich keinen heller noch pfennig von zu sehen bekommen; will glauben, daß es hiermit ebenso gehen wird. Bekomme ich dann was, so werde ich desto froher sein, hätte es hoch vonnöten, denn ärmer an bar geld als ich bin, kann man nicht sein. Wenn ich gefragt, ob denn, was aus der Pfalz käme, nicht mein seie, hat man geantwortet: ja, allein Monsieur seie le maître de la communauté, der könne sein leben mit allem schalten und walten, wie es ihm beliebe, ohne daß ich was dargegen zu sagen könnte finden, käme er aber zu sterben, so müßte man auf sein gut die summa vor mich wiederfinden. Dieses ist mir gar nicht tröstlich vorkommen, weilen aber, was ich auch dagegen sagen möge, zu nichts nicht hilft, schweige ich und gehe meinen geraden weg fort. Was aber das verdrießlichste ist, ist, daß ich vor meinen augen sehe, wie übel und an nichtswürdigen leuten mein geld angewendet wird.

VERSAILLES, 2. FEBRUAR 1698

*An die Herzogin Sophie*

Ich glaube gar gewiß, daß mein sohn mit dem dollen leben, das er führt, ganze nächte zu rasen und erst um acht morgens schlafen zu gehen, nicht lang wird leben können. Er sieht oft aus, als wenn man ihn aus dem grab gezogen hätte; man bringt ihn gar gewiß ums leben und sein herr vater will nichts dargegen sagen. Aber weilen, was ich auch hiervon sagen mag, zu nichts nicht hilft, so will ich nur davon still schweigen, muß nur das noch sagen, daß es wahrhaftig schad ist, daß man meinen sohn so in das luderleben steckt, denn wenn man ihn an etwas besseres und rechtschaffneres gewöhnt hätte, würde er ganz ein anderer mensch geworden sein. Er fehlt nicht von verstand, ist nicht ignorant und hatte von jugend auf alle inclination von was gut und löblich war und seinem stand zukommt, allein seit er sein eigener herr und meister geworden und sich nichtswürdige kerls an ihn gehängt haben und ihn mit so gar gemeinen huren met verlöff haben umgehen machen, ist er dermaßen geändert, daß man ihn nicht mehr kennt sowohl von gesicht als von humor, und bei so ein leben nimmt er nicht mehr lust in nichts; die lust zur musique, so eine passion war, ist auch nicht mehr vorhanden, summa: man hat ihn ganz unleidlich gemacht, und fürchte sehr, daß er endlich gar das leben drüber verlieren wird.

VERSAILLES, 16. MÄRZ 1698

*An die Herzogin Sophie*

Monsieur ist mehr auf die buben erpicht, als nie, nimmt lakaien aus den antichambres; alles was er in der welt hat, vertut er auf diese weise, er wird seine kinder zu puren bettlern machen; er denkt in der welt an nichts als was auf dieses leben angesehen ist. Mir ist er immer zuwider in allem, scheut mich immer; er läßt sich ganz und gar von den liederlichen burschen regieren; alles in seinem und meinem haus wird zu der burschen profit verkauft. Es ist eine rechte schande, wie es zugeht. Meinen sohn haben die favoriten von Monsieur ganz eingenommen, er liebt die weiber, und sie seind seine kuppler, schmarotzen, fressen und saufen mit ihm und stecken ihn in ein solch luderleben, daß er nicht wieder heraus kann kommen, und weilen er weiß, daß ich sein leben nicht approbiere, so scheut er mich und hat mich ganz und gar nicht lieb; Monsieur ist froh, daß er seine favoriten lieb hat und mich nicht, leidt also alles von meinem sohn. Meines sohns gemahlin hat ihren mann nicht lieb; wenn er nur von ihr ist, ist sie schon zufrieden, akkordieren sich also hierin gar wohl, sie denkt nur an ihrer brüder und schwestern grandeur. So geht es hier zu; da können Euer Liebden gedenken, was ein angenehm leben man führt.

VERSAILLES, 2. JANUAR 1701

*An die Herzogin Sophie*

Ich bin als persuadiert (aber vielleicht flattiere ich mich auch), daß der König mich nicht haßt und mehr mit mir umginge, wenn das alte weib es nicht hinderte. Aber er hat mich auch nicht lieb genung, mich nicht an ihrem haß aufzuopfern. Er hat mir doch tausend pistolen zum neuen jahr geschickt, welches wohl zu paß kam, wenn ich die anderen jahre nicht so gar zurück gewesen wäre und gold hätte lehnen müssen. Aber ich hab doch schon über die tausend pistolen schulden gezahlt. Dies jahr werde ich, ob Gott will, alles zum end bringen ... Ich weiß nicht, ob Euer Liebden wissen, daß der Papst den Kaiser ermahnt, keinen krieg anzufangen in der christenheit. Wenn der Kaiser den krieg nicht ausführen kann, ist dies ein gut prétexte[1], mit ehren aus dem handel zu kommen. Der Kaiser hat den Papst bitten lassen, den könig in Spanien vor keinen könig zu deklarieren und ihm die investiture von Neapel und Sizilien abzuschlagen. Der Papst hat aber geantwortet, der könig in Spanien seie rechtmäßiger erb zur kron und von allen königreichen von Spanien davor erkannt und vom peuple[2] berufen; könne ihn also anders nicht als vor einen rechtmäßigen könig in Spanien deklarieren . . . Hier meint man festiglich, daß es krieg wird werden, und alles rüst sich dazu. Ich glaube, daß es könig Wilhelm nicht leid sein wird, seine engelländer zu okkupieren, damit sie ihn desto mehr in ruhe lassen.

[1] Vorwand [2] Volk

VERSAILLES, 23. JANUAR 1701

*An die Herzogin Sophie*

Man hat mir gestern etwas neues im vertrauen gesagt; ich habe es mühe zu glauben, aber ich gäbe wohl etwas guts drum, daß es wahr wäre. Es geht ein geschrei zu Paris, daß die pantocrate[1] ihren ehemann verkauft und geld vom Kaiser nimmt. Das wäre gar zu artig, wenns wahr wäre. Daß dieselbe person millionen aus dem Elsaß zieht und den ganzen adel dort schindt, das ist gewiß, und auch, daß sie hier von allen händen nimmt. Aber was am artigsten ist, ist, daß sie tut, als wenn sie nichts hätte, und wenn ihr mann ihr geld geben will, so sagt sie: »O nein, behaltets selber, Ihr habts vonnöten, ich habe genung zu leben.« Da meint er, niemand in der welt fragt weniger nach geld als seine frau und admiriert ihre modération[2], da doch kein interessierterer mensch in der welt ist. Das divertiert mich recht . . . Ich kann nicht begreifen, was das alte weib, so doch keine kinder hat, mit alle den millionen tun will, so sie gesammelt hat. Aber das geht mich nichts an. Sie hat ihren haß gegen mir wohl in meiner krankheit erwiesen: ganz Frankreich vom König bis auf den geringsten seind zu mir kommen und haben nach mir gefragt; sie allein hat sich singularisiert und nicht einmal fragen lassen, wie ich mich befinde. Diese ungnad zu haben hat mich gar nicht verhindert zu genesen und befinde mich gar wohl dabei; es ist mir lieber, daß der alten hutzel haß gegen mir währt als das fieber; dieses wäre mir viel schädlicher . . . Hier hört man jetzt auch nichts anderes als von krieg und kriegsgeschrei, fürchte also sehr, daß es krieg wird werden.

[1] gemeint ist die Marquise de Maintenon [2] Bescheidenheit

ST. CLOUD, 24. MÄRZ 1701

*An die Herzogin Sophie*
Euer Liebden drehen die sach ganz poetisch und recht éloquent herum, zu sagen, daß die sonne hier sich durch den schatten eines alten weibs verdunkeln läßt. Man kann von dieser sonn sagen, daß sie nicht ohne flecken ist. Man profitiert etlichmal von großer leute schwachheiten; des großen manns seine aber machen mein unglück. Der großen könige éclat und réputation[1] gemahnt mich an die machines vom opéra: wenn man sie von weitem sieht, ist nichts größeres und schöneres, geht man aber hinter die kulissen und besieht bei nahem alle cordelles[2] und hölzer, so die machines gehen machen, ist oft nichts gröbers noch häßlichers. Es ist recht billig, wie Euer Liebden sagen, daß wir menschen einer des andern fehler vertragen müssen; auch versichere ich Euer Liebden, daß ich manche vertrag. Es wäre nur zu wünschen, daß die, deren schwachheit ich vertrage, die meine auch vertragen wollten; Euer Liebden seind die einige, die mir diese gnade tut.

[1] Glanz und Ruhm [2] Schnüre

*An die Herzogin Sophie*

Nun ich von meinem ersten schrecken ein wenig ersetzet bin, kann ich nirgends besser trost in meinem unglück suchen als bei Euer Liebden, welche sein, was mir in der welt am liebsten ist. Ich will also mein herzlieb ma tante alles verzählen. Vergangen mittwoch morgens war Monsieur selig noch ganz frisch und gesund, fuhr nach Marly, aß dort perfekt wohl zu mittag mit dem König. Nach dem essen fuhren Ihro Liebden nach St. Germain, kamen abends um sechs wieder, ganz lustig, verzählte uns, wie viel tabouretts er bei der königin in Engelland gesehen. Gegen neun sollte ich zu nacht essen, konnte aber nicht essen, denn ich hatte noch vier stund das fieber gehabt. Monsieur selig sagte zu mir: »Je m'en vais souper et ne ferai pas comme vous, car j'ai grand appétit, geht damit an tafel. Eine halbe stund hernach höre ich ein geras, sehe madame de Vantadour bleich wie der tod in meine kammer kommen; die sagt: »Monsieur se trouve mal.«[2] Ich lauf gleich in Ihro Liebden kammer; sie kannten zwar wohl, konnten aber nicht reden, daß man es verstehen konnte. So viel konnte ich nur hören: »Vous êtes malade, allez chez vous en!«[3] Man hat Ihro Liebden dreimal zur ader gelassen, elf unzen émétique[4] geben, wasser von Schaffhausen, gouttes d'Angleterre zwei bouteilles voll, aber nichts hat geholfen. Gegen sechs morgens hat er sich ganz zum end gedrehet. Da hat man mich aus der kammer mit gewalt geschleppt, war wie ohnmächtig. Man legte mich zu bett, ich konnte aber nicht im bett bleiben, stund auf, und wie ich in freud und leid allezeit an Euer Liebden gedenke, so war auch mein erster gedanke, an Euer Liebden zu schreiben; ich weiß aber nicht, was ich Euer Liebden gesagt habe. Nachdem ich Euer Liebden brief weggeschickt, kam der König zu mir, war auch sehr touchiert[5], tat doch seinen möglichen fleiß, mir trost einzusprechen, erwies mir viel gnade. Madame de Maintenon war auch sehr touchiert und sprach mir zu. Der König fuhr weg. Um zwölf verschied Monsieur. Ich setzte mich gleich in kutsch und fuhr her. Der König schickte mir monsieur le Premier, um zu fragen, wie ich mich befinde. Der schrecken hat mir das fieber vertrieben. Madame de Maintenon ließ mir durch meinen sohn sagen, daß es jetzt die rechte zeit wäre, mich mit dem König zu versöhnen. Hierauf habe ich meine reflexionen gemacht und mich erinnert, wie oft Euer Liebden mir geraten, zu suchen, mich mit dieser dame selbst zu versöhnen; derowegen habe ich den duc de Noailles gebeten, dieser dame von meinetwegen zu sagen, daß ich so touchiert wäre von aller freundschaft, so sie mir in meinem unglück bezeugt, daß ich sie bäte, doch die mühe zu nehmen, zu mir zu kommen, denn ich dürfte nicht ausgehen. Dieses hat sie gestern um sechs getan. Ich habe ihr gleich wiederholt, wie content ich von ihr wäre und begehre ihre freundschaft, habe ihr auch gestanden, daß ich übel zufrieden mit ihr gewesen, weilen ich gemeint, daß sie mir des Königs gnaden entzogen und mich gehaßt hätte, daß ich es auch von madame la Dauphine erfahren, wolle aber gerne alles vergessen, wenn sie nur meine freundin sein wollte. Hierauf hat sie mir viel schöne und eloquente sachen gesagt und ihre freundschaft versprochen und wir haben uns embrassiert[6]. Hernach habe ich ihr gesagt, es wäre nicht genung, daß sie mir entboten, daß der König mir ungnädig wäre; sie müßte mir auch sagen, wie ich wieder in gnade kommen könnte. Darauf hat sie mir geraten, ganz offenherzig mit dem König zu sprechen, selber gestehen, daß ich sie gehaßt hätte, weilen ich gemeint, daß sie mir bös office bei dem König täte, auch warum ich bös über den König gewesen. Diesen rat habe ich gefolgt, und wie mir Monsieur gesagt hatte, daß der König auch bös wäre, daß ich Euer Liebden zu offenherzig schreibe, so habe ich auch diesen artikel traktiert und gesagt, daß dies Ihro Majestät nicht müßte wunder nehmen, daß Euer Liebden die person von der welt wären, an welcher ich am meisten attachiert wäre ... daß ich Euer Liebden mein herz zu allen zeiten öffnete und daß, so lang Ihro Majestät mir dero gnaden erzeigt, hätte ichs

Euer Liebden gerühmt, da Ihro Majestät mich übel traktiert, hätte ich Euer Liebden geklagt und könnte nie anders vor Euer Liebden sein. Der König sagte, er wüßte nichts von meinen briefen, hätte keinen gesehen, es wäre nur eine einbildung von Monsieur gewesen. Er finde nicht übel, daß ich Euer Liebden als eine mutter ehrte und liebte; aber Euer Liebden haßten ihn. Ich sagte, Euer Liebden admirierten allezeit seine großen qualitäten, allein wenn es Ihro Majestät beliebte, würden sie auch von Euer Liebden geliebet werden. Nachdem ich Ihro Majestät alles ausgelegt und klar gewiesen, daß, so übel sie mich auch traktiert, ich sie doch jederzeit respektieret und geliebet hätte, ja allezeit große freude gehabt, wenn sie mich nur bei sich leiden wollen, da hat mich der König embrassiert, gebeten, das vergangene zu vergessen, und hat mir seine gnade versprochen ... Endlich hat sich alles gar gnädig geendet. Ich habe zu Ihro Majestät gesagt, daß, wie dies der einzige trost in meinem unglück wäre, so könnte ich nicht lassen, Euer Liebden solches heute zu berichten, welches Ihro Majestät approbiert haben. Heute werde ich noch einen betrübten tag haben, denn um drei wird der König wieder hereinkommen, um Monsieur selig testament zu öffnen, welches mich greulich jammern und schmerzen wird.

[1] »Ich gehe jetzt essen und mache es nicht wie Ihr, denn ich habe großen Appetit« [2] »Monsieur fühlt sich nicht wohl!« [3] »Ihr seid krank, geht nur!«
[4] Brechmittel [5] gerührt [6] umarmt

VERSAILLES, 26. JUNI 1701

*An die Herzogin Sophie*

Nach vielen sorgen und ängsten, kein schreiben von Euer Liebden zu empfangen, bin ich endlich vorgestern nachts um elf mit drei Eurer Liebden gnädige schreiben erfreuet worden, welches mir die einzige gute nacht gegeben, so ich seit meinem großen unglück gehabt habe. Denn der greuliche schrecken, in welchen mich Monsieurs selig zufall und so gar schleuniger tod gesetzt, hat eine solche starke impression bei mir getan, daß, sobald ich einschlafen will, kommt mir dies spectacle wieder vor die augen und fahre abscheulich in mein bett auf, kann keine zwei stund nacheinander schlafen. Allein die freude, Euer Liebden gnädige schreiben empfangen zu haben und zu sehen, daß sie Gott sei dank wohlauf sein und mir noch immer gnädig, hat mir eine solche ruhe verursachet, daß ich von eins bis sechs morgens geschlafen habe. Ich hatte es auch wohl vonnöten, um mir ein wenig kräfte zu geben, den gestrigen tag auszustehen. Ich habe den könig und die königin in Engelland in zeremonien empfangen müssen mit einer dollen tracht: ein weiß leinen stirnband, darüber eine kappe, so unter dem hals zugebunden wird, über die kappe eine cornette[1], über die cornette ein leinen tuch wie ein voile[2], so auf beide achseln angeheftet wird wie ein florenmantel und schleppt sieben ellen lang. Am leib hatte ich einen langen schwarztuchenen rock mit langen ärmeln bis auf die faust, zwei handbreit hoch hermelin auf den ärmeln und vom hals an bis auf die erden hermelin von gleicher breite wie auf den ärmeln, einen von schwarz crépon gürtel, so bis auf die erden vorn geht, und ein schweif am hermelinrock auch von sieben ellen lang. In diesem aufzug hat man mich in eine ganz schwarze kammer (auch das parkett bedeckt und die fenster überhängt) in ein schwarz bett gelegt, den schweif überall überdeckt, daß man den hermelin gesehen. Ein großer leuchter mit zwölf brennenden lichtern war in der kammer angezündt, und zehn oder zwölf auf dem kamin. Alle meine bedienten, groß und klein, in langen trauermänteln, ein stück vierzig oder fünfzig damens in flormänteln. Das alles sah sehr abscheulich aus.

[1] Haube [2] Schleier

VERSAILLES, 30. JUNI 1701

*An die Herzogin Sophie*

Euer Liebden wissen nun schon, daß der König sorg vor mir will haben. Monsieur hat sieben millionen und eine halbe schulden hinterlassen. Reich werde ich wohl nie sein; Gott gebe nur, daß ich auskommen kann ... Ich glaube, daß es mir vorteilhaftiger gewesen wäre, selber gestorben zu sein, als was mir widerfahren. Monsieur hat den tod wohl gefühlt; zwölf stund lang hat man Ihro Liebden gar unnötig martyrisiert mit émétiques, aderlassen, schröpfen ... und hunderterlei sachen, allerhand klistieren. Er hat den verstand nur einen augenblick vor seinem tod verloren, kannte jedermann, konnte aber mit großer mühe reden, denn die unterlefze war Ihro Liebden selig ganz abgefallen und geschwollen. Vorher, ehe Ihro Liebden in dies unglücklich accident fielen, waren sie frisch, gesund und lustig, aßen an tafel mit großem appetit, lachten und schwätzten; drum, wie er anfing zu lallen, meinten die damens anfangs, es wäre vexiererei, war aber leider nur gar zu großer ernst. Wenn man in jener welt wissen könnte, was in dieser vorgeht, glaube ich, daß Ihro Liebden Monsieur selig sehr content von mir würden sein, denn in den kisten habe ich alle briefe, so die buben[1] ihm geschrieben, aufgesucht und ungelesen verbrennt, damit es nicht in andere hand kommen möchte.

[1] Monsieurs Lustknaben

VERSAILLES, 7. JULI 1701

*An die Herzogin Sophie*

Daß Monsieur meiner nicht in seinem testament gedacht, ist kein wunder, es kann nicht sein. In diesem land kann der mann den frauen nichts vermachen, noch die frau dem mann; was er ihr aber bei leben gibt, ist ihr eigen. Aber

Monsieur hats lieber an die geben wollen, die ihn divertiert haben, denn man findt, daß drei junge bursch allein des jahrs jeder hunderttausend taler eingezogen haben. In Königs gnade hätte mich Monsieur wohl nicht rekommandiert, denn sie wünschten nicht, daß ich drinnen sein möchte. Euer Liebden können wohl gedenken, daß ich meinen möglichsten fleiß tun werde, mich in Königs gnaden und madame de Maintenons freundschaft zu erhalten. Allein wer kann versichern, daß dieses bestand haben mag? Denn Euer Liebden können wohl denken, daß mein sohn und ich je mehr werden beneidet werden, je mehr der König uns gnade tut, und daß man an großen höfen, wie dieses ist, die kunst zu brouillieren[1] nur gar zu wohl weiß. Dieses alles, wohl überwogen, macht gar keine gute hoffnung vor mein zukünftiges leben ... Ich gestehe wohl, daß mich Monsieur oft geplagt und chagriniert hat, aber das war nur aus schwachheit, und zu sehr sich denen zu ergeben, so zu seine späß und freuden halfen. Der König hat mir selber gestanden, daß Ihro Liebden selig mir in den letzten zeiten nicht mehr so viele böse offices geleistet haben, als vor ein paar jahren, contrari, daß sie content von mir schienen zu sein, und das hat mich desto mehr gejammert.

[1] entzweien

VERSAILLES, 15. JULI 1701

*An die Raugräfin Luise*

Herzliebe Luise, heute ist es erst acht tag, daß mich das fieber quittiert hat; habe nach meinem unglück noch achtzehn accès vom fieber bekommen, hoffte schier, daß mein elendes leben einmal endigen würde. Es ist aber Gottes wille nicht gewesen, bin ohne remèdes[1] kuriert. Es ist mir aber noch eine gar große mattigkeit geblieben und schwachheit in den schenkeln, welches mir gar spanisch vorkommt; denn niemand am hof ist, so besser gehen konnte als ich.

Aber nun wirds wohl mit aus sein; denn in meinem alter kommt man selten wieder zu kräften ... Der König tut mir viel gnaden seit meinem unglück; von seinen gnaden werde ich hinfüro bloß leben müssen und ist Amelise wohl übel bericht gewesen, daß ich so wohl versorgt solle sein. Weilen aber lamentieren meine sach ganz und gar nicht ist, so will ich hiervon schweigen, nur das sagen, daß es mir des jahrs an 80000 franken fehlen wird, daß mein haus nicht haben kann, was nötig, will geschweigen das, was zu meiner lust oder vergnügen überbleiben sollte. Daher seht Ihr, wie glücklich ich hinfüro sein werde. Aber genung hiermit von diesen verdrießlichen sachen; denn davon zu reden macht nur traurig und hilft zu nichts.

[1] Arzneien

VERSAILLES, 21. JULI 1701

*An die Herzogin Sophie*

Madame de Maintenon kontinuiert, gar freundlich zu sein, bin sehr content von ihr; kontinuiert sie, wie sie nun tut, so werde ich gewiß ihre freundin bleiben. Und ich bin in keinem alter, daß mir die zeit lang bei ihr und dem König fallen könnte, wie der duchesse de Bourgogne, die nur an singen und springen denken kann ... Ich grüble mir schier das hirn aus, um zu erraten, woher es kommt, daß die Maintenon sich einmal so zu mir gewendt hat. Denn es ist gewiß, daß kurz vor meines herrn tod sie noch einen abscheulichen haß gegen mir getragen, und auf einen stutz ändert sie, ohne daß ich an sie gedenke. Aber wie ich gesehen, daß sie sich zu mir gewendt, habe ich die sach nicht negligiert, sondern gleich freundschaft mit ihr gemacht. Je mehr ich aber nachdenke, was sie hierzu gebracht hat, je weniger kann ichs finden. Denn eine sach ist gewiß: daß dies weib nichts tut ohne nachdenken noch umsonst. Etlichmal bilde ich mir ein, weilen sie so eine große passion vor die duchesse de

Bourgogne und diese, wie das geschrei geht, ihrer sehr müde geworden und nicht mehr bei dem König dauern kann, weilen ihr bei diesen betagten leuten die zeit zu lang fällt: daß die dame mich gewählt, um der duchesse de Bourgogne jalousie zu geben, denn sie ist von einem jalousen humor, und sie dadurch wieder zu sich zu ziehen. Oder ob sie gefürcht, daß, weilen Monsieur mir nun keine bösen offices bei dem König tun kann, daß sich der König wieder an mich gewöhnen könnte, und daß, wenn sie meine freundin nicht wäre, ich capabel[1] sein sollte, dem König die augen zu öffnen, sie derowegen lieber selber meine freundin vorher werden, mich also im zaum zu halten, oder ob sie sonsten ein ander absehen hat und meint, mich eher fällen zu können, wenn sie mich besser in den klauen haben kann, oder was es sein mag; denn es ist gar gewiß, daß etwas dahinter stecken muß. Denn es ist nicht natürlich, daß ein mensch in einer stund ändert, wie sie getan hat. Also muß ich als in acht nehmen, was ich tue und rede, und kann auf nichts bauen ... Wie es noch mit meinen affairen gehen wird, weiß ich nicht, aber es ist gewiß, daß ich schlecht versorgt werde sein, ja gar nicht nach meinem stand gemäß werde leben können, wo der König mir nicht hilft ... Der arme Monsieur selig hat übel gehaust und gar nicht vor mich gesorgt, denn er hätte es wohl in seinem leben tun können, aber nicht im testament; er hat es aber lieber unter seine buben ausgeteilt, so ihn doch nicht so lieb hatten als ich.

[1] fähig

MARLY, 28. JULI 1701

*An die Herzogin Sophie*

Gar lustig kann ich ohnmöglich sein, aber ich tue meinen möglichen fleiß, nicht ganz melancholisch zu sein. Kurpfalz will mir kein geld mehr geben; das diminuiert mein einkommen noch von zweimal 100 000 franken. Es wird schlecht bei mir hergehen; denn zu glauben, daß der König in jetziger kriegszeit so gar große summen geben sollte, das ist schwer zu glauben. Wollte Gott, man hätte mich viel zu fragen und ich hätte viel, würde in diesem fall die fragen gar nicht importun finden. Es würde mir viel angenehmer gewesen sein, wenn ich ohne den König genung gehabt hätte, zu leben, denn alsdann würde ich dem König nicht à charge[1] gewesen sein, und hätte er mir sonsten gnaden und präsente geben, würde ichs mit lust haben anwenden können. Aber wie es nun ist, bin ich leider wie eine bettelfrau dem König auf dem hals; das ist recht betrübt . . . Ich fragte einstmals an herrn Salmond[2], wie es käme, daß in der heiligen schrift stehet, daß die menschen nach Gottes ebenbild geschaffen sein und die menschen doch gar so unperfekt wären? Er antwortete, daß Gott den menschen perfekt geschaffen hätte, aber, daß er die perfektion in seinem fall verloren hätte. Ich sagte, weil der mensch denn so perfekt war, wie hat er fehlen und fallen können? Herr Salmond sagte: das ist durch anstiftung des satans geschehen. Ich sagte: Dem teufel glauben, war doch keine perfektion. Da sagte er nur: solchen sachen muß man nicht zu weit nachgrübeln. Dabei blieb es.

[1] zur Last fallen [2] ehemaliger Lehrer Liselottes

## *1701—1706*

FONTAINEBLEAU, 15. OKTOBER 1701

*An die Herzogin Sophie*

Wäre mein heiratskontrakt nur schlechtweg gewesen wie alle andere, so man hier macht, wäre es gut vor mich. Man hat aber express klauseln nein gesetzt, so nicht ordinari sein, damit ich nichts bekommen möge. Drum judiziere ich, daß papa selig die sach nicht müsse verstanden haben, mir eine solche sache unterschreiben zu machen; aber papa selig hatte mich auf dem hals, war bang, ich möchte ein alt jüngferchen werden, hat mich also fortgeschafft so geschwind er gekonnt hat. Das hat so sein sollen, war mein verhängnis, muß es wohl weiter ausführen, wie es versehen ist... Es ist mir wohl von herzen leid, daß die gute frau von Harling so gar krank ist... jammert mich recht, denn ich habe sie lieb und bin ihr verobligiert vor alle sorgen und mühe, so die gute frau in meiner kindheit vor mich gehabt hat.

MARLY, 15. DEZEMBER 1701

*An die Herzogin Sophie*

Ich fragte einmal an jemand raisonnables, warum man in allen schriften unsern König immer lobte; man antwortete mir, man hätte den buchdruckern expresse anbefohlen, kein buch zu drucken, wo des Königs lob nicht in stund; man täte es wegen des Königs untertanen. Denn wie die franzosen ordinari viel lesen, und in den provinzen lesen sie alles was von Paris kommt, und des Königs lob gibt ihnen vénération[1] und respect vor dem König, wie sie haben sollen;

deswegen geschiehts und nicht des Königs wegen, welcher es nie sieht noch hört, seitdem Ihro Majestät in keine oper mehr geht.

[1] Ehrfurcht

VERSAILLES, 29. DEZEMBER 1701

*An die Herzogin Sophie*

Ich bin gewiß, daß Euer Liebden nicht so viel runzeln haben als ich. Mir kommts, daß ich so oft und manche jahre bin auf der jagd von der sonnen verbrennt worden. Aber ich frage ganz und gar nichts danach, bin nie schön gewesen, habe also nicht viel verloren. Und ich sehe, daß die, so ich vor diesem so schön gesehen habe, jetzt ebenso häßlich sein als ich: Madame de la Vallière kann kein seelenmensch mehr kennen, madame de Montespan hat ihre ganze haut als wenn die kinder künste mit papier machen und es klein zusammenlegen, denn ihr ganz gesicht ist ganz voller kleiner runzeln an einander, daß es zu verwundern ist. Ihre schönen haar seind schneeweiß und das ganze gesicht ist rot, also gar nicht schön mehr. Ich bin also ganz getröstet, nie gehabt zu haben, was doch so geschwind vergeht. Euer Liebden haben Schönheiten, so nie vergehen, nämlich dero großer verstand und vivacité,[1] dero générosité und güte, dero beständigkeit vor diejenigen, so sie einmal gnädig gewesen; auch macht dieses, daß man sich dermaßen an Euer Liebden attachiert, daß man Euer Liebden bis an sein end ganz leibeigen ergeben bleibt.

[1] Lebhaftigkeit

*Liselottes Vater, Kurfürst Karl Ludwig von der Pfalz.*
*Maler unbekannt*

MARLY, 6. JULI 1702

*An die Herzogin Sophie*

Neues weiß ich jetzt ganz und gar nichts und wenn ichs gleich wüßte, dürfte ich es nicht sagen, denn man hat mich gewarnt, daß die, so meine Briefe lesen, gar wunderliche kommentare drüber machen, um mir händel bei dem Könige anzumachen . . . Wenn mich der König die gnade täte und drüber zur rede setzen, wollte ich mich gar wohl verantworten, und ich wollte, daß man mich mit das immer lachende ministerchen[1] konfrontieren wollte; ich bin gewiß, daß er mir mit seinen falschen auslegungen nicht unter die augen stehen dürfte. Ich bitte den herrn ausleger der teutschen Schriften, dieses treulich zu übersetzen, damit der minister meine meinung recht wissen möge; und erfahre ich weiter dergleichen, werde ich ihnen die mühe nicht geben, dem König ferner davon zu sprechen, denn ich werde selber eine audienz begehren und Ihro Majestät fragen, ob sie befohlen, meine Briefe alle zu öffnen und kommentare drüber zu machen. Denn was ich schreibe, kann von jedermann gelesen werden, wenn mans nur ohne lügen und falschheit überbringt. Ich weiß nicht, warum dies männchen so gegen mich verpicht ist, ich habe ihm mein leben nichts zuleid getan und sollte meinen, bei jetzigen wichtigen affairen er etwas notwendigeres würde zu schaffen haben, als meinen briefen an meine nächsten verwandten nachzugrübeln, um mir schaden zu wollen.

[1] der Postminister Torcy

VERSAILLES, 8. APRIL 1703

*An die Raugräfin Luise*

Der krieg muß die pfälzische luft geändert haben, und das viele brennen; denn zu meiner Zeit waren unterschiedliche leute zu Heidelberg, zu Mannheim, auch im gebirg hinter kloster Neuburg, so über hundert jahr alt waren. Ich fand einen mann bei dem kloster Neuburg, so noch ins holz ging und hundert und zehn jahr alt war; zu Mannheim war ein mann von hundert und zwei jahr und sein frau war hundert jahr alt; bei Meisenheim hat mein bruder mir gesagt, daß er einen bauer gesehen, so hundert und vierundzwanzig jahr alt war; also seht Ihr wohl, daß man vor diesem viel dergleichen exempel gehabt hat.

VERSAILLES, HIMMELFAHRTSTAG, 1. MAI 1704

*An die Herzogin Sophie*

Heute haben wir einen heiligentag wie Euer Liebden und müssen diesen nachmittag in die vesper, welches eine langweilige sach ist. Euer Liebden werden heute auch singen: »Allein Gott in der höh sei ehr und dank für seine gna ha ha de, daß nun forthin und nimmermehr uns scha ha den ka ha hann kein scha ha hade« (so hat mans als zu meiner zeit gesungen), »ein wohlgefallen Gott an uns hat, nun ist groß fried ohn unterlaß« (das weiß ich nicht, wo der ist), »all fehd hat nun ein en he hende« (mich deucht aber, es seie überall noch fehd genung). Bei den reformierten und lutherischen seind die feiertag nicht so langweilig als bei den katholischen, denn erstlich, so währt es bei den ersten nicht so lang, und zum anderen, so verstehet man, was man sagt und kann mitsingen; das vertreibt die zeit, aber mit dem lateinischen geplärr ist kein rat und es währt dazu bitter lang. Das gesetz des Allerhöchsten wird übel gefolgt, denn mich deucht, daß sich die menschen nie mehr gehaßt haben als nun. Es ist doch eine elende sache, daß der menschen leben so kurz ist und anstatt daß sie allen ihren verstand gebrauchen sollten, sich die zeit zunutz zu machen, um glücklich und mit lust zu leben, so denkt man an nichts als sich selber und andern das leben sauer und verdrießlich zu machen. Das ist übel bedacht und gar nicht nach Gottes gebot; jedoch weilen in allen sachen ein verhängnis ist, muß unser Herrgott es doch wohl so haben wollen, sonsten ging es anderst . . . Wenn ich die romane lange und an einem stück lesen müßte, würden sie mir beschwerlich fallen; ich lese aber nur ein blatt drei oder vier, wenn ich, met verlöff, auf dem kackstuhl morgens und abends sitze, so amüsierts mich und ist weder mühsam noch langweilig so.

FONTAINEBLEAU, 1. OKTOBER 1704

*An die Herzogin Sophie*

Ich sehe wohl, daß Euer Liebden papas selig opinion sein und auch glauben, daß es besser in der welt zugehen würde, wenn die welt von die drei charlatans würde befreiet sein: die pfaffen, doktoren und advokaten. Ich glaube nicht, daß es der wahren religion schuld ist, daß alles übel geht, sondern nur derer, die die religion zum prétexte nehmen, nur ihrer politik zu folgen. Ich muß lachen, daß Euer Liebden schier so eine lange litanei haben, von was die religion übels gestift, als St. Paulus eine macht von denen, so durch den glauben gerecht geworden sein. Womit Euer Liebden schließen, ist mit unseres herrn Christi eigenen worten, denn er sagt, daß Gott lieben von ganzem herzen und ganzer seelen, darin bestehet das gesetz und die propheten, muß also wohl die rechte religion sein . . .

VERSAILLES, 16. SEPTEMBER 1706

*An die Herzogin Sophie*

Ich bin recht in der seelen betrübt, denn just der tag, da Euer Liebden mir letzt geschrieben, ist wohl unglücklich vor mich, und dieses, weilen der maréchal de Marsin und die übrigen generale meinem sohn nicht haben glauben wollen, welcher mit seiner armée aus den linien den feind attakkieren wollen, aber maréchal de Marsin noch keiner von den anderen generalen hat dazu eingestimmt und haben order gewiesen, daß sie es nicht tun dürften.[1] Also hat mein sohn unglücklicherweise ihrem verfluchten rat folgen müssen. Die feinde haben das retranchement[2] attackiert, wo monsieur de la Feuillade vergessen hatte, den ort zu befestigen, weilen er sich auf zwei flüsse verlassen, so da fließen, hat aber nicht nachgedacht, daß das wasser bei der hitze trocknet. Die feinde seind durchs wasser kommen, 35 000 mann gegen 8000, seind also durchgebrochen und haben Turin entsetzt. Mein sohn hat sich so lang gewehrt, als er gekonnt hat, und ist an zwei orten verwundt; hat einen musketenschuß in der hüfte und einen am linken arm zwischen dem ellenbogen und der faust. Sein balbierer hat mir geschrieben und versichert, daß gar keine gefahr dabei ist. Der maréchal de Marsin hat seinen bösen rat mit dem leben bezahlt, denn er ist umkommen. Man sieht heute mehr als nie, daß, wenn man meinen Sohn hätte gewähren lassen, daß es besser wäre hergangen.

[1] Liselotte bezieht sich in diesem Brief auf die Schlacht von Turin, in der fast das ganze Heer ihres Sohnes, des Herzogs Philipp II. von Orléans, von Prinz Eugen vernichtet wurde. [2] Verschanzung, Schützengraben

VERSAILLES, 29. SEPTEMBER 1706

*An die Herzogin Sophie*

... werde ich Euer Liebden meines sohnes zustand erst morgen berichten, hier aber nur sagen, was ich durch die post nicht sagen kann: wie elend es nun hier ist. Die hälfte von geldern, so man empfängt, ist in billets de monnaie;[1] will man geld davor haben, muß man den fünften teil davon verlieren. Das geht hoch auf die länge; also hört man überall nichts als klagen und lamentieren, welches sehr beschwerlich ist. Den König muß ich doch noch in zwei stükken loben, er behält eine große standhaftigkeit in seinem unglück. Spanien und Frankreich gehen durch zwei alter weiber geiz zuschanden: in Spanien durch der prinzess des Ursins geiz, die, um alles zu ziehen, alle grands d'Espagne gegen den König gesetzt, und hier die Maintenon, so durch ihren geiz dem König übel dienen macht, indem sie denen nur beistehet, so ihr geld geben; zieht geld von alles. So sehr sie mich auch haßt und von dem König abzieht, so lebt er doch höflich mit mir, welches zu verwundern ist, denn er sagt mir alle abend an tafel noch ein paar wort, welches allen denen, so den haß wissen, so dies alte weib und ihre zucht, die duchesse de Bourgogne, gegen mir haben, wunder nimmt.

[1] Schuldschein

# LE ROI EST MORT

## *1708—1716*

VERSAILLES, 20. SEPTEMBER 1708

*An die Herzogin Sophie*

Ich kann Euer Liebden leider aber gar nichts artiges berichten, denn daß das alte weib boshaftiger ist als nie und ihr pupil, die herzogin von Bourgogne, in ihrer bosheit und falschheit erzieht. Sie macht die duchesse de Bourgogne mit großen kappen, um betrübt und dévot zu scheinen, in alle großen messen laufen. Und in alle salut, da tat sie, als wenn sie weint und fasttage hält, und nachts haben wir sie sehen mit ihren damen durch die fenster medianosche halten und sich brav lustig machen. Sie kann zwei bouteillen puren wein aussaufen, ohne daß man es ihr ansieht, und ist so coquet, daß sie bis auf ihr eigene écuyer[1] nachläuft. Da sehen Euer Liebden, wie falsch alles hier ist. Das alte weib macht dem König weis, daß ihresgleichen nicht ist in gottesfurcht und tugend, und das glaubt der gute König heilig. Alle tag tut sie mir brusquerieen; läßt mir ans Königs tafel die schüsseln, wovon ich essen will, vor der nas wegnehmen; wenn ich zu ihr gehe, sieht sie mich über eine achsel an und sagt mir nichts, oder lacht mich aus mit ihren damen. Das bestellt die alte express, hofft, ich würde bös werden und mich emportieren[2], damit man sagen möge, man könne nicht mit mir leben und mich nach Montargis zu schicken. Aber ich merk den possen, lach also nur über alles was sie anfangen, und beklag mich nicht, sage kein wort.

[1] Stallmeister [2] hinreißen lassen

*An die Herzogin Sophie*

Wir seind seit gestern hier, obzwar die kälte noch abscheulich ist. Vor acht tagen hatte es ein wenig aufgetauet, seit vergangenem sonntag ist aber der frost ärger als nie wiederkommen ... Ich sitze am eck vom feuer und kann kaum die feder halten. Gestern abends hatten wir musik, es lief aber übel ab, denn die hälfte hatte den weg mit ihrem fiaker nicht heraufkommen können, denn es ist überall glatteis und viele leute brechen sich arm und bein ... Um sich dieses leben wohl können zunutz zu machen, müßte man sein eigener herr sein und nicht von andern dependieren. Ich bin jetzt in meiner bibel am ersten buch Moses, denn ich habe es mit dem neuen jahr wieder angefangen, finde es recht divertissant (zeitvertreiblich sollte ich sagen) zu lesen ... Der duc de Bourgogne und der duc de Berry seind miteinander und auf dieselbe weise erzogen worden, allein ihre humoren[1] seind sehr différent. Der duc de Berry ist gar nicht dévot, hat keine considération vor nichts in der welt, weder vor Gott noch menschen, keine maximen, ist in sorgen vor nichts, wenn er sich nur divertiert mit was es auch sein mag: schießen, kartenspielen, mit jungen weibern reden, so le sens commun[2] nicht haben, brav fressen, das ist all sein lust, auch das eisglitschen gehört dazu. Mein sohn ist ganz eine ander art; er liebt den krieg und versteht die sach, er liebt weder jagen, schießen, noch spielen, aber er liebt alle freien künste und über alles die malerei und gemälde, worauf er sich, wie die maler sagen, sehr wohl verstehet; er liebt das destillieren, er liebt die konversation und spricht nicht übel, er hat wohl studiert und weiß viel, denn er hat ein gut gedächtnis; er liebt die musik und liebt die weiber; ich wollte, daß dies ein wenig weniger wäre, denn er ruiniert sich und seine kinder mit, und es bringt ihn oft in gar zu liederliche gesellschaft, die ihn von alles guts abhalten.

[1] Charakter [2] gesunden Menschenverstand

*Ludwig XIV. Zeitgenössische Radierung von J. C. Weigel*

*An die Herzogin Sophie*
Der König wäre allzeit gut, wenn man ihn sein eigen mouvement[1] folgen ließ. Aber man macht ihn oft ändern. Niemand an seinem ganzen hof hat mehr politesse als er selber. Von der allmächtigen dame will ich nichts sagen als nur, daß sie alle weis und wege sucht, mich bös zu machen und ihr was verdrießlichs zu sagen, um ursach zu haben, über mich bei dem König zu klagen. Aber alle ihre mühe ist umsonst: ich werde nie bös werden ... werde auch nicht ungeduldig werden und nach meinem wittum gehen. Diesen avis gebe ich ihr, denn sie will doch alles wissen, was in meinen briefen an Euer Liebden ist, also kann sie ihre partei hierauf nehmen.

[1] Gefühl

VERSAILLES, 14. SEPTEMBER 1709

*An die Herzogin Luise*
Ihr werdet nun viel kameraden in betrübnis haben, denn vor vier tagen haben die unserigen eine schlacht bei Mons[1] verloren, haben sich aber diesmal erschrecklich gewehrt, also sein gar viel leute umkommen auf beiden. Man sieht nichts als traurigkeit und tränen. Madame Dangeau, die eine geborene fräulein von Löwenstein ist, hat ihren einzigen sohn abscheulich verwundt. Man hat ihm einen schenkel nahe bei dem bauch abgeschnitten, man weiß noch nicht, ob er davon wird kommen oder nicht ... Mein sohn bezahlt mir nicht einmal, was er mir geben sollte, weit davon, daß er mir vorstrecken könnte. Seine spanischen campagnes, wo man ihm alles hat manquieren lassen, und wo er alles mit seinem eigen geld hat erkaufen müssen, haben ihn recht ruiniert. Es ist abscheulich, was mein sohn vertan hat. Der König hat meinem sohn keinen heller geben, alles, reisen, cam-

pagne, belagerungen, alles ist auf seinen eigenen kosten gangen. So eine elende und erbärmliche Zeit, wie wir tun, habe ich mein leben nicht erlebt. Gott gebe, daß durch einen guten frieden alles ändern möge!

[1] Die Schlacht bei Malplaquet im Spanischen Erbfolgekrieg, bei der die Österreicher, Preußen und Engländer unter Prinz Eugen und Marlborough den Franzosen eine vernichtende Niederlage beibrachten

MARLY, 13. NOVEMBER 1710

*An die Herzogin Sophie*
Das ist der französischen weiber narretei, allezeit in dunklen örtern stecken zu wollen. Madame de Maintenon machte man rechte nischen, wo sie hingeht, um sich gleich hinein zu legen; es ist wie ein klein lotterbett, worum man mit brettern, so wohl schließen, wie ein häuschen herum macht, wie ein pavillon; die duchesse de Bourgogne hat auch eine nische und die princesse de Conti. Ich erstickte, wenn ich darin sitzen oder liegen müßte; ich sehe gern die helle liebe sonne . . . Sie werden aber nicht gewahr, daß dies eben ursach ist, daß ihnen die luft ungesund wird, denn sie seind der luft nicht mehr gewohnt. Ich bin ganz contraire; ist es ein augenblick schön wetter, mache ich alle meine fenster auf.

VERSAILLES, 28. FEBRUAR 1711

*An die Raugräfin Luise*
Ich weiß viel damen hier, so auch den baume blanc[1] aufs gesicht schmieren, wenn er mit esprit de vin zugericht wird. Monsieur selig hat mirs einmal auf das gesicht schmieren wollen; ich habe es aber nie leiden wollen; will lieber sein mit meinen runzeln, als weiße sachen auf mein gesicht

schmieren. Denn ich hasse allen schmink, kann kein rot vor mich selber leiden ... Mein fußschmerz haben sehr abgenommen, aber meine knie taugen ganz und gar nichts und habe tag und nacht schmerzen dran. Ich habe starke oppositions, um nie in kein warm bad zu reisen können; erstlich so habe ich kein geld, um nach keinem bad zu reisen, incognito ist es mir nicht erlaubt und zum dritten so würde man mir nicht erlauben, aus dem königreich zu gehen. Man will mir nicht einmal erlauben, in Lothringen zu reisen, will geschweigen denn nach Aachen zu reisen können. Keine sklaven seind ihrem herrn mehr untertan, als das königliche haus dem König ist. Es ist mir so leid, daß so ein vorschlag unmöglich ist, daß ich nie dran denken darf. Es ist mir wohl von herzen leid, aber in diesem leben werden wir einander wohl nie wieder sehen. Aber laßt uns nicht mehr von so traurigen sachen reden!

[1] Balsam, Schminke

MARLY, 16. APRIL 1711

*An die Herzogin Sophie*

Ich muß Euer Liebden sagen, in welcher großen betrübnis ganz Frankreich und wir alle hier sein durch den ganz unvermuteten todesfall von monsieur le Dauphin[1] ... Den König habe ich gestern um elf gesehen, er ist in einer betrübnis, die ein stein erbarmen möcht, und allebenwohl ist er gar nicht grittlig dabei, sondern spricht mit jedermann ganz sanftmütig, gibt alle betrübte ordres mit einer großen standhaftigkeit, aber alle augenblick kommen ihm die tränen in den augen und seufzt innerlich. Es ist mir todbang, er wird selber krank werden, denn er sieht sehr übel aus ... Ich nehme das unglück mit geduld und bin nur in sorgen vor den König. Monsieur le Dauphin jammert mich zwar, allein ich kann nicht so betrübt über jemand sein, so mich gar nicht lieb hatte und mich ganz verlassen, als über jemand, so allezeit mein freund geblieben ... Die kunst, viel in wenig worten zu sagen, habe ich gar nicht, drum mache ich auch so lange briefe ... Ich glaube, das kommt, weilen daß, wenn man schreibt, hat man die zeit, nachzudenken was man sagen will, kann es also besser setzen, und daß die, so verstand haben und doch übel schreiben, zu viel feuer haben, alle ihre gedanken auf einmal sagen wollen, wodurch der stil zu schwer zu verstehen wird.

[1] Louis, der Sohn des Sonnenkönigs

VERSAILLES, 27. AUGUST 1715

*An die Raugräfin Luise*

Unser lieber König, nachdem er sich zum Tod bereitet und, wie es hier der brauch ist, seine letzten sakramente empfangen, vorgestern um acht uhr abends und alles ordonniert, hat den jungen Dauphin holen lassen, ihm seinen segen geben und zugesprochen. Hernach hat er die Duchesse de Berry, mich und alle seine andern töchter und enkel kommen lassen, er hat mir mit solchen tendres[1] worten adieu gesagt, daß ich mich noch selber verwundere, wie ich nicht rack ohnmächtig worden bin. Er hat mich versichert, daß er mich allezeit geliebt hätte und mehr, als ich selber gemeint, daß es ihm leid seie, daß er mir jemalen chagrin gegeben; er bäte, ich sollt mich doch seiner etlichmal erinnern, welches er glaubte, daß ich tun würde, weil er persuadiert seie, daß ich ihn allezeit lieb gehabt hätte; daß er mir im sterben glück und segen wünsche und daß ich all mein leben möge vergnügt zubringen. Ich wurf mich auf die knie, nahm seine hand und küßte sie; er embrassierte mich. Hernach sprach er an die andern; er sagte, er rekommandiere ihnen die einigkeit. Ich meinte, er sagte es zu mir, ich sagte, daß ich Eure Majestät in diesem und all mein leben gehorsamen würde; er drehet sich herum, lächelte und sagte: »Ich sage Euch dies nicht, ich weiß, daß Ihr es nicht vonnöten habt und zu raisonnabel dazu seid; ich sage es an die anderen Prinzessinnen.« Ihr könnt leicht gedenken, in welchen stand mich all dieses gesetzt hat. Der König hat eine fermeté[2], die nicht auszusprechen ist, gibt alle augenblick ordre, als wenn er nur eine reis täte. Meinem sohn hat er alles anbefohlen und ihn zum regenten gemacht mit solcher tendresse, daß es durch die seele dringt. Ich glaube, daß ich die erste vom königlichen haus sein werde, so dem König folgen wird, wenn er stirbt; denn er lebt noch, aber er wird doch schwächer und es ist nichts zu hoffen, leider . . . Es ist nicht wahr, daß madame de Maintenon tot ist; sie ist in voller gesundheit ins Königs kammer, welchen sie weder tag noch nacht quittiert . . . Der König ist von einer guten, starken konstitution; ich glaube, daß, wenn man eher dazu getan hätte, würde man ihn noch haben salvieren[3] können. Stirbt der herr, wie nicht zu zweifeln steht[4], so ist es ein größer unglück vor mich, als Ihr Euch immer einbilden könnt, aus vielen ursachen, die sich nicht schreiben lassen.

[1] freundlich, zärtlich [2] innere Festigkeit [3] retten
[4] Ludwig XIV. starb wenige Tage nach diesem Brief am 1. September. Für seinen Nachfolger, den unmündigen, erst fünfjährigen Urenkel Ludwig XV. übernahm Liselottes Sohn Philipp die Regentschaft über Frankreich. Als Mutter des Regenten rückte Madame zur ersten Dame des Staates auf.

PARIS, 26. SEPTEMBER 1715

*An Gottfried Wilhelm von Leibniz*

Ich danke Ihm sehr vor den part, so Er genommen in meiner traurigkeit über unsers Königs verlust, wie auch über die freude, so Er meint, so ich empfinde über meines sohns regierung. Es geht aber hiermit wie schier in allen sachen dieser Welt, da die traurigkeiten allezeit vollkommener ist als die freude. Denn mein sohns stand hat zwar einen großen schein und éclat, allein ich habe doch noch große sorgen dabei. Er hat das königreich in keinem guten stand unterhanden bekommen, und es kost ihm schon viel mühe und sorgen, daß er keine zeit zu essen oder zu schlafen hat und mich fürchten macht, daß er endlich eine große krankheit davontragen wird. Ich fürchte auch, es wird meinem sohn gehen, ohne vergleichung, wie es mit den großen fässern zu Heidelberg gangen: alle kurfürsten, so nicht getrunken, haben sie gebauet, und die, so viel getrunken, haben keine gemacht. Der König war nicht gelehrt, hat doch alle studien und gelehrten florieren machen, mein sohn aber, ob er zwar nicht ignorant ist, auch die gelehrten liebt, wird ihnen, wie ich fürchte, nicht favorable sein können, weilen alles in so großer unordnung hier ist, daß mein sohn wohl mühe wird haben, zu tun, was er am liebsten wollte. Er wird auch viel leute übel zu feinden machen, denn fünfzig prätendieren, was nur einer haben kann, das macht neunundvierzig malcontents, ohne die zu rechnen, so meinen sohn beneiden. Dieses alles benimmt mir, ich muß es gestehen, meine freude über meines sohns glorwürdigen stand jetzt.

PARIS, 9. JANUAR 1716

*An Karoline von Wales*[1]

Man hat nie differentere brüder gesehen, als Ihre Majestät der König selig und Monsieur selig waren, haben sich doch sehr lieb gehabt. Der König war groß und cendré oder lichtbraun, und sah männlich aus, hatte außerdermaßen hohe mienen. Monsieur sah nicht ignoble aus, aber er war sehr klein, hatte pechschwarze haare, augenbrauen und augenlider, große braune augen, ein gar lang und ziemlich schmal gesicht, eine große nase, einen gar zu kleinen mund und häßliche zähne, hatte mehr weibliche als manns-manieren an sich, liebte weder pferde noch jagen, nichts als spielen, cercle halten, wohl essen, tanzen und geputzt sein, mit einem worte, alles was die damen lieben. Der König aber liebte die jagd, die musik, die komödien, mein herr nur die großen assemblées und maskeraden. Der König liebte galanterien mit damen; ich glaube nicht, daß mein herr in seinem leben verliebt gewesen.

[1] Gattin des englischen Thronfolgers, geb. Prinzessin von Ansbach

ST. CLOUD, 22. SEPTEMBER 1716

*An Karoline von Wales*

Wenn ich mich in nichts mischen will, das will ich offenherzig heraussagen: ich bin alt, habe mehr ruhe vonnöten, als geplagt zu sein. Ich mag nichts anfangen, was ich nicht wohl zu ende bringen könnte. Regieren habe ich nie gelernt; ich verstehe mich weder auf politik noch auf staatssachen und bin viel zu alt, was so schweres zu lernen. Mein sohn hatt gottlob verstand, die sache ohne mich auszuführen. Zudem so würde es zu viele jalousie bei seiner gemahlin und ältesten tochter zuwege bringen, die er lieber hat als mich; das würde ein ewiger zank sein, und das ist meine sache nicht. Man hat mich genung geplagt, aber ich habe festgehalten; ich wollte meines sohnes gemahlin und tochter gern ein gutes exempel geben. Denn dieses königreich ist zu seinem schaden durch alte und junge weiber regiert worden. Es ist einmal zeit, daß man die mannsleute gewähren läßt. Also habe ich die partei gefaßt, mich in gar nichts zu mischen. In Engelland können weiber regieren, aber wenns recht gehet, sollten in Frankreich die männer allein regieren. Wozu sollte es mir nutzen, mich tag und nacht zu quälen? Ich begehre nichts als friede und ruhe. Alle die meinigen sind tot; für wem sollte ich mich in sorgen setzen? Meine zeit ist nun vorbei, muß nur sehen, so zu leben, damit ich ruhig sterben kann; und es ist schwer, in großen weltgeschäften ein ruhiges gewissen zu behalten.

*An Herrn von Harling*

Ich gestehe, daß mich der schleunige tod von dem armen herrn von Leibniz surpreniert[1] hat. Es ist wohl schad, daß ein solcher gelehrter mann es nicht hat weiter bringen können ... muß doch einen sanften tod gehabt haben, weilen es so geschwind hergangen. Wenn die leute gelebt haben wie dieser mann und wie monsieur Harling mir sein leben beschreibt, kann ich nicht glauben, daß er vonnöten gehabt hat, priester bei sich zu haben, denn sie konnten ihn nichts lehren, er wußte mehr als sie alle. Sankt Paulus sagt, daß die guten werke den wahren glauben zeigen, weilen sie die früchte davon sein; gewohnheit ist keine gottesfurcht, man muß wissen, was man in der gottesfurcht tut. Nur zum heiligen abendmahl aus gewohnheit gehen, kann Gott nicht angenehm sein; es muß auf wahren glauben gericht sein. Und solchen glauben wir dadurch erweisen, daß wir Gott dankbar sein, ihn lieben und auf sein verdienst vertrauen, auch einen ernstlichen vorsatz haben, unsern nächsten zu lieben und ihm nach Gottes gebot behilflich sein. Ohne diese punkten glaube ich nicht, daß einige communion dienlich sein kann. Ich zweifle gar nicht an des herrn Leibniz seligkeit und finde, daß er ein glück gehabt, nicht lang zu leiden. Gott verleih uns allen ein seliges end.

[1] überrascht

Umständliche Beschreibung
Der Französ. Grausamkeit in Heydelberg /
Welche vom verwichenen Octobris 1688. bis in das Monat Februarii 1689. verübet worden.

Verzeichniß der Ziffern so in diesem Kupffer bemerket:

Nürnberg / zu finden bey Joh. Jonathan Felsecker.

*Zerstörung Heidelbergs 1689.*
*Flugblatt des J. J. Felsecker, Nürnberg*

## *1717—1720*

PARIS, 18. FEBRUAR 1717

*An Karoline von Wales*

Wie man gemeint, daß ich nach meines herrn tode den prozeß zu Rom[1] gewinnen könnte und geld bekommen, hat mir die alte zott ins Königs namen sagen lassen, ich sollte versprechen, wofern ich meinen prozeß gewinnen sollte, meinem sohn sogleich die hälfte zu verschreiben, und wenn ichs nicht täte, sollte ich des Königs ungnade zu gewarten haben. Ich lachte und antwortete: ich wüßte nicht, warum man mir drohte, da ich ja keine anderen erben hätte als meinen sohn, daß es aber billig wäre, wenn mir was zukäme, daß er meinen tod erwartete; und daß der König zu gerecht wäre, mir ungnädig zu sein, wenn ich nichts täte, als was recht und billig ist. Hernach kam die zeitung, daß ich meinen prozeß verloren, welches mir aus obgemeldeter ursach nicht leid war.

[1] die pfälzischen Erbansprüche

ST. CLOUD, 17. OKTOBER 1717

*An die Raugräfin Luise*

Der König hat viel schulden gemacht, weilen er nichts von seiner königlichen pracht hat retranchieren[1] wollen, hat also geld gelehnt, wozu die minister brav geholfen. Denn wo der König einen heller gezogen, da haben sie mit ihren kreaturen pistolen bekommen und durch ihre schelmereien und stehlereien den König und königreich arm, sich aber brav reich gemacht. Mein sohn gibt sich tag und nacht mühe und sorgen, alles wieder zurecht zu bringen, und kein mensch weiß ihm dank, hat viel feind, die ihm alles übel drehen, und mit fleiß leute bestellen, ihn bei dem peuple verhaßt zu machen, welches leicht geschieht, insonderheit weilen er nicht bigott ist. Mein sohn ist so wenig interessiert, daß er nie hat, was ihm von der régence von rechtswegen gebührt, hat keinen heller davon genommen, ob er es doch wegen seiner vielen kinder hoch vonnöten hätte.

[1] missen, vermissen, hergeben

ST. CLOUD, 2. DEZEMBER 1717

*An die Raugräfin Luise*

Es ist mir lieb, daß meine briefe Euch wohl überliefert werden. Monsieur de Torcy ist gar mein freund nicht; könnte er was finden, mir zu schaden, würde er es nicht unterlassen. Aber da ist mir nicht bange bei, mein sohn kennt mich zu wohl und weiß, wie herzlich ich ihn liebe, also würde es schwer sein, mich mit ihm zu brouillieren. Daß die briefe wohl zupitschiert sein, will nichts sagen; sie haben eine materie von quecksilber und ander zeugs, das pressiert man auf das pitschier, das nimmt just die größe vom pitschier. Wenn sie es abgedruckt haben und man es in der luft läßt, wird es gar hart, daß man wieder mit pitschieren kann, brechen alles siegelwachs vom brief ab, sehen, ob das wachs schwarz oder rot ist. Wenn sie die briefe gelesen und abkopiert haben, pitschieren sie es wieder sauber zu; es kann kein mensch sehen, daß es aufgemacht worden. Mein sohn kann die gama (so heißt man die materie) machen; ich brauch es nur zu kurzweil.

PARIS, 13. MÄRZ 1718

*An die Raugräfin Luise*

Ich glaube die zeit ist herbeikommen, wie in der heiligen schrift stehet, daß sieben weiber nach eines manns hosen laufen werden. Niemalen seind die weibsleute gewesen, wie man sie nun sieht: sie tun, als wenn ihre seligkeit drauf bestünde, bei mannsleute zu schlafen. Die an heiraten gedenken, seind noch die ehrlichsten. Was man täglich hier hört und sieht, ist nicht zu beschreiben, und das von den höchsten. Zu meiner tochter zeit war es gar nicht der brauch. Die ist in einer verwunderung, daß sie nicht wieder zu sich selber kommen kann, über alles, was sie hört und sieht. Sie macht mich oft mit ihrer verwunderung zu lachen. Insonderheit kann sie sich nicht gewöhnen, wenn sie sieht, daß damen, so große namen haben, sich in voller oper in mannsleute schoß legen, so man sagt, sie nicht hassen. Aber erfährt man in Teutschland, wo man alles von Frankreich nachäffen will, wie die fürstinnen hier leben, wird alles zu schanden und verloren gehen... Das ist gewiß, daß meine eigene kinder gar wohl mit mir leben und mich noch fürchten, als wenn ich sie noch streichen könnte. Ich habe sie auch wohl herzlich lieb.

ST. CLOUD, 3. NOVEMBER 1718

*An die Raugräfin Luise*

Es graust mir recht, wenn ich an alles gedenke, so monsieur de Louvois hat brennen lassen. Ich glaube, er brennt brav in jener welt davor; denn er ist so plötzlich gestorben, daß er nicht die geringste reu hat haben können. Er ist von seinem eigenen doktor vergift worden; den hat man hernach auch vergift; aber ehe er gestorben, hat er bekennt alles, und wer ihn das stück hat tun machen. Man hat es aber gedrehet, als wenn der doktor das hitzige fieber gehabt und gefabelt hätte, weilen er die alte zott accusiert[1] hatte; aber mit solchen umständen, daß man nicht dran hat zweifeln können. Es ist diesem mann gangen, wie in der heiligen schrift steht: „Mit welchem maß ihr messet, soll euch gemessen werden."

[1] beschuldigt

ST. CLOUD, 24. NOVEMBER 1718

*An die Raugräfin Luise*

... Ich glaube, wenn ich Mannheim, Schwetzingen oder Heidelberg wiedersehen sollte, glaube ich, daß ich es nicht würde ausstehen können und vor tränen vergehen müßte. Denn wie alle unglück dort geschehen, bin ich länger als sechs monat gewesen, daß, sobald ich die augen zugetan um zu schlafen, habe ich die örter in brand gesehen, bin mit schrecken aufgefahren und länger als ein stund geweint, daß ich geschluchzt habe. Was würde es denn sein, wenn ich mit meinen augen sehen sollte und gedenken, daß unser herr vater und bruder nicht mehr sein, wie auch meine frau mutter! Ich bitte, liebe Luise, kauft mir, wo es zu finden ist, eine landkart vom amt Heidelberg, laßt sie sauber auf ein tuch kleben, damit sie nicht zerreißt, und schickt sie mir und schreibt mir, was sie Euch kost!

PARIS, 15. DEZEMBER 1718

*An die Raugräfin Luise*

Ich habe schon von dem ridiculen serail gehört, so der markgraf von durlach hält. Wie ich jetzt von unsern teutschen, es seien fürsten oder ander herrn, höre, so seind sie alle so närrisch, als wenn sie aus dem dollhaus kämen; ich schäme mich recht davor. Was sagen aber die herrn pfarrer zu solchen leben? Ihr werdt mir sagen, eben was die

Warhaffte Contrafactur und kurze Vorstellung der abscheulichen Mord-Brennereyen des Französischen Brigadiers

MELAC /

Welche er in diesem 1689. Jahr als ein grausamer Blutthund / samt seiner verfluchten Französischen Rott an unterschiedlichen Orten des Neckars und Rheins ausgeübet.

Eigentliche Abbildung des Französischen Mordbrenners Melacc etc.

Nürnberg / zu finden bey Berdholt Lochnern.

*Zeitgenössisches Flugblatt »Eigentliche Abbildung des französischen Mordbrenners Mélác«. Nürnberg 1689*

beichtsväter hier sagen, und hierin habt Ihr recht. Allein was man nicht anklagt, kann man in der beicht nicht strafen. Solange leichtfertigkeit und interesse im schwang gehen, werden alle sachen in der welt überzwerch gehen.

PARIS, 16. APRIL 1719, UM 7 UHR MORGENS

*An die Raugräfin Luise*
Zu meiner zeit sagte man in der Pfalz das sprichwort nicht wie jetzt und wie Ihr es schreibt, daß, wenns den leuten zu wohl geht, so fangen sie was an, sich zu verderben. Man sagt: »Wenns der geiß zu wohl geht, so geht sie aufs eis und bricht ein bein.« Man sagt hier, daß man verspürt hat, daß in allen régences man sich so mausig gemacht hat und allezeit rebelliert hat. Wo kein König regiert, bildt sich ein jeder ein, er müsse regieren... Mein sohn tut sein bests, wie das Sprichwort sagt: wie einer, der allein geigt... Schwetzingen wäre besser den frühling und sommer zu bewohnen als Heidelberg, denn man kann besser dort spazieren im Ketscher wald, welches ja eine recht schöne Promenade ist, wo er noch stehet, und bald wird man viel gute Erdbeeren dort finden. Im kleinen wäldchen zwischen Schwetzingen und Heidelberg seind auch gar gute, aber zu Heidelberg am berg seind die heidelbeeren am besten. Bei Paris seind keine zu finden; man bringt mir alle aus Normandie, seind aber nicht so gut als bei uns, viel kleiner, trockener und saurer als in der Pfalz. Der Kurfürst sollte Friedrichsburg wieder bauen, das würde ihm ja alle seine leute wieder logieren können, wo nicht in der festung, doch in der stadt Mannheim... PS. In diesem morgen erfahre ich, daß die alte Maintenon verreckt ist, gestern zwischen vier und fünf abends. Es wäre ein groß glück gewesen, wenn es vor etlich und dreißig jahren geschehen wäre.

*An die Raugräfin Luise*

Alle meine guten ehrlichen landsleute haben... freien zutritt bei mir, es seie mit worten oder schriften... Ich höre allezeit gern, daß die gute, ehrliche Pfälzer mir noch affektioniert sein... Die schweinsköpfe stellt man hier nicht auf, wie bei uns; sie legen sie ganz platt, wie verdrückt, in eine schüssel; sie salzen und würzen es nicht genug. Es ist kein vergleichung, wie man sie in Teutschland zubereitet oder hier; das fleisch ist auch schlapper als bei uns. Haselhühner esse ich viel lieber als feldhühner. Pfälzische hasen seind auch ohn vergleichung besser, als die hier im land... Ich wollte, daß ich bei Euch essen könnte. Es bedürft mir nicht mehr, als Ihr dargebt; es müßte aber auch sauerkraut dabei sein, welches ich herzlich gern esse; aber hier taugt das kraut nicht, sie könnens nicht recht zurichten und wollens nicht tun. Was sie aber nicht schlimm hier machen, das ist gefüllt weißkraut. — Freilich schmerzts mich, wenn ich weiß, daß man die armen alten einwohner zu Heidelberg so plagt, hätte schier auf gut pfälzisch gesagt »so geheit«. Es ist eine elende sach, daß wir menschen allezeit glücklich leben wollen und doch allen möglichen fleiß anwenden, einander das leben sauer zu machen; so närrisch seind wir arme menschen. Die sich durch pfaffen regieren lassen, tun allezeit was überzwerchs. Ich hielte Kurpfalz[1] vor gescheiter, als sich von denen bursch zu führen lassen, und alle die sottise[2], so die pfaffen der Kaiserin, seiner frau schwester tun machen, die sie ganz regieren, sollten ihm zur warnung gedient haben, nicht in selbige fehler zu fallen. Und ein kurfürst, der verstand hat, sollte gedenken, daß die wahre dévotion eines regenten ist, recht und gerechtigkeit und sein wort zu halten und wissen, daß wer ihm dagegen ratet, kein wahrer noch guter christ sein kann, also so bösem rat nicht folgen, sondern ferme widerreden...

[1] Kurfürst Karl Philipp von Pfalz-Neuburg [2] Dummheit

PARIS, 7. DEZEMBER 1719

*An die Raugräfin Luise*
Die unrichtigkeit der post macht einen oft recht ungeduldig. Aber es ist doch kein rat dazu; es geht seinen weg, wie es den herren postillionen gefällt. Aber Ihr sagt gar recht, liebe Luise, nach dem teutschen sprichwort: »Gegen wind und wetter kann man nicht.«
Das hirn schwächt mit der Zeit und mit dem alter; so geht es Kurpfalz jetzt. Gott der allmächtige wolle ihm die augen öffnen, damit meine gute landsleute ruhe und frieden bekommen mögen, welches ich ihnen wohl vom grund der seelen wünsche, und alle böse pfaffen ihren verdienten lohn bekommen mögen! Der Kurfürst sollte alle pfaffen, so ihm so bösen rat geben, vor den teufel jagen; das würde andere raisonnabler machen und Kurpfalz einen religionskrieg versparen. Ich finde könig Hiskias[1] gebet gar gut, sage von herzen amen dazu... Gott verzeih mirs! man soll nicht judizieren, aber ich kann nicht lassen, zu zweifeln, daß die Montespan und die Maintenon selig sein werden; sie haben gar zu viel übels in der welt gestiftet; Gott wolle es ihnen vergeben!... Es ist etwas unbegreifliches, wie erschrecklich reichtum jetzt in Frankreich ist; man hört von nichts als millionen sprechen. Ich begreife nichts in der welt von der sach. Wenn ich von allem dem reichtum höre, denk ich, daß der gott Mammon jetzt zu Paris regiert.

[1]König im Alten Testament

PARIS, 4. FEBRUAR 1720

*An die Raugräfin Luise*
Es ist wahr, daß Paris und Heidelberg in gleichem grad sind, auch demselben ascendent, nämlich der Jungfrau. Allein ich glaube, daß meines sohns letztverstorbener doktor, so ein Teutscher und gelehrter mann war, den unterschied von diesen zwei örtern gefunden. Er hieß herr Humberg. Er

sagte, daß er einmal in gedanken ging, warum die Heidelberger luft so gesund wäre und die Pariser luft so gar ungesund, kam eben an einen ort, wo man die stein aufhub, das pflaster zu ändern und neue pflasterstein einzusetzen. Er sah, daß, wo man die steine herauszog, war ein pechschwarzer kot darunter. Er nahm von selbigem kot, so ein schuh hoch unter dem stein war, tat es in ein papier, trug es nach haus und destillierts und fand, daß es lauter nitre und salpeter war, judizierte daher, daß, wann die subtilité[1] hiervon von der stärke der sonne in die luft gezogen, müßte es eine böse und scharfe luft machen und verursachen. Solcher nitre komme von so viel tausend menschen, so auf den gassen pissen. Dieses raisonnement von herrn Humberg habe ich gar apparentlich[2] gefunden... Hierbei schicke ich Euch, liebe Luise, was ich vor Euch an Kurpfalz alleweil geschrieben habe. Hieraus werdet Ihr sehen, daß es an meiner recommandation nicht liegen wird, daß Ihr nicht bezahlt werdet.

[1] Extrakt, scharfer Geruch [2] einleuchtend

PARIS, 4. FEBRUAR 1720

*An den Kurfürsten Karl Philipp von der Pfalz*

Darf ich wohl die freiheit nehmen, Euer Liebden gehorsamst zu bitten, sich der armen Raugräfin zu erbarmen? Die kammer zu Heidelberg ist ihr noch zwanzigtausend gulden schuldig, so ein gering objekt vor einen großen Kurfürsten ist, wie Euer Liebden sein, aber ein großer verlust vor eine arme Reichsgräfin ist, so ja nur das zum leben hat, was sie aus der Pfalz zieht. Euer Liebden seind zu généreux, um ihr das ihrige nicht zu folgen lassen; sie ist ja die einzige, so noch von allen den Raugrafen übrig ist. Ich würde Euer Liebden sehr verobligiert sein, wenn sie die charité vor sie haben wollten, ernstlich zu befehlen, daß sie bezahlt möchte werden.

ST. CLOUD, 30. MAI 1720

*An die Raugräfin Luise*

Meine tochter hat mir durch die gestrige post ein mémoire geschickt, daß fünfundsiebzig familien aus der Pfalz nach Orléans gehen, um ins Mississippi[1] zu reisen. Der herzog von Lothringen hat sie durch Lothringen gehen sehen. Ihr werdet alle ihre tagreisen hierbei finden. Die tränen seind mir drüber in den augen kommen. Ich fürchte, daß unser Herrgott den Kurfürsten hart strafen wird. Wenn die strafe nur auf die verfluchte pfaffen könnte fallen, wäre es gut, aber ich fürchte, der Kurfürst es selber wird bezahlen. Gott gebe, daß ich mich betrüge.

[1] Es handelt sich hier um Pfälzer reformierten Glaubens, die vom Kurfürsten der Pfalz wegen ihrer »abweichenden« Religion verfolgt wurden.

ST. CLOUD, 11. JULI 1720

*An die Raugräfin Luise*

Oft mit meinem sohn zu sprechen, ist etwas rares, jedoch habe ich ihn vergangenen sonntag abends und montag morgens ein augenblick gesehen. Ich spreche ihn mein leben von keinen staatssachen, noch gebe ich ihm keinen rat, denn was man selber nicht verstehet, ist es zu schwer, andern guten rat zu geben. Man tut mir zu große ehre an, zu glauben wollen, daß durch meinen rat was besser geworden. Durch meinen rat kann nichts besser noch schlimmer werden; denn, wie schon gesagt, so gebe ich keinen rat in nichts, was den staat angeht. Aber die franzosen seind so gewohnt, daß weiber sich in alles mischen, daß es ihnen unmöglich vorkommt, daß ich mich in nichts mische, und die guten Pariser, bei welchen ich in gnaden bin, wollen mir alles guts zuschreiben. Ich bin den armen leuten recht verobligiert vor ihre affection, verdiene sie ganz und gar nicht. — die mettwürst bekommen mir noch gar wohl, denn ich bin,

Gott sei dank, in perfekter gesundheit, so lang es währen mag, denn bei alten weibern kann es nicht lang dauern. Ich wünsche noch fürchte gottlob den tod nicht, hab mich ganz in Gottes willen ergeben und singe, wie das lutherische lied sagt, liebe Luise: Ich hab mein sach Gott heimgestellt. . . Ich esse auch viel obst, aber vor den magen finde ich die mettwürst besser. Bratwürst esse ich auch gern; es deucht mir aber, daß man sie besser bei uns als hier macht. . . Komplimentieren finde ich sehr unartig; aber politesse haben und höflich sein, da halte ich viel von.

ST. CLOUD, 5. SEPTEMBER 1720

*An die Raugräfin Luise*

Lustig tue ich längst nicht mehr, habe das lachen auch schier ganz verlernt. Wär vor etlichen jahren geschehen, was gestern in der komödie vorgangen, so hätte ich drei tag drüber gelacht. Mademoiselle de la Roche-sur-Yon hat einen possierlichen porzelbaum gemacht; die bank, worauf sie saß, brach auf einmal unter sie, sie versunk auf einen stutz, man konnte sie schier nicht wieder herausziehen. Sie ist groß und stark; an solchen leuten ist es noch possierlicher, zu fallen. Sie lachte selber von herzen drüber; ich war aber recht erschrocken, denn ihr kopf war so stark zurückgeschlagen, daß ich gemeint, daß sie sich wehe getan hätte, war aber getrost, wie ich sie von herzen lachen sah. Mich deucht, unsere ehrlichen Teutschen tun nicht alles so um geld wie die Franzosen und Engländer; seind gar gewiß weniger interessiert. Mein Gott, wie finde ich den interesse[1] eine häßliche sache! Es ist wohl nicht recht, dem gott Mammon dienen, wie in der heiligen schrift stehet; glaube, daß keine größere verdammnis ist, denn das ist der grund von alles übels. Unsere Teutschen können ihr leben ihre beutel nicht spicken wie die Engländer, denn wie sie nicht so interessiert sein, so gedenken sie nicht an allerhand fint und ränk, geld zu bekommen, halten das kaufmannshandwerken vor eine schande, und das finde ich estimabel.

[1] Eigennutz

ST. CLOUD, 21. NOVEMBER 1720

*An die Raugräfin Luise*

Waren die trauben, so man Euch aus der Pfalz geschickt, von Schrießheim? Da seind sie ordinari gar gut, und ich finde sie besser als die von der seite von Rohrbach. Mich deucht, die Heidelberger trauben seind nicht ungesund. Ich erinnere mich, daß ich von den Schrießheimer trauben in dem weingarten so erschrecklich gefressen, daß mir der bauch so dick geworden, daß ich nicht mehr gehen konnte; hat mir aber gar nichts geschadt, sondern nur bessere lust zum mittagessen gemacht. . . Ich sehe, wie es hier mit dem verfluchten Mississippi geht. Ich habe einen solchen widerwillen gegen alldies zeug, daß ich allen meinen leuten verboten, nie von dies noch von der constitution[1] vor mich zu reden. Ich verstehe weder eines noch das ander, aber sie seind mir beide zuwider wie eine burgatz, wie die frau von Rotzenhausen als pflegt zu sagen. Ich glaube, daß der teufel die sach inventiert[2] hat, um so viel leute in verzweiflung zu stürzen. Ich weiß nicht, was steigen oder fallen in der sach ist, und will es auch nicht lernen.

[1] Verfassung [2] erfunden

ST. CLOUD, 28. NOVEMBER 1720

*An die Raugräfin Luise*

Ich bin in der Pariser gnaden; es würde sie betrüben, wenn ich gar nicht mehr dort wohnen sollte; muß also den guten leuten etliche monat aufopfern. Sie verdienen es wohl an mir, haben mich lieber als ihre geborene fürsten und fürstinnen; die verfluchen sie und mir geben sie lauter segen, wenn ich durch die stadt fahre. Ich habe auch die Pariser lieb; es seind gute leute. Es ist mir selber leid, daß ihre luft und wohnung mir so zuwider sein... In einem gar heißen sommertag jagte ich den hirsch zu St. Leger mit monsieur le Dauphin, da kam ein stark wetter, donner, blitz und hagel; mein rock war so voller schloßen, daß es im schmelzen durchdrang, und meine bottines[1] wurden voll von dem eiskalten wasser. Wir waren weit von den dörfern und drei gute französische meilen von den kutschen; die knie wurden mir ganz verfroren, seind mir seitdem schwach und voller schmerzen worden. Ich habe hunderterlei gebraucht; alles hat im anfang wohl getan, aber doch wiederkommen. Nun brauch ich gar nichts mehr, bin doch nicht besser noch schlimmer als ich war. Ich bin jetzt so alt, daß es der mühe nicht mehr wert ist, an kurieren zu gedenken... Es ist wahr, liebe Luise, daß wer jetzt was kaufen wollte, alles dreimal teurer finden würde als vorm jahr, insonderheit gold und edelgestein. Man hat mir offeriert, vor kleine ring, so ich habe, dreimal so viel zu geben als sie mir gekost haben; das hat mich aber ganz und gar nicht tentiert, denn ich bin gottlob nicht interessiert, liebe das geld nur, um es zu vertun...

[1] Stiefel

ST. CLOUD, 30. NOVEMBER 1720

*An die Raugräfin Luise*

Die mode ist ganz vergangen, an Gott und sein wort zu gedenken und ein gewissen zu haben und sich darnach zu richten. Das seind einfalten von den vergangenen jahren und zeiten, da richt sich in jetzigen zeiten niemand mehr nach. Sie werdens erst erfahren, wenn sie Gott brav abstrafen wird... Ist es nicht natürlich, daß man lieber in seinem vaterland ist, wo man geboren und erzogen?. . . Ach, liebe Luise, man stirbt nicht von dieses noch von jenes; man stirbt, weilen die stund gekommen. Dann ich bin wohl persuadiert, daß ein jedes seine stund gezählt hat, die man nicht überschreiten kann. Also man mag das leben müd sein oder nicht, stirbt man doch keinen augenblick eher noch später.

PARIS, 14. DEZEMBER 1720

*An die Raugräfin Luise*

Man erzieht hier im Land und insonderheit dans la maison royale die prinzessinnen so bitter übel, daß es ein schand ist. Wenn man sorg vor ihnen hat, werden sie anderst; denn Ihr seht ja wohl, daß die, vor welche ich gesorgt, nicht so sein; denn man kann nicht besser mit seinem herrn leben, als die königin von Sardinien[1] mit ihrem König, und meine tochter mit ihrem herrn lebt. Aber wenn man den kindern sein leben nichts sagt, sie von sieben bis zwanzig jahren ganz nach ihren fantasien leben läßt, da kann nichts raisonnables von kommen. Ich habe mein partei gefaßt; ich werde mich nicht mehr um meine hiesige enkel bekümmern, sie mögens machen wie sie wollen. Mein sohns heirat ist ohne meinen willen geschehen; ich wäre also wohl ein großer narr, wenn ich mich über dies alles quälen sollte. Ich werde so lang ich lebe mit ihnen allen wohl und höflich leben, um frieden zu behalten, aber damit getan; im übrigen lebe ich à part vor mich selber wie ein reichsstädtel. . . Ich vergesse nicht, liebe Luise, wenn ich was verspreche; denn ich erinnere mich als des teutschen sprichworts: »Ein schelm, der sein wort nicht hält«, und wie ich nicht zum schelmen werden will. . . Man muß sich in kleinen sachen angewöhnen, wahr zu sagen, um nie in lügen gefunden zu werden; denn ich hüte mich sehr davor, finde nichts abscheulicheres. . .

[1] Liselottes zweite Stieftochter

## *1721—1722*

PARIS, 6. MÄRZ 1721

*An die Raugräfin Luise*

Das gemeine volk seind gute, fromme leute zu Paris, aber alles, was man grandseigneurs heißt, als princes de sang[1], ducs, die taugen den teufel nicht, haben keine christliche sentimenten, weder ehre noch glauben, undankbar, haben keinen anderen Gott als den gott Mammon. Interesse, geld zu ziehen und zu gewinnen, ist ihre einzige occupation, auf welche art und weis es auch sein mag. . . Ich muß gestehen, ich fürchte die interessierten leute, so gar nicht an Gott glauben; denn sie folgen nur ihren fantasien und das kann weit gehen in bosheit.

[1] Prinzen von Geblüt

PARIS, 29. MÄRZ 1721

*An die Raugräfin Luise*

Mannheim ist ein warmer ort, ich erinnere mich, daß wir einmal in der Mühlau zu nacht aßen den ersten mai; alles war ganz grün, es kam so ein schrecklich donnerwetter, als wenn himmel und erden vergehen sollten. Euer frau mutter wurde bang, aber sie konnte doch das lachen nicht halten, wie sie die abscheuliche grimassen sah, so die furcht meiner hofmeisterin, der jungfer Kolbin, zuwege bracht; ich meinte mich krank zu lachen. . . Meines sohns ohnmäßliche sanftmut macht mich oft so ungeduldig, daß ich treppeln möchte. Denn die Franzosen haben das: um mit ihnen umzugehen können, müssen sie entweder große hoffnung haben oder fürchten. Dankbarkeit muß man nicht bei ihnen suchen, noch wahre affection. Ich habe meinem sohn oft gesagt, ich kenne seine nation besser als er; nun gesteht er mir, daß ich recht gehabt. Mit guten gemütern richt man mehr mit sanftmut aus als mit strengigkeit, aber die seind gar rar hier im land. Der abscheuliche geiz und interesse hält sie davon ab, und was ihren geiz vermehrt das tut der luxe und das hohe spielen, denn da gehört viel geld zu. Das ist in general, aber hernach auch die débauche[1] hilft viel dazu, denn maitressen und favoriten müssen bezahlt werden, das nimmt auch ein groß geld weg.

[1] Ausschweifung

ST. CLOUD, 26. APRIL 1721

*An die Raugräfin Luise*

Monsieur Teray[1] verstehet sein sach gar wohl, man sich auf ihn vertrauen, und im überigen tue ich, was ich tun soll; aber ich bin durchaus persuadiert, daß meine stunde gezählt und daß ich keinen schritten drüber gehen werde. Solang ich leben soll, werden die doktoren alles finden, was mir nützlich sein kann; kommt aber die fatale stund, so mir der Allmächtige vorsehen, mich aus diesem leben zu führen, so wird eine verblendung kommen, so alles überzwerch wird gehen machen. Mir ist die sach sehr indifferent; ich weiß, daß ich nur bin geboren worden um zu sterben, also erwarte ich diese zeit ohne ungeduld und auch ohne sorgen, bitte nur den Allmächtigen, wenn meine stund wird kommen sein, mir ein seliges end zu verleihen. . . Alles was man in der bibel liest, wie es vor der sündflut und zu Sodom und Gomorrha hergangen, kommt dem Pariser leben nicht bei. Von neun jungen leuten von qualität, so vor etlichen tagen mit meinem enkel, dem duc de Chartres, zu mittag aßen, waren sieben, so die franzosen[2] hatten. Ist das nicht abscheulich? . . . Die meisten leute hier im land setzen ihren einzigen trost in débauches und divertissements; außer das wollen sie nichts wissen noch hören. An eine ewige glückseligkeit glauben sie nicht, meinen, daß nach dem tod gar nichts mehr seie, weder gutes noch böses.

[1] Liselottes Arzt [2] die »Franzosenkrankheit« Syphilis

ST. CLOUD, 3. MAI 1721

*An die Raugräfin Luise*

Ich bin in allem, auch im essen und trinken, noch ganz teutsch, wie ich all mein leben gewesen. Man kann hier keine gute pfannenkuchen machen, milch und butter seind nicht so gut als bei uns, haben keinen süßen geschmack, seind wie wasser. Die kräuter seind auch nicht so gut hier als bei uns; die erde ist nicht fett, sondern zu leicht und sandig; das macht die kräuter, auch das gras, ohne stärke, und das vieh, so es ißt, kann also keine gute milch geben, noch die butter gut werden, noch die pfannenkuchen. Auch haben die französischen köche den rechten griff nicht dazu. Wie gern wollte ich den pfannenkuchen von Euer kammermädchen essen! Das sollte mir besser schmecken als alles, was meine köche machen... Ich weiß noch alle psalmen und geistlichen lieder, so ich mein leben gewußt, und singe sie in meiner kammer, auch oft in der kutsch. Ich habe noch meine bibel, psalmbücher und lutherische Liederbücher, kann also singen, soviel ich will. Ich habe hoch vonnöten, daß mir Gott das gedächtnis stärkt; denn ich fühle, daß mein gedächtnis abscheulich abnimmt; ich kann keinen namen behalten, glaube, daß ich bald meinen eigenen vergessen werde. Ich bitte täglich den Allmächtigen, meinen sinn und gedanken zu regieren, nichts zu tun noch zu gedenken, als was mir zu meiner seligkeit dienlich ist, und mich in meinem alter nicht zu verlassen. Auch ist das ende von meinem gebet, nach dem unservater: »Ach Herr, verlaß mich nicht, auf daß ich dich nicht verlasse!«

ST. CLOUD, 17. MAI 1721

*An die Raugräfin Luise*

... Wenn der herzog von Mömpelgard nicht wäre, so wäre gewiß der herzog von Stuttgart der größte narr von ganz Schwaben mit seinem serail. Er macht den König Salomo zum lügner, der sagt, daß nichts neues unter der sonnen seie, so nicht schon geschehen; aber weibsleute als Heidukken zu folgen machen, das ist etwas neues, wie auch, kammerdiener aus ihnen zu machen, sich durch sie aus- und anzukleiden lassen, das ist gewiß gar was neues und unerhörtes.

ST. CLOUD, 14. JUNI 1721

*An die Raugräfin Luise*

Herzallerliebe Luise, vergangnen donnerstag hab ich Euer liebes schreiben vom 4. .. zu recht empfangen, aber wie ich eben damals an Euch schrieb, glaube ich, liebe Luise, daß ich es Euch schon bericht habe. Aber was will man tun! Alte weiber müssen als repetieren. Meine mattigkeit vergeht noch nicht und meine armen knie seind schmerzhafter als nie; das gibt ein reimen ungefähr, ich bin doch wohl gar kein poet... Alle menschen denken nicht wie Ihr und ich, daß die stund gezählt sein. Aber der mensch ist ordinari so hoffärtig, daß er meint, alles durch seinen verstand zu ergründen, und das ist noch mehr in der französischen nation als andere; ich muß oft innerlich drüber lachen. Ohne nachzugrübeln, wann unsere stund sein wird, ist es keine große kunst, zu erraten, daß man bald fort muß, wenn man alt wird; denn wie in einem psalm stehet: unser leben währt siebzig jahr und wenns hoch kommt so seinds achtzig jahr. also sieht man wohl, daß an kein längeres leben in dieser welt zu gedenken ist; wäre also wohl unnötig, sich viel drum zu plagen. Da fehle ich wohl gar nicht an, Gott dem allmächtigen dreimal des tages leib, seel und leben zu befehlen.

ST. CLOUD, 24. JULI 1721

*An die Raugräfin Luise*

Nach meinen gedanken kann ich niemand vor dévot halten, in dem ich den haß gegen den nächsten sehe. Denn unser herr Christus hat uns die christliche und brüderliche liebe zu sehr anbefohlen, um hieran zu zweifeln können. Schwachheiten seind zu entschuldigen, aber bosheit nicht. . . Wie ich noch jung war, bin ich lange jahre gewesen, daß mir gar nichts gefehlt hat; das habe ich der jagd zu danken gehabt; nächst Gott hat es mich bei so langen jahren gesund erhalten. Exerzitien ist eine gesunde sach; ich habe dreißig jahr zu pferd und zehn jahr in kaleschen gejagt. So lang Monsieur selig gelebt, habe ich geritten, und seit des Königs tod alles, was jagden heißt, abgesagt; aber seitdem drei gar große krankheiten ausgestanden. Das hat mich glauben machen, daß mich das jagen in gesundheit in meinen jungen jahren erhalten hatte. . . Es ist aber gar rar, daß lothringische mannsleute verstand haben; der verstand ist dort in kunkellehen[1] gefallen, denn alle lothringische Weiber haben mehr verstand als die männer. Lothringer und Franzosen, alles ist falsch wie galgenholz, wie die Rotzenhäuserin als pflegt zu sagen. Man hat mir schon gesagt, daß unsere guten Teutschen sich greulich verdorben dem guten alten teutschen glauben ganz absagen samt allen tugenden, so die alten Teutschen besessen, und sich allen lastern der fremden nationen ergeben. Das kann mich recht verdrießen. Einem Teutschen steht es viel übler an, falsch, boshaft und débauchiert zu sein, denn sie seind nicht dazu geboren, es geht ihnen zu grob ab; täten also besser, sich bei dem guten alten teutschen brauch zu halten, ehrlich und aufrichtig zu sein, wie sie vor diesem gewesen. . . Ich bin wohl Eurer meinung, daß sobald man die religion auf politik gründet oder mischt, wie der lutherische pfarrer tut, der mit Euch gesprochen, liebe Luise, daß, die solches tun, keine gute religion haben und bald ohne religion sein werden. . . Holland ist angenehm in meinem sinn; Amsterdam ist auch der mühe wohl wert, daß man es sieht. Von Utrecht gingen wir nach Nimwegen, von Nimwegen nach Cleve, von Cleve nach Xanten, von Xanten nach Köln, von Köln nach Bacherach, wo mich Ihro Gnaden selig, unser herr vater und bruder abholten, blieben ein paar tag zu Bacherach, besahen Ober-Wesel und fuhren den Rhein hinunter bis nach Bingen und hernach nach Frankenthal, wo wir lang blieben. Ich weiß nicht, ob ichs mich noch recht erinnere, denn in acht-, in neunundfünfzig jahren kann man wohl was vergessen. Utrecht ist mir noch allezeit lieb, denn ich mich gar wohl dort divertiert habe. Das ist gewiß daß wer Holland gesehen, findt teutschland schmutzig; aber um Teutschland sauber und angenehm zu finden, müßte man durch Frankreich; denn nichts ist stinkender noch sauischer als man zu Paris ist. . . Apropos von Fontainebleau. . . wer das jagen nicht gewohnt ist, kann brav purzelbäume dort machen, doch bin ich weniger dort gefallen, als in diesen gegenden. Ich glaube, daß es ist, weilen ich den ort so herzlich lieb hatte, daß mir nie nichts übels noch widerliches dort begegnet ist, sondern habe mich besser dort divertiert als an keinem andern ort von ganz Frankreich. Fontainebleau, das schloß, sieht ganz teutsch aus mit seinen großen galerien, sälen und erkern. Aber hiermit genug hiervon, es macht mir das herz schwer.

[1] in den Schoß der Weiber

ST. CLOUD, 2. OKTOBER 1721

*An Herrn von Harling*

Ich muß diesen morgen nach Paris, mich mit meinem sohn und seiner gemahlin zu erfreuen über die fröhliche botschaft, so sie vergangen montag empfangen, nämlich ein courier vom könig in Spanien, welcher von meinem sohn seine tochter begehrt vor seinen ältesten sohn, den prinzen von Asturien. Es wird zwei junge eheleute geben, denn der Prinz ist den 25. August erst vierzehn jahr alt worden und mademoiselle de Montpensier wird den zukünftigen 11. Dezember erst zwölf jahr alt werden. Dies alles find ich gut und schön, wenn es nur nicht zu viel visiten und complimenten nach sich zög, des man sich nicht mehr zu behelfen weiß. Es geht aber hierin, wie das französisch sprichwort sagt: »Il faut avoir les charges avec les bénéfices.« Unsere junge braut hat noch keinen namen, sie ist zwar getauft, aber die zeremonie, wo man den namen gibt, ist noch nicht geschehen. Der König und ich werden diese zeremonie halten. Ehe mademoiselle de Montpensier ihre reise anfängt, wird sie also mit drei sakramenten versehen werden: der tauf, kommunion und konfirmation; das ist doch etwas rares. . . Ich befinde mich nun gottlob gar wohl, aber große stärke finden sich in meinem alter nicht mehr; kann doch noch wohl ein stündchen spazieren. . .

[1] wer den Gewinn haben will, muß auch die Last tragen

ST. CLOUD, 5. SEPTEMBER 1722

*An die Raugräfin Luise*

Ich ergebe mich oft des tags in den willen Gottes mit leib und seel, bin im übrigen ohne sorgen und erwarte, was Gott mit mir machen will. . . Die plan von Mannheim und Schwetzingen werden mich sehr amüsieren, aber auch manchen seufzer kosten, indem es mich an die guten alten zeiten erinnern wird. Aber der kurfürst zu Pfalz ist gar zu demütig, sich zu meinen armen geschwollenen füßen zu legen!

ST. CLOUD, 1. OKTOBER 1722

Herzallerliebe Luise, vorgestern ziemlich spät habe ich Euer paket und zwei liebe schreiben... zu recht empfangen mit der pfälzischen kart, wie auch die kleine illuminierte kart und die von der chiromancie. Alles hat mich sehr amüsiert, danke Euch, liebe Luise, wohl von herzen davor. Ich möchte Euch gar gern eine exacte antwort auf Euer schreiben machen, aber, liebe Luise, ich bin noch gar nicht wohl, der appetit ist mir ganz wieder vergangen, der atem ist kurz und die füß und bein sehr geschwollen. Drum will man mir nicht erlauben, nach zehn uhr nach bett zu gehen. Muß doch noch sagen, daß ich alle bagatellen, so ich Euch geschickt, vor lappereien halte gegen die schöne karte, worinnen ich schon viel spaziert habe; bin schon von Heidelberg bis nach Frankfurt, von Mannheim nach Frankenthal, von dar nach Worms... ich bin auch in der Neustadt gewesen. Mein Gott, wie macht einen dieses an die alten guten zeiten gedenken, die leider nur vorbei sein! Aber Euer karte, liebe Luise, wird mich all mein leben erfreuen. Aber da ruft man mich, um schlafen zu gehen. Ich embrassiere Euch von herzen und behalte Euch von herzen lieb.

ST. CLOUD, 5. NOVEMBER 1722

*An die Raugräfin Luise*
Antworten habe ich ohnmöglich gekonnt, sowohl wegen meiner schwachheit, als auch wegen kontinuierlichen getuns, sowohl wegen der zeremonien, als auch alles meiner

kinder getuns, so ich immer um mich gehabt habe, als auch sonsten unerhört viel leute, fürsten, herrn, grafen und bischöfe, erzbischöfe und cardinäls. Aber ich glaube nicht, daß in der weiten welt was schöneres kann gesehen und erdacht werden, als des Königs krönung. Man hat mir die beschreibung davon vor bis samstag versprochen. Läßt mir Gott leben und gesundheit bis übermorgen, so werde ich Euch, liebe Luise, eine ganze beschreibung davon schicken. Meine tochter ist ein wenig verwundert gewesen, wie sie mich gesehen; denn sie hat mir nicht glauben wollen, hat als gemeint, meine krankheit wäre nur eine ausred. Wie sie mich aber zu Reims gesehen, ist sie so erschrocken, daß ihr die tränen in den augen kommen seind, hat mich gejammert...

ST. CLOUD, 3. DEZEMBER 1722

*An die Raugräfin Luise*

Herzallerliebe Luise, die zeitung, so ich Euch heut von meiner gesundheit zu sagen habe, werden Euch wohl gar nicht gefallen. Ich werde täglich elender, möchte wohl ein schlinn end nehmen, aber ich bin gottlob zu allem bereit, bitte nur den Allmächtigen, mir geduld zu verleihen in meinen großen schmerzen, so ich nacht und tag ausstehen muß, sowohl durch meine erschreckliche schwachheit, als auch sonsten mein elender leben. Ob ich noch davon kommen werde, mag Gott wissen; die zeit wirds lehren; aber ich bin noch nicht so übel gewesen als nun. Hier haben wir kein häßlich wetter, fängt doch heute ein wenig an zu regnen, mit einem kleinen regen. Ich glaube nicht, daß einig wetter mehr gesund vor mich sein wird. Die zeit, liebe Luise, wird bald erweisen, was aus diesem allen werden wird. Komme ich davon, so werdet Ihr mich allezeit finden, wie ich bisher gewesen. Nimmt mich Gott zu sich, müßt Ihr Euch in dem getrösten, daß ich ohne reu noch leid sterb, die welt gern verlasse in der hoffnung, daß mein Erlöser, so vor mich gestorben und auferstanden ist, mich nicht verlassen wird, und wie ich ihm treu geblieben, daß er sich auch meiner an meinem letzten end erbarmen wird. Auf dies vertrauen lebe und sterbe ich, liebe Luise! Es mag im übrigen gehen wie gott will. Es seind viel leute, so sich nun über husten und schnupfen beklagen; ich bin kränker als dies und werde täglich ärger. Ich wünsche, daß, ich wünsche, liebe Luise, daß Eure neue gesellschafterin dem von Solmß. . . Da bringt man mir noch ein liebes schreiben von Euch vom 21. november, nr. 83, kann aber ohnmöglich drauf antworten, bin gar zu krank diesen. . . Aber, aber erhält mir Gott das leben bis übermorgen, werde ich antworten, nun aber nur sagen, daß ich Euch bis an mein end von herzen lieb behalte. Elisabeth Charlotte.

*Liselotte starb am 8. Dezember 1722. Der hier wiedergegebene Brief ist der letzte, den sie noch eigenhändig schrieb.*

## KURZBIOGRAPHIE

Elisabeth Charlotte von der Pfalz („Liselotte“) (1652—1722), Tochter des Kurfürsten Karl Ludwig von der Pfalz (1617—1680)

Hochzeit Liselottes mit Herzog Philipp I. von Orléans, dem Bruder Ludwigs XIV. im Jahre 1671

Kinder aus der Ehe: Philipp II., Herzog von Orléans, verheiratet mit Françoise-Marie de Blois, Tochter Ludwigs XIV. und der Marquise de Maintenon;
Elisabeth Charlotte, verheiratet mit Leopold, Herzog von Lothringen

## FORTFÜHRENDE LITERATUR

Briefe der Herzogin Elisabeth Charlotte von Orléans, von Wilhelm Ludwig Holland, Stuttgart und Tübingen 1867—1881

Briefe der Herzogin Elisabeth Charlotte von Orléans, in Auswahl herausgegeben durch Hans F. Helmolt, Leipzig 1908

Aus den Briefen der Herzogin Elisabeth Charlotte von Orléans an die Kurfürstin Sophie von Hannover, von Eduard Bodemann, Hannover 1891

Philippe d'Orléans, Régent de France, Paris 1841

Die Briefe der Liselotte, Ebenhausen 1958

Liselotte von der Pfalz, Frankfurt 1972

Madame, Liselotte von der Pfalz, von Mathilde Knoop, K. F. Koehler-Verlag, Stuttgart 1956